This Eighth Edition of the **Intermediate Spanish Series** is dedicated to the memory of John G. "Pete" Copeland, an inspirational teacher and an equally inspired friend and colleague.

Ralph Kite and Lynn A. Sandstedt

BELICE
HONDURAS
NICARAGUA
Lago de Nicaragua

EL SALVADOR
GUATEMALA
PANAMÁ
COSTA RICA

MAR CARIBE

OCÉANO ATLÁNTICO

80° 70° 60° 50° 40°

Barranquilla Maracaibo **Caracas** 10°
Cartagena *Lago de Maracaibo* **Georgetown**
Río Magdalena San Cristóbal *Río Orinoco* **Paramaribo**
Medellín **VENEZUELA** **Cayena**
Bogotá GUAYANA ECUADOR 0°
  Boa Vista SURINAM
Cali GUAYANA FRANCESA
COLOMBIA

Quito ECUADOR 0°
ECUADOR
Guayaquil Cuenca Iquitos *Río Amazonas*
ISLAS GALÁPAGOS (Ecuador) **A M A Z O N A S**

L **PERÚ** **BRASIL** 10°
O
S
  Río Amazonas

Lima Machu 10°
A Picchu Cuzco
Ayacucho
N **BOLIVIA** *Brasilia*
D *Lago Titicaca* **La Paz**
E Santa Cruz
S Sucre
OCÉANO PACÍFICO Potosí

  PARAGUAY *Río Paraná* 20°
L *Asunción* São Paulo **Río de Janeiro**
O Iguazú
S *OCÉANO ATLÁNTICO*
TRÓPICO DE CAPRICORNIO A **CHILE**
N *Río Uruguay*
D
E Córdoba **URUGUAY** 30°
S Viña del Mar **Montevideo**
  Valparaíso *Río de la Plata*
30° *Santiago*
  Buenos Aires
Concepción **ARGENTINA**
  Bahía Blanca

Viedma

Elevación en metros
4.000+
2.000–4.000
500–2.000
200–500
0–200
Nivel del mar

0 250 500 750 MILLAS
0 500 1.000 KILÓMETROS

ISLAS MALVINAS (Br.)

Estrecho de Magallanes
TIERRA DEL FUEGO

AMÉRICA DEL SUR

ÁFRICA

NIGERIA

CAMERÚN

Malabo
GUINEA ECUATORIAL

GABÓN

0°

ÁFRICA

0 MILLAS 250
0 KILÓMETROS 500

10°

110° 100° 90° 80° 70° 60° 50° 40° 30° 20°

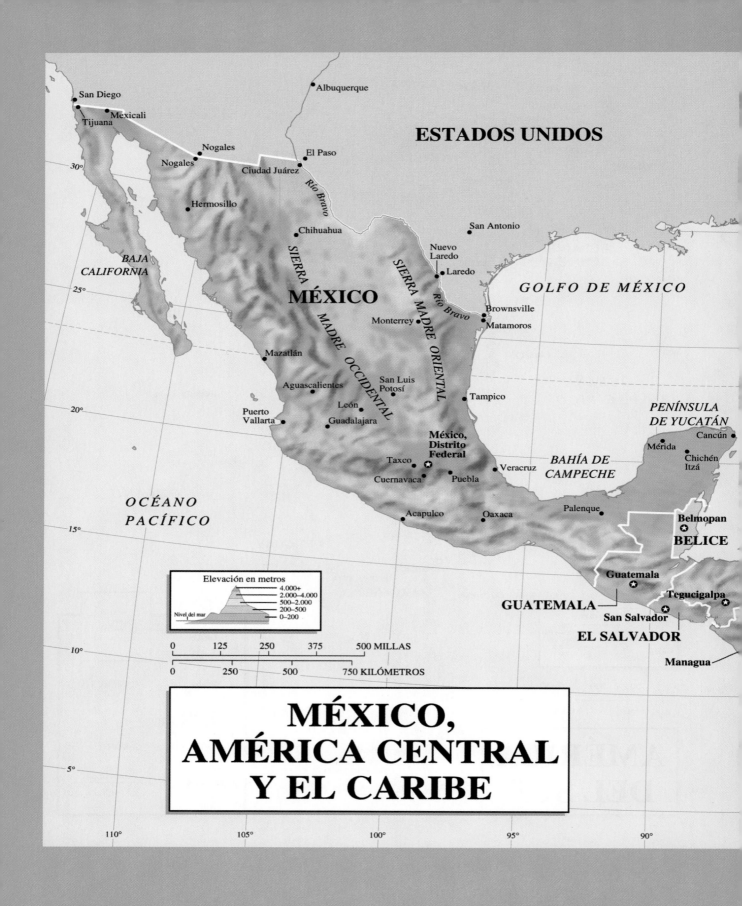

ESTADOS UNIDOS

San Diego
Tijuana
Mexicali
Nogales
Nogales
Ciudad Juárez
El Paso
Albuquerque
Río Bravo
Hermosillo
Chihuahua
San Antonio
Nuevo Laredo
Laredo
BAJA CALIFORNIA
SIERRA MADRE OCCIDENTAL
MÉXICO
SIERRA MADRE ORIENTAL
Río Bravo
Brownsville
Matamoros
Monterrey
GOLFO DE MÉXICO
Mazatlán
Aguascalientes
San Luis Potosí
Tampico
PENÍNSULA DE YUCATÁN
20°
Puerto Vallarta
León
Guadalajara
México, Distrito Federal
Cancún
Mérida
Taxco
Veracruz
BAHÍA DE CAMPECHE
Chichén Itzá
Cuernavaca
Puebla
OCÉANO PACÍFICO
Acapulco
Oaxaca
Palenque
Belmopan
BELICE
Guatemala
Tegucigalpa
GUATEMALA
San Salvador
EL SALVADOR
Managua

Elevación en metros
4.000+
2.000–4.000
500–2.000
200–500
0–200
Nivel del mar

0   125   250   375   500 MILLAS
0   250   500   750 KILÓMETROS

MÉXICO, AMÉRICA CENTRAL Y EL CARIBE

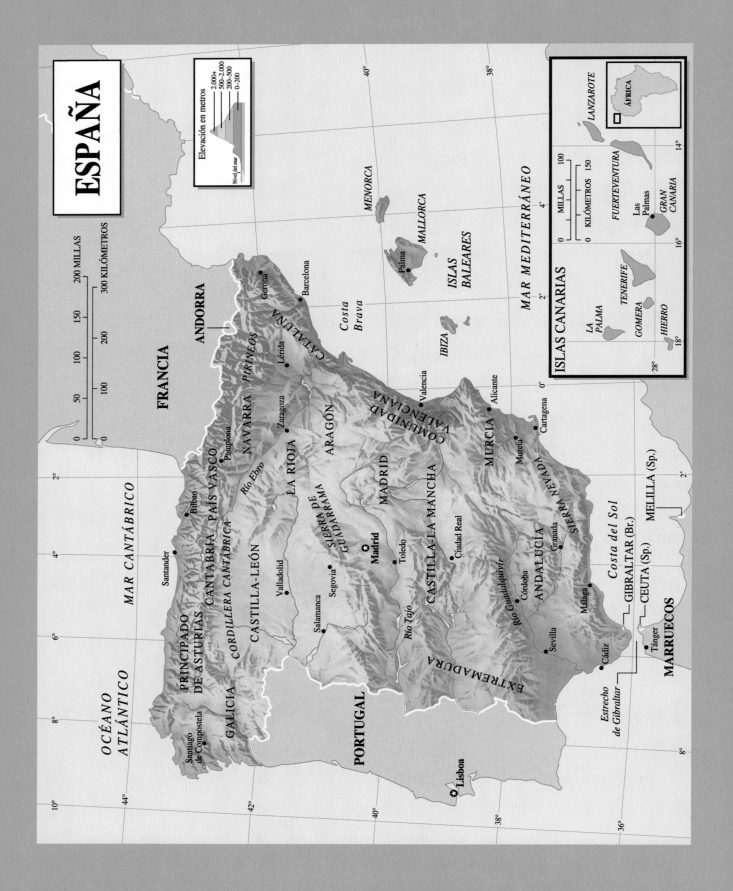

CONVERSACIÓN Y REPASO

EIGHTH EDITION

INTERMEDIATE SPANISH

Lynn Sandstedt

Professor Emeritus
University of Northern Colorado

Ralph Kite

John G. Copeland

Late, of the University of Colorado

THOMSON

HEINLE

Australia | Canada | Mexico | Singapore | Spain | United Kingdom | United States

THOMSON

HEINLE

Intermediate Spanish
Conversación y repaso
Eighth Edition
Sandstedt / Kite / Copeland

Publisher: Janet Dracksdorf
Acquisitions Editor: Helen A. Richardson
Managing Editor: Glenn A. Wilson
Development Editor: Viki Kellar
Senior Production Editor: Esther Marshall
Marketing Manager: Jill Garrett
Manufacturing Manager: Marcia Locke

Compositor: Greg Johnson, Art Directions
Project Manager: Dan Y. Ben Dror
Photo Research Manager: Sheri Blaney
Text Designer: Circa 86
Cover Designer: Ha Nguyen
Cover Photo: © Kindra Clineff/Index Stock Imagery
Printer: Transcontinental/Interglobe

For permission to use material from this text or product
contact us:

Tel 1-800-730-2214
Fax 1-800-730-2215
Web www.thomsonrights.com

ISBN 0-8384-5783-5

Library of Congress Cataloging-in-Publication Data
Sandstedt, Lynn A.,
 Intermediate Spanish. Conversación y repaso / Lynn A. Sandstedt,
Ralph Kite, John G. Copeland. — 8th ed.
  p. cm.
 Copeland's name appears first on the earlier ed.
 Includes index.
 ISBN 0-8384-5783-5 (student ed.)
 ISBN 0-8384-5773-8 (instructor's annotated ed.)
  1. Spanish language—Grammar. 2. Spanish language—Textbooks
for foreign speakers—English. I. Kite, Ralph. II. Copeland, John G. III.
Title.

PC4112.s26 2003
468.2'421—dc21   2003051384

Índice

Preface

With the publication of the **Intermediate Spanish Series,** the materials available for use at the intermediate level took a step in a new direction. We had long believed that it would be desirable to have a "package" of materials, unified in content but varied in the possibilities for use in the classroom, that would be flexible enough that the instructor could easily adapt them to his or her own teaching style and particular interests.

With this in mind, we devised the three highly successful textbooks that made up our intermediate level program. *Conversación y repaso* reviews and expands upon the essential points of grammar covered in the first year and also includes dialogues for listening and reading practice, listening exercises, abundant personalized exercises, speaking strategies, and a variety of activities intended to stimulate conversation. *Civilización y cultura* presents a variety of topics related to Hispanic culture. The approach in this reader is thematic rather than purely historical, and the topics have been chosen both for the insights that they offer into Hispanic culture and for their interest to students. The exercises are designed to reinforce the development of reading, writing, and speaking skills, to build vocabulary, and to stimulate class discussion. *Literatura y arte* introduces the student to literary works by both Spanish and Spanish-American writers and to the rich and diverse contributions of Hispanic artists to the fine arts. The accompanying exercises also stress the development of reading, writing, and speaking skills and include vocabulary-building and conversational activities.

One of the unique features of the program is the thematic unity of the texts. Each unit of each textbook has the same theme as the corresponding unit of the others. For example, Unit 7 of the grammar textbook deals with the subject of poverty and the problem of the migration of workers in Hispanic culture in its dialogues and conversational activities. The same theme "Aspectos económicos de Hispanoamérica," is treated in the seventh unit of the civilization and culture reader, and further explored in Unit 7 of the literature and art reader in the short story "Es que somos muy pobres" and in the essay on the murals of Diego Rivera.

We have found that this thematic unity offers several advantages to the teacher and student: (1) the teacher may combine the basic grammar and conversation book with either or both of the readers and be assured that essentially the same cultural and linguistic information will be presented to the students; (2) the amount of material to be covered may be adjusted through the choice of one textbook or more, making it possible to balance the quantity of material and the amount of classroom contact available; (3) if one book is used in the classroom, another may be used for outside work by those students who wish additional contact with the language; (4) for individualized programs, only those units may be assigned that are relevant to the student's particular interests. Learning also may be reinforced by using the workbook and Student Audio CD Program that accompanies the series. If several books are used, the students will absorb a considerable amount of vocabulary related to the theme, and by the end of their study of the topic, they will have overcome, at least in part, their reluctance to express their own ideas in Spanish. We have tested this "saturation" method in our own classrooms and have found it to be quite effective. We suggest that if several books are used, the grammar and initial dialogue should be studied first, followed by one or more of the other textbooks, and finally, the conversation stimulus section of the grammar and conversation text.

Like the earlier editions, this Eighth Edition of the **Intermediate Spanish Series** contains materials that will be of interest to students of different disciplines. Throughout, our goal has been to present materials that will enable students to develop effective communicative skills in Spanish and motivate them to want to know more about the culture they are studying.

We would like to thank the following colleagues for their valuable comments and suggestions:

Lisa Barboun, *Coastal Carolina University*
Mara-Lee Bierman, *Rockland Community College*
Kathleen Boykin, *Slippery Rock University*
Roberto Bravo, *Texas Tech University*
John Chaston, *University of New Hampshire*
An Chung Cheng, *University of Toledo*
William Deaver, *Armstrong Atlantic State University*
Susana Durán, *Gulf Coast Community College*
Lynda Durham, *Casper College*
Noble Goss, *Harding University*
Elena Grajeda, *Pima Community College*
Manuel J. Gutiérrez, *University of Houston*
Peggy Hartley, *Appalachian State University*
Steve Hunsaker, *Brigham Young University–Idaho*
Magali Jerez, *Bergen Community College*
Kathleen Johnson, *North Carolina Central University*
Richard Klein, *Clemson University*
Iraida López, *Ramapo College of New Jersey*
Anita McCollester, *Indiana University South Bend*
Luis Clay-Méndez, *Eastern Illinois University*
Oralia Preble-Niemi, *University of Tennessee at Chattanooga*
Margarita Nodarse, *Barry University*
Carmen Sualdea Pérez, *Florida State University*
John Reed, *Saint Mary's University of Minnesota*
Sharon Robinson, *Lynchburg College*
David Rock, *Huntingdon College*
Christina Sanicky, *California State University–Chico*
Anthony J.Vetrano, *Le Moyne College*
Jaime Zambrano, *University of Central Arkansas*

Furthermore, we express our deepest appreciation to the great team at Heinle for their support and collaboration in every phase of this project. Throughout the development and the production of this program, the team at Heinle has provided invaluable guidance and expertise, and in particular to Viki (Vasiliki) Kellar, Esther Marshall, Helen Richardson, Glenn Wilson, Sheri Blaney. Our thanks also go to all the other people at Heinle involved with this project and to the freelancers: Luz Galante, Susan Lake, Greg Johnson, Peggy Hines, Patrice Titterington, Ha Nguyen, and Susan Van Etten.

The Intermediate Spanish Series and the Standards

The material found in each of the three texts that make up the **Intermediate Spanish Series** has been developed in the following way which will enable the student to achieve the five C's which are the goals of the National Student Standards.

Communication

The pair and group activities and tasks included in each of the three texts provide a variety of opportunities for the student to be actively engaged in the **interpersonal, interpretive,** and **presentational** aspects that constitute real communication. Through a series of activities the student has ample opportunities to develop the four language skills and then integrate them in authentic everyday, communicative activities.

Culture

Cultural themes related to the **perspectives, practices,** and **products** of the Spanish-speaking world are approached in a different way in each of the texts. In *Conversación y repaso,* the students encounter the **perspectives** of people from the Spanish-speaking world through a series of dialogues and listening exercises. The **practices** found in the Spanish-speaking world which are the results of how the people of those regions perceive their own reality are discussed in greater depth in the *Civilización y cultura* text. Authentic material from newspapers and magazines give an accurate view of the various cultures and people of the Spanish-speaking world. A sampling of the major **products** of the Spanish-speaking world are presented in the *Literatura y arte* text via a selection of short stories and poetry written by well-known Hispanic writers. Representative examples of art of the Spanish-speaking world are also found at the end of each unit. This combination of literature and art provides students with a broader view of the cultures of the Spanish-speaking world which allows them to develop a greater understanding and appreciation of those cultures.

Connection

Through the material found in each unit of each of the three texts, students come in contact with other disciplines through their study of geography, religion, literature, art, and history of the Spanish-speaking world. The activities found in each text ask the student to access the Internet to find additional material that relates to some of the themes under study. Much of this material is only written in Spanish which helps the students to realize the importance of knowing a second language if they wish to research information found on the Internet that may only appear in Spanish.

Comparisons

As a student progresses through the material of the program, he or she cannot help but compare his or her language and cultures to those of the Spanish-speaking world. Through this comparison, the student not only learns to better appreciate and understand the cultures and language of other countries, but it also helps them to develop a better insight into the nature of their own culture and language.

Communities

The last two units of each text deal with the themes of "La presencia hispánica en los Estados Unidos" y "Los Estados Unidos y lo hispánico." Students readily see that it is essential to know other languages if they wish to function effectively outside the classroom in a multicultural world. With the growing Spanish-speaking population in this country, the students gain an understanding how a functional knowledge of this language will help them secure jobs that are only open to individuals that have a specific skill coupled with a high level of proficiency in Spanish.

The Intermediate Spanish Series and Heritage Language Speakers of Spanish

The material in the **Intermediate Spanish Series** is designed not only to meet the educational needs of the traditional students of the language, but also the needs of the heritage language speakers of Spanish who enter the Spanish program with some or all of the four language skills developed to varying degrees.

Depending on their home language background and their educational and life experiences, the heritage language student will demonstrate varying abilities and proficiencies in Spanish. Some will have minimally developed the listening and speaking skills while others will be fluent in these areas. The majority of heritage speakers, however, will need more instruction developing their ability to read and write. It is generally accepted that most heritage language speakers will need to continue the study of the language in order to maintain and further perfect the four language skills, which in turn will enable them to communicate more effectively in Spanish.

Each of the three texts in the series and the accompanying workbook, interactive multimedia CD-ROM, and audio program provides a wide variety of opportunities and activities in which the student can explore and further develop his or her language skills. The communicative focus of the series allows the student to practice the interpersonal, interpretive, and presentational modes of communication through a wide variety of authentic tasks and activities. The student will also examine various cultural aspects of the Spanish-speaking world, which will provide the heritage language speaker with a better understanding and appreciation of his or her own heritage language and culture. One of the major goals in the series is to teach the student when to use the language appropriately and strategically depending upon the situation in which the student finds himself or herself and the status of the individual (child, adult, person in authority) with whom he or she wishes to communicate.

Introduction

Conversación y repaso is a review grammar and conversational text designed for second-year college courses. It is intended to be used with one or both of the authors' readers, *Civilización y cultura* and *Literatura y arte,* but it may also be used with other second-year materials. The purpose of the text is to review and expand upon the essential points of grammar covered in the first year and to provide the student with ample opportunity for developing communication skills through the application of these concepts in real life situations. The complete program includes a workbook, which is a combination laboratory manual and written exercise book, and an audio program for use in the language laboratory. New to the Eighth Edition, the workbook/lab manual is available in an engaging online format with scoring and tracking features for students and instructors.

The material presented in each of the twelve units of the text consists of the following:

1. In the **En contexto** section, an opening dialogue, which relates thematically to the corresponding units in the readers *Civilización y cultura* and *Literatura y arte.* These dialogues are not intended for memorization; their purpose is to introduce the vocabulary and grammatical structures that will be studied in each unit. They may also be used for listening and reading practice and as a stimulus for conversation.

2. A vocabulary list of the new words presented in the opening dialogue. This list is not comprehensive; it contains only those words and idioms that the student would not be expected to know after the first year of Spanish. A complete Spanish—English and English—Spanish vocabulary appears at the end of the text. This section also includes an exercise which requires the active use of the new vocabulary.

3. Cultural notes that clarify some of the more subtle points referred to in the dialogue. This section is intended to expand the student's knowledge and understanding of the various cultures of the Hispanic world.

4. A series of comprehension questions on the dialogue.

5. A series of personalized questions related to the theme of the dialogue.

6. A grammar section **Estructura,** which comprises the major portion of each unit. This section begins with a clear, concise explanation of a particular grammatical concept, accompanied by numerous examples. The concept is then immediately applied through a series of contextualized written and oral exercises. These exercises are primarily designed for paired and group work. The grammar organization of this text is rather unique. The authors have found through extensive teaching experience at the intermediate level that students have great difficulty mastering the subjunctive mood. Because of this, all tenses of the indicative are reviewed and practiced in the first four units of the text. Beginning with Unit 5, a step-by-step, systematic presentation of the subjunctive is begun. One major use of the subjunctive is presented in each of the subsequent six chapters, thus allowing the student to master one concept before proceeding to the next. We feel that this type of presentation minimizes confusion and misunderstanding on the part of the student.

7. A grammar review section **Repaso,** consisting of exercises on the most important points of grammar presented in the unit. The exercises may be done orally or in writing. Each review section includes activities that are meant to encourage more student interaction.

8. An **A conversar** section, which contains strategies for developing effective conversational skills in Spanish; a controlled conversation designed to help students to formulate a short, logical exchange of ideas; and a role-playing situation that gives students the opportunity to express themselves on a topic of everyday importance. This is followed by a drawing accompanied by questions designed to give students practice in describing and expressing personal opinions on a variety of issues. The authors have found that these personalized activities motivate the students to use the language and lead to a very exciting and stimulating exchange of ideas.

9. An **A escuchar** section, based on a short, authentic dialogue on the student CD-ROM, which provides an additional opportunity to develop listening skills. Post-listening exercises appearing in the textbook check comprehension and provide varied opportunities for interactive elaboration upon the topic presented.

10. An **Intercambios** section, with activities, which emphasizes the development of communicative skills. These usually include a "value clarification" exercise and a series of "topics for conversation" encouraging students to express their own feelings and ideas. In addition, a second CD-ROM-based listening activity, called **Ejercicio de comprensión,** provides a chapter-related cultural commentary followed by a true/false comprehension check.

11. Each chapter ends with a task-based, integrated skill activity designed for small group work called **Investigación y presentación.**

The workbook has three major divisions: (a) listening comprehension exercises that expose the student to the vocabulary and grammatical structures of each unit in a variety of new situations; (b) oral drills for review and reinforcement of the grammatical concepts presented in each unit; (c) controlled and open-ended written exercises utilizing the same vocabulary and structures; and (d) writing practice. Answers for these exercises are given in the back of the workbook in order to give the student the opportunity for immediate self-correction. The laboratory audio CDs stress listening comprehension, oral drill on the important points of grammar, and the development of speaking skills.

About the Eighth Edition of *Conversación y repaso*

In response to suggestions made by users of the previous editions as well as reviewers, the following changes have been implemented in the Eighth Edition of the *Conversación y repaso*.

■ Stronger focus on communication: The Eighth Edition features more pair and group type activities. Where simpler grammar structures are presented for review, activity chains begin with more communicative and creative activities. With more complex structures, activity chains focus on structural practice before becoming more open-ended.

- Recycling: The dialogues that model native speech have been updated in the new edition so that they not only contextualize and model new language, but recycle language from previous chapters.

- An all-new Quia Online Workbook/Lab Manual offers all the content of the traditional, paper workbook/lab manual in an engaging and interactive online format. Audio strands for listening activities with just a click of the mouse, and scoring and tracking features for students, are just some of the dynamic elements of the Quia platform.

- A new guided composition section has been added to the workbook to better prepare students for upper level courses.

Orígenes de la cultura hispánica: Europa

◀ Se puede ver este acueducto romano en Segovia, España. Todavía lleva agua corriente de las montañas cercanas. Describa esta escena y el contraste entre lo antiguo y lo moderno.

> En contexto

Mi clase de cultura hispánica

Vocabulario activo

Estudie estas palabras.

Verbos

aportar *to bring into, contribute*
callarse (cállate) *to be quiet*
conquistar *to conquer*
distraer *to distract*
dormirse (ue) *to fall asleep*
durar *to last*
encontrarse (ue) (con) *to meet, by chance/run into*
olvidarse (de) *to forget*
opinar *to think, have an opinion*

Sustantivos

la base *basis*
el idioma *language*

la lengua *language*
la ortografía *spelling*
el sabor *flavor*
el siglo *century*

Adjetivos

antiguo(a) *old, ancient*
distinto(a) *different*
extranjero(a) *foreign*
predilecto(a) *favorite*

Otras expresiones

se me ocurre *it occurs to me*

Para practicar

Complete Ud. el párrafo siguiente con palabras escogidas de la sección *Vocabulario activo*. No es necesario usar todas las palabras.

En el **1.** antes de Cristo, los romanos **2.** la Península Ibérica. Ellos **3.** a la península un nuevo **4.** que sirve como la **5.** del español moderno. A veces nosotros **6.** de lo que pasa cuando dos civilizaciones **7.** La influencia de la civilización **8.** de los romanos **9.** hasta hoy por el español que llega a ser la **10.** **11.** de España y uno de los idiomas **12.** más estudiados del mundo.

Text Audio CD, Track 2 **Antes de leer Ud. el diálogo, escúchelo con el libro cerrado. ¿Cuánto comprendió Ud.?**

ELENA   Oye, Ramón, ¿tienes los ejercicios para hoy?

RAMÓN   No, no los tengo. Nunca¹ entiendo bien la explicación del profesor. ¿La entiendes tú?

ELENA   Sí, pero nunca termino los ejercicios. Me duermo mientras los hago.

RAMÓN   Tenemos que distraer al profesor. Cuando empieza a hablar de sus temas predilectos, se olvida de la lección.

ELENA   Se me ocurre una idea…

RAMÓN   ¡Cállate! —ahí viene.

PROF.	Buenos días, jóvenes. Hoy vamos a estudiar los verbos reflexivos. Estos verbos… ¿una pregunta, Elena?
ELENA	Sí, señor. ¿Por qué no nos explica por qué el español y el francés son tan distintos?[1] Nos hablaba de[2] las influencias extranjeras sobre el idioma español, pero sólo hasta los visigodos…
PROF.	Ah, sí. Pues bien, la base del español moderno es el latín que hablan los romanos que conquistan la Península Ibérica en el año 200 antes de Cristo. En el siglo V después de Cristo, invaden la península los visigodos del norte de Europa. Ellos aportan al idioma más de 300 palabras del alemán antiguo. Pero una influencia más importante es la de los moros, que vienen del norte de África.[2] Hay más de 6.000 palabras en el español moderno que proceden del árabe, por ejemplo, casi todas las palabras que comienzan con «al» como «almacén»[3], «álgebra», «alcalde»[4], etcétera.
RAMÓN	¿En qué época llegan los moros y por cuánto tiempo ocupan la península?
PROF.	Llegan en el año 711 a la península…
ELENA	*(a Ramón)* ¡Nos escapamos una vez más!

Notas culturales

[1] ***el español y el francés son tan distintos:*** *Los dos idiomas tienen mucho en común, pero también muestran muchas diferencias. Lo mismo se puede decir de las otras lenguas neolatinas: el italiano, el portugués, el rumano, etc. A veces las diferencias son de ortografía, pero otras veces las palabras son de origen distinto y de evolución variada.*

[2] ***los moros, que vienen del norte de África:*** *La invasión de la Península Ibérica por los pueblos islámicos en el siglo VIII llega hasta los Pirineos. Este contacto entre moros y cristianos, que dura hasta 1492, le da un sabor distinto a la cultura y también a la lengua española.*

[1] Nunca *Never*   [2] Nos hablaba de *You were talking about*   [3] almacén *warehouse, department store*
[5] alcalde *mayor*

1-1 Comprensión. Conteste Ud. las siguientes preguntas.

1. ¿Por qué no tiene Ramón los ejercicios?
2. ¿Por qué no los tiene Elena?
3. ¿Cuál es la idea de Ramón?
4. ¿Qué van a estudiar hoy?
5. ¿Qué quieren saber Elena y Ramón?
6. ¿Qué lengua es la base del español moderno?
7. ¿Cuáles son algunas de las influencias extranjeras sobre el español?
8. ¿De dónde vienen los moros?
9. ¿Cuántas palabras del español moderno son de origen árabe?
10. ¿Cómo comienzan muchas palabras de origen árabe?
11. ¿Por qué no explica el profesor la lección?

1-2 Opiniones. Conteste Ud. las siguientes preguntas.

1. ¿Estudia Ud. la lección todos los días? ¿Por qué?
2. ¿Distrae Ud. a sus profesores? ¿Cuándo?
3. ¿Cuáles son unos ejemplos recientes de la conquista de una cultura por otra?
4. ¿Cree Ud. que en estos casos hay una influencia lingüística? Explique Ud.
5. ¿Cree Ud. que es fácil aprender un idioma extranjero? ¿Por qué?
6. Si Ud. no entiende bien una pregunta en español, ¿qué hace?
7. ¿Por qué quiere Ud. estudiar español?
8. ¿Tiene Ud. la oportunidad de hablar español? ¿Dónde? ¿Con quién?
9. ¿Qué opina Ud. de la lengua española? ¿Es fácil o difícil? ¿Es bonita o fea? ¿Por qué opina Ud. así?

En la Alhambra se encuentra el Patio de Los Leones. ¿Dónde está la Alhambra? ¿Por qué se llama este patio el Patio de Los Leones? El edificio es un buen ejemplo de la arquitectura mora. Descríbala.

➤ Estructura

Nouns and articles

A. Singular forms

In Spanish, nouns are often accompanied by articles.

1. Nouns ending in **-o** are usually masculine and are introduced by a masculine article.
   Those ending in **-a** are usually feminine and are introduced by a feminine article.

Definite articles the	Indefinite articles a, an
el hijo *the son*	un chico *a boy*
la hija *the daughter*	una chica *a girl*

2. Some nouns that end in **-a** are masculine.

el día *day*	el idioma *language*	el problema *problem*
el mapa *map*	el clima *climate*	el programa *program*
el drama *drama*	el poeta *poet*	el cura *priest*

3. Some nouns that end in **-o** are feminine.

la mano *hand*	la foto *photo*
la moto *motorcycle*	

4. Nouns ending in **-dad, -tad, -tud, -ión, -umbre,** and **-ie** are usually feminine.

la ciudad *city*	la actitud *attitude*
la voluntad *will*	la conversación *conversation*
la muchedumbre *crowd*	
la especie *species*	

5. Some other nouns can be either masculine or feminine, depending on their meaning.

el capital *money*	el corte *cut*	el cura *priest*
la capital *capital city*	la corte *court*	la cura *cure*
el guía *guide (male)*		
la guía *guide (female), guidebook*		
el policía *police officer (male)*		
la policía *police force, police officer (female)*		

6. Other nouns ending in **-s** or in other consonants can be either masculine or feminine.

el paraguas *umbrella*	el papel *paper*
la crisis *crisis*	la pared *wall*
el lunes *Monday*	el rey *king*
la tesis *thesis*	

7. Nouns ending in **-ista** may be either masculine or feminine.

el pianista	la pianista
el artista	la artista

8. Nouns referring to males are usually masculine and those referring to females are usually feminine, regardless of their endings.

el joven *the young man*	el estudiante *the (male) student*
la joven *the young lady*	la estudiante *the (female) student*
	BUT
la persona *the person*	el individuo *the individual*

B. Plural forms

1. Nouns ending in a vowel add **-s.**

un libro *book*	unos libros *books*
una chica *girl*	unas chicas *girls*

2. Nouns ending in a consonant add **-es.**

una mujer *woman*	unas mujeres *women*

3. Nouns ending in **-z** change **z** to **c** and add **-es.**

el lápiz *pencil*	los lápices *pencils*

4. Nouns ending in **-n** or **-s** proceded by an accented vowel generally drop the accent mark in the plural.

la lección *lesson*	las lecciones *lessons*
el compás *compass*	los compases *compasses*

Note that nouns of more than one syllable ending in **-n** generally add an accent mark in the plural.

el examen *exam*	los exámenes *exams*
la orden *order*	las órdenes *orders*

Práctica

1-3 Una estudiante universitaria. Lea Ud. la información sobre Juana, una estudiante de la Universidad de Madrid. Luego complete cada oración con el artículo definido apropiado.

Juana, **1.** hija de **2.** señores *(Mr. and Mrs.)* González, asiste a **3.** Universidad de Madrid. Estudia **4.** música de **5.** Edad Media *(Middle Ages)* y **6.** Renacimiento *(Renaissance)* español. **7.** Facultad de Música es muy buena, y **8.** profesores tienen fama mundial por **9.** investigaciones que ellos han hecho sobre esta clase de música. **10.** programa escolar es muy exigente, pero **11.** clases son interesantes. **12.** problema que Juana tiene no es **13.** dificultad de **14.** lecciones, sino **15.** falta de tiempo para leer y estudiar. No quiere pasar todos **16.** días en **17.** biblioteca. Prefiere visitar **18.** museos de **19.** ciudad y asistir a **20.** dramas que se presentan en **21.** Teatro Nacional. También a ella le gusta ir a **22.** discotecas por **23.** noche para bailar y charlar con **24.** jóvenes que ella conoce.

1-4 La sala de clase. Identifique Ud. las varias cosas que se encuentran en una sala de clase. Complete las oraciones siguientes según el modelo.

> **Modelo** Hay _____ en la clase. *(table)*
> *Hay una mesa en la clase.*

1. students
2. walls
3. books
4. door
5. windows
6. professor
7. pencil
8. girls
9. map
10. boys

Ahora, identifique Ud. otras cosas que hay en su clase.

 1-5 Una comparación. Con un(a) compañero(a) de clase, hablen de las cosas que Uds. tienen en su cuarto en la universidad o en casa. Luego hagan una lista de las cosas que Uds. llevan a sus clases diariamente. ¿Cuántas cosas tienen en común?

> **Modelo** Estudiante 1: *Tengo un televisor en mi cuarto y una computadora.*
> Estudiante 2: *Tengo una computadora también, pero sólo tengo un televisor en mi cuarto en casa.*
> Estudiante 1: *Siempre llevo mis libros a clase.*
> Estudiante 2: *También llevo mis libros y un bolígrafo.*

Subject pronouns

A. Forms

Singular	Plural
yo	nosotros(as)
tú	vosotros(as)
él	ellos
ella	ellas
usted	ustedes

Usted and ustedes may be abbreviated to **Vd., Vds.,** or **Ud., Uds.; Ud.** and **Uds.** will be used in this text.

The pronoun **tú** is used when talking with close friends, children, and family members. In more formal relationships **usted** is used to show respect. It should be noted, however, that the familiar **tú** form is often used in place of the formal **usted** form in everyday conversation in many regions of the Hispanic world. In Latin America the plural, informal **vosotros** form has been replaced by **ustedes** and its corresponding verb forms, possessives, and object pronouns. The **vosotros** form is still used in most parts of Spain.

B. Uses

1. Subject pronouns are not used as frequently in Spanish as in English. They are used mainly for emphasis or for clarification, since the ending of the verb often indicates the subject.

   Vamos a la clase de español, ¿verdad? No, yo no quiero ir.
   We're going to Spanish class, aren't we? No, I don't want to go.

   ¿Tienes los ejercicios?
   Do you have the exercises?

   Vivimos en un pueblo pequeño.
   We live in a small town.

2. **Usted** is used somewhat more frequently for both clarity and courtesy.

¿Puede Ud. explicar la base del español moderno?
Can you explain the basis of modern Spanish?

Ud. entiende la lección, pero no quiere ir a clase.
You understand the lesson, but you don't want to go to class.

3. The impersonal English subject pronoun *it* does not have an equivalent form in Spanish.

Es imposible olvidarse de eso.
It is impossible to forget that.

¿Qué es? Es una palabra extranjera.
What is it? It's a foreign word.

4. Subject pronouns are often used after the verb **ser** *(to be)*.

¿Quién es el profesor de esta clase? Soy yo.
Who is the professor of this class? I am.

5. Subject pronouns are frequently used when the main verb is not expressed.

¿Quién distrae al profesor? Ella.
Who distracts the teacher? She does.

Ellos van a España, pero nosotros no.
They are going to Spain, but we aren't.

Práctica

1-6 Hablando de personas. ¿Cuál de los pronombres personales se usa cuando está hablando:

1. de Ud. mismo(a)?
2. de una muchacha?
3. a un(a) amigo(a)?
4. de Ud. mismo(a) y un grupo de personas?
5. de un grupo de muchachos?
6. a un grupo de niños?
7. de Roberto?

 1-7 Cortesía. Escriba cinco nombres de personas que Ud. conoce bien (no sólo amigos[as]) y dígale a un(a) compañero(a) de clase qué pronombres personales Ud. usa cuando habla con ellas: **¿tú** o **usted?**

The present indicative of regular verbs

A. Formation

The present indicative of regular verbs is formed by dropping the infinitive ending and adding the personal endings **-o, -as, -a, -amos, -áis, -an** to the stem of **-ar** verbs; **-o, -es, -e, -emos, -éis, -en** to the stem of **-er** verbs; and **-o, -es, -e, -imos, -ís, -en** to the stem of **-ir** verbs.

Hablar *To speak*		**Comer** *To eat*		**Vivir** *To live*	
hablo	hablamos	como	comemos	vivo	vivimos
hablas	habláis	comes	coméis	vives	vivís
habla	hablan	come	comen	vive	viven

Common verbs that are regular in the present tense:

-ar verbs: aceptar *to accept*   estudiar *to study*
                 llegar *to arrive*   preguntar *to ask*
                 invitar *to invite*

-er verbs: aprender *to learn*   beber *to drink*
                 leer *to read*   vender *to sell*

-ir verbs: abrir *to open*   descubrir *to discover*
                 recibir *to receive*   asistir *to attend*
                 escribir *to write*

B. Uses

1. To describe an action or event that occurs regularly or repeatedly.

Juan estudia en la biblioteca.
Juan is studying in the library.

Los Hernández siempre comen a las diez de la noche.
The Hernández family always eats at 10 P.M.

2. In place of the future tense to give a statement or question more immediacy, or in place of the past tense in narrations to relate a historical event.

Hablo con ella mañana.
I'll speak with her tomorrow.

Los romanos conquistan España en el siglo II.
The Romans conquered Spain in the second century.

3. In place of the imperative to express a mild command or a wish.

Primero desayunas y después escribes la lección.
First have breakfast and afterwards write the lesson.

Práctica

1-8 Una narrativa breve. Lea Ud. la narrativa breve que sigue. Luego, cuéntela desde el punto de vista de las personas indicadas.

Estudio español en la universidad. Aprendo mucho de la cultura hispánica en la clase también. Recibo buenas notas en este curso.

(tú, nosotros, Jaime, María y Elena, Uds.)

 1-9 La rutina diaria. Use oraciones completas para describir ocho actividades que Ud. hace diariamente. (Use sólo verbos regulares.) Luego, compare su lista con la de su compañero(a) de clase. ¿Cuántas actividades son similares? Siga el modelo.

    Modelo   *Desayuno a las siete todos los días.* etc.
                     Tomás desayuna a las siete también. etc.

1-10 Una entrevista. Conduzca Ud. una entrevista con un(a) compañero(a) de clase, utilizando las preguntas siguientes. Luego, comparen sus actividades diarias. ¿Cuáles son las semejanzas y diferencias?

Modelo   Estudiante 1: *¿Dónde estudias tú?*
Estudiante 2: *Yo estudio en casa.*
Estudiante 1: *Yo estudio en la biblioteca.*

1. ¿A qué hora te levantas todos los días?
2. ¿Desayunas? ¿Por qué?
3. ¿Vives cerca o lejos de la universidad? ¿Dónde?
4. ¿A qué hora llegas a la universidad todos los días?
5. ¿Asistes a todas tus clases todos los días? ¿Por qué?
6. ¿Qué estudias en la clase que te gusta más?
7. ¿Comprendes mucho o poco en esta clase? ¿Por qué?
8. ¿Recibes buenas o malas notas en tus clases? ¿Por qué?

Luego, su profesor(a) hará una encuesta de todos los estudiantes de la clase para saber lo que hace la mayoría de ellos. Él (Ella) va a escribir los resultados en la pizarra.

Modelo   *¿Qué lugar es el más popular?*
¿Cuántos estudiantes estudian en casa? ¿En la biblioteca? ¿En la cafetería? ¿En otros lugares?

 1-11 Una carta. Ud. está escribiéndole una carta a un(a) amigo(a) para compartir algunas de sus experiencias en la universidad. Incluya las ideas siguientes en su carta.

1. Describe where you live.
2. Tell where you take your meals and why you eat there.
3. Describe your favorite classes and your favorite professor.
4. Give your impressions of the classes. Are they difficult? Interesting? Do you have to study a lot?
5. Explain what you do when you have free time.
6. Describe a new friend that you have made.
7. Tell your friend that you will write again after exam week.

Léale *(Read)* Ud. su carta a otro(a) estudiante. ¿Cuáles de sus experiencias de la universidad son diferentes? ¿semejantes *(similar)*?

Stem-changing verbs

Some verbs have a stem vowel change in the **yo, tú, él (ella, Ud.),** and **ellos (ellas, Uds.)** forms of the present indicative. This change occurs only when the stress falls on the stem vowel. Because of this, the **nosotros** and **vosotros** forms do not have a stem change.

1. In some **-ar, -er,** and **-ir** verbs the stem vowel **e** changes to **ie** when it is stressed.

Note: **pensar de** = *to think of (have an opinion);* **pensar en** = *to think about;* **pensar** + *infinitive* = *to intend, to plan.*

Pensar *To think*		**Entender** *To understand*		**Preferir** *To prefer*	
pienso	pensamos	entiendo	entendemos	prefiero	preferimos
piensas	pensáis	entiendes	entendéis	prefieres	preferís
piensa	piensan	entiende	entienden	prefiere	prefieren

Other common stem-changing **-ar, -er,** and **-ir** verbs:

cerrar	perder	convertir
comenzar	querer	mentir
despertar		sentir
empezar		

2. In some **-ar, -er,** and **-ir** verbs the stem vowel **o** changes to **ue** when it is stressed.

Contar *To count*		**Poder** *To be able*		**Dormir** *To sleep*	
cuento	contamos	puedo	podemos	duermo	dormimos
cuentas	contáis	puedes	podéis	duermes	dormís
cuenta	cuentan	puede	pueden	duerme	duermen

Other common **-ar, -er,** and **-ir** verbs with the same stem changes:

almorzar	mostrar	volver	morir
costar	recordar		
encontrar			

3. In some **-ir** verbs the stem vowel **e** changes to **i** when it is stressed.

Pedir *To ask for*	
pido	pedimos
pides	pedís
pide	piden

Other common **-ir** verbs with the same stem change:

medir *(to measure)*	servir
repetir	vestir

Other stem-changing verbs

Some stem-changing verbs vary somewhat from the above patterns. The verb **jugar** changes **u** to **ue.** The verb **oler** (**o** to **ue**) adds an initial **h** to the forms requiring a stem change.

Jugar *To play*		**Oler** *To smell*	
juego	jugamos	huelo	olemos
juegas	jugáis	hueles	oléis
juega	juegan	huele	huelen

Práctica

1-12 Una narrativa breve. Lea Ud. la narrativa breve que sigue. Luego, cuéntela desde el punto de vista de las personas indicadas.

Pienso volver de España el sábado. Quiero ir directamente a casa. Duermo dos días antes de visitar a mis amigos. Luego puedo invitarlos a casa para una fiesta. Sirvo unos refrescos y les muestro a ellos las fotos del viaje.

(Claudia, Raúl y yo, tú, los estudiantes, Ud.)

> **Modelo** *Claudia piensa volver de España el sábado.* (etcétera)

1-13 Los sábados de Carlos. Describa Ud. lo que hace Carlos los sábados. Complete el párrafo con la forma del verbo en el tiempo presente. Use los verbos de la lista siguiente.

oler	pensar	jugar	servir	querer
volver	almorzar	costar	preferir	empezar

Carlos **1.** ir al gimnasio hoy. Él **2.** al baloncesto con sus amigos todos los sábados por la mañana. Ellos **3.** a jugar a las nueve. Después de dos horas Carlos **4.** ir a la cafetería en el centro estudiantil para comer. Sus amigos no **5.** ir con él porque trabajan por las tardes en una tienda en el centro. Carlos **6.** comer con ellos, pero **7.** solo a la universidad y **8.** en la cafetería a las doce. Allí ellos no **9.** buena comida, y a veces **10.** mal, pero a él no le importa porque no **11.** mucho.

 1-14 El fin de semana. Se han terminado las clases de la semana. Use Ud. los verbos indicados para describir los planes de Ud., sus amigos y su familia para el fin de semana. Siga el modelo.

> **Modelo** mis amigos / querer
> *Mis amigos quieren jugar al tenis.*

1. yo / querer
2. mi novia / preferir
3. mi mejor amigo / pensar

4. mis hermanos / empezar
5. mis padres / poder
6. mi compañero de cuarto / jugar

Ahora describa otros planes que Ud. tiene para el fin de semana y compárelos con los de otro(a) estudiante de la clase. ¿Hay una cosa que ambos de Uds. van a hacer? Explique.

 1-15 Un viaje. Sus amigos hablan de un viaje que ellos quieren hacer. Conteste Ud. las preguntas sobre sus planes. Siga el modelo.

> **Modelo** Le contamos los planes del viaje al profesor. ¿Qué le cuentas tú?
> *Le cuento los planes del viaje al profesor.*

1. Queremos ir a Francia. ¿Adónde quieres ir tú?
2. Pensamos estudiar francés antes de ir. ¿Qué piensas estudiar tú?
3. Podemos llegar temprano al café esta noche para hablar del viaje. ¿Cuándo puedes llegar tú?
4. Preferimos viajar por tren en Francia. ¿Cómo prefieres viajar tú?
5. En Francia almorzamos en los mejores restaurantes. ¿Dónde almuerzas tú?
6. Les pedimos permiso para ir a nuestros padres. ¿A quién le pides permiso tú?

Compare sus respuestas con las de otro(a) compañero(a) de clase. ¿Tienen mucho en común?

Spelling-change verbs

Many verbs undergo a spelling change in the first person singular of the present indicative in order to maintain the pronunciation of the last consonant of the stem.

1. Verbs ending in a vowel plus **-cer** or **-cir** have a change from **c** to **zc** in the first person singular.

conducir:	condu**zc**o	**ofrecer:**	ofre**zc**o
conocer:	cono**zc**o	**producir:**	produ**zc**o
obedecer:	obede**zc**o	**traducir:**	tradu**zc**o

2. Verbs ending in **-guir** have a change from **gu** to **g** in the first person singular.

Conseguir	**(e** *to* **i** *stem change*)
consigo	conseguimos
consigues	conseguís
consigue	consiguen

Other commonly used **-guir** verbs:

distinguir: distingo   **seguir:** sigo (**e** *to* **i** *stem change*)

3. Verbs ending in **-ger** or **-gir** have a change from **g** to **j** in the first person singular.

Corregir	**(e** *to* **i** *stem change*)
corrijo	corregimos
corriges	corregís
corrige	corrigen

Other commonly used **-ger** and **-gir** verbs:

coger *(to catch, pick):* cojo   **dirigir** *(to direct):* dirijo

Note that some spelling-change verbs also have a stem vowel change. The stem vowel change occurs, as usual, in the first, second, and third person singular and in the third person plural.

Práctica

1-16 A imitar. Cada vez que sus amigos dicen que ellos hacen algo, Ud. dice que Ud. hace la misma cosa también. Siga el modelo.

Modelo   Conducimos a Barcelona.   *Yo conduzco a Barcelona también.*

1. Conocemos a María.
2. Corregimos las oraciones.
3. Conseguimos el pasaporte.
4. Cogemos las flores.
5. Traducimos las oraciones.
6. ¿Seguimos por esta calle?
7. Dirigimos el proyecto.
8. Distinguimos entre lo malo y lo bueno.
9. Obedecemos al profesor.
10. Producimos programas especiales.

 1-17 Un proyecto cultural. Complete Ud. la conversación entre María y José. Use el tiempo presente de un verbo apropiado. Practique Ud. el diálogo con un(a) compañero(a) de clase. Más tarde su profesor(a) va a escoger una pareja de estudiantes para que ellos puedan presentarle el diálogo a la clase.

JOSÉ   Hola, María. ¿Conoces a Juan?

MARÍA   Sí, lo **1.** _____.

JOSÉ   ¿Sabes que él dirige el proyecto cultural de nuestra clase?

MARÍA   Sí, y yo **2.** _____ el mismo proyecto en mi clase también.

JOSÉ   Como parte de tu proyecto, ¿es necesario traducir muchos artículos al inglés?

MARÍA   Pues, a veces **3.** _____ artículos de los periódicos y revistas del mundo hispánico que tratan del tema de la cultura hispana.

JOSÉ   ¿Dónde consigues estas publicaciones?

MARÍA   Por lo general, las **4.** _____ en una librería en el centro.

JOSÉ   ¿Me recoges unas revistas cuando estés en el centro?

MARÍA   ¡Cómo no! Te **5.** _____ varios diarios y revistas.

JOSÉ   Gracias, María. Hasta la vista.

MARÍA   Adiós, José. Hasta luego.

1-18 Una entrevista breve. Con un(a) compañero(a) de clase, háganse Uds. las preguntas siguientes.

1. ¿Conoces a alguien famoso? ¿A quién?
2. ¿A quién obedeces? Explica.
3. ¿Consigues mucho dinero todos los meses? ¿Cómo?
4. ¿Sigues un curso difícil o fácil en la universidad? ¿Cuál?
5. ¿Corriges todos o algunos de los errores de tu tarea? ¿Por qué?

The present indicative of irregular verbs

Some Spanish verbs are irregular in the present tense.

1. Commonly used verbs that have irregularities only in the first person singular of the present indicative:

caer:	caigo, caes, cae, caemos, caéis, caen
hacer:	hago, haces, hace, hacemos, hacéis, hacen
poner:	pongo, pones, pone, ponemos, ponéis, ponen
saber:	sé, sabes, sabe, sabemos, sabéis, saben
salir:	salgo, sales, sale, salimos, salís, salen
traer:	traigo, traes, trae, traemos, traéis, traen
valer:	valgo, vales, vale, valemos, valéis, valen
ver:	veo, ves, ve, vemos, veis, ven

2. Commonly used verbs that have irregularities in other forms in addition to the first person singular:

decir:	digo, dices, dice, decimos, decís, dicen
estar:	estoy, estás, está, estamos, estáis, están
haber:	he, has, ha, hemos, habéis, han
ir:	voy, vas, va, vamos, vais, van
oír:	oigo, oyes, oye, oímos, oís, oyen
ser:	soy, eres, es, somos, sois, son
tener:	tengo, tienes, tiene, tenemos, tenéis, tienen
venir:	vengo, vienes, viene, venimos, venís, vienen

Hay is the impersonal form of the verb **haber**. It means *there is* or *there are*.

Práctica

1-19 Una narrativa breve. Lea Ud. la siguiente narrativa breve. Luego, cuéntela desde el punto de vista de las personas indicadas.

Digo la verdad. Hago la tarea durante la clase. Por eso no oigo bien al profesor. Estoy aquí para estudiar idiomas extranjeros, pero sé que tengo que estudiar más para tener éxito en las clases.

(ella, los estudiantes, tú, nosotros, Uds.)

3. Some adjectives change their meaning depending on whether they precede or follow the noun.

mi viejo amigo	mi amigo viejo
my old friend (of long standing)	*my friend who is old*
mi antiguo coche	mi coche antiguo
my previous car	*my old car*
el pobre hombre	el hombre pobre
the poor man (unfortunate)	*the poor man (impoverished)*
las grandes mujeres	las mujeres grandes
the great women	*the big women*
varios libros	libros varios
several books	*miscellaneous books*
el mismo cura	el cura mismo
the same priest	*the priest himself*
el único hombre	un hombre único
the only man	*a unique man*
medio hombre	el hombre medio
half a man	*the average man*

4. When two or more adjectives follow the noun, the conjunction **y** is generally used before the last adjective.

gente sencilla y pobre	gente sencilla, pobre y oprimida
simple, poor people	*simple, poor, and oppressed people*

D. Shortening of adjectives

Some adjectives are shortened when they precede certain nouns.

1. The following common adjectives drop their final **-o** before masculine singular nouns: **uno, bueno, malo, primero, tercero.**

buen tiempo	mal ejemplo
el primer día	tercer viaje
un hombre	

2. Both **alguno** and **ninguno** drop their final **-o** before masculine singular nouns and add an accent on the final vowel.

Algún día llegaré a tiempo.
Someday I'll arrive on time.

No hay ningún remedio.
There is no solution.

3. **Santo** becomes **San** before masculine saints' names, except those beginning with **Do-** or **To-**.

San Francisco
BUT
Santo Domingo
Santo Tomás

4. Grande is shortened to **gran** before singular nouns of either gender.

un gran día
una gran mujer

5. Ciento becomes **cien** before all nouns and before **mil** *(thousand)* and **millones** *(million)*. It is not shortened before any other numeral.

cien hombres
cien mil coches
cien millones de pesos
BUT
ciento cincuenta jugadores

Práctica

1-24 El tema de la unidad. Cambie Ud. al plural las siguientes oraciones.

1. El ejercicio es difícil.
2. El estudiante es perezoso.
3. El verbo es reflexivo.
4. La lengua es extranjera.
5. Es una palabra alemana.

1-25 El tema continúa. Continúe Ud. el repaso temático. Cambie las oraciones siguientes al singular.

1. Los profesores son viejos.
2. Las clases son interesantes.
3. Los jóvenes son malos estudiantes.
4. Los profesores siempre hablan de sus temas predilectos.
5. Los idiomas extranjeros son muy fáciles.

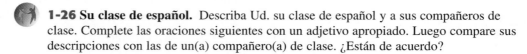

1-26 Su clase de español. Describa Ud. su clase de español y a sus compañeros de clase. Complete las oraciones siguientes con un adjetivo apropiado. Luego compare sus descripciones con las de un(a) compañero(a) de clase. ¿Están de acuerdo?

1. Los estudiantes de esta clase (no) son _____.
   (inteligente / simpático / trabajador / viejo / bueno / malo / único / feliz / francés)
2. La clase (no) es _____.
   (grande / difícil / interesante / bueno / aburrido / fácil)

1-27 A describir. Escriba Ud. dos o tres oraciones que describan a la gente y cosas siguientes usando adjetivos apropiados. Luego comparta sus descripciones con las de un(a) compañero(a) de clase. ¿Hay semejanzas? ¿diferencias?

1. un(a) viejo(a) amigo(a)
2. un pariente favorito
3. el (la) novio(a) ideal
4. un libro que te gusta
5. la ciudad donde vives
6. la ciudad de Nueva York
7. una película que te gusta
8. tu programa predilecto de televisión
9. el presidente de los Estados Unidos
10. esta universidad

1-28 A conocernos. Para conocer mejor a un(a) compañero(a) de clase, descríbale Ud. a él (ella) cinco de sus mejores características físicas y cinco características notables de su personalidad. Su compañero(a) de clase va a hacer la misma cosa. ¿Cómo son Uds. diferentes y cómo son semejantes? Siga Ud. el modelo.

Modelo   Estudiante 1: *Yo soy alto y alegre.*
Estudiante 2: *Yo soy bajo y alegre.*
Estudiante 1: *Él no es alto sino bajo, pero él es alegre como yo.*

1-29 A adivinar. Describa Ud. a un(a) compañero(a) de clase, una persona, un lugar o una cosa famosa. Añada una oración descriptiva cada minuto hasta que su compañero(a) pueda adivinar la identidad de la persona, el lugar o la cosa. Su compañero(a) va a hacer la misma actividad. Siga el modelo.

Modelo   *Es muy grande. Hay muchos edificios altos allí.*
Está en la costa atlántica. Millones de personas viven allí.
Tiene el apodo (nickname) *de la «manzana grande». ¿Qué es?*

Ahora, su profesor(a) va a escoger a varios estudiantes para que den sus descripciones. ¿Puede Ud. adivinar lo que describen?

The personal *a*

A. Uses

The personal **a** is used:

1. when the direct object of the verb refers to a specific person or persons.

   Él lleva a Marta al baile.
   He is taking Marta to the dance.

   Invito a tus hijas a la fiesta.
   I'm inviting your daughters to the party.

2. when the direct object of the verb is a personified noun or a pet.

   Teme a la muerte.
   He fears death.

   Busco a mi perro.
   I'm looking for my dog.

3. with the indefinite pronouns **alguien, nadie, cada uno, alguno(a),** and **ninguno(a).**

   ¿Ves a alguien en la calle?
   Do you see someone (anyone) in the street?

   No veo a nadie.
   I don't see anyone.

   No conozco a ninguno.
   I don't know any (of them).

4. with **¿quién(es)?** when the expected answer would require a personal **a.**

   ¿A quién ve Paco?
   Whom does Paco see?

   Ve a su mamá.
   He sees his mother.

1. There is a tendency to omit the personal **a** before collective nouns.

   Conozco la familia.
   I know the family.

2. The personal **a** usually is not used after **tener.**

   Tengo algunos amigos cubanos.
   I have some Cuban friends.

Práctica

Note that the personal a contracts with el to form al.

1-30 La *a* personal. Complete Ud. las oraciones siguientes con la **a** personal cuando sea necesario.

1. Llama _____ su hija por teléfono.
2. Ellos tienen _____ muchos primos en España.
3. Tratan de encontrar _____ unos libros distintos.
4. Invito _____ los jóvenes al baile.
5. Espero _____ el autobús para ir a la escuela.
6. Paco mira _____ su profesor.
7. Encuentro _____ mis amigas en el café.
8. Ellas oyen _____ su música predilecta.
9. Susana visita _____ la casa de su abuela todos los días.
10. Veo _____ mis tíos en la tienda.

1-31 Más práctica con la *a* personal. Complete Ud. las oraciones siguientes con la **a** personal cuando sea necesario.

1. Busco una casa. (un libro / un amigo / un profesor / un lápiz / unas chicas / unos papeles)
2. Miramos las fotografías. (nuestros padres / la televisión / las mujeres / el presidente / la ventana)

 1-32 Pidiendo información. Hágale Ud. las siguientes preguntas a un(a) compañero(a) de clase.

1. if she/he has many friends
2. if she/he writes to her/his friends often
3. if she/he knows someone who speaks Spanish well
4. if she/he sees many movies
5. if she/he visits her/his relatives on weekends

Repaso

Review the present tense of regular and irregular verbs.

1-33 Es lógico. Haga Ud. oraciones siguiendo el modelo.

Modelo   Él vive en España. Habla español. (los chicos)
            Los chicos viven en España. Hablan español.

1. María vive en México. Empieza a estudiar inglés. (nosotros)
2. El hombre está en casa. Debe salir en seguida. (yo)
3. Tomás trabaja en la capital. Es del campo. (las mujeres)
4. Elena es vieja. No sale nunca. (tú)

Review the present tense of regular, stem-changing, and spelling-change verbs.

1-34 A construir oraciones. Haga Ud. oraciones con las palabras siguientes, en el orden indicado. Haga todos los cambios necesarios para hacer una oración correcta. Ud. puede añadir los elementos (artículos, preposiciones, etc.) que sean necesarios para completar el sentido de la oración. Luego, compare sus oraciones con las de otro(a) compañero(a) de clase. ¿Están de acuerdo?

1. Ramón / no / querer / ir / clase / hoy
2. Elena / preferir / distraer / profesor
3. todos / deber / escuchar / explicación / profesor
4. profesor / hablar / influencias / extranjero / sobre / español
5. lengua / español / tener / alguno / palabras / alemán
6. árabes / aportar / mucho / palabras / lengua / español / moderno
7. yo / conocer / bien / influencia / latín / sobre / español
8. estudiantes / discutir / ejercicios / aunque / tener / sueño

Review the present tense of regular, stem-changing, spelling-change, and irregular verbs.

1-35 Una entrevista. Hágale Ud. las preguntas siguientes a un(a) compañero(a) de clase. Después, su profesor(a) va a hacerles una encuesta *(survey)* a los otros estudiantes de la clase. Él (Ella) va a escribir los resultados en la pizarra para hacer una comparación de actividades y opiniones entre los estudiantes.

1. ¿De dónde eres?
2. ¿Por qué estudias en esta universidad?
3. ¿Qué curso sigues?
4. ¿Cuál es tu clase favorita?
5. ¿Crees que los idiomas extranjeros son interesantes? ¿Por qué?
6. ¿Crees que es importante saber más de un idioma? ¿Por qué?
7. ¿Cómo puedes usar el idioma que estudias?
8. ¿Crees que es necesario saber la base de cada idioma? ¿Por qué?

Review the present tense of regular, stem-changing, spelling-change, and irregular verbs.

1-36 Lo que hacemos en ciertas situaciones. Con un(a) compañero(a) de clase, cuéntense lo que hacen en los lugares siguientes.

1. en la cafetería
2. en la clase de español
3. en el parque
4. en la biblioteca
5. en el teatro
6. en el cine
7. en el centro
8. en la iglesia
9. en el museo
10. en el gimnasio
11. en el estadio
12. en la playa

Modelo en su cuarto
Ud.: *Yo duermo en mi cuarto.*
Su compañero(a) de clase: *Yo estudio en mi cuarto.*

A conversar

When you want to converse in Spanish, there are various strategies that can enhance your ability to communicate clearly. Used on a regular basis, these strategies can help you to understand the speaker's message and to respond meaningfully to what is said. They can also provide you with techniques to initiate, maintain, and end conversations. Some basic strategies for communication will be presented in this and subsequent units of the text. Whenever possible, try to use them along with what you already know about communicating in your own language and about human interaction in general.

Nonverbal communication

A great deal of meaning is conveyed to the listener through facial expressions, gestures, and body language. These nonverbal clues will often tell you if the speaker is sad, happy, angry, content, tired, bored, etc. Certain gestures will tell you if the speaker understands what you are saying; others will indicate if the speaker is hungry, thirsty, on the point of leaving, saying good-bye, etc. Be aware of these signs, as they will help you better understand the meaning of the message that the speaker is trying to convey.

Descripción y expansión

Esta unidad empezó en una clase de español con un grupo de estudiantes que no quería estudiar los verbos reflexivos. En esta página hay un dibujo de otra clase más o menos típica de cualquier escuela o universidad. Estudie Ud. el dibujo y después haga las actividades.

1-37 ¿Qué hay en la clase? Identifique Ud. todos los objetos que se pueden ver en el dibujo.

> **Modelo**   Hay *un escritorio* en la clase.

1-38 Describa Ud. lo que pasa en la clase.

1-39 Conteste las siguientes preguntas.

   a. ¿En qué clase estamos?
   b. ¿Qué península podemos ver?
   c. ¿Qué países están en esta península?
   d. ¿Dónde está Madrid?
   e. ¿Por qué es importante la ciudad de Madrid?
   f. ¿Es España un país grande o pequeño? ¿y Portugal?
   g. ¿Quiénes conquistan la península en el año 200 antes de Cristo?
   h. ¿Quiénes invaden la península desde el norte de Europa en el siglo V después de Cristo?
   i. ¿De dónde vienen los moros para invadir la península?
   j. ¿Quiere Ud. visitar España? ¿Por qué?

1-40 Opiniones. En grupos de tres personas contesten Uds. la pregunta siguiente. Cada grupo de la clase debe hacer una lista de las ventajas y desventajas de saber un idioma extranjero. Luego hagan Uds. una lista de lo que es difícil y lo que es fácil al aprender otro idioma. Compartan Uds. sus listas con las de los otros grupos para ver si sus opiniones son iguales o diferentes a las de los otros estudiantes.

¿Cuál es su opinión respecto al estudio de los idiomas extranjeros?

A escuchar

¿Catalán o castellano?

¿Sabe Ud. que se hablan cuatro lenguas en España? Se habla el gallego en Galicia en el noroeste del país, el vascuence en los Países Vascos en el norte, y el catalán en Cataluña en el noreste. Sin embargo, la lengua oficial de España es el castellano (español). A veces esta variedad de lenguas puede causar un conflicto lingüístico porque una persona que puede hablar más de dos lenguas no sabe cuál de las lenguas debe usar.

Text Audio CD, Track 3   **Escuche Ud. a continuación la situación siguiente y el diálogo. Luego haga los ejercicios relacionados con lo que ha escuchado y aprendido.**

Los padres de Mari-Carmen están en Barcelona: don Carlos, por asuntos de negocios, y doña Celinda lo acompaña. Todos los días pasan un rato con Mari-Carmen, su única hija, que estudia arquitectura en la Universidad de Barcelona. Doña Celinda y su hija se han encontrado en la Plaza de Cataluña, y están en la cafetería de El Corte Inglés.

1-41 Información. Haga Ud. las siguientes actividades.

Primero, ¿son **verdaderas** o **falsas** las siguientes oraciones?

   a. En Sevilla vive doña Celinda.
   b. En España sólo se habla español.
   c. A doña Celinda le gusta que le hablen en catalán.
   d. La madre y la hija están en una cafetería.
   e. Mari-Carmen tiene tres hermanas.

Segundo, complete las siguientes oraciones.

   a. La Plaza de Cataluña está…
   b. En Barcelona se habla…
   c. Don Carlos está en Barcelona por…

La Plaza de Cataluña es un lugar muy popular en Barcelona. Describa Ud. la plaza y lo que hace la gente.

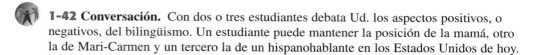

1-42 Conversación. Con dos o tres estudiantes debata Ud. los aspectos positivos, o negativos, del bilingüismo. Un estudiante puede mantener la posición de la mamá, otro la de Mari-Carmen y un tercero la de un hispanohablante en los Estados Unidos de hoy.

1-43 Situaciones. Con un(a) compañero(a) de clase, preparen Uds. un diálogo que corresponda a una de las situaciones siguientes. Utilicen gestos mientras estén hablando para indicarle a la otra persona que Ud. es una persona alegre y simpática, o que a Ud. le gusta mucho la otra persona.

Nuevos amigos. Un(a) estudiante se encuentra con otro(a) estudiante en el pasillo (hallway). No se conocen. Empiezan a hablar. Cada estudiante quiere saber de dónde es el (la) otro(a), por qué está en esta universidad, qué estudia y las razones por las que estudia español. Luego tienen que ir a clase, pero antes de salir deciden reunirse después de la clase para tomar un café.

La clase de español. Dos estudiantes van a la clase de español. Mientras caminan hablan de la clase. A la chica no le gusta y explica sus razones. Al chico le gusta mucho la clase y le da a la chica una lista de razones de por qué opina así. Él no puede convencerla, pero ella dice que a pesar de todo, ella piensa que es importante aprender a comunicarse en español porque tanta gente en los Estados Unidos habla español hoy en día.

Intercambios

 1-44 Discusión: las lenguas y las influencias extranjeras. Indique Ud. sus reacciones ante las siguientes ideas y explique por qué. Después, compare sus reacciones con las de sus compañeros de clase.

1. Cuando uno habla inglés, español u otro idioma, debe…
   a. usar cualquier palabra extranjera que quiera.
   b. rechazar completamente el uso de palabras extranjeras.
   c. usar sólo palabras extranjeras que no tienen equivalente en su lengua.
2. El uso de palabras extranjeras…
   a. contamina el idioma.
   b. enriquece el idioma.
   c. no tiene ninguna importancia.
3. La influencia del inglés sobre otros idiomas es…
   a. buena porque el inglés debe ser el idioma dominante en el mundo.
   b. útil porque presta palabras nuevas que son necesarias.
   c. mala porque destruye la individualidad de los otros idiomas.
4. Una lengua debe…
   a. mantenerse fija e invariable.
   b. aceptar palabras nuevas, pero mantener su estructura fundamental.
   c. adaptarse y evolucionar con el tiempo, incluso en su gramática.
5. Los hablantes de cada idioma deben…
   a. reconocer un dialecto oficial y rechazar otros dialectos.
   b. aceptar todos los dialectos, pero usar sólo uno en la lengua escrita.
   c. aceptar todos los dialectos.
6. En el mundo moderno…
   a. se necesita una lengua universal.
   b. todos deben aprender lenguas extranjeras.
   c. no es necesario tener una lengua universal ni aprender otras lenguas porque hay traductores e intérpretes.

 1-45 Temas de conversación o de composición

1. ¿Sabe Ud. si hoy día el idioma inglés tiene alguna influencia sobre el español? ¿sobre otros idiomas? ¿Por qué?
2. ¿Sabe Ud. si el inglés contiene palabras que vienen del español? Dé algunos ejemplos. (Si necesita inspirarse, puede mirar un mapa de los Estados Unidos.)
3. ¿Qué otras lenguas aportan palabras o expresiones al inglés? Dé Ud. algunos ejemplos.
4. ¿Qué sabe Ud. acerca de la evolución del inglés?

Text Audio CD, Track 4 **1-46 Ejercicio de comprensión.** Ud. va a escuchar dos comentarios breves sobre los idiomas extranjeros. Después de cada comentario, va a escuchar dos oraciones. Indique si la oración es **verdadera** (V) o **falsa** (F), trazando un círculo alrededor de la letra que corresponde a la respuesta correcta.

Primer comentario: **Segundo comentario:**

1. V F   3. V F
2. V F   4. V F

Ahora escriba Ud. un título para cada uno de los dos comentarios que refleje el contenido de ellos. Compare Ud. los títulos con los de otros estudiantes. En su opinión, ¿cuáles son los mejores títulos?

Investigación y presentación

 Hace muchos siglos varios grupos invadieron la Península Ibérica y dejaron una huella *(trace)* indestructible de su civilización en la península. Muchos de estos grupos se establecieron en el sur de España en la región que hoy se llama Andalucía. Por eso se dice que Andalucía es la encrucijada *(crossroads)* cultural de la península.

En esta sección Ud. va a leer un ensayo breve sobre Andalucía. Luego hay una serie de preguntas que contestar. Después de compartir las respuestas con la clase, su profesor(a) va a dividir la clase en cuatro grupos. Cada uno de los grupos va a recibir un tópico relacionado con tema del ensayo, y va a tener dos o tres días para investigar su tópico y para preparar una presentación oral que su grupo va a hacer enfrente de la clase.

Los cuatro tópicos son: (1) Sevilla, (2) Granada, (3) Córdoba, (4) la Semana Santa. Ud. puede hacer sus investigaciones en la biblioteca o en la computadora por medio del Internet. Hay muchas páginas en la Web que contienen información sobre España: **http://intermediatespanish.heinle.com.**

Preguntas

1-47 Lea Ud. la lectura en la página 29 y conteste las siguientes preguntas.

1. ¿Cómo se llama la región más austral de España?
2. A veces se dice que esta región es la encrucijada cultural de la península. ¿Por qué?
3. ¿Cómo se llaman los varios grupos que se establecieron en esta región?
4. ¿Cuál es una de las tradiciones o elementos del folklore andaluz que es muy conocida? ¿Cómo es?
5. ¿Cuáles son las tres ciudades principales de Andalucía?
6. ¿Cuál es una característica de cada una de estas tres ciudades?

Lectura

El sur

Los recuerdos de los fenicios, siempre entreverados[1] de personajes olímpicos; la huella romana (¿quién no conoce a Trajano y Adriano, nacidos en Itálica?); la cultura musulmana, exquisita y lírica; la filosofía hebrea y los más brillantes momentos del arte occidental componen un catálogo artístico que habla bien a las claras del atractivo que siempre ha ejercido esta hermosa región.

Su cultura tradicional es de una riqueza y una variedad que sólo pueden abarcar[2] los muy entendidos. El flamenco es, en realidad, una música que expresa los tonos más festivos y también lo más lúgubres[3] lamentos; la fiesta de toros puede ser el arte más academicista y también la expresión más personal de un diestro[4]. La Semana Santa responde a ritos no codificados[5], pero siempre idénticos a sí mismos.

Son muchas ciudades para visitar: **Sevilla,** con una imponente Catedral gótica cuyos cimientos[6] se asientan sobre una desaparecida mezquita[7] almohade (el símbolo de la victoria de una religión sobre otra), de la que sólo queda en pie ese magnífico alminar[8] que es la Giralda, propone al viajero muchas visitas.

Granada, al pie de Sierra Nevada, ha sido el tema favorito de escritores y grabadores[9] románticos. La Alhambra y el Generalife figuran en lugar muy destacado[10] entre los palacios de todo el Islam. Una arquitectura ligera[11] y sensual, una decoración exquisita y abstracta y unos patios y

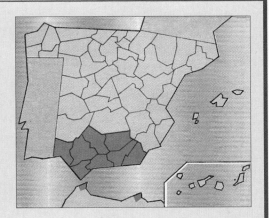

jardines que parecen un auténtico manifiesto de esa sabia manera de concebir[12] el placer que demostró la lírica árabe, conforman un bellísimo conjunto que en la primavera alcanza la categoría de pequeño paraíso terrestre.[13]

También **Córdoba** es lugar de peregrinación[14] para los amantes[15] del arte islámico. La mezquita, edificada en el siglo X, en lo que se ha dado en llamar el período clásico del arte andalusí, es un sobrecogedor[16] bosque[17] de columnas. De nuevo hay una sorpresa arquitectónica: una Catedral góticorenacentista irrumpe en el uniforme espacio interior.

La mezquita central está rodeada de un barrio[18] que reúne en una superficie no muy extensa una abrumadora cantidad de rincones[19] bellísimos y sugerentes. La sinagoga[20], muy cerca, preside una judería hecha de callejuelas[21] y recovecos[22] cuyos nombres evocan un brillante pasado de filósofos y mercaderes.

---

[1] entreverados *mixed;* [2] abarcar *to include, take in;* [3] lúgubres *mournful;* [4] diestro *right, skillful;* [5] codificados *codified;* [6] cimientos *foundations;* [7] mezquita *mosque;* [8] alminar *minaret (tower);* [9] grabadores *engravers;* [10] destacado *outstanding;* [11] ligera *light;* [12] concebir *to conceive, imagine;* [13] terrestre *earthly;* [14] peregrinación *pilgrimage;* [15] amantes *lovers;* [16] sobrecogedor *startling;* [17] bosque *forest;* [18] barrio *neighborhood;* [19] rincones *corners (of a room);* [20] sinagoga *synagogue;* [21] callejuelas *small side streets;* [22] recovecos *turns, bends (of a street)*

2

Orígenes de la cultura hispánica: América

En contexto
El día siguiente en mi clase de cultura hispánica

Estructura
The imperfect tense
The preterite tense of regular verbs
The preterite tense of irregular verbs
Uses of the imperfect and the preterite
Direct object pronouns
The reflexive verbs and pronouns

A conversar
Language functions
Verbal communication

A escuchar
Una visita

Investigación y presentación
México: Fascinante, múltiple y diverso México le
    ofrece…

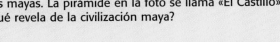

◄ Chichén Itzá en Yucatán fue uno de los grandes centros mayas. La pirámide en la foto se llama «El Castillo». ¿Qué revela de la civilización maya?

➤ En contexto

El día siguiente en mi clase de cultura hispánica

Vocabulario activo

Estudie estas palabras.

Verbos
comentar *to discuss*
encantar *to delight, enchant*
  le encanta *he/she loves (something)*
reemplazar *to replace*

Sustantivos
el asunto *matter*
el cacao *chocolate*
el comestible *food, foodstuff*
el huracán *hurricane*
el maíz *corn, maize*
la papa *potato*
el préstamo *loan*
el remedio *solution*

Adjetivos
culto(a) *cultured, refined*
escolástico(a) *scholastic*
indígena *indigenous; Indian*
poderoso(a) *powerful*
próximo(a) *next*
tecnológico(a) *technological*

Otras expresiones
quedarle a uno *to have left*
no les quedó más remedio *they had no
  other solution*
claro (que) *of course*
eso de *the matter of*
lo que *what*
¡Qué lástima! *What a shame!*

Para practicar

**Complete Ud. el párrafo siguiente con palabras escogidas de la sección
Vocabulario activo. No es necesario usar todas las palabras.**

A la mujer le **1.** cocinar. Tiene que ir al mercado para comprar algunos **2.** antes de
preparar la cena. No tiene dinero y por eso le pide un **3.** a su vecina. A ella no le
4. En el mercado compra el **5.** para hacer una torta especial. También compra algunas
6. para asar y el **7.** para hacer tortillas. Quiere hacer una salsa especial para las tortillas, pero el mercado no tiene **8.** necesita para hacerla. Vuelve a casa y llama a su
amiga para invitarla a cenar. Su amiga le dice que el meteorólogo acaba de anunciar
que habrá un **9. 10.** esa noche por la costa. Ella no quiere salir de su casa. Ellas
deciden tener la cena la **11.** noche. ¡ **12.** !

Text Audio CD, Track 5 **Antes de leer Ud. el diálogo, escúchelo con el libro cerrado. ¿Cuánto comprendió Ud?**

RAMÓN   Todavía no he podido estudiar[1] los verbos reflexivos. ¿Y tú?

ELENA   No. Tenemos que distraer al profesor de nuevo. Tú le puedes hacer la pregun-
        ta esta vez.

RAMÓN   Bien. Creo que se la voy a hacer sobre el mismo asunto. La última vez habló
        toda una hora acerca de las influencias extranjeras sobre el español. Le
        encantó ese tema. Mira, ya está aquí.

PROF.   Buenos días. Hoy vamos a analizar los verbos reflexivos. Ah, sí, Ramón,
        ¿tienes una pregunta?

RAMÓN	En la clase anterior estábamos comentando eso de las influencias extranjeras. Su discusión fue muy interesante, pero solamente llegó hasta los moros. ¿No hubo otras influencias?
PROF.	Claro que hubo otras.
RAMÓN	¿Cuáles fueron? Hubo influencia de los indígenas americanos, ¿no?
PROF.	Sí, los españoles tomaron muchas palabras, o lo que llamamos préstamos, de las lenguas indígenas, especialmente del náhuatl y del quechua.[1]
RAMÓN	¿Por qué?
PROF.	Pues, los españoles encontraron en América muchos animales y plantas desconocidos. Naturalmente, el español no tenía nombres para estas cosas. No les quedó más remedio que incorporar al idioma las palabras que emplea-ban los indígenas.
ELENA	¿Cuáles son algunos de los préstamos?
PROF.	Bueno, entre los comestibles la batata[2], la papa, el maíz, el chocolate, el tomate y el cacao. Como puedes ver, algunas de estas palabras después pasaron del español al inglés.
RAMÓN	¿Sólo nombres de comestibles?
PROF.	No, otros también como huracán, hule[3], hamaca[4] y nombres de animales como el puma, el caimán[5], el cóndor y el tiburón[6]. La mayoría de estos prés-tamos se refieren a cosas de la naturaleza. Bueno, y ahora volvamos a los verbos…
ELENA	Pero, ¿y después de la influencia indígena?
PROF.	Después hubo influencia del francés[2] en el siglo XVIII, cuando Francia era[7] un país muy poderoso en Europa. También el inglés ha influido mucho[3] en el siglo XX, especialmente en el vocabulario tecnológico. Pero debemos volver a la lección.
RAMÓN	Ya no queda tiempo, profesor.
PROF.	Ah, ¡qué lástima! Ahora ya no pueden hacer preguntas sobre los verbos reflexivos. Aparecen en el examen que vamos a tener al principio de la pró-xima clase.
ELENA	*(a Ramón)* ¡Ay, Dios mío! ¿Qué hacemos ahora, Ramón?

Notas culturales

[1] *del náhuatl y del quechua: El náhuatl es el idioma de los aztecas; el quechua es el de los incas. Estas lenguas todavía se hablan en los países donde hay grandes concentraciones de población indígena: México, Guatemala, el Perú, Bolivia y el Ecuador.*

[2] *influencia del francés: En el siglo XVIII, Francia llegó a dominar la cultura europea. El francés influyó en el español de la época, especialmente en el lenguaje culto, escolástico y gubernamental. Esta influencia se limitó a la introducción de galicismos (palabras y frases francesas) que reem-plazaron palabras y frases que venían usándose en español. Más tarde hubo una reacción en con-tra de esta tendencia.*

[3] *También el inglés ha influido mucho: En los siglos XIX y XX, el poder económico y político de Inglaterra primero, y de los Estados Unidos después, facilitó la introducción de anglicismos en casi todas las lenguas del mundo.*

[1] no he podido estudiar *have not been able* [2] la batata *sweet potato* [3] hule *rubber* [4] hamaca *hammock* [5] el caimán *alligator* [6] el tiburón *shark* [7] era *was*

Describa Ud. esta foto. ¿Qué le parece esta familia indígena? ¿De dónde son estos indígenas?

2-1 Comprensión. Conteste Ud. las preguntas siguientes.

1. ¿Por qué tienen que hacer otra pregunta los alumnos?
2. ¿Quién la va a hacer esta vez?
3. ¿Sobre qué tema es la pregunta?
4. ¿Le gusta al profesor el tema de las influencias extranjeras?
5. ¿Hasta dónde llegó el profesor en la clase anterior?
6. ¿De qué influencias habla el profesor hoy?
7. ¿De qué lenguas indígenas tomaron palabras los españoles?
8. ¿Qué son los préstamos?
9. ¿Por qué necesitaban tomar palabras de esas lenguas?
10. ¿Cuáles son algunos de los préstamos?
11. ¿Qué otras lenguas han influido en el español moderno?
12. ¿Por qué no terminaron la lección?
13. ¿Sobre qué va a ser el examen de la próxima clase?

2-2 Opiniones. Conteste Ud. las preguntas siguientes.

1. ¿Puede Ud. pensar en unas palabras que usamos en inglés y que son préstamos del idioma español? ¿Cuáles son?
2. ¿Qué sabe Ud. de la civilización de los aztecas? ¿de los incas?
3. En su opinión, cuál de estas dos civilizaciones indígenas es más interesante, ¿la de los aztecas o la de los incas? ¿Por qué?
4. ¿Quiere Ud. aprender más acerca de las civilizaciones e idiomas indígenas de las Américas? ¿Por qué?
5. ¿Cuál de los comestibles indígenas le gusta más a Ud.?
6. ¿Le encanta a Ud. estudiar las influencias extranjeras sobre el español? ¿Por qué?
7. ¿Cree Ud. que el estudio de un idioma extranjero le ayuda a entender mejor su propio idioma? ¿Por qué?
8. ¿Por qué cree Ud. que es esencial estudiar los verbos de un idioma?

Estructura

The imperfect tense

A. Regular verbs

The imperfect tense is formed by dropping the infinitive endings and adding the following endings to the stem: **-aba, -abas, -aba, -ábamos, -abais,** and **-aban** for **-ar** verbs; **ía, -ías, -ía, -íamos, -íais,** and **-ían** for **-er** and **-ir** verbs.

Llamar *To call*		**Comer** *To eat*		**Vivir** *To live*	
llamaba	llamábamos	comía	comíamos	vivía	vivíamos
llamabas	llamabais	comías	comíais	vivías	vivíais
llamaba	llamaban	comía	comían	vivía	vivían

B. Irregular verbs

Only three verbs are irregular in the imperfect.

ir:	iba, ibas, iba, íbamos, ibais, iban
ser:	era, eras, era, éramos, erais, eran
ver:	veía, veías, veía, veíamos, veíais, veían

The imperfect tense has the following English equivalents:

Tú llamabas
$\begin{cases} \textit{You called} \\ \textit{You used to call} \\ \textit{You were calling} \end{cases}$

Práctica

2-3 Una narrativa breve. Lea Ud. esta narrativa breve. Luego cuéntela desde el punto de vista de las personas indicadas.

En la clase yo comentaba siempre las influencias indígenas sobre el vocabulario del español. También aprendía a analizar los verbos reflexivos con frecuencia. Todas las noches iba a la biblioteca para hacer la tarea de la clase. Yo era un buen estudiante. Muchas veces veía a los amigos allá y hablaba con ellos.

(ellas, tú, nosotros, Juana, los estudiantes, Uds.)

2-4 El Nuevo Mundo. Complete Ud. esta breve historia con la forma correcta del imperfecto de los verbos entre paréntesis.

Las civilizaciones indígenas (ser) **1.** muy interesantes, especialmente las de los indígenas que (vivir) **2.** en el altiplano del Perú durante el tiempo del encuentro con los españoles en el Nuevo Mundo. Los conquistadores (ver) **3.** cosas nuevas todos los días, incluso varias plantas que (ser) **4.** desconocidas en España. Los indígenas (comer) **5.** con frecuencia papas, batatas, maíz y cacao como parte de su dieta diaria. (Haber) **6.** muchos tipos de nuevos comestibles.

2-5 Una entrevista. Con un(a) compañero(a) de clase pregúntense las cosas siguientes, para saber más de lo que Uds. hacían durante su niñez. Comparen las respuestas para ver qué actividades tenían en común.

1. ¿Dónde vivías durante tu niñez?
2. ¿Dónde vivías cuando asistías a la escuela secundaria?
3. ¿Estudiabas español cuando estabas en la escuela secundaria, antes de venir a la universidad?
4. ¿Eras un(a) buen(a) o mal(a) estudiante?
5. ¿Cuál era tu pasatiempo favorito?
6. ¿Qué hacías durante los fines de semana?
7. ¿Ibas a la biblioteca o te quedabas en casa para estudiar?
8. Cuando eras muy joven, ¿qué querías ser al graduarte de la universidad?

2-6 Su niñez. Dígale a un(a) compañero(a) de clase tres cosas que Ud. hacía todos los veranos durante su niñez. Luego, escuche Ud. mientras su compañero(a) hace lo mismo. Termine haciendo un resumen de sus experiencias para ver cuáles de éstas eran similares y cuáles eran diferentes.

Modelo   Ud.: *Yo iba a la playa todos los veranos cuando era pequeño(a).*
Su compañero(a) de clase: *Yo iba a la playa también.*
-o-
Yo no iba a la playa.
Yo iba a las montañas.

Ahora, su profesor(a) va a conducir una encuesta para saber la actividad del verano en la cual la mayoría de los estudiantes participaba.

The preterite tense of regular verbs

The preterite tense of regular verbs is formed by dropping the infinitive endings and adding the following endings to the stem: **-é, -aste, -ó, -amos, -asteis,** and **-aron** for **-ar** verbs; **í, -iste, -ió, -imos, -isteis,** and **-ieron** for **-er** and **-ir** verbs.

Escuchar *To listen to*		**Comer** *To eat*		**Salir** *To leave*	
escuché	escuchamos	comí	comimos	salí	salimos
escuchaste	escuchasteis	comiste	comisteis	saliste	salisteis
escuchó	escucharon	comió	comieron	salió	salieron

Práctica

2-7 Una narrativa breve. Lea Ud. esta narrativa breve. Luego cuéntela desde el punto de vista de las personas indicadas.

Escuché su conferencia acerca de las influencias extranjeras sobre el español con mucho interés. Después salí con unos amigos para comer en un café y discutir el asunto. Comí una variedad de cosas de origen indígena, como papas fritas con salsa de tomate y una taza (cup) *de chocolate. Pasé una noche muy agradable* (pleasant) *con buenos amigos, comida deliciosa y conversación animada* (lively).

(Elena y yo, tú, mi hermano, Tomás y Luisa, Ud.)

2-8 Las actividades de ayer. Diga Ud. lo que hicieron las personas siguientes ayer.

> **Modelo**   mi padre / comprar un coche nuevo
> *Mi padre compró un coche nuevo ayer.*

1. el joven / escribir una carta
2. tú / perder tus libros
3. los estudiantes / asistir a la clase de historia
4. las muchachas / hablar con el profesor
5. mi hermana / trabajar en la biblioteca
6. mi amigo y yo / salir de casa
7. yo / escuchar música en la radio

 2-9 Anoche. Con un(a) compañero(a) de clase háganse Uds. las preguntas siguientes para saber lo que él (ella) hizo anoche. Si Uds. no hicieron ninguna de las cosas indicadas, díganse lo que hicieron en realidad.

> **Modelo**   Ud.: ¿Almorzaste en casa o en la cafetería anoche?
> Su compañero(a) de clase: *No almorcé ni en casa ni en la cafetería.*
> *Almorcé en un café cerca de la universidad.*

1. ¿Asististe a una conferencia anoche o fuiste al cine?
2. ¿Saliste después con unos amigos para comer algo o decidiste ir a la biblioteca para estudiar?
3. ¿Volviste tarde o temprano a casa?
4. Al llegar a casa, ¿miraste un programa de televisión o te acostaste?
5. Antes de acostarte anoche, ¿preparaste la lección o le escribiste una carta a tu novio(a)?

Ahora, haga Ud. un resumen *(summary)* de sus respuestas y compártalo con la clase. ¿Cuántos de sus compañeros de clase hicieron cosas semejantes? ¿diferentes?

 2-10 Antes de la clase. Usando algunos de los verbos siguientes, dígale a su compañero(a) de clase cinco cosas que Ud. hizo antes de venir a clase hoy. Él (Ella) va a decirle lo que él (ella) hizo también.

escuchar	comer	descansar	escribir
trabajar	hablar	llamar	visitar
comprar	cantar	nadar	comentar

The preterite tense of irregular verbs

1. **Ir** and **ser** have the same forms in the preterite tense.

Ir *To go* / **Ser** *To be*	
fui	fuimos
fuiste	fuisteis
fue	fueron

Paula **fue** a clase anoche.
*Paula **went** to class last night.*

Fue una clase interesante.
*It **was** an interesting class.*

2. **Dar** and **ver** are also irregular in the preterite.

dar:	di, diste, dio
	dimos, disteis, dieron
ver:	vi, viste, vio
	vimos, visteis, vieron

3. Irregular verbs with the **u** change in the stem.

andar:	anduve, anduviste, anduvo
	anduvimos, anduvisteis, anduvieron
estar:	estuve, estuviste, estuvo
	estuvimos, estuvisteis, estuvieron
haber:	hube, hubiste, hubo
	hubimos, hubisteis, hubieron
poder:	pude, pudiste, pudo
	pudimos, pudisteis, pudieron
poner:	puse, pusiste, puso
	pusimos, pusisteis, pusieron
saber:	supe, supiste, supo
	supimos, supisteis, supieron
tener:	tuve, tuviste, tuvo
	tuvimos, tuvisteis, tuvieron

4. Irregular verbs with the **i** change in the stem.

hacer:	hice, hiciste, hizo
	hicimos, hicisteis, hicieron
querer:	quise, quisiste, quiso
	quisimos, quisisteis, quisieron
venir:	vine, viniste, vino
	vinimos, vinisteis, vinieron

5. Irregular verbs with the **j** change in the stem.

Other verbs ending in **-ducir** conjugated like **producir: conducir, traducir.**

decir:	dije, dijiste, dijo
	dijimos, dijisteis, dijeron
producir:	produje, produjiste, produjo
	produjimos, produjisteis, produjeron
traer:	traje, trajiste, trajo
	trajimos, trajisteis, trajeron

Note that the verbs in items 3 and 4 above have the same irregular preterite endings. The verbs in item 5 also have the same irregular endings in all forms of the preterite with the exception of third person plural, which is **-eron,** not **-ieron.**

A. Spelling-change verbs

1. Verbs ending in **-car, -gar,** and **-zar** make the following changes in the first person singular of the preterite:

-car:	**c** to **qu**
-gar:	**g** to **gu**
-zar:	**z** to **c**
buscar:	busqué, buscaste, buscó
	buscamos, buscasteis, buscaron
llegar:	llegué, llegaste, llegó
	llegamos, llegasteis, llegaron
empezar:	empecé, empezaste, empezó
	empezamos, empezasteis, empezaron

2. Certain **-er** and **-ir** verbs change **i** to **y** in the third person singular and plural. Note the accents.

caer:	caí, caíste, cayó
	caímos, caísteis, cayeron
creer:	creí, creíste, creyó
	creímos, creísteis, creyeron
leer:	leí, leíste, leyó
	leímos, leísteis, leyeron
oír:	oí, oíste, oyó
	oímos, oísteis, oyeron

B. Stem-changing verbs

1. Stem-changing **-ir** verbs that change **e** to **ie** or **o** to **ue** in the present tense change **e** to **i** and **o** to **u** in the third person singular and plural forms of the preterite.

Preferir		**Dormir**	
preferí	preferimos	dormí	dormimos
preferiste	preferisteis	dormiste	dormisteis
prefirió	prefirieron	durmió	durmieron

2. Stem-changing **-ir** verbs that change **e** to **i** in the present tense also change **e** to **i** in the third person singular and plural of the preterite.

Repetir		**Pedir**	
repetí	repetimos	pedí	pedimos
repetiste	repetisteis	pediste	pedisteis
repitió	repitieron	pidió	pidieron

3. The majority of **-ar** and **-er** stem-changing verbs in the present tense are regular in the preterite.

Práctica

2-11 Una narrativa breve. Lea Ud. la narrativa que sigue. Luego cuéntela desde el punto de vista de las personas indicadas.

Llegamos a Buenos Aires anoche. Buscamos un hotel en el centro. Después de comer, fuimos a un club nocturno (night club) *donde oímos discos de ritmos latinoamericanos. Tuvimos que volver al hotel a la medianoche. Al entrar al hotel, le dijimos al empleado que nos despertara* (to wake us up) *temprano por la mañana.*

(yo, los profesores, tú, Francisco)

2-12 Transformación. Cambie Ud. los verbos en las oraciones siguientes a la primera persona singular del pretérito.

1. Tocamos la trompeta.
2. Pagamos la cuenta en la tienda.
3. Comenzamos a trabajar a las siete.
4. Jugamos al tenis el sábado.
5. Le dedicamos este poema a la profesora.
6. Reemplazamos los libros viejos de español.

2-13 El viaje de Carmen. Complete Ud. este cuento sobre un viaje que Carmen hizo a México, usando la forma correcta del pretérito de los verbos entre paréntesis.

Carmen (hacer) **1.** un viaje a México la semana pasada. Al llegar a la capital no (poder) **2.** pasar por la aduana porque su madre no le (poner) **3.** su pasaporte en su maleta. Ella (traer) **4.** una tarjeta de turismo con ella y por eso los funcionarios de la aduana le (permitir) **5.** entrar al país. Su amigo Raúl (ir) **6.** al aeropuerto para llevarla a la casa de su familia. Por un instante ella (tener) **7.** mucho miedo *(was very afraid),* pero al conocer a los padres de Raúl ella (darse) **8.** cuenta *(realized)* de que no habría ningún problema. El próximo día Raúl le (pedir) **9.** el coche a su padre y los dos jóvenes (salir) **10.** para hacer una gira por las ruinas indígenas.

 2-14 Una historia personal. Ahora escriba Ud. una narrativa semejante a la narrativa del ejercicio 2-13, relatando la aventura más inolvidable que Ud. o un(a) amigo(a) tuvo en el pasado. Use Ud. algunos de los verbos de la lista siguiente. Comparta esta experiencia con la clase.

llegar	pedir	almorzar	entrar
buscar	empezar	traer	hacer
ir	pagar	tener	jugar

Uses of the imperfect and the preterite

A. Summary of uses

The two simple past tenses in Spanish, the imperfect and the preterite, have specific uses and express different things about the past. They cannot be interchanged.

The imperfect is used:

1. to tell that an action was in progress or to describe a condition that existed at a certain time in the past.

    Estudiaba en España en aquella época.
    He was studying in Spain at that time.

En el cine yo me reía mientras los demás lloraban.
In the movie theater I was laughing while the rest were crying.

Había muchos estudiantes en la clase de química.
There were a lot of students in the chemistry class.

Hacía mucho frío en la sala de conferencias.
It was very cold in the lecture hall.

2. to relate repeated or habitual actions in the past.

Mis amigas estudiaban todas las noches en la biblioteca.
My friends used to study every night in the library.

Los chicos viajaban por la península todos los veranos.
The boys used to travel through the peninsula every summer.

3. to describe a physical, mental, or emotional state in the past.

Los jóvenes estaban muy enfermos.
The young people were very ill.

No comprendíamos la lección sobre el lenguaje culto y escolástico de la época.
We didn't understand the lesson about the refined and scholastic language of the era.

Yo creía que Juan era rico y poderoso.
I thought that Juan was rich and powerful.

La chica quería quedarse en casa.
The girl wanted to stay at home.

4. to tell time in the past.

Eran las siete de la noche.
It was seven o'clock in the evening.

The preterite is used:

1. to report a completed action or an event in the past, no matter how long it lasted or how many times it took place. The preterite views the act as a single, completed past event.

Fuimos a clase ayer.
We went to class yesterday.

Llovió mucho el año pasado.
It rained a lot last year.

Traté de llamar a Elsa repetidas veces.
I tried to call Elsa many times.

Ella salió de casa, fue al centro y compró el regalo.
She left the house, went downtown, and bought the gift.

2. to report the beginning or the end of an action in the past.

Empezó a hablar con los estudiantes.
He started to talk with the students.

Terminaron la tarea muy tarde.
They finished the assignment very late.

3. to indicate a change in mental, physical, or emotional state at a definite time in the past.

Después de la explicación lo comprendimos todo.
After the explanation we understood everything.

B. The preterite and the imperfect used together

1. The preterite and imperfect tenses can best be understood by examining their use together in the same sentence.

El profesor hablaba cuando Elena entró.
The professor was talking when Elena entered.

Él explicaba las influencias extranjeras cuando terminó la clase.
He was explaining the foreign influences when the class ended.

Me dormí mientras hacía los ejercicios.
I fell asleep while I was doing the exercises.

In the above sentences, note that the imperfect describes the way things were or what was going on while the preterite relates a completed act that interrupted the scene or action.

2. Note the use of the preterite and the imperfect in the following paragraphs.

Los españoles llegaron a América en 1492, donde se encontraron con los indígenas de este nuevo mundo. Los indígenas eran de una raza desconocida. Todo era distinto incluso el color de su piel, la ropa, sus costumbres y sus lenguas. Los españoles creían que estaban en la India y por eso llamaron a los habitantes de estas tierras «indios».

Cuando los españoles empezaron a explorar estos nuevos territorios supieron que ya había tres civilizaciones muy avanzadas: la maya, la azteca y la incaica. Estos indígenas tenían sus propios sistemas de gobierno, sus propias lenguas y en cada civilización la religión hacía un papel muy importante en la vida diaria de la gente. Había muchos templos y los indios participaban en numerosas ceremonias dedicadas a sus dioses. Había gran cantidad de diferencias entre la cultura de los españoles y la de los indígenas. Por eso los españoles no pudieron entender bien ni a los indígenas ni ellos a los españoles.

The Spaniards arrived (completed act) in America in 1492 where they found (completed act) the native inhabitants of this new world. The natives were (description) from an unknown race. Everything was (description) different including the color of their skin, their clothing, their customs, and their languages. The Spaniards believed (thought process) that they were (location over a period of time) in India and therefore called (completed act) the inhabitants of these lands "Indians."

When the Spaniards started (beginning of an act) to explore these new territories they found out (meaning of saber *in the preterite) that there were (description) already three very advanced civilizations: the Mayan, the Aztec, and the Incan. These Indians had (description) their own systems of government, their own languages and in each civilization religion played (description) a very important role in the daily life of the people. There were (description) many temples and the Indians participated (continuous or habitual act) in many ceremonies dedicated to their gods. There were (description) many differences between the culture of the Spaniards and that of the Indians. For that reason the Spaniards could not (meaning of* poder *in the preterite) understand the Indians well nor the Indians the Spaniards.*

C. Verbs with special meanings in the preterite

In the imperfect tense, some verbs describe a physical, mental, or emotional state, while in the preterite they report a changed state or an event.

conocer: Conocí a Elena anoche.
I met (became acquainted with) Elena last night.

¿Conocías a Elena en aquella época?
Did you know Elena at that time?

saber: Supo que ella era rica.
He found out that she was rich.

Sabía que ella era rica temprano.
He knew early that she was rich.

querer: Quiso llamarla.
He tried to call her.

Quería llamarla.
He wanted to call her.

No quiso hacerlo.
He refused to do it.

No quería hacerlo.
He didn't want to do it.

poder: Pudo hacerlo.
She succeeded in doing it (managed to do it).

Podía hacerlo.
She was able to do it (capable of doing it).

No pudo hacerlo.
She failed to do it.

No podía hacerlo.
She wasn't able to do it.

Práctica

2-15 A decidir. Complete Ud. las oraciones siguientes con el pretérito o el imperfecto de los verbos entre paréntesis.

1. Mi amigo _____ (estudiar) cuando yo _____ (entrar).
2. Los invitados _____ (comer) cuando mis padres _____ (llegar).
3. Ella _____ (salir) cuando el reloj _____ (dar) las seis.
4. Nosotros _____ (dormir) cuando el policía _____ (llamar) a la puerta.
5. Yo _____ (hablar) con el profesor cuando los estudiantes _____ (entrar) en la clase.
6. Siempre me _____ (llamar) cuando él _____ (estar) en la ciudad.
7. La chica _____ (ser) muy bonita. Ella _____ (tener) pelo rubio y ojos verdes.
8. Los moros _____ (invadir) España en 711 y _____ (salir) en 1492.
9. Ramón _____ (ir) a la biblioteca y _____ (estudiar) por dos horas.
10. Cuando nosotros _____ (estar) de vacaciones en la península, _____ (hacer) calor todos los días.

2-16 Una tarde con Ramón. Escriba Ud. el párrafo otra vez cambiando todos los verbos al pretérito o al imperfecto.

Son las tres de la tarde. Ramón está en casa. Hace buen tiempo y por eso decide llamar a Elena para preguntarle si quiere dar un paseo con él. Llama dos veces por teléfono pero nadie contesta. Entonces sale de casa. Anda por la plaza cuando ve a Elena frente a la catedral. Ella está con su amiga Concha. Ramón corre para alcanzarlas. Cuando ellas lo ven, lo saludan con gritos y risas. Ramón las saluda y empieza a hablar con Elena. No hablan por mucho tiempo porque las chicas tienen que estar en casa de Concha a las cinco, y ella vive muy lejos. Ramón conoce a Concha también, pero ella nunca lo invita porque cree que él es muy antipático. Por eso los jóvenes se despiden y Ramón le dice a Elena que va a llamarla más tarde.

2-17 Una carta a un(a) amigo(a). Escríbala Ud. en español.

Querido(a):
I am writing to you to tell you what I did last weekend. I used to go out with José every Saturday, but I saw Ramón yesterday in the bookstore and we decided to go to a movie. It was an interesting film about the early indigenous cultures of Mexico. Later we went to a nightclub that was near the Zócalo. We met some friends there and danced until 2:00 in the morning. It was 3:00 when I arrived home. I was very tired so I went to bed. I slept until 4:00 in the afternoon. I got up, studied, ate supper, and watched television. It was a busy weekend, but I enjoyed myself a lot.

Until later,
Your friend

 2-18 Su fin de semana pasado. Ahora escríbale Ud. una carta a un(a) amigo(a) diciéndole lo que Ud. hizo el fin de semana pasado. Luego, compare su carta con la de un(a) compañero(a) de clase. Para terminar, comparta Ud. sus experiencias con la clase. ¿Cuántos estudiantes hicieron las mismas cosas y cuántos estudiantes hicieron cosas diferentes? Su profesor(a) va a escribir una lista de estas actividades en la pizarra para comparar las diferencias y semejanzas.

Direct object pronouns

A. Forms and usage

me	*me*		**nos**	*us*
te	*you*		**os**	*you*
lo	*him, you, it*		**los**	*them, you*
la	*her, you, it*		**las**	*them, you*

Direct object pronouns take the place of nouns used as direct objects. They agree in gender and number with the nouns they replace.

Compro **la revista.**   **La** compro.
No necesitan **los zapatos.**   No **los** necesitan.

In Spain, **le** is generally used instead of **lo** to refer to people (masculine). **Lo** is the preferred form in Latin America. In Latin America, the **os** has been replaced by **los** and **las**.

B. Position

1. They normally precede the conjugated form of a verb.

Me ven en la escuela.   **Lo** tengo aquí.
They see me at school.   *I have it here.*

2. They usually follow and are attached to an infinitive.

Salió sin hacer**lo.**   Traje los libros para vender**los.**
He left without doing it.   *I brought the books to sell them.*

However, when an infinitive immediately follows a conjugated verb form, the pronoun may either be attached to the infinitive or placed before the entire verb phrase.

Enrique quiere comprar**las.**
OR
Enrique **las** quiere comprar.
Enrique wants to buy them.

Note: The position of object pronouns with the present participle, the progressive tenses, and commands will be reviewed in subsequent units.

Práctica

2-19 Manipulación. Haga Ud. el ejercicio siguiente cambiando las palabras entre paréntesis a pronombres directos. Luego, póngalos en la oración original.

> **Modelo**   Yo te llamé. (Raúl) *Yo lo llamé.*

1. Juan me ve. (nosotros / tú / ellos / ella / él / ellas)
2. Nosotros lo leemos. (la carta / el artículo / los periódicos / las novelas)
3. Quiero verla. (las montañas / la playa / ellos / tú / el pueblo / Tomás / las revistas)
4. Salió sin escribirlo. (las cartas / el cuento / la composición / los artículos)

2-20 Transformación. Cambie Ud. las palabras escritas en letra cursiva a pronombres directos. Luego, escriba la oración otra vez poniendo los pronombres en la posición correcta.

1. Los alumnos estudian *los verbos reflexivos.*
2. Las mujeres salieron sin pagar *la cuenta.*
3. Cristóbal Colón descubrió *el Nuevo Mundo.*
4. Elena quiere discutir *la historia de la lengua española.* (two ways)
5. Estaba muy cansado después de terminar *el trabajo.*
6. Los moros conocían bien *las tierras de España.*
7. Ellos leen *libros históricos.*
8. Después de encontrar *una silla desocupada,* se sentó.
9. El profesor explicó *las influencias extranjeras.*
10. Los españoles derrotaron *a los moros* en 1492.

 2-21 Una persona inquisitiva. Su compañero(a) de clase es una persona muy inquisitiva y siempre le hace muchas preguntas. Contéstelas Ud. usando pronombres directos.

> **Modelo**   Su compañero(a) de clase: ¿Leíste el periódico hoy?
> Ud.: *Sí, lo leí.*
> -o-
> *No, no lo leí.*

1. ¿Escribiste la carta ayer?
2. ¿Estudiaste la lección para hoy?
3. ¿Comiste todos los dulces?
4. ¿Compraste todos los libros para tus clases?
5. ¿Hiciste tu tarea para mañana?
6. ¿Aprendiste los verbos irregulares?
7. ¿Entendiste la conferencia del profesor?
8. ¿Llamaste a tu novio(a) anoche?

The reflexive verbs and pronouns

1. A reflexive verb may be identified by the reflexive pronoun **se,** which is attached to the infinitive to indicate that the verb is reflexive. When a reflexive verb is conjugated, the appropriate reflexive pronoun must accompany each form of the verb.

Levantarse *To get (onself) up*	
me levanto	nos levantamos
te levantas	os levantáis
se levanta	se levantan

The reflexive construction is used when the action of the verb reflects back and acts upon the subject of the sentence.

Me levanto a las ocho.
I get (myself) up at 8:00.

Se llama Elena.
Her name is Elena. She calls (herself) Elena.

2. The reflexive pronouns may either precede a conjugated form of a verb or follow and be attached to the infinitive.

¿Vas a bañar**te** ahora?
¿No **te** vas a bañar ahora?

Note that the Spanish reflexive is often translated as *to become* or *to get* plus an adjective. The verb **ponerse** plus various adjectives also means *to become* or *to get.*

acostumbarse	*to get used to*	enojarse	*to become angry*
casarse	*to get married*	ponerse pálido(a)	*to become pale*
enfermarse	*to get sick*	ponerse triste	*to become sad*

A. Verbs used reflexively and non-reflexively

1. Many Spanish verbs may be used reflexively or non-reflexively; the use of the reflexive pronoun changes the meaning of the verb.

For example:

Lavo mi coche todos las sábados.
I wash my car every Saturday.

Me lavo antes de comer.
I wash (myself) before eating.

2. Note the following verbs:

acercar	*to bring near*	acercarse (a)	*to approach*
acordar	*to agree (to)*	acordarse (de)	*to remember*
acostar	*to put to bed*	acostarse	*to go to bed*
bañar	*to bathe (someone)*	bañarse	*to bathe (oneself)*
burlar	*to trick, to deceive*	burlarse (de)	*to make fun of*
decidir	*to decide*	decidirse (a)	*to make up one's mind*
despedir	*to discharge, to fire*	despedirse (de)	*to say good-bye*
despertar	*to awaken (someone)*	despertarse	*to wake up*
divertir	*to amuse*	divertirse	*to have a good time*
dormir	*to sleep*	dormirse	*to fall asleep*
enojar	*to anger (someone)*	enojarse	*to get angry*

fijar *to fix, to fasten*	fijarse (en) *to notice*
hacer *to do, to make*	hacerse *to become*
levantar *to raise, to lift*	levantarse *to get up*
llamar *to call*	llamarse *to be called, to be named*
negar *to deny*	negarse (a) *to refuse*
parecer *to seem, to appear*	parecerse (a) *to resemble*
poner *to put, to place*	ponerse *to put on (clothing)*
	ponerse a *to begin*
preocupar *to preoccupy*	preocuparse (de, por, or con) *to worry about*
probar *to try, to taste*	probarse *to try on*
quitar *to take away, to remove*	quitarse *to take off*
sentar *to seat someone*	sentarse *to sit down*
vestir *to dress (someone)*	vestirse *to get dressed*
volver *to return*	volverse *to turn around*

3. The following verbs are normally reflexive:

atreverse (a) *to dare*	jactarse (de) *to boast*
arrepentirse (de) *to repent*	quejarse (de) *to complain*
darse cuenta (de) *to realize*	suicidarse *to commit suicide*

B. Reflexive pronouns for emphasis

Colloquially, a reflexive pronoun may be used to intensify an action or to emphasize the personal involvement of the subject. Note the following conversational examples.

Se murió el abuelo el año pasado.
My grandfather died last year.

¿Los viajes? Me los pago yo.
The trips? I'm paying for them.

Lo siento, me lo comí todo.
I'm sorry, I ate it all up.

Práctica

2-22 Una narrativa breve. Lea Ud. esta narrativa breve. Luego cuéntela desde el punto de vista de las personas indicadas.

Ayer me levanté temprano. Me bañé, me vestí y me desayuné. Más tarde, me puse la chaqueta y me fui para la universidad. Después de mis clases, decidí ir a estudiar en la biblioteca antes de volver a casa. Me divertí mucho leyendo el cuento para la clase de español. Al llegar a casa, me cambié de ropa, me acosté y me dormí pronto.

(mis amigos y yo, Carmen, Uds., tú, ellas)

2-23 Un cambio de sentido. Cambie Ud. las oraciones a la forma reflexiva. Fíjese en el cambio de sentido entre la forma reflexiva y la forma original.

Modelo Ella lava los platos.
Ella se lava.

1. José levanta a su hermano temprano.
2. Yo baño a mi perro todos los días.
3. La madre acuesta a sus niños a las ocho.
4. La señora viste a su nieta.
5. El criado sienta a los invitados cerca de la ventana.
6. Las mujeres quitan los zapatos de la mesa.

Machu Picchu está situado en los Andes cerca del Cuzco, Perú. Se conoce como la ciudad perdida de los incas porque permaneció escondida hasta 1911. ¿Por qué construirían los incas una ciudad en las montañas?

2-24 Actividades de ayer. Diga Ud. lo que hicieron las personas siguientes ayer.

1. el profesor / levantarse tarde
2. yo / lavarse antes de salir de mi casa
3. mis padres / acostarse temprano
4. tú / dormirse durante la conferencia
5. mis amigos y yo / divertirse mucho durante la fiesta

 2-25 Su vida en la escuela secundaria. Con un(a) compañero(a) de clase háganse Uds. estas preguntas para saber lo que hacían durante sus años en la escuela secundaria. ¿Hay semejanzas y diferencias? ¿Cuáles son?

1. ¿Te sentabas en el mismo lugar en tus clases todos los días?
2. ¿Te preocupabas mucho de tus estudios?
3. ¿Te acostabas todas las noches a las nueve?
4. ¿Te burlabas de tus maestros muchas veces?
5. ¿Te quejabas de tus clases con frecuencia?

 2-26 Su horario diario. Ud. y su compañero(a) de clase van a comparar su horario diario. Dígale cinco cosas que Ud. hizo ayer y a qué hora las hizo. Su compañero(a) de clase va a hacer la misma cosa. Compare Ud. las diferencias y semejanzas de sus actividades. Use los verbos siguientes y otros, cuando sea necesario.

despertarse	vestirse	volverse
levantarse	irse	quitarse
bañarse	llegar	acostarse

Repaso

Review the regular and irregular verb forms of the preterite tense.

2-27 Sus actividades de ayer. Cuente Ud. lo que hizo ayer, cambiando los verbos en la narrativa breve, del tiempo presente al pretérito.

A las siete me despierto. Me levanto *en seguida y* voy *al baño.* Me lavo, me peino y me visto. Salgo *de mi cuarto a las siete y media.* Voy *al comedor para desayunarme. Después de comer,* salgo *para la universidad.* Llego *a mi primera clase a las ocho. Cuando* termina *la clase* voy *a la biblioteca para estudiar.* Estudio *tres horas.* Vuelvo *a casa a las doce.* Preparo *el almuerzo y me lo* como. *Por la tarde* duermo. *A las cinco mi amigo* pasa *por mi casa y* vamos *a la cafetería donde* trabajamos. Regreso *a casa muy tarde.* Me acuesto *inmediatamente.*

Review the regular and irregular verb forms of the preterite tense and the reflexive verbs and pronouns.

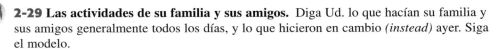

2-28 Las actividades de ayer de su compañero(a) de clase. Pregúntele Ud. a un(a) compañero(a) de clase si él/ella hizo las cosas siguientes ayer.

> **Modelo**   despertarse temprano
> —¿*Te despertaste temprano ayer?*
> —*Sí, me desperté temprano ayer.*
> -o-
> —*No, no me desperté temprano ayer.*

1. levantarse a las ocho
2. bañarse antes de vestirse
3. peinarse con mucho cuidado
4. vestirse rápidamente
5. ponerse perfume

Review the uses of the preterite and the imperfect tenses.

2-29 Las actividades de su familia y sus amigos. Diga Ud. lo que hacían su familia y sus amigos generalmente todos los días, y lo que hicieron en cambio *(instead)* ayer. Siga el modelo.

> **Modelo**   mi madre / preparar la comida en casa
> *Mi madre siempre preparaba la comida en casa, pero ayer mi hermano la preparó.*
>
> mi hermana / estudiar todo el tiempo
> *Mi hermana estudiaba todo el tiempo, pero ayer fue a la playa.*

1. mis hermanos / acostarse a las ocho
2. yo / ir a la playa todos los martes
3. mis padres / venir a visitarme todos los fines de semana
4. mis amigos y yo / estudiar todas las noches en la biblioteca
5. tú / distraer al profesor durante la clase
6. Carlos / dormirse en la clase de español

Review the uses of the preterite and the imperfect tenses.

2-30 Descríbale Ud. a la clase una experiencia inolvidable de su pasado y las razones por las que no puede olvidarla.

En tiempos precolombinos, Teotihuacán fue un gran centro políticoreligioso. El Templo de Quetzalcóatl es sólo uno de los edificios que se encuentran allí. En la fachada se alternan imágenes de Quetzalcóatl, la serpiente emplumada, y de Tláloc, el dios de la lluvia. ¿Por qué construiría alguien un edificio en honor a un animal?

A conversar

Language functions

Being able to carry out specific language functions is essential to effective communication. Some of the basic language functions that you must practice are asking and answering questions, describing, narrating, expressing likes and dislikes, expressing and supporting opinions, stating preferences, giving and following directions, hypothesizing, persuading, and discussing abstract concepts. In each unit of the text you will be given the opportunity to use these functions.

Verbal communication

In verbal communication be aware of the tone of voice used by the speaker. This can indicate the mood of the speaker, which will alert you to what kind of message is being conveyed. The intonation of a phrase or sentence can also tell you whether the speaker is asking a question, exclaiming, or making a statement.

Descripción y expansión

2-31 Durante los siglos XV and XVI los españoles exploraron muchas partes del Nuevo Mundo. En Sudamérica encontraron culturas indígenas que eran muy avanzadas. También vieron muchos animales y plantas exóticas. ¿Cuánto sabe Ud. de esta tierra encantada? Refiriéndose al mapa, conteste Ud. las siguientes preguntas.

a. ¿Cuántos países hay en Sudamérica?

b. ¿En qué países no se habla español?

c. ¿Cómo se llama la capital de la Argentina?, ¿de Chile?, ¿del Perú?, ¿del Ecuador?, ¿de Colombia?, ¿de Bolivia?, ¿del Uruguay?, ¿del Paraguay?, ¿de Venezuela?, ¿del Brasil?

d. ¿Cuál es el río más grande de Sudamérica?

e. ¿Cómo se llama la cordillera de montañas que está en el oeste de Sudamérica?

f. ¿Cuál es el país más grande de Sudamérica?

g. ¿Qué océano está al este del Brasil?

h. ¿Qué océano está al oeste de Chile?

i. ¿Cuáles son los países de Sudamérica que no dan al mar?

j. Si Ud. quisiera *(would like)* pasar el verano en Argentina, ¿deberé ir en julio o en enero? ¿Por qué?

2-32 Opiniones. Haga Ud. las siguientes actividades.

a. Comparta Ud. sus impresiones de Sudamérica con la clase.

b. ¿Cuál de los países de Sudamérica le interesa más? ¿Por qué?

c. ¿Ha viajado Ud. a algún país de Sudamérica? ¿A cuál(es)? ¿Qué pensó de él (ellos)?

En Chichicastenango, Guatemala, los indios siguen la tradición antigua de tener un mercado al aire libre, en la plaza de este pueblo colonial construido por los españoles. ¿Qué le parece esta mezcla de dos culturas?

A escuchar

Una visita

Text Audio CD, Track 6

 Escuche Ud. a continuación la siguiente situación y el diálogo. Luego haga los ejercicios relacionados con lo que ha escuchado y aprendido.

Al final del verano Raúl, un mexicano, invitó a David, estudiante de la Universidad de Chicago, y a Teresa, natural de Madrid, a su casa en Taxco para pasar unos días antes de volver a sus respectivos países. En Guatemala los tres formaron parte de un grupo de trabajo en una excavación arqueológica maya, y se hicieron amigos. Raúl ha ido al aeropuerto para recogerlos.

2-33 Información. Complete Ud. las oraciones con una de las tres posibilidades que se le ofrecen.

1. Los tres amigos trabajaron en el…
   a. invierno.
   b. mes de enero.
   c. verano.

2. La chica es de…
   a. Taxco.
   b. Madrid.
   c. Guatemala.

3. El viaje…
   a. duró mucho tiempo.
   b. empezó a la hora en punto.
   c. tuvo lugar durante un huracán.

4. Raúl los invitó…
   a. el próximo verano.
   b. a su casa.
   c. a dormir con los mayas.

2-34 Conversación. Mantenga Ud. una conversación con un(a) compañero(a) basándose en los temas abordados. Pueden empezarla haciéndose las siguientes preguntas.

1. ¿En qué país era la excavación?
2. ¿Qué recuerdas de los mayas?
3. Si te interesa la arqueología, ¿qué pueblo de la antigüedad te fascina?
4. ¿Por qué te gusta tanto?

 2-35 Situaciones. Con un(a) compañero(a) de clase, prepare Ud. un diálogo que corresponda a una de las siguientes situaciones. Es posible que sea necesario presentar el diálogo frente a la clase.

En la biblioteca. *Ud. trabaja en la biblioteca de la universidad. Un(a) estudiante entra y empieza a buscar un libro. Ud. le pide la información siguiente: el título del libro, el autor, la compañía que lo publicó y en cuál de sus clases va a usarlo.*

Otro día en la clase de español. *Ramón se encuentra con* (runs into) *Elena otra vez en la clase de español. Él le pregunta a ella lo que hizo anoche. Ella le describe en detalle todo lo que hizo. Luego ella le pregunta lo que hizo él. Ramón contesta que él fue al cine. Elena le hace muchas preguntas sobre la película que él vio. Ramón contesta en detalle todas sus preguntas.*

Intercambios

 2-36 Discusión: La astrología, la magia y la ciencia. Los indígenas de las civilizaciones precolombinas de las Américas estudiaron el cielo y los astros *(heavenly bodies)*. Creían que algunos de sus dioses vivían en el cielo y tenían poderes especiales que podían usar para controlar la vida diaria del pueblo. Si los dioses estaban contentos, había cosechas abundantes. Si los dioses estaban descontentos, había una gran escasez de comida y muchos terremotos y erupciones volcánicas. ¿Cree Ud. que las estrellas pueden influir en su vida diaria? Explique. Indique Ud. sus opiniones respecto a las siguientes posibilidades y explique por qué.

1. Los astros…
   a. controlan la vida humana.
   b. influyen en la vida de todos.
   c. no influyen nada en nuestra vida.
2. En cuanto a los horóscopos…
   a. los leo todos los días porque quiero saber lo que va a pasar.
   b. no los leo nunca.
   c. los leo de vez en cuando, pero no creo en ellos.
3. Los rasgos típicos de los que nacen bajo mi signo del zodíaco…
   a. son cualidades con las que me identifico.
   b. pueden atribuirse a cualquier persona.
   c. son cualidades que no describen ni mi personalidad ni mi carácter.
4. La magia…
   a. sólo existe como explicación de lo que todavía no se entiende científicamente.
   b. sí existe en todas partes del mundo.
   c. es una parte esencial de toda religión.
5. Los fenómenos psíquicos…
   a. indican que hay fuerzas inexplicables.
   b. se basan en el hecho de que existen ondas *(waves)* cerebrales que son capaces de moverse por el aire.
   c. no existen y son producto de la imaginación.

6. La ciencia…

    a. puede resolver todos los problemas de la humanidad.

    b. es menos importante que la filosofía o la religión.

    c. es la base de nuestra cultura.

7. El verdadero científico…

    a. sólo cree en lo tangible y lo material.

    b. también puede ser una persona religiosa.

    c. es la persona más indicada para gobernar el mundo moderno.

2-37 El horóscopo. Busque Ud. su signo en la página 55, y explíquele a su compañero(a) de clase si se identifica o no con las características que se asocian con él. Su compañero(a) debe hacer la misma cosa.

ARIES: 21 marzo–20 abril
                         Rasgos: impulsivo, egoísta, enérgico

TAURO: 21 abril–20 mayo
                         Rasgos: obstinado, estoico, paciente

GÉMINIS: 21 mayo–21 junio
                         Rasgos: inteligente, impaciente, inconstante

CÁNCER: 22 junio–22 julio
                         Rasgos: caprichoso, malhumorado, emocional

LEO: 23 julio–22 agosto
                         Rasgos: poderoso, dominante, orgulloso

VIRGO: 23 agosto–21 septiembre
                         Rasgos: tímido, solitario, trabajador

LIBRA: 22 septiembre–22 octubre
                         Rasgos: justiciero, artístico, indeciso

ESCORPIÓN: 23 octubre–21 noviembre
                         Rasgos: vengativo, honesto, leal

SAGITARIO: 22 noviembre–22 diciembre
                         Rasgos: sincero, descortés, gracioso

CAPRICORNIO: 23 diciembre–21 enero
                         Rasgos: ambicioso, serio, callado

ACUARIO: 22 enero–21 febrero
                         Rasgos: independiente, idealista, inestable

PISCIS: 21 febrero–20 marzo
                         Rasgos: imaginativo, optimista, compasivo

2-38 Una encuesta. Su profesor(a) va a conducir una encuesta para saber cuántos estudiantes creen en su horóscopo y lo leen todos los días porque quieren saber lo que va a pasar y cuántos estudiantes no lo leen nunca porque creen que esto es algo absurdo. Luego, su profesor(a) va a preguntarle a Ud. por qué cree o no cree en los horóscopos. Ud. tiene que explicar por qué piensa así.

2-39 Temas de conversación o de composición

    1. En su opinión, ¿por qué hay tantas personas que creen en la astrología? ¿Es una cosa buena o mala? Explique.

    2. Escoja Ud. a un miembro de su familia o a un(a) amigo(a) especial y lea el horóscopo que está bajo la fecha de su cumpleaños. ¿Son cualidades que describen o no describen su personalidad y su carácter? Explique.

HOROSCOPO

 ARIES. 21-III/20-IV
Se te ofrecerán oportunidades que no debes desaprovechar. El tacto que tengas para tratar a los demás, será muy importante si quieres conseguir éxito. Es un día apropiado para organizar la vida cotidiana.

 TAURO. 21-IV/20-V
Debes escuchar a los que saben más que tú sobre el tema que se trate. Imponer tus puntos de vista sin tener toda la información, será poco positivo para ti. El tema familiar va a darte alguna preocupación.

 GÉMINIS. 21-V/21-VI
Es el momento de renovarse con las amistades, de mostrarse abierto con otras personas distintas de las que conoces y participar de encuentros agradables. Físicamente necesitarás el contacto con la naturaleza.

 CÁNCER. 22-VI/22-VII
Puedes empezar a evitar ciertos hábitos que no van bien con tu salud, para lograr un mejor estado físico y mental. Las cuestiones relativas al trabajo te preocuparán, pero también encontrarás la forma de solucionarlas.

 LEO. 23-VII/22-VIII
Estás dejando atrás a los amigos y a los que te quieren bien, debido a que te preocupas demasiado por el trabajo y la rutina cotidiana. Económicamente dispondrás de mayor holgura, así que podrás hacer planes positivos.

 VIRGO. 23-VIII/21-IX
Espera alguna oportunidad o noticia por algún sitio, las cosas empiezan a arreglarse tal cual deseas. Tus amigos buscarán los consejos que les puedas dar, ello puede agobiarte porque tendrás falta de tiempo.

 LIBRA. 22-IX/22-X
Puedes sentirte presionado por las circunstancias, vivir las cosas de una forma muy dramática y poco objetiva. Delante de ti aparecerán buenas ocasiones de relacionarte y de llevar adelante una buena labor.

 ESCORPIÓN. 23-X/21-XI
Tiendes a dar excesiva importancia al tema afectivo, dejando de lado otros aspectos de la vida que también son importantes. Tus sentimientos y afectos pueden ser inestables. Deberías centrar tus objetivos.

 SAGITARIO. 22-XI/22-XII
Pueden tratarte injustamente o la gente no saber valorar tus capacidades. Debes tener los ojos muy abiertos para que nadie invada tu terreno y para que nadie pueda manejarte. Por la cabeza se te pasarán ideas descabelladas.

 CAPRICORNIO. 23-XII/21-I
Te mostrarás impulsivo y algo agresivo. Desearás llevar tú solo las riendas de las cosas, lo que puede resultar un tanto duro. A nivel profesional, la competitividad se intensificará, debes estar alerta.

 ACUARIO. 22-I/21-II
Te preocupa tu futuro amoroso, pasas por un momento de incertidumbres y también de carencias. Puedes encontrarte con una persona muy emotiva que te conmueva internamente. Trata de potenciar la vida social.

 PISCIS. 22-II/20-III
Tus planes profesionales pueden cambiar de forma radical. A nivel afectivo pasarás de un estado muy apasionado a otro que es todo lo contrario. Económicamente debes cuidar tus gastos, evitando darte muchos caprichos.

Text Audio CD, Track 7

 2-40 Ejercicio de comprensión. Ud. va a escuchar dos comentarios breves sobre la llegada de los españoles al Nuevo Mundo y la influencia que los idiomas indígenas tuvieron sobre el español. Después de cada comentario Ud. va a escuchar dos oraciones. Indique si la oración es **verdadera** (V) o **falsa** (F), trazando un círculo alrededor de la letra que corresponde a la respuesta correcta.

Primer comentario:
1. V   F
2. V   F

Segundo comentario:
3. V   F
4. V   F

Ahora escriba Ud. un título para cada uno de los dos comentarios que refleje el contenido de ellos. Compare Ud. los títulos con los de otros estudiantes. En su opinión, ¿cuáles son los mejores títulos?

Investigación y presentación

Se puede dividir la historia de México en tres épocas: la precolombina, la colonial que empezó durante la primera parte del siglo XVI con la llegada de los conquistadores españoles y la moderna que empezó después de ganar la guerra de independencia contra España.

En esta sección, Ud. va a leer un anuncio que apareció en la revista *Viajar*. Estudie Ud. el anuncio con cuidado. Luego hay una serie de preguntas que contestar. Al terminar con las preguntas su profesor(a) va a dividir la clase en seis grupos. Cada uno de los grupos va a recibir un tópico relacionado con el tema del anuncio y va a tener dos o tres días para investigar su tópico y para preparar una presentación oral que su grupo va a hacer enfrente de la clase.

Los seis tópicos son: (1) los mayas, (2) los aztecas, (3) la época colonial, (4) el barroco mexicano, (5) la Ciudad de México (6) y Cancún. Ud. puede hacer sus investigaciones en la biblioteca, o usando el Internet. Hay muchas páginas de la Web que contienen información sobre México: **http://intermediatespanish.heinle.com.**

Preguntas

2-41 Lea el anuncio sobre México en la página 57 y conteste las preguntas siguientes.

1. Según el anuncio ¿cómo es México?
2. ¿Cómo eran las civilizaciones precolombinas? ¿Por qué?
3. ¿Qué clase de herencia dejó la época colonial en México? Explique Ud.
4. ¿Por qué es la Ciudad de México tan importante? ¿De qué se puede disfrutar en esta ciudad?
5. ¿Qué se puede encontrar por las costas del mar Caribe y el océano Pacífico?

2-42 Su profesor(a) va a conducir una encuesta para saber si hay estudiantes que han visitado México. Los que han pasado tiempo en México van a decirle a la clase por qué estuvieron en México, van a describir la parte que ellos visitaron y a dar sus impresiones sobre la gente y el país.

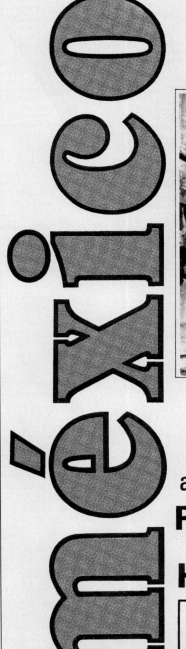

La religión en el mundo hispánico

En contexto
El Día de los Difuntos

Estructura
The **ir a** + *infinitive* construction
The future tense and the conditional
The future and conditional to express probability
Indirect object pronouns
Double object pronouns
Gustar and similar verbs
The verbs **ser** and **estar**

A conversar
Guessing from context

A escuchar
Recién casados

Investigación y presentación
Juan Diego y la Virgen de Guadalupe

◄ En Jocotepec, México, estos indígenas celebran la fiesta religiosa del Señor del Monte. ¿Qué semejanzas y qué diferencias nota Ud. entre esta ceremonia y la celebración tradicional de la Navidad?

➤ En contexto

El Día de los Difuntos[1]

Vocabulario activo

Estudie estas palabras.

Verbos
bautizar *to baptize*
dejar de *to stop*
demostrar (ue) *to show*
desilusionar *to disappoint, disillusion*
influir (en) *to influence*
renovar (ue) *to renew, renovate*
rezar *to pray*
servir (i) de *to serve as*

Sustantivos
el bautizo *baptism*
la boda *wedding*
el campo *country*
el clero *clergy*
el consuelo *consolation*

el cura *priest*
el diablo *devil*
la fe *faith*
el fiel, los fieles *the faithful, the devout*
la misa *Mass*
el valor *value*

Adjetivos
único(a) *only*

Otras expresiones
con permiso *excuse me*
de todos modos *anyway*
es cierto *it's true*
igual que *the same as, just like*

Para practicar

Complete Ud. el párrafo siguiente con las palabras escogidas de la sección *Vocabulario activo*. No es necesario usar todas las palabras.

La **1.** de los novios tendrá lugar en la misma iglesia donde el **2.** **3.** a la novia después de su nacimiento. Esta iglesia **4.** mucho en la vida diaria de las familias de la pareja *(couple)*. Todos los domingos las familias asistían a la **5.** para **6.** su **7.** . Ellos le **8.** a Dios y meditaban. La iglesia era un gran **9.** para estas familias que vivían una vida sencilla y tranquila en el **10.** cerca de las montañas.

Text Audio CD, Track-8   **Antes de leer el diálogo, escúchelo con libro cerrado. ¿Cuánto comprendió?**

(Después de la comida)

CARLOS   Con permiso.

MAMÁ   ¿Adónde vas, hijo?

CARLOS   Voy a dormir la siesta. Me estoy muriendo de sueño.

MAMÁ   Pero, ¿no te gustaría ir a misa conmigo?

CARLOS   No, mamá, no quiero ir.

[1] El Día de los Difuntos *All Soul's Day*

MAMÁ	¿Qué te pasa, Carlos? Ya casi nunca vas a misa. Cuando eras niño y vivíamos en el campo[1] te gustaba ir todos los domingos y los días de obligación[1]. Son esos amigos tuyos de la universidad que te están influyendo, ¿verdad?
CARLOS	Bueno, mamá, es cierto que muchos de mis amigos no van. Pero no me hace falta ir a misa. Es posible creer en Dios sin ir a misa todo el tiempo.
MAMÁ	Ah, hijo. Hablas igual que hablaba tu padre.[2] Que en paz descanse[2]. Tampoco quería ir a misa. Pero las palabras del cura renovarán tu fe. Vamos.
CARLOS	El cura es sólo un hombre, como yo. En los pueblos, sí, los curas son los únicos hombres educados y por eso tienen mucha influencia. Pero aquí en la ciudad es diferente.
MAMÁ	Carlos, me desilusionas mucho. Sabes que son hombres dedicados a Dios.
CARLOS	Tal vez, pero yo puedo creer en Dios sin tener que ir a misa. La iglesia es para las bodas y los bautizos.[3] Bueno, claro, y también para cuando se estira la pata[3]. Como un seguro de viaje[4] para las últimas vacaciones.
MAMÁ	Carlos, ¡cállate! ¡Eres exactamente como tu padre! Ofenderás a Dios con esas blasfemias[5]. No sé qué pasaría con tu padre. Nunca iba a misa y un día murió de repente[6]. *(Comienza a llorar.)*
CARLOS	¡Mamá, está bien! No llores. Papá estará muy bien en el cielo. Tú rezas bastante para toda la familia.
MAMÁ	Pues, para mí la religión siempre será muy importante. Es un gran consuelo en tiempos difíciles.
CARLOS	Sí, ya lo sé. Es cuestión de valores diferentes. Deja de llorar. Voy contigo a misa. No podría dormir de todos modos. ¡Qué dolor de cabeza tengo!

Notas culturales

[1] *Cuando… vivíamos en el campo:* En los pueblos pequeños la iglesia sirve de centro social además de centro religioso.

[2] *Hablas igual que hablaba tu padre:* En el mundo hispánico los hombres frecuentemente son católicos, pero no son practicantes.

[3] *La iglesia es para las bodas y los bautizos:* Aún los hombres que casi nunca van a misa, esperan casarse y bautizar a sus hijos en la iglesia. También quieren la presencia del clero en la hora de la muerte.

[1] los días de obligación *holy days of obligation*   [2] Que en paz descanse. *May he rest in peace.*   [3] estira la pata *when you die*   [4] seguro de viaje *travel insurance*   [5] blasfemias *blasphemies*   [6] murió de repente *he died suddenly*

La religión tiene un papel importante en la vida diaria del pueblo hispano. ¿Dónde está esta mujer? ¿Qué hace ella? ¿Es este ritual parecido a uno de los Estados Unidos? Explique.

3-1 Comprensión. Conteste Ud. las preguntas siguientes.

1. ¿Qué quiere hacer Carlos después del almuerzo?
2. ¿Adónde va a ir su mamá?
3. ¿Va Carlos a misa todos los días de obligación?
4. ¿Quiénes influyen en Carlos, según la mamá?
5. ¿Dice Carlos que es necesario ir a misa?
6. ¿Por qué tienen los curas mucha influencia en los pueblos pequeños?
7. Según la mamá, ¿por qué son buenos los curas?
8. Según Carlos, ¿para qué sirve la iglesia?
9. Según la madre, Carlos es como su padre. ¿Cómo era su padre?
10. ¿Para qué le sirve la religión a la madre de Carlos?
11. ¿Por qué decide Carlos ir a misa con su mamá?

3-2 Opiniones. Conteste Ud. las preguntas siguientes.

1. ¿Va Ud. a la iglesia todos los domingos? ¿Por qué?
2. ¿Cree Ud. que una persona puede ser religiosa sin asistir a una iglesia? ¿Por qué?
3. ¿Cree Ud. que una persona debe discutir sus creencias religiosas con otras personas, o es algo demasiado personal?
4. ¿Cree Ud. que la religión tiene un papel muy importante en la vida diaria de cada persona? ¿Por qué?
5. ¿Es posible que una persona sea buena sin asistir a una iglesia? Explique.
6. ¿Qué piensa Ud. de una persona que dice que no cree en Dios?
7. ¿Piensa Ud. que los jóvenes de hoy son menos religiosos que sus padres? ¿Por qué?
8. En su opinión, ¿sería el mundo mejor o peor sin la religión? Explique.

Estructura

The *ir a* + infinitive construction

The present indicative of the verb **ir** followed by **a** and the infinitive is often used in Spanish to express an action that will take place in the immediate future.

¿Qué vas a hacer?
What are you going to do?

Vamos a tener mucho éxito.
We are going to be very successful.

Voy a vender la pintura.
I am going to sell the painting.

Va a ser un gran consuelo para la gente.
It is going to be a great consolation for the people.

Va a invitar a tu hija.
She is going to invite your daughter.

Práctica

3-3 Una narrativa breve. Lea Ud. esta narrativa breve. Luego, cuéntela Ud. desde el punto de vista de las personas indicadas.

Vamos a asistir a la misa mañana. Vamos a celebrar el bautizo de nuestra sobrina. Vamos a invitar a toda la familia. Después de la misa, vamos a tener una comida especial en casa.

(yo, ella, Felipe y Juana, tú, Ud.)

3-4 Comentarios religiosos. Cambie Ud. las oraciones siguientes, usando la estructura **ir a** + el infinitivo.

1. El clero influye mucho en la gente.
2. Los fieles renuevan su fe en la iglesia.
3. Yo sirvo de cocinero *(cook)* durante la fiesta.
4. Carlos y su madre no se meten en los problemas de la ciudad.
5. ¿Comes tú antes de ir a misa?

3-5 ¿Adónde va Ud. y por qué? Cuando alguien va a un lugar generalmente es por una razón específica. Diga Ud. adónde van las personas de la columna **A** y por qué van allí.

Modelo Yo voy a la biblioteca. Voy a leer un libro.

A	B	C
Su madre	a la fiesta	divertirse
Yo	a la iglesia	renovar la fe
Tú	al centro	tomar el sol
Carlos y Teresa	a la biblioteca	nadar en el mar
Mis amigos y yo	a las montañas	comprar unos comestibles
	a un concierto	preparar la tarea
	a la misa de gallo *(midnight Mass)*	escuchar la música
	a la playa	hablar español
	a la clase	visitar al cura
	a la universidad	bailar
	a una discoteca	estudiar lenguas extranjeras
	mirar los picos altos	
	rezar	

3-6 Ahora hágale Ud. cinco preguntas a un(a) compañero(a) de clase para saber lo que él/ella va a hacer durante el resto del día. ¿Van a hacer las mismas cosas?

Modelo   Ud.: —¿*Qué vas a hacer después de salir?*
Su compañero(a) de clase: —*Voy a la librería para comprar los libros para la clase de español.*

The future tense and the conditional

A. The future of regular verbs

1. In Spanish, the future tense of regular verbs is formed by adding the following endings to the complete infinitive: **-é, -ás, -á, -emos, -éis, -án.** Note that the same endings are used for all three conjugations.

Hablar		Comer		Vivir	
hablaré	hablaremos	comeré	comeremos	viviré	viviremos
hablarás	hablaréis	comerás	comeréis	vivirás	viviréis
hablará	hablarán	comerá	comerán	vivirá	vivirán

2. The future tense in Spanish corresponds to the English auxiliaries *will* and *shall,* and it is generally used as in English.

¿A qué hora volverán?
At what time will they return?

Iremos a misa a las ocho.
We shall go to Mass at eight.

> When the English word *will* is used to make a request, the verb **querer** + an infinitive is used in Spanish rather than the future tense: **¿Quiere Ud. abrir la ventana?** *(Will you open the window?)*

3. The future may also be used as a softened substitute for the direct command.

Ud. volverá mañana a la misma hora.
You will return tomorrow at the same time.

4. The following are often substituted for the future:

   a. Ir a (in the present) plus the infinitive, referring to the near future.

   Van a dejar de fumar.
   They are going to stop smoking.

   Voy a hacer compras mañana.
   I am going to shop tomorrow.

   b. The present tense.

   El partido de tenis empieza a las dos.
   The tennis game will begin at two.

B. The conditional of regular verbs

1. The conditional endings are also added to the complete infinitive: **-ía, -ías, -ía, -íamos, -íais, -ían.** The endings are the same for all three conjugations.

Hablar		Comer		Vivir	
hablaría	hablaríamos	comería	comeríamos	viviría	viviríamos
hablarías	hablaríais	comerías	comeríais	vivirías	viviríais
hablaría	hablarían	comería	comerían	vivirías	vivirían

The conditional is not used in Spanish to express *would* meaning "used to" or *would not* meaning "refused to." These concepts are expressed by the imperfect and the preterite, respectively. **Íbamos a la playa todos los días.** *(We would [used to] go to the beach every day.)* **No quiso hacerlo.** *(He would not [refused to] do it.)*

2. The conditional corresponds to the English auxiliary *would* and is generally used as in English.

Me dijo que lo renovarían.
He told me that they would renovate it.

Me gustaría estudiar contigo.
I would like to study with you.

3. Specifically, the conditional is used:

a. to express a future action from the standpoint of the past.

Carlos le dijo que no dormiría la siesta.
Carlos told her that he would not take his nap.

b. to express polite or softened statements, requests, and criticisms.

Tendría mucho gusto en llevar a tu hermana.
I would be very happy to take your sister.

¿Podría Ud. ayudarme?
Could you (would you be able to) help me?

¿No sería mejor ayudarlo?
Wouldn't it be better to help him out?

In such situations the *if*-clause is in the imperfect subjunctive. *If*-clauses will be discussed in more detail in **Unidad 10**.

c. to state the result of a conditional *if*-clause.

Si viviéramos en el campo, irías a la iglesia todos los domingos.
If we lived in the country, you would go to church every Sunday.

C. Irregular future and conditional verbs

Some commonly used verbs are irregular in the future tense and conditional. However, the irregularity is only in the stem; the endings are regular.

Verb	Future	Conditional	Verb	Future	Conditional
caber	cabré	cabría	querer	querré	querría
decir	diré	diría	saber	sabré	sabría
haber	habré	habría	salir	saldré	saldría
hacer	haré	haría	tener	tendré	tendría
poder	podré	podría	valer	valdré	valdría
poner	pondré	pondría	venir	vendré	vendría

Práctica

3-7 ¿Qué hará la gente? Indique Ud. lo que cada persona hará en las situaciones siguientes.

Modelo   Al llegar a la biblioteca (yo / estudiar) la lección.
Al llegar a la biblioteca yo estudiaré la lección.

1. Al levantarse (Carlos / vestirse) rápidamente.
2. Al entrar en la iglesia (nosotros / sentarse) inmediatamente.
3. Al llegar a casa (tú / poner) los libros en la sala.
4. Al recibir el dinero (ellos / ayudar) a los pobres.
5. Al terminar la clase (María / salir) para la casa.

Repita Ud. el ejercicio **3-7** diciendo lo que Ud. hará.

3-8 ¿Cuándo va a hacerlo? Pregúntele Ud. a un(a) compañero(a) de clase cuándo va a hacer las cosas siguientes.

>   **Modelo**   escuchar las palabras del cura
>   *¿Vas a escuchar las palabras del cura ahora?*
>   *No, escucharé las palabras del cura mañana.*

1. devolver el libro
2. almorzar con los amigos
3. asistir a la iglesia
4. salir a pasear
5. tener una cita
6. tomar el tren
7. hacer la tarea
8. rezar en la iglesia

3-9 Transformación. Cambie Ud. las oraciones para concordar con los verbos entre paréntesis.

>   **Modelo**   Sé que vendrá en coche. (sabía)
>   *Sabía que vendría en coche.*

1. Me dicen que Ramón la llevará a la iglesia. (dijeron)
2. Creo que el cura contestará nuestras preguntas. (creía)
3. Estoy seguro de que la misa terminará a tiempo. (estaba)
4. Creo que nos dirá la verdad. (creía)
5. Les dice que discutirán sobre religión más tarde. (dijo)

3-10 ¿Qué harían ellos? Diga Ud. lo que harían estas personas en las situaciones siguientes.

>   **Modelo**   Al recibir el cheque (yo / hacer) un viaje.
>   *Al recibir el cheque yo haría un viaje.*

1. Al visitar México (Laura / asistir) a una fiesta religiosa.
2. Al hacer un viaje (sus padres / enviarnos) unos recuerdos.
3. Al volver tarde (nosotros / acostarse) sin comer.
4. Al mirar la televisión (tú / divertirse) mucho.
5. Al mudarse a la ciudad (los campesinos / poder) encontrar empleo.

Repita Ud. el ejercicio **3-10** diciendo lo que Ud. haría.

 3-11 Una entrevista. Hágale Ud. estas preguntas a un(a) compañero(a) de clase para saber lo que hará en las situaciones siguientes. Comparta esta información con otro(a) compañero(a) de clase.

>   **Modelo**   Estudiante 1: ¿Qué harás después de esta clase?
>   Estudiante 2: *Iré a la cafetería.*
>   Estudiante 1: *Carlos dijo que iría a la cafetería.*

1. ¿Qué harás al ir a la biblioteca?
2. ¿Qué harás al llegar a casa esta tarde?
3. ¿Qué harás al asistir a la fiesta?
4. ¿Qué harás antes de estudiar esta noche?
5. ¿Qué harás al graduarte de la universidad?

3-12 Un millón de dólares. Haga Ud. una lista de cinco cosas que haría si tuviera un millón de dólares. Luego, compare su lista con la de un(a) compañero(a) de clase. Después su profesor(a) va a escribir sus ideas en la pizarra. ¿Cuáles son las cinco cosas que todos los estudiantes quieren hacer?

The future and conditional to express probability

A. The future of probability

The future tense is used to express probability at the present time. This construction is used when the speaker is conjecturing about a situation or occurrence in the present.

¿Qué hora será?
I wonder what time it is. (What time do you suppose it is?)

Serán las once.
It is probably eleven o'clock. (It must be eleven o'clock.)

¿Dónde estará Rosa?
I wonder where Rosa is. (Where do you suppose Rosa is?)

B. The conditional of probability

The conditional is used to express probability in the past.

¿Qué hora sería?
I wonder what time it was. (What time do you suppose it was?)

Serían las once.
It was probably eleven o'clock. (It must have been eleven o'clock.)

Estaría en la iglesia.
She was probably in the church. (I suppose that she was in the church.)

Notice that probability in the present or the past may also be expressed by using the word **probablemente** with either the present or the imperfect tense.

Probablemente están en la biblioteca.   Estarán en la biblioteca.
Probablemente sabía la respuesta.   Sabría la respuesta.

Práctica

3-13 Buscando a unos amigos. Ud. está buscando a unos amigos que se mudaron a otra ciudad. Ud. está en el barrio donde ellos viven pero no sabe exactamente dónde está su casa. Está conjeturando sobre la dirección de la casa. Exprese Ud. su incertidumbre cambiando las oraciones al futuro de probabilidad.

Modelo   Probablemente ellos no viven en este barrio.
           Ellos no vivirán en este barrio.

1. Probablemente ellos viven cerca de aquí.
2. Probablemente ellos tienen una casa muy grande.
3. Probablemente ellos no están en casa.
4. Probablemente ellos no nos esperan.
5. Probablemente la casa amarilla es su casa.

3-14 Incertidumbre. Alguien está haciéndole a Ud. varias preguntas. Ud. no sabe las respuestas, pero contesta con incertidumbre. Exprese sus dudas contestando las preguntas con el futuro de probabilidad.

> **Modelo** ¿Qué hora es? (las doce)
> *Serán las doce.*

1. ¿A qué hora viene el cura? (a las nueve)
2. ¿Adónde va Carlos ahora? (a misa)
3. ¿A qué hora empieza el programa? (a las ocho)
4. ¿Cómo está su amiga? (muy cansada)
5. ¿Dónde trabaja su novio? (en un almacén)
6. ¿Qué tiene Ud. que hacer hoy? (ayudar a mi hermano)

Ahora hazle cinco preguntas a otro(a) estudiante y él (ella) tendrá que contestar con incertidumbre.

3-15 No estoy seguro(a). Conteste Ud. las preguntas siguientes usando el condicional de probabilidad para indicar falta de confianza en sus respuestas. Reemplace Ud. el objeto directo con un pronombre directo.

> **Modelo** ¿Quién contestó las preguntas? (Ramón)
> *Ramón las contestaría.*

1. ¿Quiénes hicieron las preguntas? (las alumnas)
2. ¿Quién escribió este cuento? (Cervantes)
3. ¿Quiénes mandaron estos ensayos? (mis amigos)
4. ¿Quién compró los libros? (mi primo)
5. ¿Quién puso la composición aquí? (el profesor)

3-16 El clero. Con un(a) compañero(a) de clase exprese Ud. el diálogo en español, conjeturando de la situación presentada. Después de practicarlo, su profesor(a) va a escoger a dos o tres parejas, invitándolas a presentarle el diálogo a la clase.

SEÑORA 1: I wonder who he is.
SEÑORA 2: He is probably a priest.
SEÑORA 1: Where do you suppose he's from?
SEÑORA 2: He's probably from Spain.
SEÑORA 1: I wonder when he arrived.
SEÑORA 2: He probably came last night with the other members *(miembros)* of the clergy.

Ahora, preparen Uds. un diálogo semejante con otras profesiones.

Indirect object pronouns

A. Forms

1. The indirect object pronouns are identical in form to the direct object pronouns except for the third person singular and plural forms **le** and **les**.

me	*(to) me*		**nos**	*(to) us*
te	*(to) you*		**os**	*(to) you*
le	*(to) him, her, you, it*		**les**	*(to) them, you*

In Latin America, the **os** form has been replaced by **les,** which corresponds to **ustedes.**

2. Since **le** and **les** have several possible meanings, a prepositional phrase (**a él, a ella,** etc.) is sometimes added to clarify the meaning of the object pronoun.

Le dio el dinero a él.
He gave the money to him.

Les mandé un cheque a ellos.
I sent a check to them.

B. Usage

1. To indicate to whom or for whom something is done.

Les dio el único cuaderno.
He gave the only notebook to them.

Mi marido me preparó la comida.
My husband prepared the meal for me.

2. To express possession in cases where Spanish does not use the possessive adjectives (**mi, tu, su,** etc.) This usually is the case with parts of the body and articles of personal clothing.

Me corta el pelo.
She is cutting my hair.

Nos limpia los zapatos.
He is cleaning our shoes.

3. With impersonal expressions.

Le es muy difícil hacerlo.
It is very difficult for him to do it.

Me es necesario hablar con él.
It is necessary for me to talk with him.

4. With verbs such as **gustar, encantar, faltar,** and **parecer.** This use will be discussed later in this unit.

5. The indirect object pronoun is usually included in the sentence even when the indirect object noun is also expressed.

Le entregué el dinero a Juan.
I handed the money to Juan.

Les leí el cuento a los niños.
I read the story to the children.

Mario le da el regalo a Delia.
Mario is giving the present to Delia.

C. Position

Indirect object pronouns follow the same rules for position as direct object pronouns. They generally precede a conjugated form of the verb or are attached to infinitives and present participles.

Note that when one or more pronouns are attached to the present participle, a written accent is required on the original stressed syllable.

Van a leerte el cuento.
They are going to read you the story.

Te van a leer el cuento.
They are going to read the story to you.

Están escribiéndole una carta.
They are writing a letter to him.

Le están escribiendo una carta.
They are writing him a letter.

Double object pronouns

1. When both a direct and an indirect object pronoun appear in the same sentence, the indirect object pronoun always precedes the direct.

   Me lo contó.
   He told it to me.

2. Double object pronouns follow the same rules for placement as single object pronouns.

   Va a contármelo. Me lo va a contar.   Está contándomelo. Me lo está contando.
   He's going to tell it to me.   *He's telling it to me.*

3. When both pronouns are in the third person, the indirect object pronoun **le** or **les** changes to **se.**

   Le doy el libro.   Se lo doy.
   I give him the book.   *I give it to him.*

   Les mandé los cheques.   Se los mandé.
   I sent them the checks.   *I sent them to them.*

4. Since **se** may have several possible meanings, a prepositional phrase (**a ella, a Ud., a Uds., a ellos,** etc.) is often added for clarification.

   Se lo dio a Ud.
   He gave it to you.

5. Reflexive pronouns precede object pronouns.

   Se lo puso.
   He put it on.

6. The prepositional phrases **a mí, a ti, a nosotros,** and so forth may also be used with the corresponding indirect and direct object pronouns for emphasis.

   A mí me dice la verdad.
   She tells me the truth.

Note that when two pronouns are attached to an infinitive, a written accent is required on the original stressed syllable.

Práctica

3-17 Una narrativa breve. Lea Ud. esta narrativa breve. Luego, cuéntela desde el punto de vista de las personas indicadas.

Me habló por teléfono anoche. Estaba contándome sus experiencias en México, cuando alguien interrumpió la conversación. Por eso me dijo que iba a mandarme una carta con unas fotos describiendo todo.

(a nosotros, a ti, a ella, a ellos, a Uds.)

3-18 Los pronombres directos e indirectos. Diga Ud. cada oración otra vez cambiando las palabras escritas en letra cursiva a pronombres directos o indirectos.

   Modelo   Voy a mandar *las fotos a mamá.*
                  Voy a mandárselas.

   1. Voy a traer *la maleta a Juana.*
   2. Dijo *la verdad a sus padres.*
   3. Su padre prestó *dinero a Luz María.*

4. Tengo que comprar *los boletos para Juan y Felipe.*
5. Nos mandan *las cartas.*
6. Está explicando *el motivo a mi amigo.*
7. Carlos invitó *a los extranjeros.*
8. La compañía vendió *la maquinaria al cliente.*
9. Elena quiere dar *su cámara a los turistas.*
10. Van a mostrarme *sus apuntes.*

 3-19 Un(a) amigo(a) ensimismado(a). Ud. tiene un(a) amigo(a) que es bastante egoísta. Siempre está pidiéndole algo a Ud. Con un(a) compañero(a) de clase (quien va a hacerle las preguntas siguientes), conteste las preguntas con una oración negativa o afirmativa. Siga el modelo. ¡Cuidado con los pronombres directos e indirectos!

> **Modelo**   ¿Vas a escribirme muchas cartas este verano?
> *Sí, voy a escribirte muchas cartas este verano.*
> *Sí, voy a escribírtelas este verano.*

1. ¿Vas a darme tus apuntes hoy?
2. ¿Vas a prepararme comida mexicana esta noche?
3. ¿Me dirás las respuestas mañana?
4. ¿Me compraste los libros ayer?
5. ¿Estás haciéndome los ejercicios para hoy?
6. ¿Tus padres te prestan dinero para comprarme un regalo?

 3-20 La boda. Sus amigos van a casarse. ¿Qué hará Ud. para celebrar la boda? Use Ud. pronombres en sus respuestas.

> **Modelo**   ¿Les comprarás unos regalos?
> *Sí, se los compraré.*

1. ¿Les arreglarás su luna de miel?
2. ¿Les construirás una casa nueva?
3. ¿Les comprarás un coche nuevo?
4. ¿Les darás un cheque de mil dólares?
5. ¿Les harás un brindis?
6. ¿Les enviarás muchas flores?

Diga Ud. cinco otras cosas que Ud. hará. Después, compare Ud. sus ideas con las de los otros estudiantes.

Gustar and similar verbs

A. Gustar

1. The Spanish verb **gustar** means *to please* or *to be pleasing.* The equivalent in English is *to like.* In the Spanish construction with **gustar** the English subject (I, you, Juan, etc.) becomes the indirect object of the sentence, or the one *to whom* something is pleasing. The English direct object, or the thing that is liked, becomes the subject. The verb **gustar** agrees with the Spanish subject; consequently, it almost always is in the third person singular or plural.

Nos gusta bailar.
We like to dance. (Dancing pleases us.)

Me gustó la música.
I liked the music. (The music was pleasing to me.)

¿Te gustan las conferencias del profesor Ramos?
Do you like Professor Ramos's lectures?

Les gustaban sus cuentos.
They used to like his stories.

2. When the indirect object is a noun, it must be preceded by the preposition **a.** (The indirect object pronoun is still used.)

A mis hermanos les gustan los discos.
My brothers like the records.

A Pablo le gusta el queso.
Pablo likes cheese.

B. Other verbs like *gustar*

Other common verbs that function like **gustar** are **faltar** *(to be lacking, to need)*, **hacer falta** *(to be necessary)*, **quedar** *(to remain, to have left)*, **parecer** *(to appear, to seem)*, **encantar** *(to delight, to charm)*, **pasar** *(to happen, to occur)*, and **importar** *(to be important, to matter)*.

Me faltan tres billetes.
I am lacking (need) three tickets.

Nos hace falta estudiar más.
It is necessary for us to study more.

Les quedan tres pesos.
They have three pesos left.

No me importa el dinero.
Money doesn't matter to me.

Me encantan las rosas.
I love roses.

¿Qué te parece? ¿Vamos a la iglesia o no?
What do you think? Shall we go to church or not?

¿Qué te pasa?
What's happening to you? What's wrong?

Práctica

3-21 Opiniones y observaciones. Haga Ud. el ejercicio siguiente, según el modelo.

> **Modelo**   Me gustan los regalos. (a él / el poema)
> *Le gusta el poema.*

1. Me gusta la canción. (a ti / las películas; a Ud. / la misa; a nosotros / los deportes; a Raúl / la comida; a las chicas / las fiestas; a Rosa / la raqueta; a ellos / viajar)
2. Le faltaba a Ud. el dinero. (a ti / los zapatos; a ella / una cámara; a nosotros / un coche; a Rosa y a Pedro / los billetes; a mí / un lápiz)
3. ¿Qué les parecieron a Uds. las clases? (a ti / el concierto; a Elena / el clima; a tus hermanos / los partidos; a ella / las lecturas; a Ud. / la discoteca; a ellos / los bailes mexicanos)

3-22 ¿Cuál es la pregunta? Haga Ud. preguntas que produzcan la información siguiente.

1. Sí, me gustaron las ruinas indias.
2. Sí, nos gustan esos jardines.
3. No, a él no le gusta el movimiento feminista.
4. No, a mí no me gusta la política.
5. Sí, nos gusta dormir la siesta.

Ahora, diga Ud. lo que les gusta a cinco de sus amigos.

3-23 ¿Qué les gusta? Con un(a) compañero(a) de clase háganse Uds. preguntas para saber lo que les gusta o no les gusta. Después de contestar, explique Ud. por qué.

Modelo estudiar mucho
—*¿Te gusta estudiar mucho?*
—*Sí, me gusta estudiar mucho porque quiero aprender.*
-o-
—*No, no me gusta estudiar mucho porque prefiero escuchar música.*

1. las ciudades grandes
2. mirar televisión
3. vivir en el campo
4. la comida española
5. hablar y escribir en español
6. los bailes latinos
7. asistir a la iglesia
8. esta escuela

 3-24 La vida universitaria. Haga Ud. una lista de cinco cosas que le gustan de la vida universitaria y cinco cosas que no le gustan. Compare su lista con la de un(a) compañero(a) de clase para saber las diferencias y semejanzas que existen entre Uds. Luego, compare su lista con las otras de la clase. ¿Cuáles son las cinco cosas que a la mayor parte de los estudiantes no les gustan? ¿Qué les gustan?

The verbs *ser* and *estar*

The verbs **ser** and **estar** are translated as the English verb *to be*. However, their usage in Spanish is quite different. They can never be interchanged without altering the meaning of a sentence or in certain contexts producing an incorrect sentence.

A. Estar is used:

1. to express location.

La ciudad de Granada está en España.   Ellos están en la clase de español.
The city of Granada is in Spain.   *They are in the Spanish class.*

2. to indicate the condition or state of a subject when that condition is variable or when it is a change from the norm. Note that in some of the examples below **estar** can be translated by a verb other than *to be (to look, to taste, to seem, to feel,* etc.).

La ventana está sucia.   Juan está muy contento hoy.
The window is dirty.   *Juan is (seems) very happy today.*

Yo estoy muy desilusionado.   ¡Qué delgada está Teresa!
I am (feel) very disillusioned.   *How thin Teresa is (looks)!*

La cena está lista.   La sopa está riquísima.
The dinner is ready.   *The soup is (tastes) delicious.*

3. with past participles used as adjectives to describe a state or condition that is the result of an action.

El profesor cerró la puerta. La puerta está cerrada.
The professor closed the door. The door is closed.

El autor escribió el libro. El libro está escrito.
The author wrote the book. The book is written.

See **Unidad 4.**

4. with the present participle to form the progressive tenses.

Los estudiantes están analizando los verbos reflexivos.
The students are analyzing the reflexive verbs.

B. *Ser* is used:

1. to describe an essential or inherent characteristic or quality of the subject.

Su hija es bonita.
Your daughter is pretty.

El hombre es pobre.
The man is poor.

Mis tíos son ricos.
My uncles are rich.

La isla es pequeña.
The island is small.

Su abuelo es viejo. (in years)
His grandfather is old.

Su hermana es joven. (in years)
Her sister is young.

2. with a predicate noun that identifies the subject.

El señor Pidal es profesor.
Mr. Pidal is a professor.

Juan es el cónsul español.
Juan is the Spanish consul.

María es ingeniera.
María is an engineer.

Ramón es su amigo.
Ramón is her friend.

3. with the preposition **de** to show origin, possession, or the material from which something is made.

Roberto es de España.
Roberto is from Spain.

El libro es de Teresa.
The book is Teresa's.

El reloj es de oro.
The watch is (made of) gold.

La casa es de madera.
The house is made of wood.

4. to express time and dates.

Son las ocho.
It's eight o'clock.

Es el cinco de mayo.
It's the fifth of May.

5. when *to be* means "to take place."

La conferencia es aquí a las seis.
The lecture is (taking place) here at 6:00.

El concierto fue en el Teatro Colón.
The concert was (took place) in the Teatro Colón.

6. to form impersonal expressions (**es fácil, es difícil, es posible,** etc.).

Es necesario entender los tiempos verbales.
It is necessary to understand the verb tenses.

7. with the past participle to form the passive voice. (This will be discussed further in **Unidad 11.**)

El fuego fue apagado por el viento.
The fire was put out by the wind.

La lección fue explicada por el profesor.
The lesson was explained by the professor.

C. *Ser* and *estar* used with adjectives

It is important to note that both **ser** and **estar** may be used with adjectives. However, the meaning or implication of the sentence changes depending on which verb is used.

Ser	**Estar**
Elena es bonita.	Ella está bonita hoy.
Elena is pretty (a pretty girl).	*She looks pretty today.*
Tomás es pálido.	Tomás está pálido.
Tomás is pale-complexioned.	*Tomás looks pale.*
Él es bueno (malo).	Está bueno (malo).
He's a good (bad) person.	*He's well (ill).*
Es feliz (alegre).	Está feliz (contenta).
She's a happy (cheerful) person.	*She's in a happy (contented) mood.*
El profesor es aburrido.	Está aburrido.
The professor is boring.	*He's bored.*
Carlos es borracho.	Carlos está borracho.
Carlos is a drunkard.	*Carlos is drunk.*
José es enfermo.	José está enfermo.
José is a sickly person.	*José is sick (now).*
Las sandalias son cómodas.	Estas sandalias están muy cómodas.
Sandals are (generally) comfortable.	*These sandals feel very comfortable.*
Carolina es lista.	Carolina está lista para salir.
Carolina is clever (alert).	*Carolina is ready to leave.*

Práctica

3-25 *Ser* y *estar*. Complete Ud. las oraciones siguientes con la forma correcta de **ser** o **estar.**

1. La casa de Patricia _____ muy lejos de aquí.
2. Su casa _____ de ladrillo.
3. Marina _____ la esposa de Juan.
4. Mi amigo _____ muy cansado hoy.
5. _____ el primero de octubre.
6. Esta sopa _____ muy caliente.
7. Él _____ muy buena persona, pero _____ enojado ahora.
8. Mi primo _____ enfermo hoy.
9. _____ más ricos que los reyes de España.
10. Ya _____ apagado el fuego.
11. Elena _____ bonita, y hoy _____ más bonita que nunca.
12. ¿De quién _____ este libro?
13. La conferencia _____ a las ocho.
14. Yo _____ muy contento porque los zapatos _____ muy cómodos.
15. El libro _____ muy aburrido y por eso yo _____ aburrido.

3-26 Un día en la vida de Enrique. Complete Ud. el cuento de Enrique con la forma correcta de **ser** o **estar.**

_____ *las siete cuando Enrique se despertó.* _____ *el día de los exámenes finales y él* _____ *muy nervioso. Su primer examen* _____ *a las nueve y quería llegar temprano para poder estudiar. Después de vestirse, empezó a buscar los libros. No* _____ *ni en la sala ni en el estudio. Al fin, su madre le dijo que* _____ *detrás de la puerta de su cuarto. Ahora* _____ *listo y salió para la escuela. Cuando llegó, ya* _____ *sus amigos en la biblioteca.* _____ *muy aburridos de esperar tanto, pero no dijeron nada. Todos* _____ *seguros de que iban a salir mal en el examen.* _____ *las nueve menos cinco. Ya* _____ *muy tarde y ellos tenían que apurarse para llegar a clase a tiempo. Después del examen, todos* _____ *cansados pero contentos porque el examen había sido* (had been) *muy fácil.*

3-27 El bautizo. Describa Ud. la foto en la pagina 77 usando una forma de **ser** o **estar** y las cosas de la lista.

Modelo iglesia
La iglesia es muy grande.

las personas
Las personas están en la iglesia.

1. el bautizo
2. la pareja (el padre) (la madre)
3. el bebé
4. el cura de pelo negro
5. el hombre vestido de traje
6. la vela
7. el altar

Ahora, añada Ud. otras dos oraciones descriptivas. Comparta su descripcíon con la clase. ¿Están todos de acuerdo?

Repaso

Review the future tense.

3-28 Una carta de Carlos. Carlos está escribiéndole una carta a su prima para contarle lo que él y sus amigos harán durante el semestre que viene. Exprese Ud. estas ideas, cambiando el verbo entre paréntesis al futuro. Luego, léale Ud. esta carta a un(a) compañero(a) de clase.

1. Yo (estudiar) más este semestre que viene.
2. Mis amigos (hacer) la tarea todas las noches.
3. Juan y yo (asistir) a las conferencias especiales con más frecuencia.
4. Enrique (tener) que escribir un trabajo sobre la importancia de la Iglesia en México.
5. A pesar de los estudios, yo (divertirse) mucho.
6. José y Carmen (graduarse) de la universidad en mayo.

Review the future tense.

3-29 Al graduarse. Diga Ud. lo que harán las personas siguientes después de graduarse.

Modelo Ana (casarse con un hombre rico)
Ana se casará con un hombre rico.

1. nosotros (hacer un viaje alrededor del mundo)
2. tú (trabajar para un banco internacional)
3. mis amigos (comprar un coche nuevo)
4. Alicia (entrar a un convento)
5. Roberto (salir para España a estudiar)

El bautizo es una ocasión importante en la vida hispánica. A menudo se celebra con una gran fiesta familiar después de la ceremonia religiosa. Comente sobre una ocasión importante en la vida de su familia.

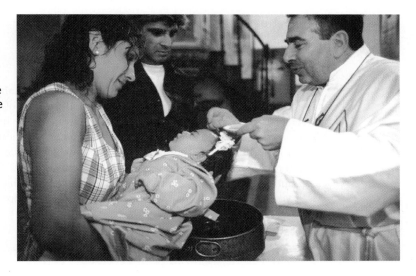

Review the conditional.

3-30 ¿Qué haría Ud.? Diga Ud. lo que haría en las situaciones siguientes. Luego, su compañero(a) de clase va a hacer la misma cosa. Comparen Uds. sus respuestas.

> **Modelo**   ¿Qué harías al terminar la lección?
> *Al terminar la lección me acostaría.*

1. Al recibir un cheque de mil pesos _____.
2. Al entrar a la clase de español _____.
3. Al ir a un buen restaurante _____.
4. Al ver a tu mejor amigo(a) _____.
5. Al ir de vacaciones _____.
6. Al despertate temprano _____.

Review the conditional.

3-31 A escoger. Si Ud. pudiera escoger, ¿cuál de las cosas siguientes haría?

> **Modelo**   asistir a una misa o a un concierto
> *Asistiría a un concierto.*

1. estudiar en México o en Colombia
2. vivir en la playa o en las montañas
3. ver una película española o una película francesa
4. salir temprano o tarde de la clase de español

Review all grammar points addressed in **Unidad 3,** and especially, the usage of **ser** and **estar.**

3-32 Una entrevista. Hágale Ud. estas preguntas a un(a) compañero(a) de clase. Luego comparta la información con la clase. Los otros miembros de la clase van a hacer la misma cosa para saber cuántos estudiantes tienen ideas semejantes o diferentes.

1. ¿Piensas que una persona debe casarse con otra persona que tiene creencias religiosas diferentes? ¿Por qué?
2. En tu opinión, ¿cuál es la religión más verdadera y aceptable de todas las religiones? ¿Por qué?
3. ¿Crees que es importante que los padres bauticen a sus hijos en una iglesia? ¿Por qué?
4. ¿Piensas que debe haber solamente una religión mundial? Explica.
5. ¿Crees que las religiones causan, o resuelven la mayor parte de los problemas del mundo? Explica.

A conversar

Guessing from context

Being a good listener can make you a better conversationalist. In the initial phases of language learning and acquisition, you will not know all of the vocabulary needed to understand every word that is spoken. Being aware of the linguistic and social contexts of the message will enable you to understand a conversation through word and phrase association and through the social situation in which the conversation is taking place. Also try to determine the topic or gist of the conversation. Then by making some logical assumptions and with sensible guessing, you should be able to determine the meaning of what you are hearing, which will enable you to make appropriate responses during the conversation.

 ## Descripción y expansión

3-33 Muchas veces la plaza mayor de un pueblo hispano sirve de centro social para la gente que vive allí. Estudie este dibujo de una plaza típica y después haga las actividades siguientes.

1. Describa la plaza de este pueblo hispánico.
2. Describa la iglesia.
3. ¿Qué pasa en el dibujo?
   a. ¿Cuántas personas hay en el dibujo?
   b. ¿Qué hace el cura?
   c. ¿Qué hacen los niños?
   d. ¿Dónde están los jóvenes?
   e. ¿Qué hacen los jóvenes?
   f. ¿Qué venden los vendedores?
   g. ¿Qué compra la señora?

3-34 Opiniones. Con un(a) compañero(a) de clase, escriban Uds. los siguientes títulos en una hoja de papel: *Ciudad* y *Pueblo pequeño*. Debajo del título *Ciudad,* escriban diez ventajas y diez desventajas de vivir en una ciudad. Luego, escriban diez ventajas y diez desventajas de vivir en un pueblo debajo del título *Pueblo pequeño*. Después de terminar este ejercicio, su profesor(a) va a escribir los mismos títulos en la pizarra. Luego, él (ella) va a conducir una encuesta de todas las parejas, escribiendo las ventajas y desventajas presentadas por cada pareja. ¿Cuántos estudiantes prefieren vivir en una ciudad? ¿Por qué? ¿En un pueblo pequeño? ¿Por qué? ¿Dónde prefiere vivir Ud.? Explique.

La ciudad de Caracas, Venezuela

Un pueblo en Cuzco, Perú

A escuchar

Recién casados

Text Audio CD, Track 9

Escuche Ud. a continuación la siguiente situación y el diálogo. Luego haga los ejercicios relacionados con lo que ha escuchado y aprendido.

Maribel y Elena, tomando la merienda, charlan muy alegres en una cafetería del centro de Buenos Aires. Maribel le cuenta a su hermana acerca de la luna de miel, de la cual acaba de regresar y de sus primeros días de recién casada en su nuevo hogar.

3-35 Información. Complete Ud. las siguientes oraciones, basándose en lo escuchado.

1. Maribel y Ramón fueron de _____.
2. Elena y Maribel son _____.
3. La mamá piensa que los novios no irían a _____.
4. La música entusiasma a _____.
5. Para Maribel el café está _____.

3-36 Conversación. Con uno(a) o dos compañeros entable una conversación, intercambiando opiniones y experiencias sobre: la necesidad o no de que los esposos sean/no sean religiosos, tengan/no tengan la misma religión. Si no tienen la misma religión, ¿cómo se resolvería el problema religioso de los hijos? ¿Conocen algún matrimonio en esa situación?

3-37 Situaciones. Con un(a) compañero(a) de clase, prepare Ud. un diálogo que corresponda a una de las siguientes situaciones. Es posible que sea necesario presentar el diálogo frente a la clase.

Un(a) niño(a) no quiere asistir a la iglesia. Una familia está lista para salir para la iglesia. Un(a) niño(a) de la familia no quiere ir. La madre le explica por qué él (ella) debe asistir y el (la) niño(a) le da a ella las razones por las cuales no quiere ir.

La vida ideal. Dos amigos(as) conversan sobre lo que piensan de cómo sería la vida ideal. Están comparando sus ideas. Uno(a) explica en qué consistiría la vida ideal y el (la) otro(a) responde con su perspectiva de la vida perfecta.

Intercambios

3-38 Discusión: Modos de vivir A continuación se presentan cinco modos de vivir. Primero, indique Ud. su reacción ante cada uno de ellos. Después, compare sus reacciones con las de sus compañeros de clase. Si quiere, describa Ud. brevemente su propio modo de vivir y su filosofía personal.

Aquí está la lista de reacciones que son posibles:

a. Me gusta mucho.   **d.** No me gusta mucho.
b. Me gusta un poco.   **e.** No me gusta nada.
c. No me importa.

1. En este modo de vivir, el individuo participa activamente en la vida social de su pueblo, pero no busca cambiar la sociedad, sino comprender y preservar los valores establecidos. Evita todo lo excesivo y busca la moderación y el dominio sobre sí mismo. La vida, según esta filosofía, debe ser activa, pero también debe tener claridad, control y orden.

La catedral de Sevilla, España, es la catedral gótica más grande del mundo. Aquí se ve la Giralda que es la torre de la catedral. ¿De qué clase de arquitectura es la torre? ¿Qué le parece la catedral? ¿Por qué?

2. El individuo que participa en este modo de vivir se retira de la sociedad. Vive apartado donde puede pasar mucho tiempo solo y controlar su propia vida. Hay mucho énfasis en la meditación, la reflexión y en conocerse a sí mismo. Para este individuo el centro de la vida está dentro de sí mismo, y no debe depender de otras personas ni de otras cosas.

3. Según esta filosofía, la vida depende de los sentidos y se debe gozar de ella sensualmente. Uno debe aceptar a las personas y las cosas y deleitarse con ellas. La vida es alegría y no la escuela donde uno aprende la disciplina moral. Lo más importante es abandonarse al placer y dejar que los acontecimientos y las personas influyan en uno.

4. Ya que el mundo exterior es transitorio y frío, el individuo sólo puede encontrar significado y verdadera gratificación en la vida pensativa y en la religión. Como han dicho los sabios, esta vida no es más que una preparación para la otra, la vida eterna. Todo lo físico debe ser subordinado a lo espiritual. El individuo debe juzgar sus acciones y sus deseos a la luz de la eternidad.

5. Sólo al usar la energía del cuerpo podemos gozar completamente de la vida. Las manos necesitan fabricar y crear algo. Los músculos necesitan actuar: saltar, correr, esquiar, etcétera. La vida consiste en conquistar y triunfar sobre todos los obstáculos.

3-39 Ejercicio de comprensión. Ud. va a escuchar dos comentarios breves sobre la religión en el mundo hispánico. Después de cada comentario, Ud. va a escuchar dos oraciones. Indique si la oración es verdadera (V) o falsa (F), trazando un círculo alrededor de la letra que corresponde a la respuesta correcta.

Primer comentario:

1. V   F
2. V   F

Segundo comentario:

3. V   F
4. V   F

Ahora escriba Ud. un título para cada uno de los dos comentarios, que refleje el contenido de ellos. Compare Ud. los títulos con los de otros estudiantes. En su opinión, ¿cuáles son los mejores?

 3-40 Temas de conversación o de composición. Su profesor(a) va a dividir la clase en cinco grupos. Cada uno de los grupos va a recibir uno de los temas siguientes. Cada miembro de los grupos tiene que compartir sus opiniones o perspectivas con respecto al tema. Después de hablar del tema, será necesario escribir un resumen de las ideas compartidas para entregárselo a su profesor(a). Luego una persona de cada uno de los grupos tiene que hacer una presentación oral enfrente de la clase, para presentar las ideas del resumen escrito. Luego los estudiantes pueden expresar sus impresiones de los resúmenes para ver si ellos están de acuerdo con las opiniones expresadas.

1. El casarse con alguien de otra religión ya no presenta problemas en nuestra sociedad.
2. Todas las religiones son esencialmente iguales. Por eso, deberían unirse en una gran religión universal.
3. Las mujeres y los hombres deberían participar igualmente en la dirección de los ritos religiosos.
4. Ninguna religión debe recibir el apoyo del estado.
5. Las creencias religiosas siempre se basan en ideas supersticiosas.

La religión y la Virgen de Guadalupe

La Virgen (morena) de Guadalupe tiene un papel muy importante en la vida religiosa de la gente de Hispanoamérica, especialmente en México.

Lea Ud. el titular *(heading)* del periódico *REPORTERO* publicado en Santa Fe, Nuevo México, y el artículo que sigue para aprender *(learn)* más sobre la importancia de esta virgen de la Iglesia. Luego conteste las preguntas sobre la lectura y haga la actividad final.

Lectura

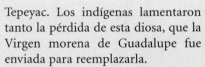

El Reportero NACIONAL · **Del otro lado**

JULIO 31- AGOSTO 6, 2002

7 A

EL PAPA EN MEXICO CONTRA VIENTO Y MAREA

CIUDAD DE MÉXICO.- La delicada salud de Juan Pablo II originó durante seis meses dudas entre los mexicanos sobre la visita del pontífice a su país. Pero contra los pronósticos negativos, el Papa sorprende, una vez más, a los fieles con su presencia. La misión de este viaje es la canonización del indio Juan Diego y la beatificación de los mártires oaxaqueños, es decir, lo que se considera la reivindicación de los pueblos indígenas.

Juan Diego y la Virgen de Guadalupe

La Virgen de Guadalupe fue la primera de una serie de apariciones milagrosas en México. Después de la conquista de México por Cortés y los conquistadores españoles, el fraile Juan de Zumárraza, primer arzobispo de México, ordenó la destrucción de todos los dioses y sepulcros paganos. La diosa más popular entre los indígenas cerca de la capital era la diosa virgen azteca de la tierra y del maíz, Tonantzin, cuyo sepulcro estaba sobre cerro

Tonantzin, la diosa de la tierra y del maíz.

Tepeyac. Los indígenas lamentaron tanto la pérdida de esta diosa, que la Virgen morena de Guadalupe fue enviada para reemplazarla.

Se dice que era muy temprano por la mañana, el sábado, el 9 de diciembre de 1531, cuando un indígena pobre llamado Juan Diego iba camino a Tlateloco para recibir instrucciones cristianas en la iglesia franciscana. Al pasar cerca del cerro del Tepeyac, oyó una voz de una mujer que le preguntaba adónde iba él. Juan Diego le contestó que iba a la iglesia de Tlateloco.

Luego ella le dijo que fuera[1] al obispo de México para decirle que María Madre de Dios le había hablado[2] y que ella deseaba un templo en ese sitio. El indígena joven fue a hablar al obispo pero él no quiso

Aparición de la Virgen de Guadalupe.

creerle a Juan Diego. El indígena salió de la oficina del obispo muy triste y desesperado. Volvía a su casa cuando la Virgen le apareció otra vez en el

[1] que fuera *to go*   [2] había hablado *had spoken*

La capilla construida en honor a la Virgen de Guadalupe encima del cerro de Tepeyac.

mismo lugar. La Virgen le mandó que fuera a ver al obispo otra vez. Esta vez el obispo le habló y le pidió a Juan Diego que le llevara una prueba o señal de la Virgen.

El 12 de diciembre, Juan Diego volvió al Tepeyac y vio otra vez a la Virgen. Le pidió a ella una prueba para el obispo. La Virgen le mandó a Juan Diego subir al cerro y cortar unas rosas para llevárselas al obispo. Juan Diego sabía que no había nada más que cactos en el cerro, pero obedeció. Cuando llegó a la cumbre del cerro se sintió muy sorprendido de ver algunas rosas bonitas que crecían entre las rocas.

El indígena las cortó y las puso en su tilma[3] y se las llevó al obispo. Al dejarlas caer sobre el suelo, vio pintada en la tilma la imagen de la Virgen, donde las rosas la habían estado. El obispo se dio cuenta de que era un milagro y ordenó la construcción de una capilla en honor a la Virgen en la cumbre del cerro de Tepeyac. Desde entonces se venera a la Virgen de Guadalupe en todas partes de México, y desde el año 1910, se ha reconocido a la Virgen como la patrona de los otros países hispanoamericanos.

Al pie de la colina hoy se puede ver una iglesia grande y hermosa que es la Basílica de la Virgen de Guadalupe. Aquí y en otras partes de Hispanoamérica, todos los años se celebra el día oficial de la Virgen, el 12 de diciembre.

La antigua Basílica de la Virgen de Guadalupe. Sobre el altar principal está colgada la tilma de Juan Diego con la imagen de la Virgen.

Las palabras que la Santa María de Guadalupe le dijo a Juan Diego. Esta placa de bronce está colgada cerca de la entrada de la Basílica.

[3] tilma *cloak*

Preguntas

3-41 Conteste Ud. las siguientes preguntas.

1. ¿Quiénes conquistaron a México?
2. ¿Qué hizo el arzobispo de México después de la conquista? ¿Por qué?
3. ¿Cómo se llamaba la diosa popular de los aztecas?
4. ¿De qué era ella?
5. ¿Dónde estaba su sepulcro?
6. ¿Quién reemplazó a esta diosa?
7. En su opinión, ¿por qué fue necesario reemplazarla?
8. ¿Quién era Juan Diego?
9. ¿Adónde iba él? ¿Cuándo?
10. ¿Qué le pasó a él al pasar por el cerro de Tepeyac?
11. ¿Quién le habló y qué quería?
12. ¿Por qué no le creía a Juan el obispo?
13. ¿Qué necesitaba el obispo?
14. ¿Qué hizo Juan Diego el 12 de diciembre de 1531?
15. ¿Qué le mandó hacer la Virgen?
16. ¿Qué encontró Juan Diego al subir a la cumbre del cerro?
17. ¿Qué pasó cuando Juan Diego abrió la tilma para mostrarle la prueba al obispo?
18. ¿Qué se puede ver cerca del cerro de Tepeyac hoy?
19. ¿Qué llegó a ser la Virgen de Guadalupe en otros países de Hispanoamérica?
20. ¿Cuál es la fecha oficial del día de fiesta de la Virgen morena de Guadalupe?
21. ¿Hay diferencias y semejanzas entre la diosa Tomantzín y la Virgen de Guadalupe? ¿Cuáles son?
22. ¿Piensa Ud. que había estas semejanzas por casualidad? Explique.
23. En su opinión, ¿por qué fue canonizado Juan Diego después de casi quinientos años en vez de muchos años antes?

3-42 La religión. Por todos los siglos, la religión tiene un papel importante en la vida diaria de todos los seres humanos. A veces la religión puede unir a la gente, y a veces puede desunirla. Por ejemplo, cuando los moros invadieron y conquistaron a los habitantes de la Península Ibérica no fue sólo por motivos religiosos sino por razones políticas también. Esta invasión resultó en una península dividida y en la gran Reconquista de la península de parte de los cristianos. Esta Reconquista empezó en 718 y duró hasta 1492. Los españoles se reunieron bajo la bandera de Santiago, el santo patrón de España, y los moros bajo la bandera de islam.

 Su profesor(a) va a dividir la clase en grupos para discutir el papel de la religión en la vida diaria de todos los seres humanos. Después de buscar más información en el Internet sobre el impacto de la religión en la vida diaria de la gente, Uds. tienen que hacer una lista de diez aspectos positivos de la religión desde su perspectiva, y diez cosas negativas. Luego, Uds. deben compartir sus listas con las de los otros grupos. ¿Cuáles son las diez cosas positivas que la mayor parte de la clase ha escogido? ¿Y las negativas?

Aspectos de la familia en el mundo hispánico

◄ Esta familia se reúne todos los domingos. Identifique las varias generaciones de la familia en la foto. ¿Qué le parece la comida? ¿Puede identificar unos de los platos? ¿Cuáles son las diferencias entre esta reunión familiar y una reunión de su familia?

En contexto

¿Vamos al cine?

Vocabulario activo

Estudie estas palabras.

Verbos
aguantar *to put up with*
arreglar *to arrange*
probar (ue) *to taste, to sample*
significar *to mean*

Sustantivos
el bocado *bite, taste*
surrealista *surrealistic*
el cariño *affection*
la(s) gana(s) *desire, wish*
la pantalla *movie screen*
la película *movie, film*

Adjetivos
asado(a) *roasted*
ciego(a) *blind*
listo(a) *clever*
solitos *dimin. of* solos *alone*

Otras expresiones
atrás *in back*
acabar de *to have just*
hace dos semanas que *it has been two weeks since*
valer la pena *to be worthwhile*

Para practicar

Complete Ud. el párrafo siguiente con palabras escogidas de la sección *Vocabulario activo*. No es necesario usar todas las palabras.

Yo no podía **1.** más los estudios. Tenía **2.** de ir al cine. **3.** vi una **4.** buena. Mis amigos estaban ocupados y por eso fui **5.** . Entré en el cine y me senté en la parte de **6.** del teatro. Casi no podía ver la **7.** , pero no me importó porque no podía entender lo que **8.** el argumento (*plot*) que era muy **9.** . Salí para casa a las diez pensando que esa película no **10.** . Tenía hambre y por eso pasé por un café. Yo **11.** un **12.** de carne **13.** , pero decidí pedir una tortilla española. Fue la única cosa buena de aquella noche.

Text Audio CD, Track 11 **Antes de leer el diálogo escúchelo con el libro cerrado. ¿Cuánto comprendió?**

(Carlos y Concha piensan ir al cine, pero encuentran varios obstáculos.)

CARLOS   Oye, Concha, no hemos visto esa nueva película italiana.[1] ¿Quieres ir esta noche?

CONCHA   ¡Ah! Me encantaría. Pero, sabes, mi mamá querrá ir también.[2]

CARLOS   ¿No hay manera de ir solos? Tu mamá es una buena persona, pero yo sólo deseaba verte a ti.

CONCHA   Carlitos,[3] tú sabes cómo es ella. Siempre se enoja cuando no la invitamos. Tendrás que llevarla a ella también.

CARLOS	¿Y si le decimos que la película es de esas surrealistas? La última vez la invitamos, pero no quiso ir.
CONCHA	¡Ah, sí! Dice que siempre se duerme. Pero, ¿cómo vamos a convencerla?
CARLOS	Déjamelo a mí. Yo lo arreglaré.

(Van a la cocina donde encuentran a la mamá de Concha y al tío Paco, de ochenta y seis años.)

MAMÁ	¡Hola, Carlos! ¿Cómo estás? Te quedas a comer con nosotros, ¿verdad?[4]
CARLOS	Gracias, acabo de comer en casa. Venimos a ver si Ud. querría acompañarnos al cine. Vamos a ver la película italiana que dan en el Cine Mayo. No la ha visto, ¿verdad?
MAMÁ	¿Qué película es? Para decir la verdad me gustan más las norteamericanas con Brad Pitt o George Clooney. Prueba esta carne asada, Carlos.[5]
CARLOS	Bueno, un bocado nada más. Esas películas comunes y corrientes[1] no valen la pena. Ésta sí que debe ser buena; fue premiada[2] en Europa.
CONCHA	¿Vienes o no, mamá?
MAMÁ	Bueno, pensándolo bien, es mejor que vayan Uds. solos. La última vez me dormí apenas comenzada la película.
TÍO	A mí sí que me gustan las películas de ese… ¿cómo se llama? … Fettucini, creo. Yo iré con Uds. Hace dos semanas que no voy a cine.
CARLOS	Bueno… no lo había pensado…
CONCHA	*(en voz baja a Carlos)* No te preocupes, tonto. Está tan ciego el tío Paco, que tiene que sentarse muy cerca de la pantalla. Le diremos que no aguantamos eso, y nos sentaremos atrás, solitos.
CARLOS	Ah, Conchita, ¡eres tan lista!

Notas culturales

[1] *película italiana: Las películas extranjeras son muy populares en Europa y en Hispanoamérica. En España, en la Argentina y en México hay una industria cinematográfica notable, pero no alcanza a satisfacer al público hispánico.*

[2] *mi mamá querrá ir también: Es común en el mundo hispánico que salgan juntas personas de diversas edades. No hay la división según la edad que hacemos en los Estados Unidos.*

[3] *Carlitos: Es común usar diminutivos para indicar cariño o familiaridad.*

[4] *Te quedas a comer con nosotros, ¿verdad?: Es casi automática esta invitación a comer, pero es falsa. La respuesta, también automática, es negativa pero cortés.*

[5] *Prueba esta carne asada, Carlos: La segunda invitación, siempre hecha con más fuerza, es verdadera y debe ser aceptada, con ganas o no.*

---

[1] comunes y corrientes *common and ordinary*   [2] fue premiada *was awarded a prize*

Describa lo que está pasando en esta foto. ¿Qué le parece esta familia? ¿Son las actividades en que participa esta familia similares a los pasatiempos de su familia? Explique.

4-1 Comprensión. Conteste Ud. las preguntas siguientes.

1. ¿Qué piensan hacer Carlos y Concha?
2. ¿Por qué no podrán ir solos?
3. ¿Qué hace la mamá cuando no la invitan?
4. ¿Qué clase de película quieren ver?
5. ¿Qué hace la mamá cuando ve una película surrealista?
6. ¿Quiénes están en la cocina?
7. ¿Qué le pregunta la mamá a Carlos?
8. ¿Cuáles son las películas que le gustan a la mamá?
9. ¿Qué come Carlos?
10. ¿Quién va a ir al cine con los jóvenes?
11. ¿Qué van a hacer los jóvenes para estar solos en el cine?

4-2 Opiniones. Conteste Ud. las preguntas siguientes.

1. ¿Le gustan a Ud. las películas extranjeras? ¿Por qué sí o por qué no?
2. ¿Qué películas ha visto Ud. recientemente?
3. ¿Le gustan las películas surrealistas? Explique.
4. ¿Va Ud. al cine con sus padres? ¿Por qué?
5. ¿Con quién prefiere Ud. ir al cine? ¿Por qué?
6. ¿Cuáles son sus películas favoritas?
7. ¿Quién es su actor favorito? ¿su actriz favorita?
8. En su opinión, ¿vale la pena ver películas modernas? ¿Por qué?

Estructura

The progressive tenses

A. The present participle

1. The present participle is formed by adding **-ando** to the stem of all **-ar** verbs and **-iendo** to the stem of most **-er** and **-ir** verbs.

aprender:	*aprend*iendo	*learning*
hablar:	*habl*ando	*speaking*
vivir:	*viv*iendo	*living*

2. Some common verbs have irregular present participles. In **-er** and **-ir** verbs, the **i** of **-iendo** is changed to **y** when the verb stem ends in a vowel.

caer:	cayendo		**leer:**	leyendo
creer:	creyendo		**oír:**	oyendo
ir:	yendo		**traer:**	trayendo

3. Stem-changing **-ir** verbs and some **-er** verbs have the same stem changes in the present participle as in the preterite.

decir:	diciendo		**pedir:**	pidiendo
divertir:	divirtiendo		**poder:**	pudiendo
dormir:	durmiendo		**sentir:**	sintiendo
mentir:	mintiendo		**venir:**	viniendo

B. The present progressive

1. The present progressive is usually formed with the present tense of **estar** and the present participle of a verb.

estoy estás	bailando	*I am dancing, etc.*
está estamos	bebiendo	*I am drinking, etc.*
estáis están	escribiendo	*I am writing, etc.*

2. The present progressive is used to stress that an action is in progress or is taking place at a particular moment in time.

Están demostrando mucho interés en las religiones del mundo.
They are showing a lot of interest in the religions of the world.

Estoy leyendo mis apuntes.
I am reading my notes.

Están viviendo solitos en México.
They are living all alone in Mexico.

3. Certain verbs of motion are sometimes used as substitutes for **estar** in order to give the progressive a more subtle meaning.

ir: Va aprendiendo a tocar la guitarra.
He is (slowly, gradually) learning to play the guitar.

seguir, continuar: Siguen hablando.
They keep on (go on) talking.

venir: Viene contando los mismos chistes desde hace muchos años.
He has been telling the same jokes for many years.

andar: Anda pidiendo limosna para los pobres.
He is going around asking for alms for the poor.

C. The past progressive

A second past progressive tense is the preterite progressive, formed with the preterite of **estar** plus a present participle. It is used to stress that a completed action was in progress at a specific time in the past: **Estuve estudiando hasta las seis.** *(I was studying until six.)*

1. The past progressive is usually formed with the imperfect of **estar** plus a present participle.

estaba	mirando	*I was looking at, etc.*
estabas		
estaba	vendiendo	*I was selling, etc.*
estábamos		
estabais	saliendo	*I was leaving, etc.*
estaban		

2. This tense is used to stress that an *unfinished* action was in progress at a specific time in the past.

Yo estaba mirando un programa de televisión, en vez de estudiar.
I was watching a television program instead of studying.

El cura estaba explicando las influencias extranjeras sobre la Iglesia cuando lo interrumpieron.
The priest was explaining the foreign influences on the Church when they interrupted him.

3. As in the present progressive, the verbs of motion **ir, seguir, continuar, venir,** and **andar** may also be used to form the past progressive.

Seguía escribiendo poemas.
She kept on writing poems.

Andaba diciendo mentiras.
He was going around telling lies.

D. Position of direct object pronouns with the participle

Direct object pronouns are attached to the present participle. But in the progressive tenses the object pronoun may either precede **estar** or be attached to the participle.

Note that when the pronoun is attached to the participle, a written accent is required on the original stressed syllable of the participle.

Leyéndolo, vio que yo tenía razón.
Reading it, he saw that I was right.

Estoy arreglándola.
          OR
La estoy arreglando.
I am repairing it.

Práctica

4-3 El cine. Ud. ha ido al cine. Describa Ud. lo que está pasando. Termine esta narrativa breve, usando la forma correcta de **estar** y el participio presente.

Yo (observar) _____ a la gente que (llegar) _____ al cine. Hay mucha gente que (comprar) _____ entradas. Otras personas (entrar) _____ al cine. Un hombre (pedir) _____ palomitas (popcorn) y su amiga (beber) _____ un refresco. Yo (morirme) _____ de hambre, pero me falta dinero para comprar refrescos. Muchas personas (sentarse) _____ cerca de la pantalla, otras no. Varias personas (leer) _____ su programa. Me parece que todos (divertirse) _____ mucho.

4-4 Lo que está pasando ahora. Usando algunos de los verbos siguientes, diga Ud. cinco cosas que están haciendo los estudiantes en la clase en este momento.

observar	leer	escuchar	hablar	abrir
mirar	escribir	poner	hacer preguntas	sacar

4-5 ¿Qué está haciendo la gente? Indique Ud. lo que varias personas están o no están haciendo ahora. Use Ud. el progresivo presente con **estar.**

> **Modelo**   su mamá (mirar la televisión / preparar la comida)
> *Su mamá no está mirando la televisión. Está preparando la comida.*

1. el tío Paco (mirar la película / dormir)
2. Concha (estudiar / hablar con Carlos)
3. el estudiante (escribir cartas / estudiar la lección)
4. nosotros (leer / buscar un libro)
5. yo (mentir / decir la verdad)
6. sus padres (comer / escuchar música)

Ahora, repita Ud. el ejercicio **4-5** usando **seguir.**

> 1. *El tío Paco no está mirando la película, sigue durmiendo. etc.*

4-6 El regreso a casa. Describa Ud. lo que estaba pasando ayer cuando Concha entró a su casa.

> **Modelo**   su amigo / esperarla
> *Cuando llegó a casa ayer, su amigo estaba esperándola.*

1. el gato / dormir
2. Carlos / leer el periódico
3. sus hermanos / jugar
4. su tío / mirar televisión
5. su madre / preparar la comida
6. Carlos y su madre / hablar del cine

Ahora, diga Ud. a la clase cinco cosas que estaban pasando en su casa cuando volvió a casa ayer.

4-7 Actividades de ayer. Con un grupo de compañeros de clase, hablen Uds. de las cosas que estaban haciendo ayer a las horas indicadas. Hagan una lista de las cosas que eran iguales, y otra lista de las cosas diferentes. Comparen Uds. sus actividades.

> **Modelo**   a las diez de la noche
> *Estaba mirando las noticias a las diez de la noche.*

1. a las seis de la mañana
2. a las ocho y media de la mañana
3. a las doce y quince de la tarde
4. a las tres de la tarde
5. a las seis de la tarde
6. a las ocho y cuarenta y cinco de la noche

4-8 Anoche en la casa de Concha. Haga Ud. el papel de Concha, y describa lo que estaba pasando anoche en su casa. Luego, compare su descripción con la de un(a) compañero(a) de clase.

1. I was reading the newspaper.
2. My mother went on preparing the meal.
3. Our uncle was (gradually) answering our questions.
4. Carlos was trying to find the entertainment guide *(Guía del Ocio).*
5. He was telling us that they keep on repeating the same films all week.
6. My mother was describing her favorite film to us.
7. Carlos went around asking for money for the show.
8. We kept on talking about the movies until midnight.

The perfect tenses

A. The past participle

1. The past participle of regular verbs is formed by dropping the infinitive ending and adding **-ado** to **-ar** verbs and **-ido** to **-er** and **-ir** verbs.

comer:	comido	*eaten*
hablar:	hablado	*spoken*
vivir:	vivido	*lived*

2. Some common verbs have irregular past participles.

abrir:	abierto		**hacer:**	hecho
cubrir:	cubierto		**morir:**	muerto
decir:	dicho		**poner:**	puesto
descubrir:	descubierto		**resolver:**	resuelto
devolver:	devuelto		**romper:**	roto
envolver:	envuelto		**ver:**	visto
escribir:	escrito		**volver:**	vuelto

3. Some forms carry a written accent. This occurs when the stem ends in a vowel.

caer:	caído		**oír:**	oído
creer:	creído		**reír:**	reído
leer:	leído		**traer:**	traído

4. The past participle in Spanish is used with the auxiliary verb **haber** to form the perfect tenses. It can also be used as an adjective to modify nouns with **ser** or **estar,** or it can modify nouns directly. When used as an adjective, it must agree in gender and number with the noun.

La puerta está cerrada.
The door is closed.

El tío Paco está aburrido porque la película es aburrida.
Uncle Paco is bored because the movie is boring.

Tenemos que memorizar las palabras escritas en la pizarra.
We have to memorize the words written on the chalkboard.

The past participle may also be used with a form of **estar** to describe the resultant condition of a previous action.

Juan escribió los ejercicios. Ahora los ejercicios están escritos.
Juan wrote the exercises. Now the exercises are written.

Su madre cerró la ventana. Ahora la ventana está cerrada.
His mother closed the window. Now the window is closed.

B. The present perfect tense

1. The present perfect is formed with the present tense of **haber** plus a past participle.

he has		
ha hemos	hablado	*I have spoken, etc.*
habéis han	comido	*I have eaten, etc.*
	vivido	*I have lived, etc.*

2. The present perfect is used to report an action or event that has recently taken place and whose effects are continuing up to the present.

Ellos han encontrado varios obstáculos.
They have encountered several obstacles.

Esta semana he pensado mucho en ver esa película.
This week I have thought a lot about seeing that movie.

3. The parts of the present perfect construction are never separated and the past participles do not agree with the subject in gender or number. They always end in **-o.**

¿Lo ha probado María?   Han visto una película italiana.
Has María tasted it?   *They have seen an Italian movie.*

4. Acabar de plus an infinitive is used idiomatically in the present tense to express *to have just + past participle*. The present perfect tense is not used in this construction.

Ella acaba de preparar la comida.
She has just prepared the meal.

C. The pluperfect tense

The preterite of **haber** plus a past participle forms the preterite perfect, which is generally a literary tense.

1. The past perfect tense, also called the pluperfect, is formed with the imperfect tense of **haber** plus a past participle.

había habías		
había habíamos	hablado	*I had spoken, etc.*
habíais habían	comido	*I had eaten, etc.*
	vivido	*I had lived, etc.*

2. The past perfect is used to indicate an action that preceded another action in the past.

Cuando llamé, ya habían salido.
When I called, they had already left.

Dijo que ya había ido al cine.
He said that he had already gone to the movies.

3. Negative words and pronouns precede the auxiliary verb form of **haber.**

No ha probado un bocado.
He hasn't tasted a bite.

Mamá se durmió cuando apenas había comenzado la película.
Mom fell asleep when the movie had barely started.

4. Acabar de plus an infinitive is used idiomatically in the imperfect tense to express *had just + past participle.* The pluperfect tense is not used in this construction.

Ellos acababan de salir del teatro, cuando los vi.
They had just left the theater, when I saw them.

Práctica

4-9 No quiere hacerlo. Diga Ud. por qué la gente no quiere hacer las cosas indicadas. Use el presente perfecto.

> **Modelo** Concha no quiere ver esta película porque _____.
> *Concha no quiere ver esta película porque ya la ha visto.*

1. Su madre no va a preparar la comida porque _____.
2. Carlos y ella no quieren probar el arroz porque_____.
3. Nosotros no vamos a hacer los platos mexicanos porque_____.
4. Tú no vas a escribir la carta porque _____.
5. Yo no pienso comprar las entradas porque _____.
6. Enrique no va a devolver el regalo porque _____.

4-10 Ya habíamos hecho eso. Diga Ud. lo que las personas siguientes ya habían hecho antes de hacer las cosas indicadas. Use el pasado perfecto.

> **Modelo** Antes de ir al cine ya (ellos / comprar las entradas).
> *Antes de ir al cine ya habían comprado las entradas.*

1. Antes de asistir al teatro ya (yo / cenar).
2. Antes de entrar a la cocina ya (ellos / hablar con su madre).
3. Antes de salir de la casa ya (ella / hacer la comida).
4. Antes de hablar con tus padres ya (tú / resolver el problema).
5. Antes de ir a la biblioteca ya (nosotros / escribir la composición).
6. Antes de nuestra llegada ya (ellos / volver).

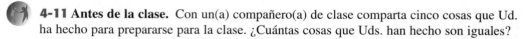 **4-11 Antes de la clase.** Con un(a) compañero(a) de clase comparta cinco cosas que Ud. ha hecho para prepararse para la clase. ¿Cuántas cosas que Uds. han hecho son iguales?

> **Modelo** *Para prepararme para la clase, hoy yo he estudiado todos los verbos.*

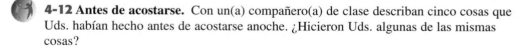 **4-12 Antes de acostarse.** Con un(a) compañero(a) de clase describan cinco cosas que Uds. habían hecho antes de acostarse anoche. ¿Hicieron Uds. algunas de las mismas cosas?

> **Modelo** *Yo había hablado por teléfono con un(a) amigo(a) antes de acostarme anoche.*

4-13 El resultado de sus acciones. Ayer muchos de los miembros de su familia hicieron varias cosas. Dígale a un(a) compañero(a) de clase lo que hicieron y use los verbos a continuación para indicar tales resultados. Siga el modelo y sea creativo. Ahora, su compañero(a) de clase va decirle lo que pasó en su casa. ¿Hay semejanzas y diferencias? ¿Cuáles son?

> **Modelo** preparar
> *Ahora la comida está preparada.*

Use los verbos siguientes:

1. romper
2. hacer
3. arreglar
4. escribir
5. lavar

The future and conditional perfect

A. Future perfect

1. The future perfect tense is formed with the future tense of the verb **haber** plus a past participle.

habré		
habrás	hablado	*I will have spoken, etc.*
habrá		
habremos	comido	*I will have eaten, etc.*
habréis		
habrán	salido	*I will have left, etc.*

2. It expresses a future action that *will have taken place* by some future time.

Habrán salido a eso de las diez.
They will have left by ten.

Habrá terminado la lección antes de comer.
He will have finished the lesson before eating.

B. Conditional perfect

1. The conditional perfect is formed with the conditional tense of **haber** plus a past participle.

habría		
habrías	hablado	*I would have spoken, etc.*
habría		
habríamos	comido	*I would have eaten, etc.*
habríais		
habrían	salido	*I would have left, etc.*

2. This tense is used to express something that *would have* taken place.

Yo habría estudiado en vez de ir al cine.
I would have studied instead of going to the movies.

¿Qué habrías contestado tú?
What would you have answered?

C. Probability

The future and conditional perfects may be used to express probability.

¿Habrá terminado su trabajo a tiempo?
I wonder if he has finished his work on time.

¿Habría terminado su trabajo a tiempo?
I wonder if he had finished his work on time.

Habrán llegado a las ocho.
They must have arrived at eight.

Habrían llegado a las ocho.
They had probably arrived at eight.

Práctica

4-14 El teatro. Ud. va al teatro a encontrarse con sus amigos. Ud. conjetura sobre lo que ellos ya habrán hecho (probablemente) antes de su llegada.

> **Modelo**   ellos / llegar temprano
> *Ellos ya habrán llegado temprano.*

1. ellos / cenar
2. Carlos / estacionar el coche
3. Concha / comprar las entradas
4. ellos / esperarnos una hora antes de entrar
5. Concha / entrar al teatro
6. ellos / sentarse en su butaca

 4-15 Unas decisiones difíciles. ¿Qué habría hecho Ud. en las situaciones siguientes? Con un(a) compañero(a) de clase lean Uds. las situaciones siguientes. Luego háganse la pregunta y contéstela con lo que Ud. habría hecho.

> **Modelo**   Mi amigo encontró una cartera *(wallet)* en la calle y se la devolvió al dueño.
> —¿*Qué habrías hecho tú?*
> —*Yo se la habría devuelto al dueño también.*

1. Ricardo se ganó un millón de dólares en la lotería y luego hizo un viaje alrededor del mundo.
2. Los estudiantes recibieron malas notas en el examen, pero luego decidieron estudiar más.
3. Era el cumpleaños de su novio(a), y le compró muchos regalos.
4. Alguien me invitó a cenar en un restaurante elegante, pero no acepté su invitación.
5. El cocinero nos ofreció un bocadillo de carne asada, pero no lo aceptamos porque no teníamos hambre.

 4-16 A conjeturar. Con un(a) compañero(a) de clase haga Ud. esta conversación en español.

ROBERTO   Where do you suppose they have gone?

MARGARITA   They must have decided to go to the show.

ROBERTO   I wonder if they had tried to call us before leaving the house.

MARGARITA   Maybe, but we had probably not arrived home yet.

ROBERTO   They must have thought that we had already seen the movie or they probably would have invited us to go with them.

Possessive adjectives and pronouns

A. Possessive adjectives—unstressed (short) forms

1. The unstressed (short) forms of the possessive adjectives:

mi, mis	*my*	**nuestro(a, os, as)**	*our*
tu, tus	*your*	**vuestro(a, os, as)**	*your*
su, sus	*his, her, its, your*	**su, sus**	*their, your*

The **vuestro(a, os, as)** form has been replaced by **su, sus** in Latin America.

2. Possessive adjectives agree with the thing possessed and not with the possessor. The unstressed forms always precede the noun.

Él es cortés con mi mamá.
He is polite with my mother.

Su hermano es muy listo.
His (her, your, their) brother is very clever.

Tus composiciones son muy interesantes.
Your compositions are very interesting.

3. All possessive adjectives agree in number with the nouns they modify, but **nuestro** and **vuestro** show gender as well as number.

Nuestros padres van mañana.
Our parents are going tomorrow.

Nuestra casa está lejos del centro.
Our house is far from downtown.

4. The possessive **su** has several possible meanings: *his, her, its, your,* or *their.* For clarity, **su** plus a noun is sometimes replaced by the definite article + noun + prepositional phrase.

¿Dónde vive su madre?
OR
¿Dónde vive la madre de él? (de ella, de Ud., de ellos, etc.)
Where does his (her, your, their, etc.) mother live?

El padre de él y el tío de ella son amigos.
His father and her uncle are friends.

5. Definite articles are generally used in place of possessives with parts of the body, articles of clothing, and personal effects. If the subject does the action to someone else, the indirect object pronoun indicates the possessor (**Les limpié los zapatos** = *I cleaned their shoes*). If the subject does the action to himself or herself, the reflexive pronoun is used (**Ella se lava las manos** = *She washes her hands*). However, if the part of the body or article of clothing is the subject of the sentence, or if any confusion exists regarding the possessor, then the possessive adjective is used.

Tus pies son enormes.
Your feet are enormous.

Pedro dice que mis brazos son muy fuertes.
Pedro says that my arms are very strong.

B. Possessive adjectives—stressed (long) forms

1. The stressed (long) forms of the possessive adjectives:

mío(a, os, as)	*(of) mine*
tuyo(a, os, as)	*(of) yours*
suyo(a, os, as)	*(of) his, hers, its, yours*
nuestro(a, os, as)	*(of) ours*
vuestro(a, os, as)	*(of) yours*
suyo(a, os, as)	*(of) theirs, yours*

Vuestro(a, os, as) has been replaced by **suyo(a, os, as)** in Latin America.

2. The stressed forms agree in gender and number with the noun they modify; they always follow the noun.

unas amigas mías   una tía nuestra
some friends of mine   *an aunt of ours*

3. The stressed possessive adjectives may function as predicate adjectives or they may be used to mean *of mine, of theirs,* and so forth.

Unas amigas mías vinieron al club.
Some friends of mine came to the club.

Ésa es la raqueta suya, ¿verdad?
That's your racquet, isn't it?

4. It is important to note in the previous examples that the stress is on the possessive adjective and not on the noun: **unas amigas mías, una raqueta suya.** In contrast, the short forms of the possessive adjective are not stressed: **mis amigas, su raqueta.**

5. Since **suyo** has several possible meanings, the construction **de + él, ella, Ud.,** etc., may be used instead for clarity.

Un amigo suyo viene a verme.
OR
Un amigo de Ud. viene a verme.
A friend of yours is coming to see me.

C. Possessive pronouns

1. The possessive pronouns are formed by adding the definite article to the stressed forms of the possessive adjectives.

Possessive adjectives		Possessive pronouns	
el coche mío	*my car*	el mío	*mine*
la finca nuestra	*our farm*	la nuestra	*ours*

Carlos tiene la maleta suya y las mías.
Carlos has his suitcase and mine (plural).

2. For clarification, **el suyo** (**la suya,** etc.) may be replaced by the **de + él** (**ella, Ud.,** etc.) construction.

Esta casa es grande.   *This house is large.*

La suya es pequeña.
La de él es pequeña.   *His is small.*

3. After the verb **ser** the definite article is usually omitted.

¿Son tuyos estos boletos?
Are these tickets yours?

Notice that an article may be used to stress selection: **Es el mío.** *It's mine.*

Práctica

4-17 Familias. Dos personas están comparando sus familias. Con un(a) compañero(a) de clase completen Uds. esta comparación con la forma correcta de los adjetivos posesivos.

1. *(My)* _____ tío vive con *(our)* _____ familia.
2. *(His)* _____ hermanas visitan a *(your [fam. sing.])* _____ primas, ¿verdad?
3. *(Their)* _____ casa está cerca de *(her)* _____ apartamento.
4. *(Her)* _____ parientes conocen a *(my)* _____ abuelos.

4-18 Más información sobre algunas familias. Cambie Ud. las oraciones según el modelo.

Modelo   Mi amigo vive cerca de la universidad.
Un amigo mío vive cerca de la universidad.

1. Nuestro tío es casi ciego.
2. Tus primos viven en España.
3. Mis primas son simpáticas.
4. Su hermana estudia en México.
5. Mi abuela dice que es su idea.

4-19 La comparación continúa. Con un(a) compañero(a) de clase completen Uds. las oraciones siguientes con un pronombre o un adjetivo posesivo.

1. *(My)* _____ familia es grande. *(Yours [fam. sing.])* _____ es pequeña.
2. *(His)* _____ hermana es joven. *(Mine)* _____ es vieja.
3. *(Her)* _____ parientes viven en España. *(Ours)* _____ viven aquí.
4. *(Your [formal])* _____ primos asisten a esta universidad. *(Hers)* _____ prefieren estudiar en Chile.

4-20 ¿De quién es? Hágale Ud. estas preguntas a un(a) compañero(a) de clase. Él (Ella) debe contestar usando pronombres posesivos en sus respuestas.

Modelo   ¿Es tuyo este libro?
Sí, es mío.
-o-
No, no es mío.

1. ¿Son tuyas estas revistas?
2. ¿Es de ella este auto?
3. ¿Son tuyas estas recetas?
4. ¿Es tuyo ese traje de baño?
5. ¿Es de Juan esta casa?

Ahora, haga cinco preguntas más que requieran el uso de los pronombres posesivos en la respuesta.

4-21 Más comparaciones. Compare Ud. las cosas siguientes, usando pronombres o adjetivos posesivos en sus respuestas. Comparta sus comparaciones con su compañero(a) de clase. ¿Tienen mucho en común?

> **Modelo**   your family and a friend's family
> *Mi familia es pequeña; la suya es grande.*

1. our class with their class
2. your favorite food and your friend's favorite food
3. your car with your friend's car
4. your grades with your friend's grades
5. our university and your friend's university

 4-22 Información de sus familias. Con un(a) compañero(a) de clase háganse Uds. cinco preguntas sobre sus familias. Contesten usando adjetivos o pronombres posesivos.

> **Modelo**   —*¿De dónde es su familia?*
> —*La mía es de Utah.*

Interrogative words

A. Forms of the interrogatives

¿quién? ¿quiénes?	*who?*
¿de quién? ¿de quiénes?	*whose, of whom, about whom?*
¿a quién? ¿a quiénes?	*to whom?*
¿con quién? ¿con quiénes?	*with whom?*
¿qué?	*what?*
¿cuál? ¿cuáles?	*what, which, which one(s)?*
¿cuánto? ¿cuánta?	*how much?*
¿cuántos? ¿cuántas?	*how many?*
¿cómo?	*how? what?*
¿para qué?	*why (for what purpose)?*
¿por qué?	*why (for what reason)?*
¿dónde?	*where?*
¿adónde?	*to where?*
¿cuándo?	*when?*

¿Quién ha ganado el premio Nobel?
Who has won the Nobel prize?

¿Qué busca Ud.?
What are you looking for?

¿Cuál es su religión?
What is his religion?

¿Cuánto dinero necesitas?
How much money do you need?

¿Por qué va a casarse?
Why are you going to get married?

¿Adónde van ellos en el invierno?
Where are they going in the winter?

B. *¿Qué?* versus *¿cuál?*

1. **¿Qué?** *(What?)* asks for a definition or explanation. It is also used to ask for a choice when the things involved are general or abstract nouns.

¿Qué es una pantalla?
What is a screen?

¿Qué te pasó?
What happened to you?

¿Qué prefieres, la poesía o la prosa?
What do you prefer—poetry or prose?

2. When an identification is being asked for in a question that contains a noun, either expressed or implied, **¿qué?** is always used. Note that **¿qué?** always comes before the noun in this construction.

> ¿Qué (cosa) le dio ella de comer a Carlos?
> *What (thing) did she give Carlos to eat?*

> ¿Qué libro quieres?
> *What book do you want?*

3. **¿Cuál?** *(Which? Which one?)*, on the other hand, is used when asking for a selection or choice among specific objects or when asking questions involving a number of possibilities as answers.

> Hay muchos coches en la calle. ¿Cuál es el tuyo?
> *There are many cars on the street. Which one is yours?*

> Tengo muchas clases difíciles. ¿Sabes cuál es la más difícil?
> *I have many difficult classes. Do you know which one is the most difficult?*

> ¿Cuál prefieres, el tuyo o el mío?
> *Which one do you prefer—yours or mine?*

Note that in parts of Latin America **¿cuál?** is frequently used as an adjective with a noun. In Spain it is not. **¿Cuál libro prefieres?** *(Which book do you prefer?)*

4. **¿Cuál?** is a pronoun and usually is not used as an adjective to modify a noun.

> ¿Cuál es la fecha de su carta?
> *What is the date of his letter?*
> **BUT**
> ¿Qué fecha prefieres?
> *Which date do you prefer?*

5. Note that **¿cuál?** is always used before a phrase introduced by **de.**

> ¿Cuál de los dos quieres?
> *Which of the two do you want?*

Práctica

4-23 Preguntas. Haga Ud. una serie de preguntas que produzcan la información siguiente.

> **Modelo** Carlos y Berta van al teatro.
> *¿Quiénes van al teatro?*
> -o-
> *¿Adónde van Carlos y Berta?*

1. Esa chica es mi amiga.
2. Vamos a salir para Toledo el sábado.
3. Su casa está cerca de la iglesia.
4. El coche es de mi papá.
5. Aurelio llama a Elena.
6. Es una cámara.
7. Quiero las maletas rojas.
8. Les tengo mucho cariño a ellos.
9. Van al Cine Mayo para ver la película francesa.
10. Estoy bien, gracias.

4-24 La salida. Su amigo(a) va a salir esta noche. Siendo una persona de mucha curiosidad, Ud. le hace muchas preguntas porque quiere saber muchas cosas. Su compañero(a) de clase va a contestar sus preguntas.

1. who is he/she going out with
2. where are you going
3. when are you going
4. how are you going to get there
5. why did you decide to go there
6. how long will you be there
7. what will you do there before coming home
8. at what time will you come home
9. who is going to pay for the evening
10. when can he/she call you to talk with you about the date

 4-25 Periodista. Haga Ud. el papel de un(a) periodista que trabaja con un diario importante. Ud. está investigando un robo de un banco. Va a tener una entrevista con un funcionario del banco [su compañero(a) de clase] que puede darle la información básica que Ud. necesita. Haga las cinco preguntas básicas que son esenciales en el buen periodismo:

¿Qué?   **¿Dónde?**   **¿Cuándo?**   **¿Cómo?**   **¿Quién?**

Hacer and *haber* with weather expressions

A. Expressions with **hace (hacía)**

1. Most expressions that describe the weather are formed with the impersonal (third person singular) forms of **hacer.**

¿Qué tiempo hace?	Hace mal tiempo.
What's the weather like?	*The weather is bad.*
Hace buen tiempo.	Hacía frío.
The weather is good.	*It was cold.*
Hace fresco.	Hace viento.
It is cool.	*It is windy.*
Hace calor.	Hacía sol.
It is hot.	*It was sunny.*

2. The adjective **mucho** (*not* **muy**) is the equivalent of *very* in these expressions since **frío, calor,** and **sol** are nouns.

   Hace mucho frío (calor, sol).
   It is very cold (hot, sunny).

3. The verb **tener** is used with animate beings to describe a physical state.

   Yo tengo frío (calor).
   I am cold (hot).

B. Expressions with **hay (había)**

Hay, the impersonal form of **haber,** is used to describe weather conditions that are visible. **Había** is used for the past.

Hay polvo (nubes, niebla).	Hay chubascos.
It is dusty (cloudy, foggy).	*There are squalls, sudden rainstorms.*
Había sol (luna).	Hay chubascos de nieve.
The sun (moon) was shining.	*There are snowstorms.*

Note the meaning of the
following examples:
Hace sol. = *It is sunny.*
Hay sol. = *The sun is shining.*

Práctica

4-26 El tiempo. Describa Ud. el tiempo de hoy, el de ayer y el de mañana.

4-27 Las estaciones. Con un(a) compañero(a) de clase describan el tiempo de su estado durante la primavera, el verano, el otoño y el invierno. Luego, hagan una lista de las cosas que a Uds. les gusta hacer en cada una de las estaciones y digan por qué. Comparen la información. ¿Hace el mismo tiempo en sus estados durante las estaciones del año? ¿A Uds. les gusta hacer las mismas cosas?

4-28 Pronóstico de tiempo *(Weather forecast)* **para España.** Después de repasar los mapas de España, contesten Ud. y un(a) compañero(a) de clase las preguntas siguientes.

1. ¿Qué tiempo hace en España el domingo? ¿el lunes? ¿el martes?
2. ¿En cuál de los tres días va a hacer peor tiempo? ¿Mejor tiempo?
3. ¿En qué día va a llover mucho?
4. ¿En qué día hará mucho viento?
5. ¿En qué día hará mucho sol?
6. Lea Ud. el reportaje, «Pasará otro frente *(front)*». ¿Qué pasará sobre el océano? ¿Hará mal o buen tiempo? ¿Qué pasará sobre la Península Ibérica de oeste a este? ¿Hará mucho viento en la península?

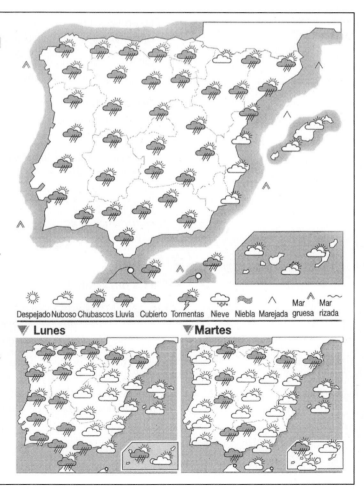

HOY

Pasará otro frente

Otro día más, desde hace más de una larga semana, podemos observar en el mapa previsto la profunda borrasca oceánica, y asociada a la misma, un nuevo frente cruzando la Península Ibérica de oeste a este. Las lluvias, en consecuencia, serán casi generalizadas, correspondiendo las de mayor intensidad a la vertiente atlántica. El viento de poniente también seguirá soplando con fuerza en la mayoría de las regiones.

PRONÓSTICO PARA ESPAÑA

- **DOMINGO** pasado por agua
- **MENOS** inestable por el Mediterráneo
- **VIENTOS** muy fuertes
- **MAÑANA** disminuirán las precipitaciones
- **MARTES** continuará la mejoría

Despejado Nuboso Chubascos Lluvia Cubierto Tormentas Nieve Niebla Marejada Mar gruesa Mar rizada

▼ **Lunes**   ▼ **Martes**

Hacer with expressions of time

1. The impersonal form of **hacer (hace)** is used with expressions of time to indicate the duration of an action that began in the past and continues into the present. The normal word order in these constructions is **hace** + expression of time + **que** + verb in the present tense.

   Hace dos años que vivo aquí.
   I have lived here for two years.

   ¿Cuánto tiempo hace que estás aquí?
   How long have you been here?

2. When an action had been going on for a period of time in the past and was still continuing when something interrupted the action, it is expressed by **hacía** + a time expression + **que** + verb in the imperfect tense.

   Hacía dos años que él vivía aquí cuando murió.
   He had been living here for two years when he died.

   Vivo aquí desde hace dos años.
   I have lived here for two years.

   Vivía aquí desde hacía dos años cuando murió.
   He had been living here for two years when he died.

   The present tense of any verb + **desde** + a specific day, month, or year is used to express *since* in sentences such as:

   Trabajo día y noche desde junio. *(I have been working day and night since June.)*
   Trabajo aquí desde el lunes. *(I have been working here since Monday.)*

3. **Hace** plus an expression of time may also be used to express the idea of *ago*. The normal word order in this construction is **hace** + expression of time + **que** + verb in the preterite tense.

   Hace más de dos mil años que los romanos lo construyeron.
   The Romans built it more than two thousand years ago.

   The word order in this construction may also be reversed.

   Los romanos lo construyeron hace más de dos mil años.

> An alternate construction for expressing the same idea is: verb phrase + **desde hace** or **hacía** + expression of time.

Práctica

4-29 La duración del tiempo. Cambie Ud. las oraciones siguientes según el modelo.

   Modelo   (nosotros) viajar / dos meses
             Hace dos meses que viajamos.
             Hacía dos meses que viajábamos.

   1. (yo) tocar el piano / cuatro años
   2. (ellos) trabajar aquí / diez meses
   3. (tú) hablar con Rosa / media hora
   4. (Carlos) tener ganas de comer / más de una hora

4-30 Preguntas personales. Con un(a) compañero(a) de clase háganse Uds. preguntas para saber cuánto tiempo hace que Uds. hacen algo. Siga el modelo.

> **Modelo** estudiar español
> Tú: *¿Cuánto tiempo hace que estudias español?*
> Su compañero(a) de clase: *Estudio español desde hace un año.*

1. asistir a esta universidad
2. vivir en este estado
3. conocer a tu mejor amigo(a)
4. visitar otro país

Para expresar «*ago*»

> **Modelo** mudarse
> Tú: *¿Cuánto tiempo hace que te mudaste aquí?*
> Su compañero(a) de clase: *Me mudé aquí hace tres años.*

5. graduarse de la escuela secundaria
6. leer una novela buena
7. hacer un viaje largo
8. comprar un coche nuevo

Repaso

Review all past tenses in the **Estructura** section of **Unidad 4.**

4-31 Lo que hizo Ricardo ayer. Cuente Ud. las experiencias que Ricardo tuvo ayer, cambiando todos los verbos en estos párrafos a un tiempo pasado.

Es sábado. Son las seis de la mañana. Sale el sol y parece que va a hacer fresco. Tengo mucho que hacer, pero como me siento perezoso, me quedo en casa hablando por teléfono con un amigo. Me dice que quiere ir a la playa y que pasará por mi casa dentro de poco. Sigo charlando con un vecino hasta las nueve cuando viene mi amigo a recogerme. Salimos.

Al llegar a la playa estamos muy contentos. Hay una vista magnífica y el agua está fresca. Veo que un antiguo compañero de clase me saluda. Me dice que está trabajando en una fábrica. Durante media hora habla de la ignorancia, la mala fe y la falsa conciencia de los eruditos universitarios. Le contesto que no todos son así y que no hay que dejarles las universidades a los pedantes y a los intrigantes.

Para cambiar de tema le pregunto por su novia. Me contesta que están reñidos (on bad terms) *a causa de sus ideas respecto al feminismo. Estamos hablando de esto y de otras cosas cuando vemos acercarse un bote a la playa. Por las muchas cañas de pesca, los hombres parecen pescadores. En ese momento, miro el reloj. Ya es muy tarde. Me doy cuenta de que estamos hablando desde hace casi dos horas. He prometido encontrarme con mi novia a las cinco.*

Review possessive adjectives and pronouns.

4-32 Para pedir información. Para hacer estas preguntas cambie Ud. las palabras entre paréntesis al español.

1. *(My)* _____ libros están aquí. ¿Dónde están *(yours [formal])* _____?
2. *(His)* _____ casa está cerca. ¿Dónde está *(theirs)* _____?
3. *(Their)* _____ coche está enfrente del teatro. ¿Dónde está *(ours)* _____?
4. *(Her)* _____ novio vive cerca del cine. ¿Dónde vive *(yours [fam.])* _____?
5. *(Our)* _____ mamá está en la sala. ¿Dónde está *(his)* _____?

Review interrogative words.

4-33 Una entrevista. Hágale Ud. estas preguntas a un(a) compañero(a) de clase. Luego, Ud. debe contestar las mismas preguntas que su compañero(a) va a hacerle. ¿Hay semejanzas entre Uds.? ¿Cuáles son?

1. ¿De dónde eres?
2. ¿Dónde vives aquí?
3. ¿Adónde vas generalmente durante el fin de semana?
4. ¿Quién es tu mejor amigo(a)?
5. ¿A quién le escribes todas las semanas?
6. ¿Con quién sales mucho?
7. ¿De qué hablas con tu amigo(a)?
8. ¿Por qué estudias español?
9. ¿Cuál de tus clases es tu favorita?
10. ¿Cuándo termina tu última clase del día?
11. ¿Qué haces después de tu última clase?
12. ¿Cuántas veces por semana vas a estudiar a la biblioteca?

Review **hacer** with expressions of time.

4-34 Una descripción de su familia y de Ud. Complete Ud. cada una de las oraciones siguientes con información sobre su familia y sobre Ud. mismo(a). Luego, comparta esta información con la clase. Su profesor(a) va a escoger a varios estudiantes para que ellos le presenten una descripción de su familia a la clase. Use expresiones de tiempo con **hacer.**

1. (Hacer) _____ años que mis antepasados (llegar) _____ a este país.
2. (Hacer) _____ años que mi familia (vivir) _____ en _____.
3. Yo (nacer) _____ en _____ (hacer) _____ años.
4. Yo (decidir) _____ asistir a esta universidad (hacer) _____.
5. Yo (llegar) _____ aquí (hacer) _____.
6. Yo (estar) _____ aquí (hacer) _____.
7. Yo (estudiar) _____ español en esta clase (hacer) _____.
8. Antes de entrar a esta clase, yo (estudiar) _____ español desde (hacer) _____ en _____.

A conversar

One of the primary goals of second language learning is oral communication. Therefore, it is essential that you learn the ways in which native speakers of Spanish organize conversations in order to communicate effectively. One of the first steps toward effective communication is to learn phrases for initiating and ending a conversation. The following are some useful expressions.

Initiating a conversation

Hola, ¿qué tal?	*Hello, how are you?*
Buenos días, ¿cómo estás?	*Good morning, how are you?*
Hola, me llamo…	*Hello, my name is . . .*
Hola, ¿cómo te llamas?	*Hello, what is your name?*
Hola, soy…	*Hello, I am . . .*
¿Qué hay de nuevo?	*What's new? (What's going on?)*
¿Adónde vas?	*Where are you going?*
¿Eres… ?	*Are you . . .?*
¿De dónde eres?	*Where are you from?*
¿Qué estudias?	*What are you studying?*

Ending a conversation

Adiós. Tengo que irme a casa.	*Good-bye. I have to go home.*
Hasta luego.	*See you later.*
Hasta mañana.	*See you tomorrow.*

 ## Descripción y expansión

4-35 Opiniones. En el mundo hispánico el concepto de la familia incluye no solamente a la madre, al padre y a sus hijos, sino también a los tíos, a los primos y a los abuelos. Se refiere a esta clase de familia como a una «familia extensa». En cambio, una familia de los Estados Unidos por lo general consiste en sólo los padres y los hijos, y se llama una «familia nuclear».

   a. ¿Qué clase de familia hay en el dibujo, en su opinión? ¿Por qué opina esto?

   b. ¿Qué está pasando en el dibujo?
      ¿Dónde está la madre? ¿Qué está haciendo?
      ¿Dónde está el padre? ¿Qué está haciendo?
      ¿Dónde están los niños pequeños? ¿Qué están haciendo?
      ¿Dónde están los jóvenes? ¿Qué están haciendo?
      ¿Dónde está la abuela? ¿Qué está haciendo ella?

   c. Compare Ud. las actividades de la familia en el dibujo con las de su familia. ¿Cuáles son las diferencias y semejanzas?

4-36 Encuestas. Su profesor(a) va a conducir una encuesta de la clase. Va a escribir las opiniones de cada estudiante, relacionadas con las preguntas siguientes, en la pizarra.

a. ¿Es común que el abuelo o la abuela vivan con sus hijos en nuestra sociedad? En su opinión, ¿deben vivir juntas varias generaciones? ¿Por qué?

b. ¿Qué clase de familia prefiere Ud., una familia extensa o una familia nuclear? ¿Por qué?

A escuchar

Buenos días.

Text Audio CD, Track 12

Escuche Ud. a continuación la siguiente situación y el diálogo. Luego haga los ejercicios relacionados con lo que ha escuchado y aprendido.

Pedro, estudiante universitario de segundo curso de ingeniería industrial de la universidad de Caracas, siempre se acuesta tarde, y le es difícil levantarse por la mañana. Por eso, rara vez puede darle los buenos días a su papá, que se marcha a las siete menos diez para la oficina. La abuela, Juan y la mamá se quedan en casa.

4-37 Información. Entreviste Ud. a un(a) compañero(a), haciéndole cinco preguntas, para asegurarse de que ha comprendido bien el contenido del diálogo.

1. ¿Por qué llama la mamá a Pedro?
2. ¿Quién lleva a Pedro a la universidad?
3. ¿Qué piensa Juan sobre su hermano?
4. ¿El papá de Pedro está de viaje de negocios?
5. Miguel come tostadas con el café, ¿verdad?

4-38 Conversación. Cuéntele Ud. a un(a) compañero(a), en forma narrativa, qué se hace en su casa cuando su familia se levanta. ¿Tiene hermanos perezosos? ¿Prepara su mamá el desayuno? ¿Quién es el primero en salir de casa?… Luego pídale a su compañero(a) que compare a su familia con la suya.

4-39 Situaciones. Con un(a) compañero(a) de clase, prepare Ud. un diálogo que corresponda a una de las siguientes situaciones. Estén listos para presentarle el diálogo a la clase.

Una reunión familiar. Ud. y otro miembro de su familia están planeando una reunión familiar. Tienen que decidir dónde y cuándo será la reunión, quién va a hacer las invitaciones, qué clase de comida van a preparar, quién va a sacar fotos y quién va a preparar las actividades en que los niños puedan participar para divertirse.

El cine. Ud. y un(a) amigo(a) hablan del cine. Ud. habla de una película que vio hace dos semanas. A Ud. le gustó mucho, y su amigo(a) quiere saber por qué. Ud. le explica las razones y después Ud. le pide a su amigo(a) que le describa una película buena que él (ella) haya visto (has seen). *Más tarde Uds. deciden ir al cine.*

Describa este cuarto. ¿Qué hace la persona en la foto? En su opinión, ¿qué le interesa a esta persona? Explique. Compare este cuarto con el suyo. ¿Cuáles son las semejanzas y las diferencias?

 Intercambios

4-40 Discusión: Un dilema familiar. A continuación se describe a una familia que se ve confrontada con un problema típico. Acaban de informarle al padre que lo van a ascender a director de su compañía. Su familia tendrá que mudarse a una ciudad que queda lejos del pueblo donde siempre ha vivido. Los miembros de la familia son:

EL PADRE — tipo conservador, ambicioso, que quiere controlar a su familia. A él le gusta la idea de mudarse y de ascender a director. Así ganará más dinero para pagar los estudios de sus hijos. Además, podrá comprarse una casa más lujosa y pasar las vacaciones en Europa. Aunque pide la opinión de los demás, está convencido de que será una oportunidad maravillosa para todos.

LA MADRE — mujer bondadosa que siempre busca reconciliar las diferencias entre la familia. Ella tiende a apoyar a su marido en cuestiones de negocios. Por eso, dice que su marido tiene razón, que habrá más posibilidades para todos y que los problemas de la mudanza se resolverán fácilmente.

LA ABUELA — viuda, vieja, muy vinculada al pueblo donde vive ahora, donde está enterrado su marido. Ella sabe que va echar de menos su pueblo, ya que todas sus amistades se encuentran allí, y ella es muy vieja para cambios de esa clase.

EL PRIMO — joven desocupado que no ha podido encontrar trabajo. Le parece que su pueblo no ofrece muchas oportunidades para un joven. Ya conoce la otra ciudad y está seguro de que allá podrá encontrar empleo.

EL HIJO — muchacho de unos quince años que siempre ha creído que el pueblo de ellos es muy atrasado. Le gusta conocer a gente nueva y visitar lugares desconocidos. Le parece que ya ha explorado todo en su pueblo y está aburrido con su vida actual. También cree que si su padre gana más dinero es posible que le regale un auto el año que viene.

LA HIJA   muchacha de unos diecisiete años que está enamorada de un joven, vecino de ellos. Para ella, su Pepe es el hombre más sofisticado que hay, puesto que tiene veintidós años y sabe tanto del mundo. Además, su íntima amiga Julia piensa casarse en el verano y ella no quiere perderse la boda.

En grupos, preparen una escena breve, pero emocionante en la cual participan todos los miembros de la familia. Discutan las ventajas y desventajas de mudarse.

4-41 Temas de conversación o de composición

1. ¿Se ha mudado mucho su familia? ¿Cuántas veces? ¿Le gusta la idea de mudarse a menudo o prefiere quedarse en un lugar?

2. En cuestiones económicas, ¿debe funcionar la familia como una pequeña democracia o debe mandar el padre? ¿Por qué?

3. ¿Qué importancia deben tener las opiniones de los niños en una familia? ¿Cree Ud. que en su familia se toman en serio sus opiniones?

Text Audio CD, Track 13 **4-42 Ejercicio de comprensión.** Ud. va a escuchar un comentario breve sobre una familia del mundo hispánico. Después del comentario, va a escuchar dos oraciones. Indique si la oración es verdadera (V) o falsa (F), trazando un círculo alrededor de la letra que corresponde a la respuesta correcta.

1. V   F
2. V   F

Ahora, escriba Ud. un título para el comentario que refleje el contenido. Compare Ud. su título con los otros de la clase. ¿Cuál de ellos es el mejor en su opinión?

En la sociedad de hoy, hay cosas que afectan la vida diaria de una persona o de una familia. Se publicó un artículo en la revista *CAMBIO 16* de España que se llama «De qué se quejan *(complain)* los españoles». En este artículo se presentan una serie de problemas que existen en España hoy que afectan negativamente la calidad de la vida diaria de la gente. Según el artículo, los españoles están tratando de reclamar sus derechos y hacer reformas.

En esta sección, Ud. va a leer un fragmento del artículo que incluye una lista de los diez lamentos o quejas de los españoles. Después de leerlo, conteste Ud. las preguntas que siguen.

Lectura

De qué se quejan los Españoles

Los españoles están perdiendo el miedo a reclamar sus derechos. Asociaciones de consumidores y organismos públicos son los canales por los que tramitan las más de 500.000 reclamaciones por servicios y trabajos mal hechos. La vivienda, los talleres de reparación de automóviles, la telefonía ocupan el podio de honor de los lamentos hispanos

Preguntas

4-43 Conteste Ud. las preguntas siguientes.

1. ¿Cuáles son los tres lamentos principales de los españoles?
2. ¿Qué están perdiendo los españoles?
3. Para mejorar el problema, ¿qué tienen que reclamar?
4. ¿Cuáles son los canales por los que tramitan las reclamaciones?
5. ¿Cuántas reclamaciones hay?
6. Según el artículo, ¿cómo son los servicios y trabajos que reciben los españoles?

4-44 Ahora su profesor(a) va a dividir la clase en diez parejas o grupos. Cada uno de los grupos va a hablar de uno de los lamentos que tienen los españoles para ver si es algo de que nosotros nos quejamos en los Estados Unidos. ¿Son las perspectivas de este problema iguales o hay diferencias?

Cada uno de los grupos va a presentarle oralmente sus opiniones a la clase. Luego, la clase va a organizar una encuesta sobre este tópico. Todos los estudiantes van a conducir esta encuesta con un pariente o con sus padres. La encuesta debe incluir la lista de los diez lamentos de los españoles pero en un orden diferente. Uds. van a pedirles a sus parientes que pongan los lamentos en orden —con los más serios al principio de la lista y los de menos importancia al último. Los parientes pueden incluir otros lamentos que existen en la sociedad de los Estados Unidos. que en su opinión deben ser incluidos en la lista.

En la clase, todos los estudiantes van a presentar la lista nueva para ver si los parientes están de acuerdo con la lista de los españoles. Si hay un estudiante que tiene algo diferente de lo que hay en la lista de España, tiene que explicar la razón. (Su profesor[a] escribirá esta información en la pizarra.) Si Ud. quiere saber más acerca de la vida diaria de la familia española o de las condiciones que pueden afectarla, haga unas investigaciones en las páginas Web.

El hombre y la mujer en la sociedad hispánica

◄ Estas personas trabajan en una oficina del diario *Vanguardia* de Barcelona, España. ¿Cómo es la mujer? ¿el hombre? Describa el elemento de la foto que le atrae más. ¿Por qué?

> En contexto

En el cine

Text Audio CD, Track 14

 Antes de leer el diálogo, escúchelo con el libro cerrado. ¿Cuánto comprendió?

(Carlos, Concha y tío Paco llegan al cine, compran los boletos y entran.)

TÍO PACO   ¿Qué hora es? Ojalá que lleguemos a tiempo para ver los dibujos animados
del «Pájaro Loco».[1]

CARLOS   No se preocupe, tío. ¿Quieren que les traiga algo? Voy a comprar una
gaseosa.

CONCHA   Un chocolate, por favor.

TÍO PACO   Gracias, para mí nada.

CARLOS   *(Después de volver.)* Bueno, pues, entremos.

TÍO PACO   Sentémonos muy cerca. No veo nada.

CONCHA   Tío, Carlos y yo no queremos estar tan cerca de la pantalla. Nos vamos a
sentar atrás. Lo veremos a Ud. después.

TÍO PACO   Bueno, bueno, váyanse. *(Se sienta en la segunda fila.)*

CARLOS	¿Nos sentamos en aquellas butacas allí, las que están en el medio?
CONCHA	Donde sea[1], pero date prisa. Estamos perdiendo las primeras escenas.
CARLOS	Bueno, sígueme. Permiso, con permiso señora muy amable, con permiso, muchas gracias. ¡Uf! ¡Perdone! ¿Ves bien?
CONCHA	Sí, muy bien. Cállate.

(Voces de la pantalla.)

MUJER	¡Qué contenta me siento en tus brazos, mi amor!
HOMBRE	Sí, yo también, pero se está haciendo tarde. Tu marido se estará preguntando[2] dónde estás. Tenemos que separarnos una vez más.
MUJER	Apenas son las diez de la noche. Sabes que él nunca deja a tu esposa antes de las doce.
HOMBRE	Sí, pero tal vez llegue Jorge antes de la hora convenida[3]. Debemos evitar escenas desagradables.

(Voces del auditorio.)

CARLOS	¿Qué demonios pasa? ¿Quién es Jorge?
CONCHA	No sé. Nos perdimos eso al principio.

(Pasan dos horas. Termina la función.)

CONCHA	¡Qué película fenomenal!
CARLOS	Sí, me gustó. Pero, ¿dónde está tío Paco? Busquémoslo.
CONCHA	Ahí está. Tío, ¿le gustó la película?
TÍO PACO	Pues, la verdad, sobrina, tenían esos dos tantos esposos y amantes que me dio un sueño terrible y me eché una siestecita. ¿Cómo terminó?
CARLOS	Pues… este… bueno, tío, es demasiado complicado. Vámonos.
TÍO PACO	Francamente, me gustan más las telenovelas como «Simplemente Mercedes».[2] ¡Ésa sí que vale la pena!

Notas culturales

[1] **los dibujos animados del «Pájaro Loco»:** *La gran mayoría de los dibujos animados, o «caricaturas», son de origen norteamericano. Entre los más populares están «El Pájaro Loco»* (Woody Woodpecker), *«El Pato Donald»* (Donald Duck) *y «El Correcaminos y el Coyote»* (Roadrunner).

[2] **«María Mercedes»:** *La telenovela es un tipo de programa muy popular en el mundo hispánico. A diferencia de* (Unlike) *las «soap operas» en los Estados Unidos, las telenovelas son episodios cortos que terminan en un año, o más. Generalmente estos programas se transmiten sólo una vez por semana, pero duran una o dos horas. «María Mercedes» ha sido una de las más populares del mundo hispánico.*

---

[1] Donde sea *Wherever* [2] se estará preguntando *he'll be wondering* [3] de la hora convenida *agreed upon*

¿Qué le parecen esta pareja y la oficina dónde trabaja? Describa la pareja y la oficina. ¿Le gustaría trabajar allí? ¿Por qué?

5-1 Comprensión. Conteste Ud. las preguntas siguientes.

1. ¿Adónde van Carlos, Concha y el tío Paco?
2. ¿Qué compran antes de entrar?
3. ¿Qué es el «Pájaro Loco»?
4. ¿Qué compra Carlos?
5. ¿Dónde se sienta el tío Paco?
6. ¿Por qué no saben quién es Jorge?
7. Según Concha, ¿cómo fue la película?
8. ¿A Carlos le gustó la película?
9. ¿Qué hizo el tío Paco durante la película?
10. Al tío Paco, ¿qué le gusta más que las películas?

5-2 Opiniones. Conteste Ud. las preguntas siguientes.

1. ¿Va Ud. a menudo al cine? ¿Cuántas veces por mes?
2. ¿Dónde se sienta Ud. en el cine?
3. ¿Le gustan a Ud. las películas italianas? ¿Por qué?
4. ¿Qué clase de refrescos toma Ud. en el cine?
5. ¿Le gustan más a Ud. las películas o prefiere las telenovelas?
6. ¿Cómo se llama su película favorita?
7. ¿Qué programa de televisión le gusta más a Ud.?
8. ¿Le gustaría a Ud. ser actor (actriz) de televisión? ¿del cine? ¿Por qué?
9. ¿Quiénes son sus actores (actrices) favoritos(as)? ¿Por qué?

► Estructura

The subjunctive mood

In general, the indicative mood is used to relate or describe something that is definite, certain, or factual. In contrast, the subjunctive mood is used after certain verbs or expressions that indicate desire, doubt, emotion, necessity, or uncertainty. In this unit the formation of the present subjunctive and the use of the subjunctive after the expressions **tal vez, acaso, quizás,** and **ojalá** will be presented.

Forms of the present subjunctive

A. The present subjunctive of regular verbs

The present subjunctive of most verbs is formed by dropping the **-o** of the first person singular of the present indicative and adding the endings **-e, -es, -e, -emos, -éis, -en** to **-ar** verbs and **-a, -as, -a, -amos, -áis, -an** to **-er** and **-ir** verbs.

Hablar		**Comer**		**Vivir**	
hable	hablemos	coma	comamos	viva	vivamos
hables	habléis	comas	comáis	vivas	viváis
hable	hablen	coma	coman	viva	vivan

B. Irregular verbs

1. Most verbs that are irregular in the present indicative are regular in the present subjunctive. Three examples are:

Venir		**Traer**		**Hacer**	
venga	vengamos	traiga	traigamos	haga	hagamos
vengas	vengáis	traigas	traigáis	hagas	hagáis
venga	vengan	traiga	traigan	haga	hagan

2. The following six common verbs, which do not end in **-o** in the first person singular of the present indicative, are irregular in the present subjunctive.

Dar		**Estar**		**Haber**	
dé	demos	esté	estemos	haya	hayamos
des	deis	estés	estéis	hayas	hayáis
dé	den	esté	estén	haya	hayan

Ir		**Saber**		**Ser**	
vaya	vayamos	sepa	sepamos	sea	seamos
vayas	vayáis	sepas	sepáis	seas	seáis
vaya	vayan	sepa	sepan	sea	sean

C. Stem-changing verbs

1. The **-ar** and **-er** verbs that change **e** to **ie** or **o** to **ue** in the present indicative make the same stem changes in the present subjunctive. (Notice that again there are no stem changes in the first and second persons plural.)

Entender		**Encontrar**	
entienda	entendamos	encuentre	encontremos
entiendas	entendáis	encuentres	encontréis
entienda	entiendan	encuentre	encuentren

2. The **-ir** verbs that change **e** to **ie** or **o** to **ue** in the present indicative make the same stem changes in the present subjunctive; in addition, they change **e** to **i** or **o** to **u** in the first and second persons plural.

Sentir		**Dormir**	
sienta	sintamos	duerma	durmamos
sientas	sintáis	duermas	durmáis
sienta	sientan	duerma	duerman

3. The **-ir** verbs that change **e** to **i** in the present indicative make the same stem change in the present subjunctive; in addition they change **e** to **i** in the first and second persons plural.

Servir		**Repetir**	
sirva	sirvamos	repita	repitamos
sirvas	sirváis	repitas	repitáis
sirva	sirvan	repita	repitan

D. Spelling-change verbs

Verbs ending in **-car, -gar, -zar,** and **-guar** have spelling changes throughout the present subjunctive in order to preserve the pronunciation of the final consonant of the stem.

Buscar: c to qu		**llegar: g to gu**	
busque	busquemos	llegue	lleguemos
busques	busquéis	llegues	lleguéis
busque	busquen	llegue	lleguen

Abrazar: z to c		**Averiguar: gu to gü**	
abrace	abracemos	averigüe	averigüemos
abraces	abracéis	averigües	averigüéis
abrace	abracen	averigüe	averigüen

Práctica

5-3 Formas del presente del subjuntivo. Exprese Ud. la primera persona singular y plural de estos verbos en el presente del subjuntivo.

1. comer
2. tener
3. conocer

4. hacer
5. traer
6. decir

5-4 Más práctica. Exprese Ud. la tercera persona singular y plural de estos verbos en el presente del subjuntivo.

1. ganar
2. ver
3. pagar

4. buscar
5. estar
6. irse

Ahora exprese Ud. la primera persona singular y plural de estos verbos en el presente del subjuntivo.

1. servir
2. acostarse
3. volver

4. perder
5. jugar
6. empezar

 5-5 ¡Qué memoria! Escoja Ud. algunos verbos y pídale a otro estudiante que los conjugue en el presente del subjuntivo. ¿Cómo es su memoria?

Some uses of the subjunctive

A. The subjunctive after *tal vez, acaso,* and *quizás*

1. The subjunctive is used after the expressions **tal vez, acaso,** and **quizás** (all meaning *perhaps, maybe*) when the idea expressed or described is indefinite or doubtful.

   Tal vez llegue a tiempo, pero lo dudo.
   Perhaps he will arrive on time, but I doubt it.

   Quizás Juan conozca a Gloria, pero no es probable.
   Perhaps Juan knows Gloria, but it's not likely.

   Acaso Manuel sepa la respuesta, pero no lo creo.
   Maybe Manuel knows the answer, but I don't think so.

2. However, when the idea expressed is definite or very probable, the indicative is used.

   Tal vez salen temprano hoy como siempre.
   Perhaps they're leaving early today as always.

   Teresa está en el banco. Acaso está cobrando un cheque.
   Teresa is in the bank. Maybe she's cashing a check.

   Quizás podemos hacerlo; parece fácil.
   Maybe we can do it; it looks easy.

B. The subjunctive after *ojalá (que)*

The subjunctive is always used after **ojalá** (derived from the Arabic *May Allah grant that*). The **que** is optional after **ojalá.**

Ojalá (que) se den prisa.
I hope (that) they hurry.

Ojalá (que) él no vaya con nosotros.
I hope (that) he doesn't go with us.

Ojalá (que) no lleguemos tarde.
I hope (that) we don't arrive late.

Práctica

5-6 Pensamientos. Ud. está solo(a) en su cuarto pensando en sus amigos, en sus familiares y en lo que posiblemente ellos hagan. Exprese sus pensamientos. Siga el modelo.

> **Modelo**   mi amigo / ir / al cine
> *Tal vez mi amigo vaya al cine.*

1. mi familia / comer / ahora
2. mis abuelos / llegar / al teatro / a tiempo
3. mi hermano / buscar / trabajo
4. mi hermana / estar / en casa
5. mi primo / aprender a / conducir
6. mi madre / servir / la cena
7. mis amigos / mirar / una telenovela
8. mis tíos / comprar / las entradas
9. José / echarse / una siestecita
10. mi prima / hacer / las tareas

5-7 Actividades personales. Las personas siguientes quieren hacer ciertas cosas. Indique Ud. lo que ellas quizás puedan hacer. Siga Ud. el modelo.

> **Modelo**   Pablo quiere ganar el partido.
> *Quizás gane el partido.*

1. María quiere levantarse temprano.
2. Ellos desean hablar alemán.
3. Mi hermano desea echarse una siestecita.
4. Su amante quiere ir con ellos al cine.
5. Su madre quiere ver una película fenomenal.
6. Enrique quiere pagar la cuenta.
7. José desea buscar una butaca en esa fila.
8. Los niños quieren salir.
9. Ese idiota quiere darle todo su dinero.
10. Aquellos jóvenes desean sentarse cerca de la pantalla.

5-8 Una cita. Ud. tiene una cita esta noche, y espera que todo vaya bien. Exprese Ud. sus deseos, usando la expresión **ojalá.** Siga el modelo.

> **Modelo**   Vamos al cine esta noche.
> *Ojalá que vayamos al cine esta noche.*

1. Mi hermano nos compra entradas.
2. Yo llego temprano a la casa de mi novio(a).
3. Mi novio(a) está listo(a) para salir.
4. Mi coche funciona bien.
5. Él/Ella quiere comer en un buen restaurante antes de ver la película.
6. Podemos encontrar una mesa desocupada.
7. La comida es muy buena.
8. La comida no cuesta mucho.
9. Encontramos butacas cerca de la pantalla al entrar al cine.
10. Él/Ella se divierte bastante esta noche.

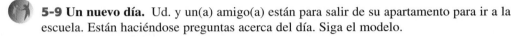

5-9 Un nuevo día. Ud. y un(a) amigo(a) están para salir de su apartamento para ir a la escuela. Están haciéndose preguntas acerca del día. Siga el modelo.

> **Modelo**   ¿Tenemos examen hoy?
> *¡Ojalá que no tengamos examen hoy!*

1. ¿Comemos en la cafetería después de la clase?
2. ¿Podemos estudiar en la biblioteca esta tarde?
3. ¿Vamos al cine después de cenar esta noche?
4. ¿Quién va a comprar las entradas?
5. ¿Volvemos temprano a casa?
6. ¿A qué hora nos acostamos?

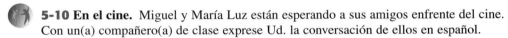

5-10 En el cine. Miguel y María Luz están esperando a sus amigos enfrente del cine. Con un(a) compañero(a) de clase exprese Ud. la conversación de ellos en español.

MIGUEL   I hope Laura and Emilio find a seat near the screen.

MARÍA LUZ   Perhaps they can, but I doubt it. There are a lot of people here.

MIGUEL   There are two seats here. Maybe they'll sit next to us.

MARÍA LUZ   I hope they hurry or they'll lose these seats.

MIGUEL   Perhaps they'll have to leave if they can't find good seats.

Ahora, usando las expresiones **Ojalá, Tal vez** y **Acaso,** crean Uds. una conversación sobre lo que quieren que pase durante este año escolar.

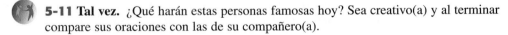

5-11 Tal vez. ¿Qué harán estas personas famosas hoy? Sea creativo(a) y al terminar compare sus oraciones con las de su compañero(a).

> **Modelo**   el príncipe de Mónaco
> *Tal vez el príncipe de Mónaco se case otra vez.*

1. el presidente de los Estados Unidos
2. la reina de Inglaterra
3. Ricky Martin
4. Rigoberta Menchú
5. Antonio Banderas
6. Salma Hayek
7. Isabel Allende
8. Jennifer López

Commands

There are several different command forms in Spanish:

the formal direct commands (**Ud.** and **Uds.**)
the familiar direct commands (**tú** and **vosotros**)
the *let's* command (**nosotros**)
the indirect commands

The **vosotros** commands are not generally used in Latin America. They have been replaced by the **Uds.** commands.

For the use of the infinitive to express commands, see **Unidad 11.**

All of these commands use present subjunctive verb forms except for the affirmative **tú** and **vosotros** commands.

A. Formal commands

1. The **Ud.** and **Uds.** commands, negative and affirmative, are the same as the third person forms of the present subjunctive.

   Mire (Ud.).   No mire (Ud.).   Salgan (Uds.).   No salgan (Uds.).
   Look.   *Don't look.*   *Go out.*   *Don't go out.*

   Note that the word **Ud.** is sometimes included for courtesy, but it is generally omitted.

2. Object pronouns (reflexive, indirect, and direct) follow and are attached to affirmative direct commands, but they precede negative direct commands. Notice that the affirmative command adds an accent to maintain the original stressed syllable.

   Váyase (Ud.).   No se vaya (Ud.).
   Váyanse (Uds.).   No se vayan (Uds.).
   Go away.   *Don't go away.*

B. Familiar commands—affirmative

1. The affirmative **tú** command for regular verbs is the same as the third person singular of the present indicative. The subject pronoun is generally not used. Note again that object pronouns are attached to affirmative commands.

   Habla, por favor.   Sígueme.
   Speak, please.   *Follow me.*

   Vuelve a casa temprano.   Cállate.
   Return home early.   *Be quiet.*

2. The following affirmative **tú** commands are irregular:

decir:	di	**poner:**	pon	**tener:**	ten
hacer:	haz	**salir:**	sal	**venir:**	ven
ir:	ve	**ser:**	sé		

3. The affirmative **vosotros** command is formed by dropping the **-r** from the infinitive and adding **-d.**

   escuchar: Escuchad.   **decir:** Decidnos.
                Listen.   *Tell us.*

4. For the **vosotros** command of reflexive verbs, the final **-d** is dropped before adding the pronoun **os.** One exception to this is **idos** (from **irse**). If the verb is an **-ir** verb, an accent is required on the final **i.**

   Levantaos.   Divertíos.
   Get up.   *Have a good time.*

C. Familiar commands—negative

The negative familiar commands for both **tú** and **vosotros** are the same as the second person forms of the present subjunctive. Object pronouns precede negative commands.

No llegues (tú) tarde.　　　　　No lo esperéis.
Don't arrive late.　　　　　*Don't wait for him.*

D. The "let's" command

1. The **nosotros** or *let's* command is the same as the first person plural of the present subjunctive. Note the position of the object pronouns in the second example below.

Comamos.　　　　　No comamos.
Let's eat.　　　　　*Let's not eat.*

Cerrémosla.　　　　　No la cerremos.
Let's close it.　　　　　*Let's not close it.*

2. When either the reflexive pronoun **nos** or the pronoun **se** is attached to an affirmative *let's* command, the final **-s** of the verb is dropped. A written accent is added to maintain the original stress of the verb.

Sentémonos.　　　　　No nos sentemos.
Let's sit down.　　　　　*Let's not sit down.*

Pidámoselo.　　　　　No se lo pidamos.
Let's ask him (her) for it.　　　　　*Let's not ask him (her) for it.*

3. The verb **ir (irse)** is irregular in the affirmative **nosotros** command.

Vamos.　　**BUT**　　No vayamos.
Let's go.　　　　　*Let's not go.*

Vámonos.　　**BUT**　　No nos vayamos.
Let's leave.　　　　　*Let's not leave.*

> Both **vamos** and **vayamos** can be used for the affirmative command, but **vamos** is more common.

4. An alternate way of expressing the affirmative *let's* command is to use **ir a** plus the infinitive. This form is not used for negative commands.

Vamos a hablar con ellos.　　**BUT**　　No hablemos con ellos.
Let's talk with them.　　　　　*Let's not talk with them.*

5. Note that **a ver** (without **vamos**) is generally used to express *let's see.*

A ver. Creo que todo está listo.
Let's see. I think everything is ready.

E. Indirect commands

Indirect commands are the same as the third person (singular or plural) of the present subjunctive. They are always introduced by **que.**

Que le vaya bien.
May all go well with you.

Los niños quieren salir. Pues, que salgan ellos.
The children want to go out. Well, let them go out.

Note that object pronouns always precede both negative and affirmative indirect commands, and the subject, if expressed, generally follows the verb.

Práctica

5-12 Mandatos formales. Cambie Ud. estas oraciones a mandatos formales. Siga el modelo.

> **Modelo** La señorita entra. *Señorita, entre, por favor.*
> El señor no dice nada. *Señor, no diga nada, por favor.*

1. El tío espera un momento.
2. La señora no habla tanto.
3. Los jóvenes van al cine.
4. El señor se sienta cerca de la pantalla.
5. La señora no come mucho.

5-13 Mandatos familiares. Cambie Ud. estas oraciones a mandatos familiares. Siga el modelo.

> **Modelo** Aurelio dice algo. *Aurelio, di algo.*
> Mi amigo no le da dinero. *Amigo, no le des dinero.*

1. Laura va conmigo a la fiesta.
2. Roberto no sale temprano.
3. María hace un pastel.
4. Felipe no es tonto.
5. Elena no entra a la sala.

5-14 Una visita a Madrid. Los padres de Laura están visitando Madrid, y ella está diciéndoles lo que ellos deben hacer durante su estadía. Siga Ud. el modelo.

> **Modelo** ir a un buen restaurante
> *Vayan a un buen restaurante.*

1. probar algunos platos típicos españoles
2. no comer ni beber demasiado
3. después de comer, volver al hotel para echarse una siesta
4. comprarme unos libros de arte
5. después, ir al teatro
6. conseguir entradas para la función
7. llegar al teatro temprano
8. regresar al hotel en taxi
9. acostarse en seguida
10. divertirse durante el viaje

 5-15 Una persona mandona *(bossy)*. Con un(a) compañero(a) de clase, dígale Ud. a él (ella) lo que debe hacer. Su compañero(a) debe decir por qué él (ella) no puede hacerlo. Sigan Uds. el modelo.

> **Modelo** devolver estos libros a la biblioteca
> Ud.: *Devuelve estos libros a la biblioteca.*
>
> no perder el tiempo
> Su compañero(a) de clase: *No, porque no puedo perder el tiempo.*

1. no irse sin hablar con ellos
2. empezar ahora a estudiar
3. servir vino con la comida

4. no ser ridículo
5. no pagar demasiado por las entradas
6. regresar antes de las cinco
7. llegar al cine a tiempo
8. no tomar demasiada cerveza
9. no preocuparse
10. pedirles a ellos más dinero

Ahora, dele Ud. dos o tres mandatos más a su compañero(a) de clase.

5-16 Opiniones personales. Indique Ud. su opinión sobre las cosas que estas personas quieren hacer. Siga el modelo.

   Modelo   Pablo quiere tomar el bus.
                  ¡Que lo tome!

1. Susana quiere leer el artículo.
2. María desea comprar un libro.
3. Pedro quiere decirle el precio de las entradas.
4. Mis padres quieren conocer a mis amigos.
5. Mi tío desea hacer su trabajo.
6. Mis amigos desean traer refrescos.
7. Elena quiere bailar el tango.
8. Los jóvenes quieren ver esa película.
9. Eva quiere ir al concierto.
10. Ellos quieren quedarse en casa.

 5-17 ¿De acuerdo o no? Con un(a) compañero(a) de clase, háganse Uds. estas preguntas para decidir lo que quieren hacer hoy. Sigan Uds. el modelo.

   Modelo   ¿Vamos a sentarnos aquí?
                  Sí, sentémonos aquí. (No, no nos sentemos aquí.)

1. ¿Vamos a salir esta noche?
2. ¿Vamos a levantarnos temprano?
3. ¿Vamos a empezar a estudiar ahora?
4. ¿Vamos a pedir una taza de café?
5. ¿Vamos a comprar entradas?
6. ¿Vamos a ver una telenovela?
7. ¿Vamos a salir de la casa temprano?
8. ¿Vamos a hacerlo en seguida?
9. ¿Vamos a divertirnos un rato?
10. ¿Vamos a preguntarles si quieren ir?

 5-18 Mandatos. Dígale Ud. a su compañero(a) de clase cinco cosas que él/ella debe hacer. Su compañero(a) de clase va a indicar si él/ella quiere hacerlas o si hay otras cosas que él/ella prefiere hacer. Use Ud. la imaginación con cierta limitación, por supuesto.

   Modelo   Ud.: Come de estos gusanos.
                  Su compañero(a) de clase: *No quiero comerlos.*
                              Prefiero comer una tortilla.

5-19 Consejos. Pregúntele Ud. a un(a) compañero(a) de clase si Ud. debe hacer las cosas siguientes. Su compañero(a) de clase le va a contestar con un mandato negativo o afirmativo. Cambie Ud. los objetos directos a pronombres. Siga el modelo.

> **Modelo** ¿Hago el trabajo?
> *Sí, hazlo. (No, no lo hagas.)*

1. ¿Pongo mis libros en tu mesa?
2. ¿Te digo la verdad?
3. ¿Traigo mi coche a la universidad mañana?
4. ¿Te explico la lección?
5. ¿Empiezo a cantar una canción?
6. ¿Te abrazo?

Relative pronouns

A. Uses of *que*

In English, an infinitive can directly follow and modify a noun or pronoun; in Spanish, this construction can be expressed by **que** + infinitive. **Hay mucho que leer.** *There is a lot to read.*

1. The most commonly used relative pronoun is **que** *(that, which, who).* It can refer to persons, places, or things, and is never omitted in Spanish.

   Manuel es el muchacho que trabaja en esa tienda.
   Manuel is the boy who works in that store.

   La película que vieron anoche es francesa.
   The movie (that) they saw last night is French.

   Cuernavaca es una ciudad que está cerca de la capital.
   Cuernavaca is a city (that is) near the capital.

2. After most prepositions of one syllable such as **a, con, de,** and **en,** the relative pronoun **que** is only used to refer to things.

   Las películas de que hablan son de España.
   The movies they are talking about are from Spain.

   El dinero con que compró el coche era de su madre.
   The money he bought the car with was his mother's.

B. Uses of *quien(es)*

1. **Quien(es)** *(who, whom)* refers only to people. It is most commonly used after prepositions of one syllable **(a, con, de)** or to introduce a clause that is set off by commas.

   La señora con quien están hablando es traductora.
   The woman they are talking to is a translator.

   Aquel hombre, quien vino a mi casa ayer, es el presidente.
   That man, who came to my house yesterday, is the president.

2. **Quien(es)** is also used to mean *he who, those who, the ones who,* and so forth.

   Quien estudia, aprende.   Quienes comen mucho, engordan.
   He who studies, learns.   *Those who eat a lot get fat.*

3. **Que** is preferred to **quien** as a direct object. It does not require the personal **a.**

   El hombre que (a quien) vi es su tío.
   The man (whom) I saw is his uncle.

C. Uses of *el cual* and *el que*

El que (la que, los que, las que) and **el cual (la cual, los cuales, las cuales)** are used instead of **que** or **quien** in the following situations:

1. For clarification and emphasis when there is more than one person or thing mentioned in the antecedent.

   La amiga de Carlos, la cual (la que) vive en Nueva York, va a México.
   Carlos's friend, who lives in New York, is going to Mexico.

   El tío de María, el cual (el que) es muy viejo, va al cine con ella.
   María's uncle, who is very old, is going to the movies with her.

2. After the prepositions **por** and **sin** and after prepositions of two or more syllables.

   Se me olvidó la llave, sin la cual (la que) no pude entrar.
   I forgot the key, without which I couldn't get in.

   Vieron a sus amigas, detrás de las cuales (las que) había dos butacas juntas.
   They saw their friends, behind whom there were two seats together.

3. In addition, **el que (la que, los que, las que)** is used to translate *the one who, he who, those who, the ones who.* (**El cual** is not used in this construction.)

   El que estudia, tiene éxito.
   He who studies will be successful.

   Esos actores y los que están en esta telenovela son muy populares.
   Those actors and the ones who are in this soap opera are very popular.

D. Uses of *lo cual* and *lo que*

1. **Lo cual** and **lo que** are neuter forms; both are used to express *which* when the antecedent referred to is not a specific noun but rather a statement, a situation, or an idea.

   Felipe dijo que no vendría, lo cual nos sorprendió.
   Felipe said he wouldn't come, which surprised us.

   Vi una sombra en la pared, lo que me asustó.
   I saw a shadow on the wall, which frightened me.

2. In addition, **lo que** (but not **lo cual***) means *what* when the antecedent is not stated.

   Lo que dijo Juan no les parecía posible.
   What Juan said didn't seem possible to them.

   No sé lo que quieres.
   I don't know what you want.

E. Use of *cuyo(a, os, as)*

In a question, *whose* is expressed as **¿de quién(es)?**: **¿De quién es este boleto?**

Cuyo (*whose, of whom, of which*) is used before a noun and agrees with it in gender and number.

La chica cuya madre es profesora se llama Esmeralda.
The girl whose mother is a professor is named Esmeralda.

Ese árbol, cuyas hojas son pequeñas, es un roble.
That tree, the leaves of which are small, is an oak.

Práctica

5-20 Los pronombres relativos. Haga Ud. los cambios necesarios en estas oraciones, según las palabras entre paréntesis.

1. Es la *esposa* de quien hablo. (tío / mujeres / esposos / profesores)
2. Esa es la *película* cuyo nombre no recuerdo. (actores / actrices / argumento (plot) / cine)
3. Esos *señores,* con quienes hablamos, son de la Argentina. (señorita / profesora / muchachas / hombres)

5-21 Observaciones generales. Complete Ud. estas oraciones con la forma correcta de un pronombre relativo.

1. La película _____ dan en el Cine Colorado es muy buena.
2. _____ hablan mucho, poco aprenden.
3. Allí está el restaurante detrás de _____ vive Carmen.
4. La mujer con _____ hablan es abogada.
5. El cine al _____ entran está muy oscuro.
6. Ese hombre, _____ está hablando ahora con Paco, es el tío de Mirabel.
7. Jacinto siempre hace _____ ella quiere.
8. El chico _____ novia quiere ir al partido de jai alai se llama Francisco.
9. La telenovela _____ a ella le gusta se llama «María Mercedes».
10. El hombre a _____ conocí anoche es el primo de Fernando.

5-22 Los pronombres relativos. Complete Ud. estas oraciones con **que, quien(es), el que, lo que** o **lo cual.** Luego, comparta sus respuestas con su compañero(a) de clase.

1. «María Mercedes» es la telenovela _____ me gusta más.
2. El tío de Carlos, _____ vive en su casa, irá a México.
3. Ésas son las amigas de _____ te hablé.
4. Él estudió toda la noche, _____ me sorprendió.
5. Quiero que sepas _____ está ocurriendo.

5-23 Una entrevista. Hágale Ud. cinco preguntas a su compañero(a) de clase, usando un pronombre relativo en cada una de las preguntas de la lista siguiente.

cuyo(a)   **quien**   **que**   **el (la) que**   **lo que**

Repaso

Review commands.

5-24 Su niñez. Viva Ud. otra vez su niñez haciendo el papel de un(a) niño(a) que les pide permiso a sus padres para hacer varias cosas. Su compañero(a) de clase va a hacer el papel de uno de los padres. Haga Ud. la pregunta, y su compañero(a) de clase le va a contestar con una respuesta negativa o afirmativa. La madre / el padre debe usar pronombres en las respuestas. Siga Ud. el modelo.

Modelo   —¿Puedo comprar este helado?
            —*No, no lo compres.*
            —*Sí, cómpralo.*

1. ¿Puedo mirar la televisión?
2. ¿Puedo leer un cuento (*story*) esta noche?
3. ¿Puedo salir con mis amigos?
4. ¿Puedo leer el periódico?
5. ¿Puedo probar los dulces?
6. ¿Puedo preparar la cena?
7. ¿Puedo hacer una fiesta?
8. ¿Puedo vender mis discos?
9. ¿Puedo invitar a mi amigo a jugar conmigo?
10. ¿Puedo llamar a los abuelos?

Review commands.

5-25 Consejos. Ud. está dándole consejos a un(a) amigo(a) sobre cómo él/ella debe comportarse en varias situaciones. Haga Ud. esto con mandatos familiares. Siga el modelo.

Modelo Si quieres tener más dinero,…
Si quieres tener más dinero, busca un buen trabajo.
-o-
Si quieres tener más dinero, no gastes tanto.

1. Si quieres conocer una persona rica, …
2. Si quieres sacar una buena nota en esta clase, …
3. Si quieres ver esa película, …
4. Si quieres hacer la tarea, …
5. Si quieres una buena comida mexicana, …
6. Si quieres comprar un coche nuevo, …

Review commands.

5-26 Mandatos del (de la) profesor(a). Haga Ud. una lista de cinco mandatos que su profesor(a) da en la clase casi todos los días. Léale su lista a la clase. Sus compañeros de clase van a compartir sus listas también. ¿Cuáles son los mandatos que el (la) profesor(a) suele dar con más frecuencia?

Review relative pronouns.

5-27 A escoger. Escoja Ud. el pronombre relativo correcto de las formas entre paréntesis.

1. Ellos salieron de casa temprano, (quien, lo cual) le molestó a la madre.
2. La señorita de (quien, que) hablan es su hermana.
3. (Lo que, El que) ellos hacen no me importa.
4. La telenovela, (quienes, cuyo) argumento es bastante sencillo, es su programa favorito.
5. Ella vive en aquella casa detrás de (que, la cual) hay un parque pequeño.
6. El padre de Victoria, (quien, el cual) vive en España, está aquí de visita.
7. Les gustó la película (que, la que) vieron anoche.
8. Estas chicas y (quienes, las que) están allí son sus compañeras de clase.
9. La casa en (la cual, que) vive ella es muy grande.

Review relative pronouns.

5-28 Omitiendo la repetición. En grupos de dos personas, junten Uds. las oraciones siguientes, omitiendo las repeticiones que no sean necesarias. Pongan una preposición delante del pronombre relativo cuando sea necesario. Sigan el modelo.

Modelo Ése es el actor español. Ellos hablan mucho de él.
Ése es el actor español de quien ellos hablan mucho.

1. Ésta es mi amiga chilena. Escribí una carta a mi amiga chilena.
2. Vamos a la casa de mis primos. El Teatro Colorado está cerca de la casa de mis primos.
3. Vimos una película sobre unos amantes. La película nos gustó mucho.
4. Su tío empezó a gritar. Esto lo asustó mucho.
5. Concha tiene una chaqueta. La chaqueta está en la sala.

Review the subjunctive mood and some uses of the subjunctive.

5-29 Formando oraciones. Haga Ud. una oración completa usando las palabras en el orden en que están escritas. Haga otros cambios o adiciones si son necesarios.

1. tal vez / ellos / venir / también / pero / yo / dudar
2. ojalá / él / salir / pronto
3. quizás / estudiante / poder / terminar / lección / ahora
4. venir / Ud. / pronto / por favor
5. acaso / ella / saber / respuesta / pero / no / ser / probable

Review commands.

5-30 Mandatos. Usando mandatos familiares, dígale Ud. a un(a) compañero(a) que haga las cosas siguientes. Su compañero(a) de clase no hará nada a menos que el mandato sea correcto.

1. open his or her book
2. take out a piece of paper
3. write a complete sentence with **tal vez**
4. read the sentence aloud
5. put the paper in the book
6. close the book

Review the subjunctive mood and some uses of the subjunctive.

5-31 Este fin de semana. Relátele a su compañero(a) de clase cinco cosas que tal vez Ud. vaya a hacer este fin de semana. Luego, su compañero(a) de clase va a hacer lo mismo. Siga el modelo.

Modelo   Ud.: *Quizás mi amigo(a) y yo vayamos al cine.*
           Su compañero(a) de clase: *Tal vez yo vaya a la biblioteca a estudiar.*

A conversar

Once you have initiated a conversation it is essential that you learn some techniques that will enable you to keep the conversation going. As you participate in conversations, do not let concern for grammatical accuracy or correct pronunciation keep you from speaking. Say what you want to say the best way you know how.

Techniques for maintaining a conversation:

1. **Cognates:** Use as many cognates as you can to express yourself. [**Me gusta la *clase de historia*. Quiero ser *profesor(a)***]. Beware of false cognates, however, as they can cause misunderstanding and even embarrassment. For example, the Spanish word **éxito** may look like the English word *exit*, but it means *success*. Likewise, the Spanish word **colegio** resembles the English word *college*, but it means *high school*.

2. **Paraphrase:** If you do not know the exact word, express the idea in another way. For example, if you forget the word for *shoes* (**zapatos**), you can say, **las cosas que se llevan en los pies.**

3. **Synonyms:** If the listener has difficulty understanding what you are saying, clarify your meaning by using another word (synonym) that has the same or similar meaning to the first word that you used. If you want to buy a ballpoint pen (**bolígrafo**), but the person doesn't understand that word, then you could say, **Quiero comprar una pluma.**

4. **Repetition:** If you don't understand the person who is speaking, ask him/her to repeat what was said more slowly.

5. **Gestures:** When all else fails you may be able to express some of your ideas by using gestures. If you want to say **Ramón toca el violín,** but cannot remember the words for *play* and *violin,* then you can act out someone playing a violin.

 ## Descripción y expansión

> Cuando se hace un viaje o se busca un lugar específico, es importante saber pedir y entender direcciones. Se presenta aquí una lista de expresiones útiles para pedir direcciones, y otra lista de expresiones para darlas. Estudie Ud. las dos listas antes de empezar las actividades.
>
> **Para pedir direcciones:**
>
> Buenos días, señor (señora, señorita)…
> ¿Hay un hospital (una universidad, un banco, etcétera) cerca de aquí?
> ¿Dónde está el ayuntamiento (la Estación del Norte, etcétera)?
> ¿Podría decirme, por favor, cómo llegar a…?
> Busco el Almacén Torres…
> ¿Por dónde se va para llegar allí?
> ¿Cuál es la dirección de…?
> ¿Sabe Ud. dónde queda…?
>
> **Para dar direcciones:**
>
> Siga (por la calle…, adelante, derecho hasta llegar a…)
> Camine (dos cuadras hasta llegar a…)
> Doble (a la izquierda, a la derecha) en la calle (en la avenida)…
> Cruce la calle y…

5-32 Ahora Ud. está (en el centro, enfrente de la catedral, al lado de la plaza, etcétera).

1. Refiriéndose al mapa abajo, su profesor(a) les dará a Uds. unas direcciones. Trate Ud. de seguirlas.

2. Con otro(a) estudiante haga Ud. la siguiente actividad. Ud. acaba de llegar por tren a una ciudad hispana y quiere saber cómo llegar a los siguientes lugares. Pida instrucciones usando una expresión diferente cada vez. El (La) otro(a) estudiante hace el papel de residente de la ciudad y le da la información necesaria. Use el mapa. Ud. está en la Estación del Norte.

a. la catedral
b. el banco
c. la universidad
d. la Plaza Mayor
e. la biblioteca

f. el hospital
g. el Teatro Colón
h. el ayuntamiento
i. una panadería

3. Después de recibir las instrucciones, explíquele al (a la) otro(a) estudiante la razón por la cual Ud. necesita encontrar ese lugar.

Modelo *Tengo que ir al banco para cobrar* (cash) *un cheque.*

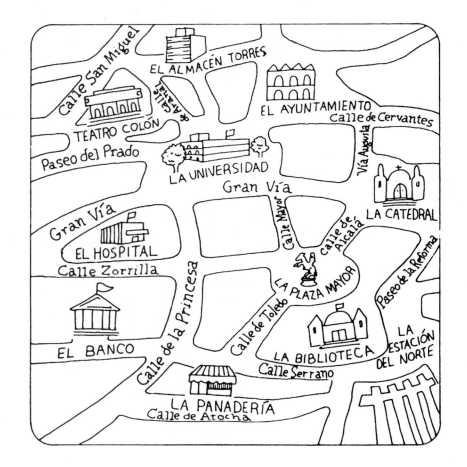

 # A escuchar

La joven profesional

Text Audio CD, Track 15

 Escuche Ud. la siguiente situación y el diálogo. Luego haga los ejercicios relaciona-dos con lo que ha escuchado y aprendido.

Maruca y su marido Ramiro hablan, en la sobremesa de un domingo, sobre su hija Gloria, la cual trabaja desde hace cuatro años con una firma especializada en las últi-mas tecnologías. La acaban de ascender a jefa de programadores.

5-33 Información. Según lo que ha escuchado ¿son verdaderas o falsas las siguientes oraciones?

1. La mamá espera que Gloria viaje a Tokio.
2. Ramiro está muy orgulloso de su hija.
3. La mamá es una mujer muy moderna.
4. Según el papá, Gloria y el chico que estudia medicina quizás sean novios.
5. Gloria trabaja en una agencia de viajes.

 5-34 Conversación. A hacer teatro. Con tres compañeros, representen los papeles de una mamá liberada/conservadora, de un papá conservador/moderno y de una hija que no tiene prisa en casarse, y para quien lo importante, por ahora, es la carrera.

 5-35 Situaciones. Con un(a) compañero(a) de clase, preparen Uds. un diálogo que corresponda a una de las siguientes situaciones. Estén Uds. listos para presentar un diálogo enfrente de la clase.

Una cita para ir al cine. Dos novios hablan sobre la posibilidad de ir al cine. El novio quiere ver la película *El dragón rojo* con Anthony Hopkins (se puede usar el título de otra película si Uds. no conocen ésta), pero la novia no quiere verla. La novia tiene que explicar las razones por las cuales no quiere ver esa película.

El movimiento feminista. Unos novios discuten los cambios provocados por el movimiento feminista. El novio menciona varios cambios que le parecen malos. La novia dice que él no tiene razón, y le presenta una lista de otros cambios que las mujeres quieren realizar para tener igualdad entre los sexos.

 **Intercambios**

5-36 Discusión: los hombres y las mujeres. Indique Ud. sus preferencias entre las posibilidades indicadas. Después, compare sus opiniones con las de sus compañeros de clase.

1. ¿Qué sería lo peor que su hijo(a) podría hacer?
   a. casarse con alguien de otra raza o religión
   b. casarse a los diecisiete años
   c. quedarse soltero(a)

2. Su esposa(o) tiene un(a) buen(a) amigo(a) a quien ha conocido desde la juventud. ¿Qué prefiere que haga él/ella?
   a. que nunca vea a esa persona
   b. que vea a esa persona sólo cuando Ud. esté presente
   c. que vea a esa persona cuando y donde quiera

3. ¿Qué clase de esposo(a) le gustaría?
   a. el (la) que siempre quiere mandar
   b. el (la) que se dedica totalmente a una cosa —o a la familia o al trabajo fuera de casa
   c. el (la) que se deja dominar

4. ¿Qué es lo que le importa a Ud. más en un hombre o en una mujer?
   a. su apariencia física
   b. su capacidad de llevarse bien con la gente
   c. su inteligencia

5. ¿Qué deben hacer los ancianos en nuestra sociedad?
   a. vivir con sus hijos hasta morirse
   b. vivir en pueblos construidos especialmente para ellos
   c. vivir solos en su propia casa e ir a un sanatorio para ancianos si se enferman

6. ¿Cuál es el mejor modo de asegurar los derechos de la mujer en nuestra sociedad?
   a. la ley
   b. la educación
   c. esperar a que se acepte a la mujer como igual al hombre

7. ¿Qué opina Ud. de la posición actual de la mujer en las profesiones?
   a. Todavía no es igual al hombre.
   b. Ya es esencialmente igual al hombre.
   c. Nunca ha habido y no hay grandes diferencias entre los hombres y las mujeres al nivel profesional.

8. ¿Cuál debe ser la actitud del gobierno hacia el uso de los medios artificiales para controlar la natalidad?
   a. Debe fomentar su uso por medio de la educación.
   b. No debe hacer nada.
   c. Debe requerir su uso.

Esta pareja joven es de Barcelona, España. ¿Cuál parece ser la relación entre ellos? ¿Dónde están? ¿Qué hacen?

5-37 Temas de conversación o de composición.

1. ¿Qué opina Ud. del movimiento feminista? ¿Cree Ud. que debe haber un movimiento de liberación para los hombres?
2. Si una mujer fuera candidata para la presidencia, ¿votaría Ud. por ella? Si tuviera que operarse, ¿le importaría que lo (la) operara *(would operate)* fuera mujer?
3. ¿Qué opina Ud. del matrimonio? ¿Qué importancia tiene en la sociedad actual? ¿Será importante en la sociedad futura?

Text Audio CD, Track 16   **5-38 Ejercicio de comprensión.** Ud. va a escuchar un comentario breve sobre el hombre y la mujer en el mundo hispánico. Después del comentario va a escuchar tres oraciones. Indique Ud. si la oración es verdadera (V) o falsa (F), trazando un círculo alrededor de la letra que corresponde a la respuesta correcta.

1. V   F
2. V   F
3. V   F

Ahora, escriba Ud. un título para cada comentario que refleje su contenido. Compare Ud. sus títulos con los de la clase. ¿Cuáles de los títulos son los mejores?

Investigación y presentación

La igualdad de sexos es un tópico de mucha importancia en todas las sociedades del mundo. Antes de explorar este tema en esta sección, busque información en la Web sobre la igualdad de los sexos no sólo en este país sino también en los países hispanohablantes.

Lectura

El hombre y la mujer
¿Hay igualdad de sexos en este país?

El movimiento feminista que empezó en este país hace varios años está dedicado al mejoramiento de la vida diaria de las mujeres. A pesar de eso, la perspectiva de otros países en cuanto a la revolución feminista aquí todavía sugiere que haya una falta de la igualdad de sexos en los Estados Unidos. Por ejemplo, en el diario *El tiempo* de Bogotá, Colombia, hay un artículo titulado, "En el país de la libertad, las mujeres aún son discriminadas laboralmente: igualdad de sexos, mitos hasta en E.U.". En este artículo se usa el ejemplo de un hombre y una mujer que trabajan por la misma compañía y hacen el mismo trabajo pero la mujer gana 25% menos que el hombre

principalmente porque es una mujer. También, según el artículo, hay otra clase de discriminación que la mujer sufre que es el maltratamiento de las mujeres. Se dice que una mujer es golpeada físicamente o emocionalmente en este país cada 12 segundos.

Preguntas

5-39 Ahora, Uds. van a ser divididos en grupos de cuatro personas. Cada grupo debe consistir en dos mujeres y dos hombres. ¿Qué opinan Uds. en cuanto a la igualdad de los sexos? ¿Piensan Uds. que todavía existe una falta de igualdad de sexos en los Estados Unidos?

5-40 La lista siguiente contiene los nombres de varias profesiones y otros aspectos de la vida diaria. Uds. deben expresar su opinión sobre cada asunto indicando que desde su punto de vista hay o no hay igualdad de sexos. Hagan Uds. una lista de las actitudes y opiniones de cada miembro del grupo hacia cada tópico de la lista. Estén preparados para presentar y comparar sus ideas con las de los otros grupos de la clase.

La lista:

1. En la familia: ¿Quiénes tienen la responsabilidad de cuidar a los niños y hacer los quehaceres domésticos?

2. En la universidad: ¿Todos los estudiantes, hombres y mujeres, reciben el mismo tratamiento y respeto?

3. En el trabajo: ¿Los empleados, hombres y mujeres, reciben el mismo tratamiento y respeto? ¿Tienen las mismas oportunidades para avanzar? ¿Reciben los mismos sueldos por el mismo trabajo?

4. En la política: ¿Los hombres reciben más respeto que las mujeres? ¿Será posible que una mujer llegue a ser la presidenta del país?

5. En la religión: ¿Es posible que una mujer pueda hacer el papel del sacerdote o un pastor en la iglesia católica o en la protestante?

6. En las profesiones: ¿Es verdad que no hay tantas mujeres como hombres en las profesiones de la medicina y el derecho? ¿Por qué?

7. En el teatro, el cine y la televisión: ¿Quiénes ganan más, las mujeres o los hombres? ¿Hay discriminación entre los hombres y las mujeres en Hollywood? ¿Son los protagonistas principales de un drama o de una película generalmente hombres o mujeres?

8. En cuanto a la paz mundial: ¿Creen Uds. que habría menos guerras en el mundo si los jefes o líderes de cada país fuera una mujer? ¿Por qué?

Según los grupos, ¿hay igualdad de los sexos en este país? ¿Hay oportunidades iguales para que el hombre y la mujer puedan realizar sus metas de la vida? ¿Sí o no? Expliquen Uds.

Costumbres y creencias

En contexto
Momentos tristes

Estructura
The imperfect subjunctive and the present perfect and
    past perfect subjunctive
The subjunctive in noun clauses and sequence of tenses
The subjunctive after impersonal expressions
Affirmative and negative expressions

A conversar
Following a conversation

A escuchar
Costumbres

Investigación y presentación
Tu nombre es un número, y ese número, tu futuro:
¡Búscalo!

◀ ¿Qué revela este cementerio en Tepoztlán, México,
sobre la actitud hispánica hacia la muerte? ¿Es similar a
un cementerio de los Estados Unidos? Explique.

En contexto

Momentos tristes

Vocabulario activo

Estudie estas palabras.

Verbos
agradecer *to be grateful*
ahorrar *to save (money)*
firmar *to sign*
velar *to hold a wake over*

Sustantivos
la aflicción *grief*
el alma *soul, spirit*
el (la) difunto(a) *deceased person*
las exequias *funeral rites*
el gasto *expense*
el rasgo *characteristic*
el refrán *saying, proverb*
la velación *vigil, watch, wake*
el velorio *wake*
el (la) viudo(a) *widower, widow*
la voluntad *will*

Adjetivos
sabrosísimo(a) *really delicious*
tacaño(a) *stingy*

Otras expresiones
a gusto *at ease*
cumplir con *to fulfill one's obligation to*
de verdad *true, real*
en mi vida *never in my life*
(que) en paz descanse *(may he or she) rest in peace*
esquela de difunto *obituary notice*
lo corto(a) *how short*
medio tacaño *somewhat stingy or miserly*
tomar una copa *to have a drink*

Para practicar

Complete el párrafo siguiente con palabras escogidas de la sección *Vocabulario activo*. No es necesario usar todas las palabras.

A mi amigo le gusta **1.** todo el dinero que gana. **2.** nunca he visto a un hombre **3.** . Nunca va a un bar o a un café con nadie para **4.** porque es un **5.** que él evita. Su esposa se murió hace dos semanas, y ahora él es **6.** . Él no puso una **7.** en el periódico porque le costaría unos pocos pesos. Hubo un **8.** en su casa, pero él no les sirvió nada a sus amigos porque no quería gastar dinero comprando refrescos. No les **9.** nada a ellos por **10.** él. Me parece que él es un hombre sin **11.** con respecto a su pobrecita esposa, sólo se puede decir que **12.** .

Text Audio CD, Track 17   **Antes de leer el diálogo, escúchelo con el libro cerrado. ¿Cuánto comprendió?**

CÉSAR   Señora, deseo que Ud. acepte la expresión de mi más profundo pésame[1]. Lamento sinceramente su pérdida.

ELENA   Muchas gracias, César; es un consuelo tremendo tener amigos como Ud. en estas horas de aflicción.

MANUEL   Señora, la acompaño en sus sentimientos. Don Mario fue un amigo de verdad. Lamento mucho que hayamos perdido un hombre tan ilustre. Pero ya sabe Ud.: «La muerte a nadie perdona».[1]

Alma is feminine, but it takes the definite article **el** when used in the singular.

El Lic. D. MARIO CABRERA MONTALVO[2]

Descansó en la Paz del Señor

Su esposa Elena Ramos de Cabrera, sus hijos Marta, Begoña, Sonia, Abel, Rosalinda, Blanca, Rodolfo, Cristina y Timoteo Cabrera Ramos agradecerán a sus amigos la asistencia a las exequias que se verificarán el día 6 de junio a las trece horas en la Iglesia de Nuestra Señora de Guadalupe.

Velación:[3] En casa de la viuda, Avenida Bolívar, 135.

ELENA	Muchas gracias, Manuel. El pobre Mario, que en paz descanse,[4] siempre lo consideró a Ud. como un joven muy prometedor[2].
CÉSAR	*(Alejándose de la señora viuda.)* Oye, Manuel, ¿quieres que tomemos una copa?
MANUEL	¡Bien que la necesito![3] ¿Dónde está el pobre de don Mario?
CÉSAR	Creo que lo tienen en la sala. Será la primera vez que se siente a gusto en esa sala —doña Elena nunca lo dejaba entrar… ¡En mi vida he visto tanta comida! Sírvete de estos taquitos[4]— están sabrosísimos.
MANUEL	Don Mario siempre ofrecía buena comida. Pero se estaría quejando del gasto, como siempre. ¿Te lleno el vaso?
CÉSAR	Sí, gracias. Mario era medio tacaño, ¿verdad?
MANUEL	¡Sí que lo era! Ahorraba los centavitos como si fueran de oro. Apenas el viernes pasado se resistía a prestarme diez pesos alegando[5] no tenerlos. ¡Y luego pidió que firmara un pagaré[6]!
CÉSAR	Viejo bribón[7]. Para lo que le ha valido.[8] Dejarlo todo para la viuda y para los hijos haraganes[9].
MANUEL	Ahí está Mario para decirte lo corta que es esta vida.
CÉSAR	De acuerdo. Oye, pasemos a ver al difunto.
MANUEL	¡Mira! ¿Es posible que Mario vista su traje nuevo? ¡Nunca lo usaba en vida!
CÉSAR	Decía que esperaba una ocasión «trascendental». Bueno, ya hemos cumplido con la viuda. Vamos a despedirnos.
MANUEL	*(A la señora.)* Le repito, señora, mis profundos sentimientos. Voy a rezar por el eterno descanso del alma de don Mario.
ELENA	Muchas gracias, Manuel. Es Ud. un buen amigo.

En las casas e iglesias se construyen altares dedicados a la memoria de la gente que ha muerto para celebrar el día de los difuntos. Describa en detalle el altar de esta foto. ¿Qué se puede identificar? ¿Qué le parece esta tradición?

MANUEL   Será un consuelo, señora, saber que deja a tantos amigos. Me hubiera gustado despedirme de él en vida, pero el Señor no quiso permitirlo.

ELENA   Se hizo la voluntad de Dios. Con saber eso me consuelo. Les agradezco mucho que Uds. hayan podido venir. Buenas noches.

Notas culturales

[1] *«La muerte a nadie perdona»*: *Es un refrán popular en español. Los refranes se usan más en la cultura hispánica que en la anglosajona, especialmente en las ocasiones solemnes.*

[2] *El lic. D. Mario Cabrera Montalvo*: *Éste es un ejemplo de las «esquelas de difunto» que aparecen en los periódicos hispánicos. La familia las paga, y su tamaño refleja la posición económica del difunto. Lic. D. es la abreviatura de Licenciado don.*

[3] *velación*: *La costumbre de velar al difunto es casi universal en la sociedad hispánica. En algunos países el velorio tiene sus rasgos de fiesta: se sirven comidas y bebidas y no se considera una falta de respeto divertirse.*

[4] *(que) en paz descanse*: *Es muy común incluir esta frase u otra semejante cuando uno menciona el nombre de un difunto.*

---

[1] profundo pésame *condolence*   [2] prometedor *promising*   [3] ¡Bien que la necesito! *I really need it!*   [4] taquitos *snacks*   [5] alegando *claiming*   [6] un pagaré *promissory note*   [7] bribón *rascal*   [8] Para lo que le ha valido. *A lot of good it did him.*   [9] haraganes *lazy, good-for-nothing*

6-1 Comprensión. Conteste Ud. las preguntas siguientes.

1. ¿Por qué van Manuel y César a casa de doña Elena?
2. ¿Qué quiere decir «la muerte a nadie perdona»?
3. ¿Dónde está el cadáver de don Mario?
4. ¿Qué toman César y Manuel?
5. ¿Gastaba mucho dinero don Mario?
6. ¿Cómo son los hijos de don Mario?
7. ¿Qué viste el difunto? ¿Por qué se sorprende Manuel?
8. ¿Qué hacen César y Manuel después de ver al difunto?
9. ¿César y Manuel en realidad eran buenos amigos de Mario? ¿Por qué?

6-2 Opiniones. Conteste Ud. las preguntas siguientes.

1. ¿Ha asistido Ud. alguna vez a un velorio? Descríbalo.
2. ¿Cree Ud. que un velorio debe ser solemne? Explique.
3. ¿Cree Ud. que es una buena o mala costumbre tener al difunto en casa durante el velorio? ¿Por qué?
4. En su opinión, ¿debe asistir a las exequias solamente la familia del difunto? ¿Por qué?
5. ¿Piensa Ud. que la muerte es un aspecto de la vida mejor aceptado en el mundo hispánico? ¿Cómo es en los Estados Unidos?
6. ¿Cree Ud. que hay otra vida después de la muerte? Explique.
7. ¿Qué piensa Ud. de las exequias lujosas y costosas?
8. ¿Piensa Ud. que a veces las exequias en los Estados Unidos son más paganas que religiosas? ¿Por qué?

 **Estructura**

The imperfect subjunctive

1. The imperfect (past) subjunctive is formed by dropping the **-ron** of the third person plural preterite indicative and adding one of the following sets of endings: **-ra, -ras, -ra, -ramos, -rais, -ran** or **-se, -ses, -se, -semos, -seis, -sen.** The same endings are used for all three conjugations.

Preterite	Imperfect subjunctive	
hablaron	**hablara**	**—hablase**
comieron	**comiera**	**—comiese**
vivieron	**viviera**	**—viviese**

2. The two sets of endings are interchangeable in most cases; however, the **-ra** endings are more common in Latin America and will be used in this text.

Hablar

hablara, hablase	habláramos, hablásemos
hablaras, hablases	hablarais, hablaseis
hablara, hablase	hablaran, hablasen

Comer

comiera, comiese	comiéramos, comiésemos
comieras, comieses	comierais, comieseis
comiera, comiese	comieran, comiesen

Vivir

viviera, viviese	viviéramos, viviésemos
vivieras, vivieses	vivierais, vivieseis
viviera, viviese	vivieran, viviesen

Note that all verbs—regular, irregular, stem-changing, and spelling-changing in the third persons of the predicate indicative—follow the same pattern of conjugation in the imperfect subjunctive.

Infinitive	Third person plural preterite	Imperfect subjunctive
construir	construyeron	construyera(se)
creer	creyeron	creyera(se)
decir	dijeron	dijera(se)
dormir	durmieron	durmiera(se)
haber	hubieron	hubiera(se)
hacer	hicieron	hiciera(se)
leer	leyeron	leyera(se)
pedir	pidieron	pidiera(se)
poner	pusieron	pusiera(se)
poder	pudieron	pudiera(se)
ser	fueron	fuera(se)

The present perfect and past perfect subjunctive

A. The present perfect subjunctive

The present perfect subjunctive is formed with the present subjunctive of the auxiliary verb **haber** and a past participle.

haya	
hayas	hablado
haya	
hayamos	comido
hayáis	
hayan	vivido

B. The past perfect subjunctive

The past perfect subjunctive is formed with the imperfect subjunctive of **haber** and a past participle.

hubiera(se)	
hubieras(ses)	pagado
hubiera(se)	
hubiéramos(semos)	bebido
hubierais(seis)	
hubieran(sen)	salido

Note that **Ojalá que** + present or present perfect subjunctive = *I hope*.
And **Ojalá** + imperfect or past perfect subjunctive = *I wish*.

Práctica

Nota cultural: En la nochevieja en España se celebra el año nuevo comiendo las «doce uvas de la felicidad». Cuando el reloj empieza a dar las doce de la medianoche se come una uva hasta que se hayan comido todas las doce uvas. Los que pueden comer todas las uvas antes de que el reloj haya terminado de dar las doce, van a tener doce meses de buena suerte durante el nuevo año.

6-3 Una fiesta. La familia Gómez está planeando una fiesta de nochevieja. La Sra. Gómez está exclamando nerviosamente que espera que todo salga bien *(turn out well)*. Después de leer sobre sus inquietudes, cuente Ud. la situación otra vez, usando los nombres entre paréntesis.

1. ¡Ojalá tu padre me ayudara con los planes! (María, Uds., tú)
2. ¡Ojalá todos hayan recibido las invitaciones! (Pepe, tú, Luisa y yo)
3. ¡Ojalá todos pudieran venir! (Juan y él, tú, nosotros)
4. ¡Ojalá hubiéramos planeado la fiesta más temprano! (Julia, mis parientes, yo)
5. ¡Ojalá Rosa haya comprado las uvas para la celebración de las doce uvas de la felicidad! (Carlos y Alicia, Ester, tú)

6-4 Su cumpleaños. Ud. va a celebrar su cumpleaños. Hable Ud. de algunas de las cosas que Ud. quiere hacer. Luego, compare Ud. lo que está pensando con lo que piensan algunos de sus compañeros de clase.

1. Tal vez mi familia _____.
2. ¡Ojalá que mis amigos _____!
3. Quizás mi madre _____.
4. ¡Ojalá que las invitaciones _____!
5. Quizás la fiesta _____.

6-5 Su futuro. Un(a) amigo(a) está diciéndole cosas que le pasarán a Ud. en el futuro. Ud. va a responder a cada idea, diciendo que no tiene tanta confianza como él/ella en lo que Ud. está oyendo. Use Ud. las expresiones **ojalá, tal vez** y **quizás.**

> **Modelo** Estudiante 1: Recibirás buenas notas en todas tus clases este semestre.
> Ud.: *Tal vez yo reciba buenas notas en todas mis clases este semestre.*

1. Te graduarás con honores al fin del semestre.
2. Encontrarás un buen trabajo.
3. Te casarás con un(a) hombre/mujer rico(a) e inteligente.
4. Vivirás en una casa grande y moderna cerca de la playa.
5. Tendrás una familia grande de doce hijos.
6. Llegarás a ser una persona famosa y poderosa.

Ahora, dígale a su amigo(a) cuatro cosas que le pasarán a él (ella). Él (Ella) contesta de una manera que muestra su falta de confianza.

The subjunctive in noun clauses

A. Verbs requiring the subjunctive

1. The subjunctive is frequently used in dependent noun clauses in Spanish. A dependent noun clause is one that functions as the subject or object of a verb. Such clauses in Spanish are always introduced by **que,** but in English, *that* is often omitted or an infinitive is used in place of the noun clause.

   Es dudoso que él sea rico.
   It is doubtful that he is rich. (**"que él sea rico"** is a noun clause that functions as the subject of the verb **"es."**)

   Esperamos que ellos vengan.
   We hope (that) they will come. (**"que ellos vengan"** is a noun clause that functions as the object of the verb **"esperamos."**)

2. The subjunctive is generally used in a dependent noun clause when the verb in the main clause of the sentence expresses such things as advising, wishing, desiring, commanding, requesting, doubt, denial, disbelief, emotion, and the like, and when there is a change of subject in the dependent clause. If there is no change of subject, the infinitive follows these verbs.

   Su mamá quiere que él estudie más.
   His mother wants him to study more. (change of subject from "his mother" in the main clause to "he" in the dependent clause)

   Él quiere estudiar más.
   He wants to study more. (no change of subject)

3. Other examples of verbs requiring the subjunctive:

   ADVICE: Le aconsejo que asista al velorio.
              I advise him to attend the wake.

   COMMAND: Me mandó que viniera con él.
              He ordered me to come with him.

   DESIRE: Quieren que recemos por él.
              They want us to pray for him.

   WISH: Deseaba que Ud. aceptara la expresión de mi más profundo pésame.
              I wanted you to accept the expression of my deepest sympathy.

HOPE:	Esperaba que Ud. no vacilara en decírmelo.
	I hoped that you would not hesitate to tell me.
INSISTENCE:	Insisten en que tomemos una copa.
	They insist we have a drink.
EMOTION:	Lamento mucho que hayamos perdido un hombre tan ilustre.
	I very much regret that we have lost such an illustrious man.
	Me alegro de que Uds. hayan venido.
	I am glad that you have come.
PREFERENCE:	La familia prefiere que sus amigos vengan a las cuatro.
	The family prefers that their friends come at four.
REQUEST:	Ella le pidió que firmara el cheque.
	She asked him to sign the check.
DOUBT:	Dudo que Paco haya ahorrado su dinero.
	I doubt that Paco has saved his money.
DENIAL:	Manuel negó que don Mario fuera un hombre generoso.
	Manuel denied that Don Mario was a generous man.
DISBELIEF:	No creía que ella se hubiera atrevido a venir.
	I didn't believe that she would have dared to come.

4. Verbs of communication (**decir, escribir,** etc.) require the subjunctive when the communication takes the form of an indirect command. When the verb of communication merely gives information, the indicative is used.

Te digo que ganes más dinero.
I'm telling you to earn more money. (command)

Te digo que Juan gana más dinero.
I'm telling you that Juan earns more money. (information)

Nos escribe que vengamos al velorio de don Mario.
He writes us to come to Don Mario's wake. (command)

Nos escribe que fue al velorio de don Mario.
He writes us that he went to Don Mario's wake. (information)

B. Infinitive instead of dependent noun clause

1. After certain verbs of ordering, forcing, permitting, and preventing, the infinitive is more common than a dependent noun clause. In this construction, an indirect object pronoun is used. Verbs that can take an infinitive include **mandar, ordenar, obligar a, prohibir, impedir, permitir, hacer, dejar, aconsejar.** (The infinitive is especially frequent after **dejar, hacer, mandar,** and **permitir.**)

Note the following examples.

Le aconsejo asistir al velorio de don Mario.
I advise him to attend Don Mario's wake.

Me mandó a aprender los refranes.
He ordered me to learn the proverbs.

Nos permiten entrar a la casa.
They permit us to enter the house.

2. If the subject of the dependent verb is a noun, then the subjunctive is often used.

Ella no permite que don Mario entre en la sala.
She doesn't permit Don Mario to enter the living room.

C. Subjunctive or indicative with certain verbs

1. The verbs **creer** and **pensar** are normally followed by the indicative in affirmative sentences.

   Creo que él vendrá.   Él piensa que lo tienen en la biblioteca.
   I believe that he will come.   *He thinks that they have it in the library.*

2. When **creer** and **pensar** are used in interrogative or negative sentences expressing doubt, they require the subjunctive. If doubt is not implied, then the indicative may be used.

   No creo que él le haya dejado nada.
   I don't believe that he has left her anything.

   ¿Piensas que tu primo (tal vez) venga?
   Do you think that your cousin may come?

Sequence of tenses

As you saw in the preceding examples, the use of either the present or the imperfect subjunctive in the dependent clause is usually determined by the tense of the verb in the main clause.

1. If the verb in the main clause is in the present, present perfect, or future tense, or is a command, the present or present perfect subjunctive is regularly used in the dependent clause.

Main clause—indicative	Dependent clause—subjunctive
present	
present progressive	
present perfect	present subjunctive
future	
future perfect	present perfect subjunctive
command	

2. If one of the past tenses or the conditional is used in the main clause, either the imperfect or the past perfect subjunctive regularly follows in the dependent clause.

Main clause—indicative	Dependent clause—subjunctive
imperfect	
preterite	imperfect subjunctive
past progressive	
pluperfect	
conditional	past perfect subjunctive
conditional perfect	

Práctica

Nota cultural, 6-6: La mayor parte de la gente del mundo hispánico es católica y sigue las costumbres y las creencias de su Iglesia. Cada día del calendario de la Iglesia católica lleva el nombre de un santo. En algunos países, los niños pueden recibir el nombre del santo que se celebra ese día. Por ejemplo, un chico que nace el día de San José se llama José, y una chica que nace el día de Santa Teresa se llama Teresa. Naturalmente, un chico que nace el día de Santa Teresa no es llamado Teresa por sus padres. La familia escoge otro día que lleve el nombre de un santo masculino. Como consecuencia de esta costumbre, el chico puede celebrar su cumpleaños dos veces al año: una vez en la fecha de su nacimiento y otra vez en el día de su santo.

6-6 El día del santo de José. Lea Ud. esta narrativa breve sobre el día de San José. Luego, cuéntela Ud. otra vez siguiendo el modelo.

Modelo   Quiere tener una fiesta. (que ellos)
Quiere que ellos tengan una fiesta.

1. José quería celebrar su día especial. (que nosotros)
2. Se alegraron de dar una fiesta. (que su novia)
3. Querían traerle muchos regalos. (que los invitados)
4. Ella esperaba asistir a la fiesta. (que yo)
5. Laura insistía en ir también. (que tú)
6. Ahora espero tener una fiesta para mi día del santo. (que mis amigos)
7. No quiero invitar a tanta gente a mi casa. (que Ud.)
8. Prefiero quedarme en casa. (que todos)

6-7 Un velorio. El licenciado D. Mario Cabrera murió. Hubo un velorio en su casa. Ud. asistió al velorio. Describa lo que tuvo lugar el día del velorio, y lo que pasa ahora.

El día del velorio

1. La viuda esperaba que la gente (llegar) _____ a tiempo.
2. Sentían que don Mario no le (haber) _____ dejado mucho dinero a su esposa.
3. Al principio la gente temía que doña Elena no (querer) _____ velarlo.
4. Sus amigos negaban que él (ser) _____ medio tacaño.
5. César insistió en que Manuel le (expresar) _____ sus sentimientos de pésame a la viuda.
6. Alicia prefería que los niños no (mirar) _____ el cuerpo del difunto que estaba en la sala, como era la costumbre.

El día después del velorio (hoy)

1. Todos creen que doña Elena (ser) _____ una mujer muy valiente.
2. El cura insiste en que ella (ir) _____ a vivir con su familia.
3. Su familia y yo dudamos que ella (tener) _____ mucho dinero.
4. Manuel quiere (mandarle) _____ una copia de la esquela de difunto a su madre.
5. La viuda desea (hacer) _____ un viaje a Segovia con su prima.
6. La gente no cree que doña Elena (poder) _____ sobrevivir la pérdida de su esposo.

6-8 Consejos. La gente siempre está pidiéndole a Ud. consejos. Deles Ud. sus consejos a las personas siguientes. Sea original.

Modelo   Carlos quiere ver una película buena.
Le aconsejo a Carlos que vea una película española.

1. Manuel quiere mandarle algo a la viuda.
2. Susana quiere probar la comida mexicana.
3. Roberto quiere mirar una buena telenovela.
4. Mis padres quieren visitar un país hispánico.
5. Uds. quieren leer una novela interesante.
6. Tú quieres hacer algo divertido esta noche.
7. Mis amigos quieren estudiar una lengua extranjera.
8. Rosario quiere salir temprano para llegar a las nueve.

Ahora compare Ud. sus respuestas con las de un(a) compañero(a) de clase.

6-9 Los pensamientos de los padres. Sus padres tienen ciertas ideas y sentimientos acerca de su familia y de la vida en general. Exprese Ud. estas ideas según el modelo.

> **Modelo** nos alegramos de / nuestros hijos viven aquí
> *Nos alegramos de que nuestros hijos vivan aquí.*

A	B
nos alegramos de	no hay otra guerra mundial
esperamos	nuestros hijos asisten a una universidad
mandamos	no podemos ayudar más a nuestros hijos
queremos	nuestros hijos no se casan antes de graduarse
sentimos	nuestra hija es médica
preferimos	nuestros hijos no fuman
	nuestra familia está de buena salud

Ahora con un(a) compañero(a) de clase indiquen si son verdaderas o no.

 6-10 Los días festivos. Escogiendo de los verbos siguientes, indique lo que Ud. piensa que pasará en cada uno de los días festivos. Luego, compare sus respuestas con las de un(a) compañero(a) de clase.

> **Modelo** esperar / el día de los Reyes Magos
> *Espero que los Reyes Magos me traigan un coche nuevo.*

A	B
esperar	la Navidad
sentir	la nochebuena
creer	el Año Nuevo
temer	la Nochevieja
dudar	el día de San Valentín
preferir	el día de Independencia
querer	
insistir en	

El Día de los Muertos.

The subjunctive after impersonal expressions

1. The subjunctive is regularly used after the following impersonal expressions when the dependent verb has an expressed subject. When there is no expressed subject, the infinitive is used instead.

Es necesario que (ellos) estudien. **BUT** Es necesario estudiar.
It is necessary for them to study. *It is necessary to study.*

<table>
<tr><td>es posible it is possible</td><td>es bueno it is good</td></tr>
<tr><td>es necesario it is necessary</td><td>es justo it is just (right)</td></tr>
<tr><td>es preciso it is necessary</td><td>es natural it is natural</td></tr>
<tr><td>es importante it is important</td><td>es triste it is sad</td></tr>
<tr><td>es fácil it is likely</td><td>conviene it is advisable</td></tr>
<tr><td>es difícil it is unlikely</td><td>importa it matters, it is important</td></tr>
<tr><td>es probable it is probable</td><td>es raro it is odd</td></tr>
<tr><td>es lamentable it is lamentable</td><td>es extraño it is strange</td></tr>
<tr><td>es imposible it is impossible</td><td>es dudoso it is doubtful</td></tr>
<tr><td>es (una) lástima it is a pity</td><td>es mejor it is better</td></tr>
<tr><td>más vale it is better</td><td>es de esperar it is to be hoped, expected</td></tr>
<tr><td>es preferible it is preferable</td><td>es ridículo it is ridiculous</td></tr>
<tr><td>es urgente it is urgent</td><td>es sorprendente it is surprising</td></tr>
</table>

Note that **Es fácil (difícil) que lo haga** means *It is likely (unlikely) that he will do it. It is easy (difficult) for him to do it* is usually translated **Le es fácil (difícil) hacerlo.**

2. The following impersonal expressions do not require the subjunctive unless they are used in a negative sentence.

<table>
<tr><td>es cierto it is true</td><td>es verdad it is true</td></tr>
<tr><td>es evidente it is evident</td><td>es seguro it is certain</td></tr>
<tr><td>es claro it is clear</td><td></td></tr>
</table>

¿Es cierto que ellos son ricos?
Is it true that they are rich?

No es cierto que ellos sean ricos.
It is not true that they are rich.

Es evidente que él es muy fuerte.
It's evident that he is very strong.

Práctica

6-11 La muerte. Algunos amigos de Mario Cabrera Montalvo están hablando de su muerte. Lea Ud. lo que cada una de las personas dice, y luego diga otra vez sus comentarios, siguiendo el modelo.

Modelo Es necesario tener un velorio. (que la familia)
Es necesario que la familia tenga un velorio.

1. Es importante asistir a las exequias. (que nosotros)
2. Es preciso rezar por el alma del difunto. (que ellos)
3. Es una lástima tener tanta angustia. (que su esposa)
4. Es bueno firmar esta tarjeta de pésame. (que tú)
5. Es difícil ayudarle a la viuda. (que yo)

6-12 El amor. Una pareja joven de México está planeando casarse. Describa Ud. esta situación, completando las oraciones siguientes con la forma correcta del verbo entre paréntesis.

1. Es evidente que los jóvenes (estar) enamorados.
2. No es cierto que el novio (querer) casarse pronto.
3. Es importante que la novia (empezar) a hacer planes para la boda.
4. Es necesario que (haber) dos ceremonias, una civil y otra religiosa.
5. Es dudoso que los padres de la novia (pagar) todos los gastos de la boda.
6. Es urgente que el novio (encontrar) un buen trabajo pronto.
7. Es preciso que los novios (ahorrar) bastante dinero antes de casarse.
8. Es obvio que los novios (agradecer) mucho la ayuda de sus familias para arreglar la boda.

6-13 Opiniones. Pídale Ud. a un(a) compañero(a) de clase que exprese sus opiniones sobre varios tópicos, contestándole sus preguntas. Luego él/ella va a hacerle a Ud. las mismas preguntas.

Modelo —¿Es importante que toda la gente ahorre dinero? ¿Por qué?
—*Sí, es importante que ahorre dinero para una emergencia.*

1. ¿Era dudoso que Ud. pudiera asistir a la universidad? ¿Por qué?
2. ¿Es necesario que Ud. estudie todas las noches? ¿Por qué?
3. ¿Es cierto que Ud. va a tener mucho éxito en esta clase? ¿Por qué?
4. ¿Es probable que Ud. vaya a ser un médico después de graduarse? ¿Por qué?
5. ¿Es verdad que Ud. va a hacer muchos viajes a Europa en el futuro? ¿Por qué?
6. ¿Es importante que Ud. se case inmediatamente después de terminar sus estudios aquí en la universidad? ¿Por qué?

6-14 Planes para el futuro. Varias personas planean hacer las cosas siguientes. Para realizar sus planes indique Ud. si será necesario hacer o no las actividades entre paréntesis. Luego, compare sus respuestas con las de un(a) compañero(a) de clase.

Modelo María quiere visitar Madrid. (ir a España)
Es necesario que María vaya a España.

1. César quiere asistir a la velación de don Mario. (ir a la casa de doña Elena / darle su sentido pésame / probar la comida / ver al difunto)
2. Juan quiere trabajar para una compañía internacional. (aprender lenguas extranjeras / seguir un curso de negocios / viajar a muchos países / entender varias culturas)
3. Quiero hacer un viaje a la América del Sur. (ir a una agencia de viajes / conseguir un pasaporte / comprar cheques de viajero / hacer mis maletas / viajar por avión)

6-15 Hoy y ayer. Con un(a) compañero(a) de clase díganse cinco cosas que Uds. tenían que hacer ayer antes de venir a clase, y cinco cosas que es importante hacer hoy.

Modelo *Ayer era necesario que yo estudiara la lección antes de venir a clase.*
Hoy es importante que yo compre unos libros para mis clases.

Affirmative and negative expressions

A. Forms

Negative expressions		Affirmative counterparts	
nada	*nothing, not anything*	algo	*something, anything*
nadie	*no one, nobody, not anybody*	alguien	*someone, somebody, anyone, anybody*
ninguno	*no, no one, none, not any (anyone)*	alguno	*some(one), any, (pl.) some*
		siempre	*always*
nunca } jamás }	*never, not ever*	algún día	*someday*
		alguna vez	*sometime, ever*
tampoco	*neither, not either*	también	*also*
ni… ni	*neither . . . nor*	o… o	*either . . . or*

B. Uses

1. Simple negation is achieved in Spanish by placing the word **no** directly before the verb or verb phrase.

No voy a la biblioteca esta tarde.
Pedro **no** ha empezado la tarea.

2. If one of the negative words listed above follows a verb, then **no** (or another negative word) must precede the verb; the result in Spanish is a double negative. However, if the negative word precedes the verb, the **no** is omitted.

No tengo nada.	**BUT**	Nada tengo.
I have nothing.		*(I don't have anything.)*
No voy nunca a la iglesia.	**BUT**	Nunca voy a la iglesia.
I never go to church.		*(I don't ever go to church.)*

Nunca dice nada.
He never says anything.

3. The personal **a** is required with **alguien, nadie, alguno,** and **ninguno** when these forms are used as objects of a verb.

¿Conoces a alguien en Nueva York? No, no conozco a nadie.
Do you know anyone in New York? No, I don't know anyone.

¿Viste a alguno de tus amigos? No, no vi a ninguno.
Did you see any of your friends? No, I didn't see any(one).

4. Ninguno and **alguno** drop their final **-o** before masculine singular nouns to become **ningún** and **algún,** respectively.

Algún día voy a comprar una casa de campo.
Someday I am going to buy a country house.

5. Alguno(a) may be used in the singular or the plural, but **ninguno(a)** is almost always used in the singular.

¿Conoces a algunos de los músicos de la orquesta?
Do you know some of the musicians in the orchestra?

No hay ningún libro en esa mesa.
There are no books on that table.

6. **Nunca** and **jamás** both mean *never*. In a question, however, **jamás** means *ever* and anticipates a negative answer. To express *ever* when either an affirmative or a negative answer is possible, **alguna vez** is used.

Jamás voy al cine.
I never go to the movies.

¿Has oído jamás tal mentira?
Have you ever heard such a lie?

¿Has estado alguna vez en Europa?
Have you ever been in Europe?

7. **Algo** and **nada** may also be used as adverbs.

Esta máquina de escribir fue algo cara.
This typewriter was somewhat expensive.

Este coche no es nada barato.
This car is not at all cheap.

Práctica

6-16 Las palabras negativas. Cambie Ud. las oraciones a la forma negativa. Siga el modelo.

> **Modelo**   Tengo algo en el bolsillo.
> *No tengo nada en el bolsillo.*

1. Hay alguien aquí.
2. Algunos de los invitados tomaron una copa.
3. Siempre vamos al cine con nuestros padres.
4. Elena va al velorio también.
5. Vamos a la iglesia o a su casa.
6. Van a comprarle algo a la viuda.
7. Hay algunos vecinos en la sala.
8. ¿Conoces a alguien en esa clase?
9. Algún día aprenderé los verbos irregulares.
10. ¿Hicieron algo esos haraganes?

6-17 Los días festivos. Ud. está hablando con un(a) amigo(a) de los días festivos. Completen Uds. las oraciones con expresiones afirmativas y negativas.

> **Modelo**   —¿Piensas que *alguien* va a darte muchos regalos para tu cumpleaños?
> —No, no hay *nadie* que vaya a darme regalos.

1. —¿Conoces bien _____ de las costumbres religiosas del mundo hispano?
   —No, no conozco _____ de esas costumbres.

2. —¿Conoce a _____ que haya estado en México durante la Navidad?
   —No, no conozco a _____ que haya estado allí durante aquella temporada.

3. —¿ _____ mandas tarjetas de Navidad escritas en español?
   —No, _____ mando tales tarjetas.

4. —¿Haces _____ muy especial durante la Nochevieja?
   —No, no hago _____ especial.

6-18 Vamos al centro. Su compañero(a) de clase piensa ir al centro. Pregúntele Ud. si él/ella planea hacer las cosas siguientes. Su compañero(a) de clase contesta todas sus preguntas de una manera negativa y le explica por qué. Siga el modelo.

> **Modelo**   ir con alguien al cine
> Ud.: *¿Vas con alguien al cine?*
> Su compañero(a) de clase: *No, no voy con nadie porque prefiero ver la película solo(a).*

1. siempre comer en el centro
2. ir al cine o a la librería
3. tomar una copa con alguien
4. buscar algunas revistas en la librería
5. comprar algo en el supermercado
6. pasar por la biblioteca también para estudiar

Repaso

Review the subjunctive in noun clauses and sequence of tenses.

6-19 Transformación. Haga Ud. oraciones nuevas, usando las palabras entre paréntesis.

> **Modelo**   Espero salir temprano. (que ellos)
> *Espero que ellos salgan temprano.*

1. Él insiste en ir a la iglesia. (que ellos)
2. Ella prefería hacer el viaje en avión. (que nosotros)
3. Queríamos ir a misa esta semana. (que tú)
4. Desean probar los taquitos. (que Tomás)
5. Esperamos llegar a una decisión pronto. (que el jefe)
6. Temo tener mala suerte. (que él)
7. Nos alegramos de poder asistir a la fiesta. (que tú)
8. Yo sentía mucho salir tan temprano. (que ellos)

Review the subjunctive in noun clauses and sequence of tenses.

6-20 Una conversación. Hágale Ud. las preguntas siguientes a un(a) compañero(a) de clase. Luego, él (ella) debe explicar su respuesta.

> **Modelo**   Ud.: *¿Temes que el profesor nos dé un examen hoy?*
> Su compañero(a): *Sí, temo que el profesor nos dé un examen hoy.*
> Ud.: *¿Por qué?*
> Su compañero(a): *Porque no he estudiado mucho.*

1. ¿Crees que el profesor (la profesora) sea muy exigente?
2. ¿Prefieres que vayamos a la cafetería después de la clase?
3. ¿Esperas que vayamos a un concierto esta noche?
4. ¿Quieres que yo compre los boletos?
5. ¿Deseas que nuestros compañeros vayan con nosotros?
6. ¿Dudas que yo pueda entender la música contemporánea?

Review the subjunctive after
impersonal expressions.

6-21 Sus opiniones. Exprese Ud. sus opiniones sobre las ideas siguientes, poniendo una expresión impersonal delante de cada una de las oraciones. Use cuantas expresiones impersonales como sea posible.

> **Modelo** Nosotros somos muy inteligentes.
> *Es evidente que nosotros somos muy inteligentes.*

1. Hay un examen hoy.
2. El profesor de esta clase es muy simpático.
3. Todos nosotros somos ricos.
4. Las vacaciones no empiezan hoy.
5. Todos los estudiantes reciben buenas notas.
6. Voy a graduarme mañana.

Review the subjunctive in
noun clauses and sequence
of tenses.

6-22 Un conflicto de ideas. Con un(a) compañero(a) de clase hagan Uds. los papeles de un(a) joven y el de su madre. Ella/Él quiere ciertas cosas, pero la madre nunca está de acuerdo.

> **Modelo** comprar mucha ropa nueva
> Hijo/Hija: *Quiero comprar mucha ropa nueva.*
> Madre: *No permito que compres mucha ropa nueva.*
> -o-
> *No quiero que compres mucha ropa nueva.*
> -o-
> *Prohíbo que compres mucha ropa nueva.*

1. trabajar en un bar
2. salir todas las noches
3. ser político(a)
4. tener su apartamento propio
5. comprar un coche nuevo
6. prestarles dinero a los amigos
7. viajar alrededor del mundo
8. mudarse a México

Review the subjunctive in
noun clauses, sequence of
tenses, and the subjunctive after
impersonal expressions.

6-23 El futuro. Exprese Ud. sus deseos y preocupaciones en cuanto al futuro del mundo, completando las oraciones siguientes con sus propias ideas. ¡Sea original! Luego, compare sus ideas con las de un(a) compañero(a) de clase. ¿Están Uds. de acuerdo o hay grandes diferencias? ¿Cuáles son?

1. Espero que las potencias mundiales *(world powers)* _____.
2. Espero que los científicos _____.
3. Quiero que mi familia _____.
4. Deseo que mis amigos _____.
5. Es importante que las escuelas _____.
6. Dudo que el presidente _____.
7. Es probable que yo _____.
8. Es necesario que la gente _____.
9. Es evidente que una buena educación _____.
10. Es posible que los astronautas _____.

Review affirmative and
negative expressions.

6-24 Una entrevista negativa. Hágale Ud. estas preguntas a un(a) compañero(a) de clase. Él/Ella tiene que contestar de una manera negativa.

1. ¿Tienes algo para mí?
2. ¿Hablas con alguien por teléfono todas las noches?
3. ¿Siempre te vistes con algún traje nuevo?
4. ¿Vas siempre a misa?
5. ¿Vas a ir algún día a Cuba?
6. ¿Quieres ir a la biblioteca o al velorio?
7. ¿Vas a las exequias de don Mario también?

➤ A conversar

To keep a conversation moving, it is necessary to react to what is being said. You may indicate that you are following the conversation by using exclamations, asking for clarification of certain points, agreeing or disagreeing with certain points, or by reacting with certain expressions that show that you are simply paying attention.

Following a conversation

Paying attention:

Ah, sí.	*Oh, yes.*
¿Ah?	*Ah?*
¿De veras?	*Really?*
Entiendo bien, pero…	*I understand well, but . . .*
No sabía eso.	*I didn't know that.*
Y luego, ¿qué pasó?	*And then what happened?*
Y, ¿qué más?	*And, what else?*
Tiene(s) razón, pero…	*You're right, but . . .*

Asking for clarification:

Repita(e), por favor.	*Repeat that, please.*
¿Quiere(s) decir que… ?	*Do you mean that . . . ?*
No sé si entiendo bien.	*I don't know if I understand well.*
¿Qué dijo Ud. (dijiste)?	*What did you say?*
¿Está(s) diciendo que… ?	*Are you saying that . . . ?*
¿Qué quiere(s) decir?	*What do you mean?*

Exclamations:

¡No me diga(s)!	*You don't say!*
¡Qué cosa!	*The idea!*
¡Qué interesante!	*How interesting!*
¡Qué ridículo!	*How ridiculous!*

Expressing agreement and disagreement:

Sí, tiene(s) razón.	*Yes, you're right.*
Estoy de acuerdo.	*I agree.*
Sí, es verdad.	*Yes, it's true.*
No, no tiene(s) razón.	*No, you're wrong.*
No estoy de acuerdo.	*I disagree.*
No, no es verdad.	*No, it's not true.*

Descripción y expansión

Hay algunas personas que tienen creencias y supersticiones que influyen en su manera de vivir. Con un(a) compañero(a) de clase, hagan Uds. las siguientes actividades que tratan sobre este tema. ¿Es Ud. una persona supersticiosa?

6-25 Indique Ud. el número del dibujo que corresponde a cada una de las creencias siguientes.

_____ romper un espejo
_____ mirar la luna llena sobre el hombro izquierdo
_____ un gato negro
_____ derramar sal
_____ una herradura (horseshoe)
_____ una pata de conejo
_____ caminar debajo de una escalera
_____ el número trece
_____ encontrar un trébol de cuatro hojas
_____ el número siete
_____ trece personas sentadas alrededor de una mesa

6-26 Contesten Uds. las preguntas siguientes.

   a. ¿Cuáles de estas creencias traen mala suerte?
   b. ¿Cuáles de estas creencias traen buena suerte?
   c. ¿Cree Ud. en algunas de estas supersticiones? ¿Cuáles? ¿Por qué?
   d. ¿Conoce Ud. algunas personas que crean en algunas de estas supersticiones? ¿Quiénes son? ¿En cuáles de estas supersticiones creen?
   e. ¿Conoce Ud. otras supersticiones que no estén en la lista? Explique una.

6-27 Indiquen Uds. su actitud hacia cada una de las supersticiones indicadas por los dibujos, completando las frases siguientes.

   Modelo   Es dudoso *que un gato negro traiga mala suerte.*

Es mejor…
Es importante…
Más vale una persona…
No creo…
No quiero…
Es probable…

6-28 Opiniones. En grupos de dos o tres personas contesten las siguientes preguntas.

   a. ¿Por qué creen las personas en supersticiones? ¿Cuál es el origen de muchas supersticiones?
   b. ¿Hay mucha superstición en la religión? Expliquen.

6-29 Ahora, su profesor(a) va a conducir una encuesta para saber cuáles de los estudiantes son supersticiosos. Luego va a escribir en la pizarra algunas de las supersticiones que los estudiantes tienen y cuáles son las más comunes.

A escuchar

Costumbres

Text Audio CD, Track 18

Escuche Ud. a continuación la siguiente situación y el diálogo. Luego haga los ejercicios relacionados con lo que ha escuchado y aprendido.

Un grupo de estudiantes de las Canarias sale de clase después de volver de las vacaciones de carnaval, llamadas también vacaciones de primavera. Todos están agotados por haber pasado varias noches de fiestas, en las que se divirtieron muchísimo.

6-30 Información. Conteste las siguientes preguntas.

1. ¿Qué fiestas acaban de tener?
2. En cuaresma, ¿en qué días había que hacer ayuno y abstinencia?
3. ¿Por qué están agotados todos?
4. ¿Ayuna la familia de Paquita?
5. ¿Qué profesor les es antipático a los estudiantes?

6-31 Conversación. Con un grupo de compañeros de la clase, charlen sobre las fiestas y costumbres del estado de donde provienen. ¿Son fiestas ancestrales o relativamente modernas? ¿De origen histórico o religioso?

6-32 Situaciones. Con un(a) compañero(a) de clase, preparen un diálogo que corresponda a una de las siguientes situaciones. Estén listos para presentarlo enfrente de la clase.

El Día de los Difuntos (1). *Dos jóvenes van a una pastelería para comprar dulces y panes en forma de calaveras, y esqueletos para sus amigos. Deben decidir la cantidad que tienen que comprar. También necesitan saber los nombres de amigos que quieran que el pastelero* (pastry chef) *les escriba el nombre en cada calavera y esqueleto. El precio es importante también porque Uds. no tienen mucho dinero.*

El Día de los Reyes Magos (2). *Ud. está pasando el año escolar estudiando en Madrid. Vive con una familia madrileña. Es el 6 de enero; Ud. y los miembros de la familia van a asistir a una fiesta en la casa de unos tíos. Ud. no entiende la importancia de este día y le pide a la madre que le explique lo que significa el Día de los Reyes Magos.*

Las posadas (3). *Es la Navidad y su familia quiere que Ud. participe en las posadas. Ud. no quiere participar. Su padre trata de convencerlo(la) de que es importante que haga una parte de la procesión. Ud. trata de explicarle las razones por las cuales no quiere hacerlo.*

Nota cultural (1): Se celebra este día el 2 de noviembre en algunos países latinoamericanos. En México se llama el «día de los muertos». Durante ese día se recuerda a los muertos o la muerte como fenómeno. En algunos sitios, como en México, se hacen dulces y panes en forma de calaveras y esqueletos, y en los pequeños pueblos mexicanos la gente pasa el día en el cementerio, donde limpian alrededor de los sepulcros y ponen flores frescas en la tumba de los familiares.

Nota cultural (2): En varios países del mundo hispánico se celebra el Día de los Reyes Magos o la Epifanía el 6 de enero. En esta fecha se conmemora el día en que los Reyes Magos llegaron a Belén llevando regalos para el niño Jesús. Hoy, muchas familias hispanas intercambian regalos con sus parientes y amigos en este día en vez de hacerlo durante la Navidad que es principalmente un día religioso. Por lo general, hay una fiesta en la casa de un pariente o amigo. Se sirve una torta y escondida en la torta hay una muñeca de porcelana. La persona que encuentra esta muñeca en el pedazo de torta que recibe, tiene que dar una fiesta para todos los que están presentes algunas semanas después.

Nota cultural (3): La celebración de «las posadas» empieza el 16 de diciembre y termina en la Nochebuena. Se llaman *posadas* porque conmemoran el viaje de María y José a Belén y su búsqueda de un sitio donde pasar la noche. Casi todas las personas de un barrio participan en esta celebración.

¿Qué clase de celebración es ésta? ¿Qué representan los niños en la primera fila? ¿Le gustaría participar en esta fiesta? Explique.

 Intercambios

6-33 Discusión: La muerte

1. **El epitafio.** Aunque en nuestra cultura preferimos no pensar en la muerte, su contemplación puede darnos una nueva actitud hacia la vida. Nuestros antepasados lo entendieron así, e hicieron grabar en su lápida un epitafio que resumiera su vida. Lea aquí algunos ejemplos:

   Aquí yace Harry Miller entre sus esposas Elinore y Sarah.
   Pidió que lo inclinaran un poco hacia Sarah.

   Eric Langley: Él sí se lo llevó todo consigo.

   William Barnes: Padre generoso y leal.

   Nancy Smith: A veces amaba, a veces lloraba.

   a. ¿Qué quiere Ud. que le graben en su lápida?
   b. ¿Podría Ud. escribir un epitafio que resumiera toda su vida en pocas palabras?

2. **El obituario.** Los obituarios también pueden ayudarnos a ver más claramente nuestra vida. Completando las frases siguientes, escriba su obituario. Después, léaselo a la clase.

   Falleció ayer _____ a la edad de _____.
   La causa de su muerte fue _____.
   Le sobrevive(n) _____.
   Estudiaba para ser _____.
   Sus amigos se acordarán de él (ella) por _____.
   Su muerte inesperada no le permitió _____.
   Su familia indica que en vez de mandar flores se puede _____.

3. Ahora, léale Ud. su obituario a la clase. Los otros estudiantes van a compartir los suyos también.

6-34 Temas de conversación o de composición

1. ¿Cuál es su actitud hacia la muerte? ¿Tiene Ud. miedo de morirse? ¿Le gusta asistir a los velorios? ¿Deben ser costosos los entierros?

2. En muchas culturas, inclusive la hispánica, la muerte es un hecho que se acepta de una manera bastante realista. En la nuestra tratamos de esconder o de no confrontar el hecho de la muerte. ¿Cómo evitamos la realidad de la muerte?

3. Los psicólogos dicen que el que sabe que va a morirse dentro de poco tiempo pasa por un proceso que empieza con la ira y la negación y termina con la aceptación de la muerte. ¿Cómo reaccionaría Ud. ante tal noticia? ¿Qué cosas quisiera hacer antes de morirse?

4. Actualmente es posible mantener viva a una persona mediante procedimientos artificiales, inclusive con el uso de máquinas. Si una persona ha sufrido un daño cerebral y queda reducida permanentemente a un nivel vegetativo, ¿se le debe mantener viva artificialmente? ¿Cuándo deja de vivir una persona?

Text Audio CD, Track 19 **6-35 Ejercicio de comprensión.** Ud. va a escuchar un comentario sobre el concepto de la muerte en el mundo hispánico. Después del comentario va a escuchar varias oraciones. Indique si la oración es verdadera (V) o falsa (F), trazando un círculo alrededor de la letra que corresponde a la respuesta correcta.

1. V   F
2. V   F
3. V   F
4. V   F

Ahora, escriba Ud. un título para este comentario que refleje el contenido. Luego, compare su título con los otros de la clase. ¿Cuál es el mejor?

Algunas personas creen que los números o los astros pueden decirnos algo sobre el futuro o sobre nuestra personalidad. Para algunas personas el estudio de los números y los astros puede ser un pasatiempo divertido; para otras, es una actividad seria. En este artículo de *Tú, internacional,* de España, Jean Simpson, numeróloga de los Estados Unidos, ha desarrollado un sistema para indicarle su verdadera personalidad.

Lea Ud. el artículo. Luego su profesor(a) va a dividir la clase en seis grupos para hacer las actividades indicadas. Después de terminar con las actividades, cada grupo tiene que darle un resumen oral a la clase de lo que hizo su grupo.

Lectura

TU NOMBRE ES UN NÚMERO, Y ESE NÚMERO, TU FUTURO:

¡BÚSCALO!

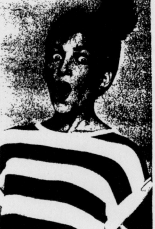

Jean Simpson, una de las más famosas numerólogas de los Estados Unidos, ha desarrollado un sistema con el cual sólo tienes que saber sumar para averiguar cómo es tu verdadera personalidad y lo que debes hacer para tener éxito en la vida. Toma papel y lápiz y descúbrete ya.

Para simplificar el método usa esta tabla:

1	2	3	4	5	6	7	8	9
A	B	C	D	E	F	G	H	I
J	K	L	M	N	O	P	Q	R
S	T	LL	V	Ñ	X	Y	Z	
		U		W				

Para saber el número de tu nombre, toma un papel y un lápiz y escribe tu nombre completo como aparece en tu certificado de nacimiento. Si no tienes a mano este certificado, simplemente escribe tu nombre tal y como lo escribes cada vez que llenas un documento oficial. Pongamos un ejemplo: digamos que vamos a buscar el número de Ana María Pérez.
Paso No. 1:

A N A   M A R I A   P E R E Z
1 5 1   4 1 9 9 1   7 5 9 5 8

Paso No. 2:
Suma los números de los tres nombres:
1 + 5 + 1 + 4 + 1 + 9 + 9 + 1 + 7 + 5 + 9 + 5 + 8 = 65

Paso No. 3:
Reduce el número 65 a un solo dígito:
6 + 5 = 11

Paso No. 4:
Reduce el 11 a un solo dígito:
1 + 1 = 2
El número del nombre de Ana María Pérez (nuestro ejemplo) es el 2.

Tu nombre en números es capaz de revelar la historia de tu vida, según asegura Jean Simpson, una mujer que ha desarrollado una técnica a base de números que puede resultar infalible para que descubras mucho más acerca de tu personalidad. Tu nombre, tal como aparece en tu certificado de nacimiento, te dará ese número clave. ¿En qué consiste este sistema? ¡Muy fácil! Cada letra en el alfabeto tiene un número correspondiente, que aparece en una tabla que aquí te ofrecemos. Como puedes ver a la A le corresponde el 1, a la B el 2, a la C el 3, etc.

Pero, primero, debes saber el significado de cada número:

- 1. Es un líder con espíritu de pionero, mucha fuerza, independencia y determinación.
- 2. Corresponde a una persona diplomática, a la que le gusta la paz y es muy sensible a los sentimientos de los demás, así como a los suyos.
- 3. Es un maestro de la palabra, tiene una imagen juvenil y muchos proyectos siempre. Se va volviendo más seguro de sí mismo a medida que pasa el tiempo.
- 4. Un gran trabajador, práctico, paciente y muy de detalles.
- 5. Es un amante de la libertad, los viajes, que siempre quiere estar cambiando y que es capaz de hacer mil cosas a la vez.
- 6. Una persona con mucha armonía, que ama la estabilidad familiar. Admira las cosas bellas y toma responsabilidades serias.
- 7. Es sumamente analítico y muy inteligente. Se toma su tiempo para leer, escribir y para ver el lado bueno de todas las cosas, aunque éstas sean muy negativas.
- 8. La organización por excelencia. Toma control de su propio destino y siempre alcanza el éxito.
- 9. Es humanitario, amante del arte, la música y los viajes. Es muy generoso y necesita el cariño de las demás personas.

Preguntas

6-36 Haga Ud. las siguientes actividades.

1. Siga Ud. las instrucciones para encontrar el número de su nombre. Luego, lea la descripción de su personalidad que corresponde a su número. Según el artículo, ¿qué clase de persona es Ud.? ¿Está de acuerdo con esta interpretación? Explique. Ahora, comparta Ud. esta información con los otros estudiantes del grupo. ¿Cuántas personas están de acuerdo con la descripción de su personalidad y de lo que va a pasar en su vida?

2. Ahora, cada miembro del grupo debe escoger el nombre de una persona a quien conoce bien y buscar la descripción de su personalidad. La persona puede ser un(a) pariente(a) o un(a) buen(a) amigo(a). ¿Cuántas personas del grupo creen que el número de la persona escogida describe bien la personalidad de ella? ¿Por qué sí o por qué no?

3. Ahora, cada grupo va a escoger el nombre de un hombre y una mujer famosos y buscar la descripción de su personalidad, siguiendo esta fórmula de números. Luego, cada grupo va a hacerle una presentación oral a la clase, describiendo lo que los números dicen de esas personas famosas. ¿Cuántos estudiantes piensan que la descripción de la personalidad de estas personas es adecuada o no? ¿Opina Ud. que las descripciones correctas son el resultado de un sistema científico de números o son por casualidad? ¿Por qué?

Aspectos económicos de Hispanoamérica

En contexto
A mudarnos a la capital

Estructura
The subjunctive in adjective clauses
Subjunctive versus indicative after indefinite expressions
Prepositions
Uses of **por** and **para**
Prepositional pronouns

A conversar
How to involve others in conversations

A escuchar
Economía global

Investigación y presentación
¿Es Ud. un consumista?

◄ Esta mujer de México está desgranando maíz. En su opinión, ¿qué clase de vida tiene? Explique.

A mudarnos a la capital

Vocabulario activo

Estudie estas palabras.

Verbos
calentar (ie) *to heat*
mudarse *to move (residence)*
soñar (ue) (con) *to dream (about)*

Sustantivos
el barrio *neighborhood, district*
el camión *bus (slang)*
el (la) campesino(a) *peasant*
la cantina *bar*
la choza *hut, shack*
el frijol *bean*
el taller *shop, workshop*
el techo *roof*
el televisor *television set*

la ventaja *advantage*
el vestido *dress*

Adjetivos
ajeno(a) *belonging to another*
embarazada *pregnant*
seco(a) *dry*

Otras expresiones
dondequiera *anywhere*
ganarse el pan *to earn a living*
haber de *to be supposed to*
que sueñes con los angelitos *sweet dreams*

Para practicar

Complete el párrafo siguiente con palabras escogidas de la sección *Vocabulario activo*. No es necesario usar todas las palabras.

Para la gente pobre es muy difícil **1.** . Yo soy pobre y a veces **2.** con ganarme la lotería. Si tuviera mucho dinero, **3.** de mi **4.** a un **5.** más acaudalado *(affluent)*. En vez de tomar el **6.** a mi trabajo, yo tendría mi propio coche lujoso. No trabajaría en un **7.** , sino que compraría una compañía donde se harían computadoras. Yo compraría un **8.** para cada cuarto de mi casa, y muchos **9.** elegantes para mí. La **10.** de tener mucho dinero es que se puede comprar casi todo. La desventaja es que se puede perder el alma.

La palabra **camión** quiere decir *bus* en México, pero quiere decir *truck* en los otros países de Latinoamérica y en España, allí **autobús** quiere decir *bus*.

Text Audio CD, Track 20

 Antes de leer el diálogo, escúchelo con el libro cerrado. ¿Cuánto comprendió?

(Una choza campesina. Pedro llega cansado después de un día de trabajo en su parcela de tierra.)

PEDRO   Hola, Teresa, ¿qué hay de comer? Vengo muerto de hambre.

TERESA   ¡Ay! Has llegado temprano —déjame calentar los frijoles. Primero voy a acostar a Panchito. Duérmete, mi niño. Que sueñes con los angelitos. Así es.

PEDRO   Se me partió[1] el machete hoy. ¡Qué diablos! No hay un día que no traiga mala suerte. No sé cómo he de ganarme el pan trabajando en esta tierra seca.

TERESA   Pedro, tengo una noticia. Fui a ver a la mamá Teófila[1] y me dice que estoy embarazada.

PEDRO   ¡Qué bueno! ¡Qué feliz me haces! Pero… otra boca, ¿qué hacemos?

TERESA   Dios dirá, Pedro. Quizás pueda coser ajeno. La señora Cruz busca a alguien que le haga unos vestidos para el verano.

PEDRO   Te prohíbo que trabajes, mujer. Estaba pensando una cosa, ¿sabes? ¿Por qué no nos mudamos a la capital?[2] Allí puedo buscar un trabajo que pague bien.

TERESA   Pero, Pedro, ¿qué hacemos con la casa? ¿Y si no encuentras nada? Me siento más segura aquí; al menos tenemos techo —pobre tal vez, pero seguro.

PEDRO   ¿No quieres que tus hijos tengan más oportunidades que nosotros? Aquí no hay nada que valga la pena… Y será mejor para ti también. No tendrás que depender más de la mamá Teófila. Debes tener un médico que sepa lo que hace, un hospital que tenga facilidades modernas. Además, podríamos divertirnos un poco. Dicen que hay cines en la ciudad en que puedes ver películas todas las noches en vez de una película por semana como en el cine de aquí.

TERESA   ¿Y es cierto que hay lugares donde se puede bailar todas las noches? ¿Y que hay parques bellos y camiones que te llevan dondequiera?

PEDRO   Sí, Teresa, todo eso y mucho más. Podremos comprarnos un televisor. No tendremos que ir a verlo a la cantina como aquí.

TERESA   Pero, ¿dónde viviremos?

PEDRO   Hay un barrio llamado San Blas. Allí viven los Otero y los Palma que se fueron a la capital el año pasado. Hay escuelas buenas para Panchito y para el niño que esperamos. Quiero que asistan a buenas escuelas que les den mejores posibilidades.

TERESA   Yo también, yo también, Pedro. Y tú, ¿qué harás? No quiero que sufras por falta de trabajo.

PEDRO   Con todos los automóviles que hay en la ciudad, siempre habrá necesidad de alguien que sepa de mecánica. Habrá un taller que necesite otro trabajador.

TERESA   Pero, Pedro, ¿qué hacemos si…

PEDRO   No te preocupes, mi amor, todo saldrá bien. Quiero que mi familia tenga de todo, ¿entiendes? De todo lo bueno de la vida.

Notas culturales

[1] *la mamá Teófila: En las regiones rurales de Hispanoamérica, todavía es común utilizar los servicios de una partera (midwife). Esto se debe a la tradición y, por otra parte, al hecho de que no hay médicos en todos los pueblos.*

[2] *¿Por qué no nos mudamos a la capital?: Las ideas que expresa Pedro sobre las ventajas de la vida urbana son bastante generalizadas en las zonas rurales y han causado una migración constante hacia las grandes ciudades. Desgraciadamente, uno de los resultados más frecuentes ha sido la creación de barrios de miseria alrededor de las mismas ciudades. Otro es la desilusión y amargura (bitterness) de la gente en esta situación.*

[1] partió *broke, split*   [2] pueda coser ajeno *to take in sewing*

¿Dónde vive esta mujer?
¿Cómo es su casa? ¿Qué
cultiva ella? Fíjese en la
mujer. Describa su manera
de vestirse. ¿Le gustaría vivir
en esa región? Explique.

7-1 Comprensión. Conteste Ud. las preguntas siguientes.

1. ¿Por qué llega Pedro a casa temprano?
2. ¿Qué es lo que tienen para comer?
3. ¿Cuál es la noticia que Teresa le da a Pedro?
4. ¿Qué piensa hacer ella?
5. ¿Cuál es la idea de Pedro?
6. ¿Por qué se siente Teresa más segura en el campo?
7. Según Pedro, ¿qué diversiones hay en las ciudades? ¿y según Teresa?
8. ¿Qué trabajo va a buscar Pedro?
9. En cuanto a su familia, ¿qué quiere Pedro?
10. En las circunstancias de Pedro y Teresa, ¿se iría Ud. a la ciudad?

7-2 Opiniones. Conteste Ud. las preguntas siguientes.

1. ¿Cuáles son las ventajas de vivir en la ciudad? ¿Las desventajas?
2. ¿Cuáles son las ventajas de vivir en el campo? ¿Las desventajas?
3. Dónde prefiere Ud. vivir, ¿en la ciudad o en el campo? ¿Por qué?
4. En su opinión, ¿qué causa la pobreza en la sociedad?
5. ¿Piensa Ud. que es posible eliminar la pobreza? Explique.
6. ¿Cree Ud. que es la responsabilidad del gobierno ayudar a los pobres? ¿Por qué?
7. Según Ud., ¿es posible que un pobre sea feliz? Explique.
8. ¿Prefiere Ud. ser una persona pobre y feliz, o rica y descontenta? ¿Por qué?

> Estructura

The subjunctive in adjective clauses

1. An adjective clause modifies a noun or pronoun (referred to as the antecedent) in the main clause of the sentence. Adjective clauses are always introduced by **que.**

Vive en una casa **grande.** (simple adjective modifying **casa**)

Vive en una casa **de ladrillo.** (adjective phrase modifying **casa**)

Quiere vivir en una casa **que tenga muchos cuartos.** (adjective clause modifying **casa**)

2. If the adjective clause modifies an indefinite or negative antecedent, the subjunctive is used in the adjective clause. If the antecedent being described is something or someone certain or definite, the indicative is used.

Aquí no hay nada que valga la pena. (negative antecedent)
There is nothing here that is worthwhile.

Debes tener un médico que sepa lo que hace. (indefinite antecedent)
You ought to have a doctor who knows what he is doing.

Buscaba un hospital que tuviera instalaciones modernas. (indefinite antecedent)
He was looking for a hospital that had modern facilities.

Haré lo que diga el jefe. (indefinite antecedent)
I'll do what(ever) the boss says.

No hay nadie que sepa la respuesta. (negative antecedent)
There is no one who knows the answer.
BUT
Aquí hay algo que vale la pena. (definite antecedent)
There is something here that is worthwhile.

Tiene un médico que sabe lo que hace. (definite antecedent)
He has a doctor who knows what he is doing.

Ha encontrado un trabajo que tiene muchas ventajas. (definite antecedent)
He has found a job that has many advantages.

3. The personal **a** *is* not used when the object of the verb in the main clause does not refer to a specific person or persons; however, it is used before **nadie, alguien,** and forms of **ninguno** and **alguno** when they refer to a person who is the direct object of the verb.

Busca un médico que sepa lo que hace.
He is looking for a doctor who knows what he is doing.

No he visto a nadie que pueda hacerlo.
I have not seen anyone who can do it.

¿Conoce Ud. a algún hombre que quiera comprar la finca?
Do you know a (any) man who wants to buy the farm?

Práctica

7-3 Observaciones generales. Complete Ud. estas oraciones usando el subjuntivo o el indicativo de los verbos entre paréntesis, según convenga *(as needed)*.

1. Busco un trabajo que me (gustar) _____.
2. Necesita un hombre que (poder) _____ servir de guardia.
3. Su esposo quiere mudarse a una ciudad que él no (conocer) _____.
4. Tengo un puesto que (pagar) _____ más que ése.
5. Han encontrado un artículo que les (dar) _____ más información.
6. No había ninguna persona que (creer) _____ eso.
7. Conoce a un mecánico que (arreglar) _____ bicicletas.
8. Necesitan un apartamento que no (costar) _____ mucho.
9. Siempre tienen ayudantes que (hablar) _____ inglés.
10. Preferían un abogado que (saber) _____ lo que hacía.
11. Aquí hay alguien que (poder) _____ explicártelo.
12. ¿Conoces a alguien que (hacer) _____ vestidos?

7-4 Se mudó a la ciudad. Ud. acaba de mudarse a una nueva ciudad, y busca una casa y una buena escuela para sus hijos. Describa Ud. la clase de casa y de escuela que busca, haciendo oraciones con las expresiones indicadas.

> **Modelo** Busco una casa que: tener tres habitaciones
> *Busco una casa que tenga tres habitaciones.*

1. Busco una casa que: estar cerca de un parque / ser bastante grande / tener tres dormitorios y cuatro baños / no costar más de cien mil pesos

Ahora mencione otras características que Ud. busca.

2. Queremos mandar a nuestros hijos a una escuela que: ser pública / tener buenos maestros / ofrecer una variedad de cursos / preparar bien a sus graduados / estar cerca de nuestra casa

Ahora, mencione Ud. dos o tres cosas más que Ud. espera que la escuela ofrezca.

Para terminar, compare con otro estudiante la clase de casa y de escuela que busca. ¿Cuáles son las semejanzas y diferencias?

7-5 Opiniones personales. Exprese Ud. sus opiniones personales completando estas oraciones con sus propias ideas.

1. Deseo conocer a gente que _____.
2. Sueño con casarme con una persona que _____.
3. Quiero seguir una carrera que _____.
4. Quiero encontrar un trabajo que _____.
5. Me gustaría mudarme a una ciudad que _____.
6. Prefiero vivir en una casa que _____.
7. Necesito comprar un coche que _____.
8. Quiero vivir en un país que _____.

Ahora compare sus opiniones con las de otro(a) estudiante. ¿Cuáles de las opiniones se parecen a las de Ud.?

7-6 El anuncio. Ud. es dueño(a) de un taller, y necesita emplear a un mecánico. Con otro(a) estudiante completen este anuncio para el diario de su pueblo.

> **El Taller Martínez requiere un mecánico que:**
>
> —sepa de mecánica
> —conozca bien los coches japoneses
> —_____
> —_____

Subjunctive versus indicative after indefinite expressions

A. The subjunctive after indefinite expressions

The subjunctive is used after the following expressions when they refer to an indefinite or uncertain time, condition, person, place, or thing.

1. Relative pronouns, adjectives, or adverbs attached to **-quiera:**

adondequiera	*(to) wherever*	quienquiera	*whoever*
dondequiera	*wherever*	cualquier(a)	*whatever, whichever*
cuandoquiera	*whenever*	comoquiera	*however*

Examples:

Adondequiera que tú vayas, encontrarás campesinos oprimidos.
Wherever you (may) go, you will find oppressed peasants.

Dondequiera que esté, lo encontraré.
Wherever it is, I'll find it.

Cuandoquiera que lleguen, comeremos.
We will eat whenever they arrive.

Quienquiera que encuentre la pintura, recibirá mucho dinero.
Whoever finds the painting will receive a lot of money.

A pesar de cualquier disculpa que ofrezca, tendrá que pagar la multa.
(In spite of) Whatever excuse he may offer, he will have to pay the fine.

Comoquiera que lo hagan, no podrán solucionar el problema.
However they may do it, they will not be able to solve the problem.

> **Quien** plus the subjunctive is more common in conversation: **Quien encuentre la pintura, recibirá mucho dinero.**

Note that the plurals of **quienquiera** and **cualquiera** are **quienesquiera** and **cualesquiera,** respectively. **Cualquiera** drops the final **a** before any singular noun.

Cualquier cosa que diga, será la verdad.
Whatever he says will be the truth.

2. Por + adjective or adverb + **que** *(however, no matter how):*

Por difícil que sea, lo haré.
No matter how difficult it may be, I will do it.

Por mucho que digas, no la convencerás.
No matter how much you say, you will not convince her.

B. The indicative after indefinite expressions

When the expressions presented in Section A refer to a definite time, place, condition, person, or thing, or to a present or past action that is considered to be habitual, then the indicative is used.

Adondequiera que fuimos, encontramos campesinos oprimidos.
Wherever we went, we found oppressed peasants.

Cuandoquiera que nos veían, nos saludaban.
Whenever they saw us, they would greet us.

Por más que juego al tenis, siempre pierdo.
No matter how much I play tennis, I always lose.

Práctica

7-7 Opiniones personales. Complete Ud. estas oraciones con el subjuntivo o el indicativo de los verbos entre paréntesis, según convenga.

1. Adondequiera que ellos (mudarse) _____, no encontrarán empleo.
2. Dondequiera que él (estar) _____, siempre puede divertirse.
3. Cuandoquiera que nosotros lo (ver) _____, le daremos dinero.
4. Por pobres que (ser) _____, ellos nunca se van a quejar de nada.
5. Quienquiera que (buscar) _____ una vida mejor, tendrá que conseguir una buena educación.
6. Cualquier cosa que yo (decir) _____, ellos no lo creían.

7-8 Situaciones indefinidas. Con otro(a) estudiante completen estas oraciones con una expresión indefinida.

adondequiera   dondequiera   cuandoquiera   quienquiera
cualquiera   comoquiera   por más que

1. Empezaremos a estudiar _____ que ellos salgan.
2. _____ que ella está cansada, ella siempre quiere mirar la televisión.
3. Lo encontraremos _____ que esté.
4. _____ que ellos recibían una carta de sus amigos, me permitían leerla.
5. _____ que dijo eso no entendía la lección.
6. _____ razón que tú dés, la creeremos.
7. _____ libro que escojas, lo encontraremos interesante.
8. Ellos dicen que irán _____ que él vaya.

7-9 Su futuro. Escriba Ud. cuatro oraciones sobre su futuro, usando las expresiones indefinidas que siguen. Compare sus ideas con las de su compañero(a) de clase. ¿Son similares o diferentes? ¿Son sus ideas y las de su compañero(a) optimistas o pesimistas? ¿Por qué?

adondequiera   cuandoquiera
quienquiera   cualquiera

Prepositions

A. Simple prepositions

a *to, at*	excepto *except*
ante *in front of, before; with respect to*	hacia *toward*
bajo *under*	hasta *until, up to, as far as*
con *with*	mediante *by means of*
contra *against*	para *for; in order to*
de *of, from*	por *for; through; along; by*
desde *from, since*	según *according to*
durante *during*	sin *without*
en *in; on, upon*	sobre *on, over; about*
entre *between, among*	tras *after*

El testigo tenía que aparecer ante el juez.
The witness had to appear before the judge.

Escribió novelas bajo un seudónimo.
He wrote novels under an assumed name.

Miró hacia el río.
He looked toward the river.

Esperaremos hasta las nueve.
We will wait until nine.

Va a dar una conferencia sobre política latinoamericana.
He is going to give a lecture on (about) Latin American politics.

Día tras día él me decía la misma cosa.
Day after day he would tell me the same thing.

B. Uses of *a*

In addition to its use to express English *to* or *at*, and its special use before direct object nouns referring to people (see **Unidad 1**), the preposition **a** is used:

1. to indicate the point (of time or place) toward which something is directed or at which it arrives.

Volvieron a la choza.
They returned to the hut.

Fue de Nueva York a México.
He went from New York to Mexico.

Estará en casa a las siete.
She will be at home at seven.

2. after verbs of motion (**ir, venir**) when they are followed by an infinitive or by a noun indicating destination.

Voy a la playa.
I'm going to the beach.

Vino a verme.
He came to see me.

3. after verbs of beginning, learning, and teaching, when these are followed by an infinitive.

Comenzó a trabajar.
She began to work.

Empecé a buscarlos.
I began to look for them.

Aprendieron a hablar francés.
They learned to speak French.

Me enseñó a conducir.
He taught me to drive.

4. after verbs of depriving or taking away.

Le robaron el dinero al banco.
They stole the money from the bank.

Les quité los dulces a los niños.
I took the sweets from the children.

It is becoming more common not to use the **a** in speech.

5. after the verb **jugar** when the name of a game or sport is mentioned.

Juegan al tenis.
They play tennis.

Jugó a las damas chinas.
He played Chinese checkers.

6. in combination with the definite article **el (al)** before an infinitive to express English *on* or *upon* + present participle.

Al salir del aula, empezaron a correr.
Upon leaving the classroom, they began to run.

7. in the construction **a** + definite article + period of time + **de** + infinitive, meaning *after.*

A las dos semanas de estudiarlos, sabían todos los usos del subjuntivo.
After two weeks of studying them, they knew all the uses of the subjunctive.

8. to indicate manner or means (how something is made or done).

Las hacen a mano.
They make them by hand.

Llegaron a pie.
They arrived on foot.

cocinar a fuego lento
to cook by a slow fire

9. to express price or rate.

¿A cuánto está la tela azul? A un dólar el metro.
How much is the blue material? A dollar a meter.

a todo vapor
at full steam

10. as an equivalent of English *on* or *in*.

a bordo del buque
on board the boat

a su llegada
on her arrival

al contario
on the contrary

a tiempo
in (on) time

a vista de tierra
in sight of land

llegar a México
to arrive in Mexico

11. to express *by* or *to* in certain fixed expressions.

poco a poco
little by little

mano a mano
hand to hand

dos a dos
two to two

cara a cara
face to face

C. Uses of *con*

1. Con is used before certain nouns to form adverbial expressions of manner.

Guía con cuidado.
He drives carefully.

Comíamos con frecuencia en ese café.
We ate at that café frequently.

2. Con expresses accompaniment.

Pedro quiere ir a la ciudad con Teresa.
Pedro wants to go to the city with Teresa.

3. It is also used to express *notwithstanding*.

Con todos sus defectos, es un tipo simpático.
Notwithstanding all his faults, he's a nice fellow.

D. Uses of *de*

De is usually translated as *of* or *from*. In addition it is used as follows:

1. to show possession (English *'s*).

La finca es de Aurelio.
The farm is Aurelio's.

2. to show the material from which something is made.

El traje es de casimir.
The suit is (made of) cashmere.

3. to express cause or reason (equivalent to English *of, with, on account of*).

Murió de cáncer.
He died of cancer.

Está loca de alegría.
She's wild with joy.

Estoy muriéndome de hambre.
I'm dying of hunger.

4. to express *in the morning*, etc., when a specific time is given.

Empezó a las seis de la mañana (de la noche).
He began at six in the morning (at night).

5. to indicate profession or occupation.

Trabajaba de obrero.
He was working as a laborer.

6. to express the function or use of an object.

Es una máquina de escribir (de coser).
It is a typewriter (sewing machine).

7. to specify condition or appearance before a noun (English *with* or *in*).

Las montañas están cubiertas de nieve.   Estaba de luto.
The mountains are covered with snow.   *She was in mourning.*

8. to indicate a distinctive characteristic.

la chica de los ojos grandes   el hombre de la barba
the girl with the big eyes   *the man with the beard*

9. to translate *in* after a superlative.

Es el barrio más pintoresco de la ciudad.
It's the most picturesque neighborhood in the city.

E. Uses of *en*

1. En is used to indicate mode of transportation.

Fuimos en avión (tren).
We went by plane (train).

2. En is used to denote location (the equivalent of English *at* or *in*).

Estoy en casa (en clase, en Madrid).
I am at home (in class, in Madrid).

Pasaron las vacaciones en la playa (en México).
They spent their vacation at the beach (in Mexico).

F. Compound prepositions

Some common compound prepositions are:

a causa de *because of*	dentro de *inside of*
a pesar de *in spite of*	después de *after (time, order)*
acerca de *about, concerning*	detrás de *behind, after (place)*
además de *besides, in addition to*	en frente de *in front of*
al lado de *beside, alongside of*	en vez de *instead of*
alrededor de *around*	encima de *on top of*
antes de *before (time, place)*	frente a *opposite, in front of*
cerca de *near*	fuera de *outside of, away from*
debajo de *under*	junto a *next to*
delante de *in front of, before*	lejos de *far from (place)*
respecto a *with respect to*	

Práctica

7-10 Preposiciones sencillas. Complete Ud. estas oraciones con la preposición correcta.

1. Los hijos hablaron *(until)* _____ las once.
2. Los campesinos caminaban *(toward)* _____ la casa.
3. Hay muchas diferencias *(between)* _____ tú y yo.
4. Los padres están *(in)* _____ la cocina.
5. *(During)* _____ la conversación, él me lo explicó.
6. Sus primos son *(from)* _____ San Antonio.
7. Quieren luchar *(against)* _____ la pobreza.
8. Manuel va a venir *(with)* _____ los boletos.
9. El pueblo vivía *(under)* _____ una dictadura.
10. El jefe está *(before)* _____ sus partidarios.
11. Tenemos que estar *(at)* _____ su casa *(at)* _____ las ocho.
12. *(According to)* _____ el periódico, muchos campesinos se mudan a la ciudad.
13. No puedo vivir *(without)* _____ mi mujer.
14. Había muchos papeles *(on)* _____ la mesa.
15. Tratamos de encontrarlo semana *(after)* _____ semana.
16. Viven en este barrio *(since)* _____ febrero.

7-11 Preposiciones compuestas. Complete Ud. estas oraciones con una preposición compuesta.

1. *(On top of)* _____ la mesa había un televisor.
2. Los obreros se sentaron *(under)* _____ un árbol.
3. *(Opposite)* _____ la casa había una iglesia.
4. Hay muchos árboles *(around)* _____ mi casa.
5. *(Outside of)* _____ la ciudad viven los ricos.
6. *(Before)* _____ salir, ellos querían escuchar los nuevos discos.
7. *(Near)* _____ la choza había un pozo seco.
8. Queríamos estar *(inside of)* _____ la casa.
9. Tenía que quedarse *(behind)* _____ la puerta.
10. Querrían una casa de campo *(next to)* _____ la playa o *(alongside of)* _____ un río.
11. *(Because of)* _____ su pobreza no pueden comprar un vestido nuevo.
12. *(In spite of)* _____ sus dificultades, tenían esperanza.

7-12 Opiniones personales. Complete Ud. estas oraciones con sus propias ideas. Luego, compárelas con las de otro(a) compañero(a) de clase. ¿Tienen mucho en común?

1. Voy a divertirme en vez de _____.
2. Yo siempre _____ antes de comer.
3. Voy al cine después de _____.
4. Además de _____ quiero mirar la televisión.
5. Voy a hacer un viaje a España a pesar de _____.
6. Prefiero vivir fuera de _____.
7. Quiero comprar una casa que esté lejos de _____.
8. No voy de compras en este barrio rico a causa de _____.

7-13 Su cuarto. Describa Ud. su cuarto, dando la ubicación de las cosas de la lista. Después, su compañero(a) de clase va a describir el suyo. ¿Cuáles son las diferencias y semejanzas?

Modelo cama
Mi cama está cerca de la ventana.

1. el televisor
2. la radio
3. la computadora
4. los libros
5. la mesa

6. la ropa
7. la silla
8. los retratos
9. la lámpara
10. la ventana

Uses of *por* and *para*

Note that certain verbs such as **pedir, esperar,** and **buscar** include the meaning *for* in the verb itself and therefore never require **por** or **para**.

A. Uses of *por*

1. To translate *through*, *by*, *along*, or *around* after verbs of motion.

   Pedro entró por la puerta de su choza.
   Pedro entered through the door of his hut.

   Andaba por la senda junto al río.
   He was walking along the path by the river.

   Le gusta a ella pasearse por la ciudad.
   She likes to walk around the city.

2. To express the motive or reason for a situation or an action (*because*, *for the sake of*, *on account of*).

   No quiero que sufras por falta de trabajo.
   I don't want you to suffer because of lack of work.

   Lo hace por amor a sus hijos.
   He does it because of (out of) love for his children.

3. To indicate lapse or duration of time (*for*).

   Trabajó la tierra seca por tres años.
   He worked the dry land for three years.

   Irán a la ciudad por seis meses.
   They will go to the city for six months.

4. To indicate *in exchange for*.

   Compró el machete por 20 pesos.
   He bought the machete for twenty pesos.

5. To mean *for* in the sense of *in search of* after **ir, venir, llamar, mandar,** etc.

   Fue por la partera.
   He went for the midwife.

   Fueron a la librería por un libro.
   They went to the bookstore for a book.

   Vinieron por una vida mejor.
   They came for (looking for) a better life.

6. To indicate *frequency, number, rate,* or *velocity.*

Va al pueblo tres veces por semana.
He goes to town three times a week.

¿Cuánto ganas por hora?
How much do you earn per hour?

El límite de velocidad es ochenta kilómetros por hora.
The speed limit is eighty kilometers an hour.

7. To express the manner or means by which something is done *(by).*

Lo mandaron por correo.
They sent it by mail.

8. To express *on behalf of, in favor of, in place of.*

Ayer trabajé por mi hermano.
Yesterday I worked for (in place of) my brother.

El abogado habló por su cliente.
The lawyer spoke for (on behalf of) his client.

Votará por el Sr. Sánchez.
He will vote for (in favor of) Mr. Sánchez.

9. In the passive voice construction to introduce the agent of the verb.

Los frijoles fueron calentados por el vendedor.
The beans were heated by the vendor.

10. To express the idea of something yet to be furnished or accomplished.

Me quedan tres páginas por leer.   La casa está por ser construida.
I have three pages left to read.   *The house is yet to be built.*

11. To translate the phrases *in the morning (in the afternoon,* etc.) when no specific time is given.

Siempre doy un paseo por la tarde.
I always take a walk in the afternoon.

12. In cases of mistaken identity.

Me tomó por su primo.
He mistook me for his cousin.

B. Uses of *para*

1. To indicate a purpose or goal *(in order to, to, to be).*

Es necesario estudiar para aprender.
It is necessary to study (in order) to learn.

Paco debe salir temprano para llegar a tiempo.
Paco should leave early in order to arrive on time.

Trabajará como mecánico para ganar más dinero.
He will work as a mechanic in order to earn more money.

María estudia para médica.
María is studying to be a doctor.

2. To express destination *(for).*

Salen mañana para la capital.
They leave tomorrow for the capital.

El regalo es para mi novia.
The gift is for my fiancée.

3. To denote what something is used for or intended for *(for).*

Compré una taza para café.
I bought a cup for coffee (coffee cup).

Es un estante para libros.
It's a bookcase.

Ha de haber escuelas buenas para Panchito.
There must be good schools for Panchito.

4. To express *by* or *for* a certain time.

Comprará unos vestidos para el verano.
She will buy some dresses for summer.

Hará la tarea para el jueves.
She will do the homework by Thursday.

Esta lección es para mañana.
This lesson is for tomorrow.

5. To indicate a comparison of inequality.

Para una chica de seis años, toca bien el piano.
For a girl of six, she plays the piano well.

6. With the verb **estar** to express something that is about to happen.

La clase está para empezar.
The class is about to begin.

This usage is not universal. In a number of Spanish-speaking countries you would say **está** *por* **empezar.**

Práctica

7-14 Observaciones generales. Complete Ud. estas oraciones con **por** o **para.**

1. Ana estudia _____ ser maestra.
2. Hemos estado en este barrio _____ dos días.
3. _____ llegar al taller es necesario pasar _____ el parque.
4. La casa fue construida _____ su abuelo.
5. Hay que terminar la tarea _____ las nueve de la noche.
6. Ya es tarde y los obreros están _____ salir de la fábrica.
7. Fueron a la cantina _____ comer.
8. Tengo un cuaderno _____ mis apuntes.
9. _____ un chico que habla tanto, no dice mucho de importancia.
10. Nuestros amigos quieren ir al teatro. Nosotros estamos _____ ir también.
11. Estas uvas son _____ ti.
12. Se cayeron _____ no tener cuidado.
13. Debe dejar el coche en el garaje _____ una semana.
14. Recibí las noticias _____ telegrama.

15. No hay suficiente tiempo _____ terminar el trabajo.
16. Lo hice _____ el jefe porque él no podía venir.
17. La choza todavía está _____ construir.
18. No puedo encontrar nada _____ aquí.
19. Nos tomaron _____ españoles, pero somos de Italia.
20. Salieron de casa _____ la noche.

7-15 Un viaje a México. Complete Ud. la historia de Manuel, que está planeando mudarse a la Ciudad de México. Use **por** o **para** en las oraciones. Luego, compare sus respuestas con las de su compañero(a) de clase. Si no están de acuerdo tienen que justificar sus respuestas.

1. Manuel ha decidido salir _____ la capital _____ buscar empleo.
2. _____ una persona pobre sin trabajo, él todavía es optimista.
3. Él está _____ salir porque tiene que estar allí _____ el sábado.
4. Él va a viajar _____ camión _____ la costa y _____ las montañas antes de llegar a la capital.
5. Ayer compró un billete del camión _____ 20 pesos.
6. Su esposa fue al mercado _____ comestibles _____ prepararle una comida especial antes de su salida.
7. Se quedará en la capital _____ dos meses.
8. Él está _____ trabajar en una tienda o en una fábrica, si hay un puesto _____ él.
9. Él cree que habrá más oportunidades _____ su familia en la ciudad.
10. Las páginas finales de este cuento de Manuel están _____ escribirse.

7-16 Una entrevista. Hágale Ud. preguntas a su compañero(a) de clase para saber la información indicada a continuación.

1. why he/she is at the university
2. what he/she is studying to be
3. how long he/she will have to study to finish his/her courses
4. if she/he has to work in order to pay his/her bills
5. if he/she works in the afternoon or evening

¿Cómo contestó Ud.? ¿Se parecen mucho sus respuestas a las de su compañero(a)? Explique.

Prepositional pronouns

A. Nonreflexive prepositional pronouns

1. The nonreflexive prepositional pronouns are used as objects of a preposition. They have the same forms as the subject pronouns with the exception of **mí, ti.**

mí	*me*	**nosotros(as)**	*us*
ti	*you*	**vosotros(as)**	*you*
Ud.	*you*	**Uds.**	*you*
él	*him, it*	**ellos**	*them*
ella	*her, it*	**ellas**	*them*

2. Some common prepositions followed by the prepositional pronouns:

a	*to*	**en**	*in, on*	**por**	*for, instead of*
ante	*in front of*	**hacia**	*toward*	**sin**	*without*
contra	*against*	**hasta**	*until*	**sobre**	*on, over*
de	*of, from*	**para**	*for*	**tras**	*behind, after*
desde	*since*				

A mí no me gusta mirar televisión.
I don't like to watch television.

Habrá diversiones para ti.
There will be entertainment for you.

No puede vivir sin ella.
He cannot live without her.

3. The third person singular and plural forms may refer to things as well as to people.

No puedo estudiar sin ellos. (libros)
I can't study without them.

4. When **mí** and **ti** follow the preposition **con,** they have the special forms **conmigo** and **contigo.**

¿Vas conmigo o con ellos?
Are you going with me or with them?

Quieren mudarse contigo a la ciudad.
They want to move with you to the city.

5. After the words **como, entre, excepto, incluso, menos, salvo,** and **según,** subject pronouns rather than prepositional pronouns are required in Spanish.

Hay mucho cariño entre tú y yo.
There is a great deal of affection between you and me.

Quiero hacerlo como tú.
I want to do it like you.

6. The neuter prepositional pronoun **ello** is used to refer to a previously mentioned idea or situation.

Estoy harto de ello.
I am fed up with it.

No veo nada malo en ello.
I don't see anything bad about it.

B. Reflexive prepositional pronouns

mí	(mismo[a])	nosotros(as)	(mismos[as])
ti	(mismo[a])	vosotros(as)	(mismos[as])
sí	(mismo[a])	sí	(mismos[as])

1. When the subject of the sentence and the prepositional pronoun refer to the same person, the reflexive forms are used. These forms are the same as the regular prepositional pronouns with the exception of **sí,** which is used for all third person forms (singular and plural). When used with **con** the reflexive prepositional pronoun **sí** becomes **consigo.**

El campesino nunca habló de ella.
The peasant never spoke of her.

El campesino nunca habló de sí (mismo).
The peasant never spoke of himself.

Ellas estaban contentas con él.
They were happy with him.

Ellas estaban contentas consigo (mismas).
They were happy with themselves.

2. The adjective **mismo** may be added after any of the reflexive prepositional pronouns in order to intensify a reflexive meaning. In these constructions **mismo** agrees in gender and number with the subject.

Ellas quieren hacerlo para sí mismas.
They want to do it for themselves.

Estamos descontentos con nosotros mismos.
We are unhappy with ourselves.

Práctica

7-17 Preguntas generales. Conteste Ud. estas preguntas, usando las formas no reflexivas de los pronombres preposicionales.

1. ¿Para quién(es) son los regalos? *(me / you [fam. sing.] / him / them / us / her / you [pl.])*
2. ¿Con quién(es) han discutido el problema? *(you [fam. sing.] / me / her / them / you [pl.] / him)*
3. ¿Contra quién(es) están todos? *(them / you [fam. sing.] / me / you [pl.] / him / us / her)*

 7-18 Más preguntas generales. Conteste Ud. estas preguntas usando las formas reflexivas de los pronombres preposicionales. Su compañero(a) de clase va a hacerle estas preguntas.

Modelo   ¿Traen los refrescos para los invitados?
No, traemos los refrescos para nosotros mismos.

1. ¿Compras un coche nuevo para tu hermana?
2. ¿Hace tu amiga los ejercicios para el profesor?
3. ¿Está tu amigo descontento con su novia?
4. ¿Va tu primo a construir la casa para su familia?

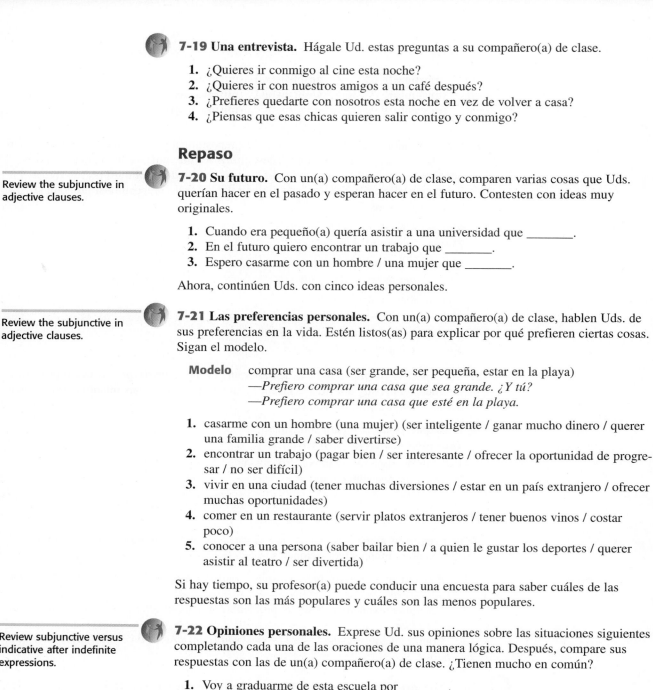

7-19 Una entrevista. Hágale Ud. estas preguntas a su compañero(a) de clase.

1. ¿Quieres ir conmigo al cine esta noche?
2. ¿Quieres ir con nuestros amigos a un café después?
3. ¿Prefieres quedarte con nosotros esta noche en vez de volver a casa?
4. ¿Piensas que esas chicas quieren salir contigo y conmigo?

Repaso

Review the subjunctive in adjective clauses.

7-20 Su futuro. Con un(a) compañero(a) de clase, comparen varias cosas que Uds. querían hacer en el pasado y esperan hacer en el futuro. Contesten con ideas muy originales.

1. Cuando era pequeño(a) quería asistir a una universidad que _____.
2. En el futuro quiero encontrar un trabajo que _____.
3. Espero casarme con un hombre / una mujer que _____.

Ahora, continúen Uds. con cinco ideas personales.

Review the subjunctive in adjective clauses.

7-21 Las preferencias personales. Con un(a) compañero(a) de clase, hablen Uds. de sus preferencias en la vida. Estén listos(as) para explicar por qué prefieren ciertas cosas. Sigan el modelo.

Modelo   comprar una casa (ser grande, ser pequeña, estar en la playa)
—*Prefiero comprar una casa que sea grande. ¿Y tú?*
—*Prefiero comprar una casa que esté en la playa.*

1. casarme con un hombre (una mujer) (ser inteligente / ganar mucho dinero / querer una familia grande / saber divertirse)
2. encontrar un trabajo (pagar bien / ser interesante / ofrecer la oportunidad de progresar / no ser difícil)
3. vivir en una ciudad (tener muchas diversiones / estar en un país extranjero / ofrecer muchas oportunidades)
4. comer en un restaurante (servir platos extranjeros / tener buenos vinos / costar poco)
5. conocer a una persona (saber bailar bien / a quien le gustar los deportes / querer asistir al teatro / ser divertida)

Si hay tiempo, su profesor(a) puede conducir una encuesta para saber cuáles de las respuestas son las más populares y cuáles son las menos populares.

Review subjunctive versus indicative after indefinite expressions.

7-22 Opiniones personales. Exprese Ud. sus opiniones sobre las situaciones siguientes completando cada una de las oraciones de una manera lógica. Después, compare sus respuestas con las de un(a) compañero(a) de clase. ¿Tienen mucho en común?

1. Voy a graduarme de esta escuela por _____.
2. Encontraré un trabajo adondequiera que yo _____.
3. Más tarde iré con mi familia a Europa cuandoquiera que ellos _____.
4. Compraré recuerdos (*souvenirs*) para mis amigos por _____.
5. Al volver a casa les mostraré todas mis fotos a quienesquiera que _____.
6. Después de tres años voy a casarme con cualquier persona que _____.
7. Durante mi vida no habrá nada que _____.
8. No habrá ninguna novela que _____ tan _____ como mi vida.

Review the uses of **por** and **para**.

7-23 Los estudios en el extranjero. Ud. piensa pasar un año estudiando y viajando en España. Use **por** o **para** para completar la descripción de sus planes.

Ahora estoy listo(a) _____ mudarme a España. Mañana _____ la tarde salgo _____ Madrid. Prefiero viajar _____ barco, pero tengo que estar en la capital _____ el jueves. _____ eso es necesario ir _____ avión. Voy a España _____ estudiar español y literatura española. Voy a quedarme allí _____ un año. En la universidad voy a estudiar _____ maestro(a) de español. _____ perfeccionar el español, pienso que es importante pasar tiempo en un país donde se habla este idioma.

Hay mucho que hacer antes de salir. Compré dos maletas _____ la ropa, pero todavía están _____ hacer. Mi madre me dijo que las haría _____ mí, si yo no tuviera tiempo _____ hacerlas.

_____ una persona que no ha viajado mucho, no tengo miedo. Espero que los españoles no me tomen _____ turista. Quiero ser aceptado(a) _____ la gente como estudiante, nada más.

Vista de Barcelona desde el Parque Guell.

A conversar

Learning to involve your partner in conversations is an important technique for keeping the conversation going. You can do this by utilizing expressions that ask for confirmation of preceding comments or that request an opinion or information.

How to involve others in conversations

Confirmation of preceding comments:

Viven en México, ¿no? — *They live in Mexico, right?*
No le (te) gusta bailar, ¿verdad? — *You don't like to dance, right?*

Requesting an opinion or information:

Y ¿qué le (te) parece esta idea? — *And how does this idea seem to you?*
Y ¿qué piensa Ud. (piensas)? — *And what do you think?*
¿Qué opina Ud. (opinas) de este problema? — *What is your opinion of this problem?*
¿Qué sabe Ud. (sabes) de eso? — *What do you know about that?*

 Descripción y expansión

Hay ventajas y desventajas de vivir en la ciudad, así como en el campo. Esto depende de la personalidad del individuo y la clase de vida que él (ella) quiera tener. Estudie Ud. con cuidado los dos dibujos de la página siguiente. ¿Dónde prefiere vivir? Haga las actividades a continuación.

7-24 Describa con detalles la escena de la ciudad.

7-25 Describa con detalles la escena del campo.

7-26 Opiniones. Conteste Ud. las siguientes preguntas.

a. ¿Le gustaría a Ud. vivir en la ciudad dibujada en la página 192? Explique.
b. ¿Le gustaría a Ud. vivir en la parte del campo dibujada en la página 192? ¿Por qué?
c. ¿En qué ciudades o regiones rurales ha vivido Ud.? Cuéntele a la clase algo sobre uno de estos lugares. ¿Fue una experiencia buena o mala? ¿Por qué?

Ahora, su profesor(a) va a conducir una encuesta de la clase para saber cuántos estudiantes prefieren vivir en la ciudad y cuántos en el campo. Cada estudiante tiene que dar una razón para su preferencia. ¿Dónde prefiere vivir la mayoría de los estudiantes?

A escuchar

Economía global

Escuche Ud. a continuación la siguiente situación y el diálogo. Luego haga los ejercicios relacionados con lo que ha escuchado y aprendido.

José, un estudiante que se especializa en español, entrevista a su profesor de economía, que es uruguayo, con el fin de completar el trabajo que está haciendo para la clase que este curso tiene sobre la civilización hispánica contemporánea.

7-27 Información. Complete Ud. las siguientes oraciones con una de las posibilidades que se ofrecen.

1. Un estudiante entrevista al profesor…
   a. acerca de la civilización hispánica.
   b. español.
   c. haciendo un trabajo.

2. España invierte…
   a. sólo en América Latina.
   b. en los Estados Unidos.
   c. en las Américas.

3. El profesor habla…
   a. en la lengua de Cervantes.
   b. en inglés.
   c. de la expansión económica.

4. La gente de Washington viajará…
   a. en compañías españolas.
   b. en trenes españoles.
   c. en los Estados Unidos.

5. El chico que entrevista es estudiante de…
   a. profesor.
   b. español.
   c. expansión económica.

7-28 Conversación. Debate. Dos grupos de estudiantes debaten el pro y el contra de la inversión extranjera en la economía global. Uno defiende la posición de un país poco desarrollado, cuyos recursos naturales van desapareciendo y cuya industria no se desarrolla, aunque la población sigue aumentando. Otro representa un país del hemisferio norte, cuya expansión económica depende de los países subdesarrollados.

7-29 Situaciones. Con un(a) compañero(a) de clase, prepare Ud. algunos diálogos que correspondan a las siguientes situaciones. Estén listos para presentarlos enfrente de la clase.

1. **Buscando empleo.** Ud. tiene una entrevista con el (la) director(a) de personal de una compañía. Ud. le dice a él (a ella) la clase de trabajo que Ud. quiere. El (La) director(a) le describe a Ud. los trabajos que están disponibles en la compañía. Luego le pide a Ud. que complete un formulario y que lo deje con el (la) secretario(a). Le informa que él (ella) lo (la) llamará a Ud. el viernes.

Mire la foto. ¿En qué clase estamos? ¿Qué explica el profesor? ¿Qué tienen que hacer los estudiantes? ¿Le parece una clase interesante o aburrida? Explique.

2. **Unas elecciones políticas.** Un(a) candidato(a) conservador(a) y un(a) liberal debaten sobre lo que su partido político puede hacer para ayudar a los pobres.

3. **Buscando un apartamento nuevo.** Ud. acaba de mudarse a una ciudad cerca de las montañas y está buscando un apartamento. Ud. llama a un(a) corredor(a) de bienes raíces *(realtor)*. El (La) corredor(a) de bienes raíces le hace una serie de preguntas para saber la clase de apartamento que le gustaría a Ud.

El (La) corredor(a) debe pedir información sobre las cosas siguientes:

1. número de cuartos que incluye: las habitaciones, baños, etc.
2. la ubicación del apartamento: ¿en qué parte de la ciudad? ¿en qué piso? etc.
3. la necesidad de tener un garaje
4. el dinero que Ud. quiere pagar para alquilar un apartamento
5. otras cosas de importancia

 **Intercambios**

7-30 Discusión: los problemas contemporáneos. En grupos, contesten Uds. las siguientes preguntas y expliquen sus respuestas.

1. ¿Cuál es el problema más grave con que nos enfrentamos en los Estados Unidos?
   a. el crimen
   b. la inflación
   c. el desempleo

2. ¿Cuál de los siguientes es el problema más grave con que vamos a enfrentarnos en el futuro?
   a. el exceso de población
   b. la contaminación del agua y del aire
   c. la pobreza

3. Si Ud. fuera presidente, ¿a cuál de los siguientes problemas le daría Ud. prioridad?
   a. a la defensa del país
   b. a los programas contra la pobreza
   c. a la ayuda económica para las ciudades

4. ¿En cuál de los siguientes programas debe gastar más dinero el gobierno?
   a. en la curación para el cáncer
   b. en la eliminación de los barrios pobres
   c. en empleos para los desocupados

5. ¿Quién es más responsable por el bienestar económico?
   a. el gobierno
   b. la industria
   c. el individuo

6. Si fuera necesario que el gobierno federal gastara menos, ¿qué gastos podría eliminar?
   a. el apoyo económico para los países extranjeros
   b. los fondos para la educación
   c. los gastos para la defensa nacional

7. ¿Cuál es la causa principal del crimen?
   a. la falta de oportunidades económicas
   b. la disolución de la familia
   c. los prejuicios raciales

Ahora, el (la) profesor(a) va a conducir una encuesta de los estudiantes para ver cuáles de las respuestas parecen indicar las opiniones más compartidas por la mayor parte de la clase.

7-31 Temas de conversación o de composición. Con dos compañeros de clase, prepare Ud. un diálogo sobre el tema del crimen y de la violencia. Uno de Uds. es candidato(a) a la presidencia; los otros dos son periodistas que van a hacerle preguntas sobre los siguientes temas.

1. su actitud hacia los prejuicios raciales, religiosos y sexuales, y la posible relación entre tales actitudes y el crimen y la violencia.
2. el papel de la pobreza como causa del crimen y de la violencia
3. otros factores que pueden conducir al crimen y a la violencia
4. lo que puede hacer el gobierno para reducir el número de crímenes
5. lo que deben hacer la industria y el individuo para reducir el número de crímenes

Prepárense Uds. para hacer o presentar este diálogo enfrente de la clase.

Text Audio CD, Track 22

7-32 Ejercicio de comprensión. Ud. va a escuchar un comentario sobre la pobreza de los países hispanoamericanos. Después del comentario, va a escuchar varias oraciones. Indique si la oración es verdadera (V) o falsa (F), trazando un círculo alrededor de la letra que corresponde a la respuesta correcta.

1. V   F
2. V   F
3. V   F
4. V   F
5. V   F

Además del tema general de este comentario que es «la pobreza», escriba dos o tres cosas más que Ud. ha aprendido al escucharlo.

Investigación y presentación

 El bienestar de la economía depende de varios factores, pero uno de los más importantes es cómo el público gasta el dinero. Hay algunas personas que son muy conservadoras y compran solamente lo que necesitan para sobrevivir. En cambio, hay otras que quieren comprar cualquier cosa que les guste. No tratan de ahorrar dinero. Este tipo de persona se llama un derrochador. La revista *Cambio 16* de España publicó un artículo en su revista titulado «¿Es usted un consumista?». La persona que contesta una serie de preguntas que se encuentran en el artículo puede analizar su actitud hacia el dinero y los gastos. Aproveche Ud. este autoestudio para conocerse a sí mismo y su actitud hacia el gasto de dinero.

Preguntas

 7-33 ¿Un derrochador, un moderado o un ahorrador? Repase Ud. con cuidado todas las preguntas que aparecen en la lectura, y cómo se cuentan las respuestas para conocerse a sí mismo y para saber si Ud. es consumista. Ahora, su profesor(a) va a dividir la clase en seis grupos. Cada miembro del grupo va a tomar el test. Luego cada persona va a compartir el resultado del test que indicará si la persona es derrochadora, moderada o ahorradora. (Hay una definición de estas tres palabras en la parte debajo del test. Una palabra importante es **rebaja,** que quiere decir *«sale».*)

Después de terminar con esta actividad, el (la) profesor(a) va a conducir una encuesta de toda la clase para saber cuántos estudiantes son derrochadores, moderados o ahorradores. ¿Qué quiere hacer la mayor parte de los estudiantes? ¿gastar mucho dinero o ahorrarlo?

¿Es usted un consumista?

Descubra, a través de este test, su actitud hacia el dinero y los gastos. Le llevará a comprender si compra por el placer de gastar y es un derrochador o si, por el contrario, su actitud es moderada y sólo gasta en aquello que necesita para cubrir sus necesidades o en algún capricho

VALORACIÓN
Cuente las respuestas del siguiente modo:

	A	B	C
1.	3	2	1
2.	3	1	2
3.	2	3	1
4.	1	2	3
5.	3	1	2
6.	1	2	3
7.	1	2	3

Puntuación alta: cuando la respuesta predominante es la nº 3, es usted un derrochador.
Puntuación media: cuando la respuesta predominante es la nº 2, usted ajusta los gastos a su presupuesto.
Puntuación baja: cuando la respuesta predominante es la nº 1, no hay duda, le gusta ahorrar.

Responda a cada una de las siguientes preguntas según las tres opciones que se le ofrecen:

1. ¿Sus amigos y conocidos suelen decirle que es un consumista?
a. ❏ La verdad es que disfruta comprando y gastando.
b. ❏ A veces gasta, pero no le parece que sea un derrochador.
c. ❏ No, no es un derrochador, aunque tampoco se puede decir que sea un «rata».

2. ¿Le atraen o utiliza objetos personales (bolsos, corbatas, paraguas, camisas, mecheros) «de marca»?
a. ❏ Sí. En general cree que el diseño y calidad son muy superiores, aunque el precio suba por la marca.
b. ❏ No. Si los usa es porque se los regalan.
c. ❏ De vez en cuando.

3. ¿Qué hace con la publicidad que llega a su casa con una amplia gama de precios y productos variados?
a. ❏ Se la lee bien y, en muchas ocasiones, la guarda por si acaso.
b. ❏ La guarda y, con frecuencia, hace uso de las ofertas.
c. ❏ La tira.

4. ¿Cada cierto tiempo se compra un coche nuevo o renueva su vestuario, aunque no sea estrictamente?
a. ❏ No. Compra o cambia este tipo de cosas sólo cuando las necesita.
b. ❏ Cada temporada suele comprarse algo nuevo, aunque sin llegar a renovar su vestuario. Coches ha tenido varios.
c. ❏ Sigue la moda siempre que puede. Renueva su vestuario en cuanto tiene posibilidad y cambia de coche cuando sus medios económicos se lo permiten.

5. ¿A veces compra cosas encantado pensando que le van a ser muy útiles y que las va a usar muchísimo y que después no las utiliza para nada?
a. ❏ Algunas veces actúa por impulso y se ha dejado llevar por un capricho momentáneo.
b. ❏ No se deja llevar por los impulsos. Antes de gastar el dinero lo medita mucho.
c. ❏ Algunas veces se ha dejado llevar por el impulso y ha comprado cosas que puede no haber usado, pero que las usará en el futuro.

6. ¿Qué elige a la hora de hacer regalos?
a. ❏ Elige regalos estándar.
b. ❏ Normalmente se decide a comprar esos objetos que están rabiosamente de moda.
c. ❏ Elige algo que la persona a quien se lo va a regalar sugirió que le gustaría tener, o que está segura de que le agradará.

7. ¿Compra en rebajas?
a. ❏ No le gusta comprar en rebajas.
b. ❏ Normalmente espera a las rebajas para comprar cosas que le interesan de verdad.
c. ❏ Disfruta mucho con las rebajas. Generalmente compra cosas que no le gustan sólo porque están de rebajas.

EL DERROCHADOR
Es un bolsillo roto. Todo lo que gana desaparece. En definitiva, vive por encima de sus posibilidades, no es nada previsor y esa costumbre suya puede llegar a darle más de un disgusto. Esta necesidad de tener, tener y tener le puede convertir, o puede que ya lo sea, en un insatisfecho crónico. Debería aprender a ajustarse más a sus posibilidades económicas reales.

EL AJUSTADO A SUS POSIBILIDADES
Sabe organizarse para llegar airosamente a final de mes.

Aunque en algunas ocasiones comete algún desliz sin importancia, ya que vivimos en una sociedad consumista, sabe resarcirse, en la mayoría de las ocasiones, y quedarse un poco al margen.

EL AHORRADOR
Es como una hormiguita. Saca dinero de donde no lo hay. Y después lo guarda en un calcetín debajo de la cama como nuestros abuelos. De momento, no llega a ser preocupante. Pero, ¡cuidado!, puede caer en la tacañería.

8

Los movimientos revolucionarios del siglo XX

En contexto
En la mansión de los Hernández Arias

Estructura
The subjunctive in adverbial clauses (1)
Demonstrative adjectives and pronouns
The reciprocal construction
The reflexive for unplanned occurrences

A conversar
Interrupting a conversation

A escuchar
De vacaciones

Investigación y presentación
«Voy a arrasar; Guatemala está cansada de abusos»

◄ Estas personas del Paraguay hacen una manifestación. ¿Contra qué protestan? ¿Quiénes participan? ¿padres? ¿estudiantes? ¿Hay manifestaciones como ésta en su ciudad? ¿Por qué?

En contexto

En la mansión de los Hernández Arias

Vocabulario activo

Estudie estas palabras.

Verbos
exigir *to demand*
juntarse a *to join*
rodear *to surround*
secuestrar *to kidnap*
suprimir *to suppress*
vencer *to win*

Sustantivos
el alivio *relief*
el amanecer *dawn*
la amenaza *threat*
el apoyo *support*
el casimir *cashmere*
el colmo *limit*
la culpa *guilt, blame*
(la) espía *spy*
la fábrica *factory*

el (la) guerrillero(a) *guerrilla fighter*
el (la) holgazán(ana) *loafer, idler*
la ola *wave*
la pesadilla *nightmare*
la primaria *elementary school*
el rescate *ransom*
el secuestro *kidnapping*
el sudor *sweat*

Adjetivos
avergonzado(a) *ashamed*
décimo(a) *tenth*
poderoso(a) *powerful*

Otras expresiones
en cuanto *as soon as*
hacer daño *to harm, to hurt*

Para practicar

Complete Ud. el párrafo siguiente con palabras escogidas de la sección
Vocabulario activo. **No es necesario usar todas las palabras.**

Anoche tuve una **1.** en un sueño que un grupo de **2.** me **3.** . Los guerrilleros **4.** un
5. de un millón de dólares. Ellos dijeron que si no recibían el dinero pronto ellos me
6. . Al **7.** , me desperté cubierto de **8.** . ¡Qué **9.** ! La **10.** fue nada más que un
sueño. Era tarde. **11.** desayuné, salí para la **12.** dónde estaba trabajando. Todo el día
traté de **13.** la memoria de lo que pasó anoche.

Text Audio CD, Track 23 **Antes de leer el diálogo, escúchelo con el libro cerrado. ¿Cuánto comprendió?**

(Gonzalo, el padre, ve entrar a su hijo Emilio.)

GONZALO Hola, hijo. ¿Viste el periódico? Secuestraron al Sr. González[1] y exigen un
rescate de dos millones de pesos por su vida.

EMILIO ¡Uy! ¿Quién pagaría eso? El viejo no vale ni la décima parte.

GONZALO ¡Emilio! No bromees[1] —esto de los secuestros es muy serio. Mañana voy a
contratar[2] un pistolero[3] para que me proteja.

EMILIO ¿Y cómo vas a asegurarte[4] de que no sea espía? Mientras estén por todas
partes esos guerrilleros…

GONZALO ¡Esto es el colmo![5] La policía tiene que hacer algo antes de que caiga el gobierno. Estas amenazas al orden legal[2] tienen que ser suprimidas. Mañana en cuanto llegue a la oficina hablaré con el presidente.

EMILIO Cálmate, viejo, cálmate. No hay nada que puedas hacer. El orden legal sólo le sirve a los poderosos.

GONZALO Pero… ¿y yo? Comencé así, sin nada. Lo que tengo lo gané por mi propio sudor.

EMILIO Y el sudor de los obreros de tus fábricas. Además, tenías una ventaja grande: una falta de escrúpulos que te permitía sobrevivir.

GONZALO No permito que me hables así. ¡Es una falta de respeto que no aguanto! Y tú, veo que no desprecias[6] los automóviles de último modelo, aquellas vacaciones en Europa el año pasado, los trajes de casimir. Cuando yo me muera, lo tendrás todo.

EMILIO Sí, tienes razón, papá, pero todo aquello ya pasó. Así me enseñaste, no conocía otra vida. En cuanto me di cuenta, me sentí terriblemente avergonzado.

GONZALO ¡Pero qué ideas! ¡Yo no te enseñé a ser holgazán! Bueno, ya que te has arrepentido[7], debes aprender algo que te sirva en el futuro.

EMILIO Ya lo he hecho, papá. Voy a buscar una vida que me dé alguna esperanza. En cuanto me despida de ti me voy a juntar a las fuerzas de liberación[3] en las montañas.

GONZALO ¿Cómo? Pero, ¿es posible? ¿Dejas todo esto para vivir con ese grupo de bandidos? ¿Estás loco? ¿Quieres matar a tu mamá?

EMILIO Bandidos, no, papá. ¡La ola del futuro! Estamos en el amanecer de un nuevo orden. Después que venzamos, habrá justicia, igualdad, solidaridad humana. No habrá resistencia que valga para impedir este movimiento. ¡Venceremos!

GONZALO Pero, hijo. ¿Cómo te atreves? ¡Es una locura! Te arrepentirás.

EMILIO Me voy, papá, me están esperando con el viejo González. Adiós.

GONZALO ¿González? ¡Por Dios! ¡No puede ser! Espera, Emilio. No te vayas. ¡Emilio! ¡No le hagan daño a González! ¡Emilio!

CRIADO Señor, ¡despiértese, despiértese! Habrá sido una pesadilla. ¿Qué pasó? Llamaba a Emilio. Él no ha llegado todavía de la primaria —el chófer fue a recogerlo.

GONZALO ¡Puf! ¡Qué alivio! Soñaba que habían secuestrado al Sr. González.

CRIADO Pero, señor, aquello pasó anoche. Hoy lo encontraron muerto, el pobre.

EMILIO ¡Hola, papá! ¿Oíste lo del Sr. González?

Notas culturales

[1] *Secuestraron al Sr. González: El secuestro político es uno de los métodos que usan los guerrilleros hoy día. Por lo general la víctima es alguien de suficiente importancia para que el secuestro cause gran escándalo. El rescate muchas veces consiste en dinero, comida o facilidades médicas para los pobres. Así los guerrilleros ganan cierto apoyo popular. Debido a esta amenaza, muchas personas importantes emplean guardias personales.*

[2] *Estas amenazas al orden legal: Muchas veces la falta de orden civil causada por los guerrilleros provoca la caída de los gobiernos débiles o inestables.*

[3] *me voy a juntar a las fuerzas de liberación: A veces los hijos de las familias más ricas son los más rebeldes. Es posible que resulte de un sentimiento de enajenación* (alienation) *producido por su vida, o de un sentimiento de culpa por lo que tienen, frente a la gran pobreza que los rodea.*

[1] No bromees *Don't joke* [2] a contratar *to hire* [3] un pistolero *gunman* [4] asegurarte *to assure yourself*
[5] ¡Esto es el colmo! *This is the limit!* [6] que no desprecias *you do not scorn* [7] ya que te has arrepentido *you have repented*

Aquí vemos a una mujer sentada en un patio. ¿Se viste de una manera tradicional o moderna? ¿Qué hace ella? ¿Se puede decir que esta foto muestra el contraste entre lo moderno y lo antiguo?

8-1 Comprensión. Conteste Ud. las siguientes preguntas.

1. ¿Qué le ha pasado al Sr. González?
2. ¿Qué rescate exigen?
3. ¿Para qué quiere un pistolero el Sr. Hernández?
4. ¿Con quién va a hablar mañana?
5. Según Emilio, ¿a quién le sirve el orden legal?
6. ¿Cómo consiguió el Sr. Hernández su dinero?
7. ¿Qué tipo de vida ha llevado Emilio?
8. ¿Por qué se siente avergonzado Emilio?
9. ¿Qué va a hacer ahora?
10. ¿Quién despierta al Sr. Hernández?
11. ¿Era cierto lo que había soñado él?
12. ¿Es Emilio joven o viejo?
13. ¿Cuál fue el resultado verdadero del secuestro?

8-2 Opiniones. Conteste Ud. las siguientes preguntas.

1. ¿Cree Ud. que los secuestros ayudan o hacen daño a la causa de los rebeldes? Explique.
2. En su opinión, ¿cuáles son las injusticias sociales que existen y que provocan revoluciones?
3. ¿Cree Ud. que es posible resolver los problemas políticos y sociales sin revoluciones violentas? Explique.
4. Según Ud., ¿cómo se pueden resolver los problemas mundiales?
5. ¿Tiene Ud. una actitud optimista o pesimista en cuanto al futuro del mundo? ¿Por qué?

Estructura

The subjunctive in adverbial clauses (1)

A. Adverbial clauses

An adverbial clause is a dependent clause that modifies the verb of the main clause, and, as an adverb, expresses time, manner, place, purpose, or concession. An adverbial clause is introduced by an adverb, a preposition, or a conjunction.

Adverbial clause denoting time:

El padre hablará con su hijo tan pronto como llegue de la primaria.
The father will speak with his son as soon as he arrives from school.

Adverbial clause denoting manner:

Salió sin que nosotros lo viéramos.
He left without our seeing him.

Adverbial clause denoting place:

Nos encontraremos donde quieras.
We will meet wherever you wish.

Adverbial clause denoting purpose:

Fueron a la oficina para que ella pudiera hablar con el jefe.
They went to the office so that she could speak with the boss.

Adverbial clause denoting concession:

Debes ir a la clínica aunque no quieras.
You should go to the clinic even though you don't want to.

In this unit, only adverbial clauses introduced by adverbs of time will be discussed.

B. Subjunctive and indicative in adverbial time clauses

1. The subjunctive is used in adverbial time clauses when the time referred to in the main clause is future or when there is uncertainty or doubt. The following adverbs usually introduce such adverbial clauses:

> **Antes (de) que** is always followed by the subjunctive because its meaning *(before)* assures that the action in the adverbial clause is in the future.

antes (de) que *before*	hasta que *until*
cuando *when*	mientras (que) *while*
después (de) que *after*	para cuando *by the time*
en cuanto *as soon as*	tan pronto como *as soon as*

Examples:

Van a discutirlo antes de que él salga.
They are going to discuss it before he leaves.

Cuando me muera, lo tendrás todo.
When I die you will have everything.

Después que venzamos, habrá justicia.
After we win there will be justice.

Lo haremos en cuanto llegue ella.
We'll do it as soon as she arrives.

Los secuestros van a continuar hasta que la policía haga algo.
The kidnappings are going to continue until the police do something.

Hablaré con los periodistas mientras estén en la oficina.
I will speak with the journalists while they are in the office.

Ya habrá regresado para cuando su hija se despierte.
He will have already returned by the time his daughter wakes up.

Dijo que me llamaría cuando él llegara.
He said he would call me when he arrived.

Me avisó que lo haría en cuanto pudiera.
He advised me that he'd do it as soon as he could.

2. If the adverbial time clause refers to a fact or a definite event or to something that has already occurred, is presently occurring, or usually occurs, then the indicative is used. The present indicative or one of the past indicative tenses usually appears in the main clause.

Llegaron después que la policía rodeó la casa.
They arrived after the police surrounded the house.

Lee una revista mientras se desayuna.
He is reading a magazine while he eats breakfast.

Siempre compraba un periódico cuando pasaba por el quiosco.
He always used to buy a newspaper when he passed by the newsstand.

Práctica

8-3 Un repaso del diálogo. Repase Ud. varias partes del diálogo de esta unidad, y complete estas oraciones con la forma correcta de las palabras entre paréntesis. Luego, compare sus respuestas con las de un(a) compañero(a) de clase.

1. Emilio ya estará en casa cuando su papá (despertarse) _____.
2. Emilio ya estaba en casa cuando su papá (despertarse) _____.
3. Van a leer el artículo después (de) que (comprar) _____ el periódico.
4. Leyeron el artículo después (de) que (comprar) _____ el periódico.
5. Él mencionará el secuestro mientras (hablar) _____ con su tío.
6. Él mencionó el secuestro mientras (hablar) _____ con su tío.
7. Su papá dormirá hasta que el criado (entrar) _____ a la sala.
8. Su papá durmió hasta que el criado (entrar) _____ a la sala.
9. Ellos hablarán con el jefe tan pronto como él (llegar) _____ a la oficina.
10. Ellos hablaron con el jefe tan pronto como él (llegar) _____ a la oficina.
11. Los obreros van a formar un comité en cuanto ellos (encontrar) _____ un líder.
12. Los obreros formaron un comité en cuanto ellos (encontrar) _____ un líder.

8-4 Cierto o incierto. Cambie Ud. las palabras escritas en letra cursiva por las palabras entre paréntesis. Luego, escriba las oraciones otra vez, haciendo los cambios necesarios. Después compárelas con las de un(a) compañero(a) de clase y justifique los cambios.

1. Emilio no *dice* nada cuando su padre entra. (dirá)
2. En cuanto habla su padre, él no *escucha* más. (escuchará)
3. El criado *se queda* en el cuarto hasta que él se duerme. (se quedará)
4. Ellos *hablan* con su profesor después de que entra a la clase. (hablarán)
5. Ella *trabaja* en la fábrica mientras sus hijos están en la escuela. (trabajará)
6. El periodista *buscó* a los guerrilleros hasta que los encontró. (iba a buscar)
7. Tan pronto como llegó su hijo, *discutieron* los secuestros. (discutirán)
8. Ella *había salido* cuando nosotras llegamos. (habrá salido)

8-5 Una carta de México. Carmen y Ramón acaban de llegar de Oaxaca a la Ciudad de México. Escriba Ud. en español esta carta escrita por Carmen a su amiga Rosa. Luego, compare su carta con la de un(a) compañero(a) de clase. ¿Están de acuerdo?

Dear Rosa:

We will stay in Mexico City until the revolution has ended in Chiapas. I will tell you about the threats we received before we left Oaxaca. Ramón plans to write an article about our experiences as soon as there is time. We will send you a copy after he has written it.

Yesterday the government representatives said that they were going to discuss the problem as soon as we arrived at the embassy (embajada). *I don't know why, but they always become angry when we discuss politics with them. We believe that they want to suppress the information about the political conditions in Latin America before a newspaper can publish it.*

I will call you as soon as we have talked with the embassy officials.

With a hug,

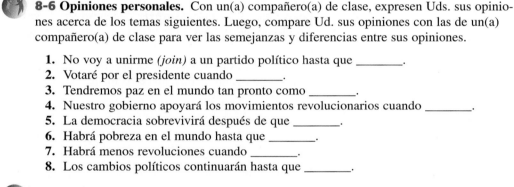

Carmen

8-6 Opiniones personales. Con un(a) compañero(a) de clase, expresen Uds. sus opiniones acerca de los temas siguientes. Luego, compare Ud. sus opiniones con las de un(a) compañero(a) de clase para ver las semejanzas y diferencias entre sus opiniones.

1. No voy a unirme *(join)* a un partido político hasta que _____.
2. Votaré por el presidente cuando _____.
3. Tendremos paz en el mundo tan pronto como _____.
4. Nuestro gobierno apoyará los movimientos revolucionarios cuando _____.
5. La democracia sobrevivirá después de que _____.
6. Habrá pobreza en el mundo hasta que _____.
7. Habrá menos revoluciones cuando _____.
8. Los cambios políticos continuarán hasta que _____.

8-7 Las elecciones nacionales. Es la temporada de las elecciones nacionales. Exprese Ud. sus opiniones sobre estas elecciones, usando las expresiones siguientes. ¿Quiénes van a ganar, los republicanos o los demócratas? Su compañero(a) de clase puede hacer el papel de representante de un partido político y Ud. puede hacer el papel de representante del otro.

> **Modelo**   hasta que
> *Los republicanos no van a ganar las elecciones hasta que ellos bajen los impuestos.*

cuando
después de que
antes de que
tan pronto como

Ahora, compartan Uds. sus ideas con la clase.

Demonstrative adjectives and pronouns

A. Demonstrative adjectives

1. The demonstrative adjectives in Spanish are **este** *(this)*, **ese** *(that)*, and **aquel** *(that)*. **Este** refers to something near the speaker; **ese** refers to something near the person being addressed; and **aquel** refers to something that is distant or remote from both the speaker and the person addressed.

   Voy a comprar este traje de casimir.
   I am going to buy this cashmere suit.

   Tomemos ese taxi.
   Let's take that taxi.

   Prefiero aquel hotel.
   I prefer that hotel over there.

2. Demonstrative adjectives agree in gender and number with the nouns they modify. These are the forms:

este	esta	*this*	estos	estas	*these*
ese	esa	*that (nearby)*	esos	esas	*those (nearby)*
aquel	aquella	*that (over there)*	aquellos	aquellas	*those (over there)*

3. Although demonstrative adjectives usually precede the noun, they may also follow, in which case a definite article precedes the noun.

   El chico este es muy travieso.
   This boy is very mischievous.

B. Demonstrative pronouns

1. The demonstrative pronouns are identical in form to the demonstrative adjectives, except that the pronouns have a written accent: **éste (-a, -os, -as); ése (-a, -os, -as); aquél (-lla, -llos, -llas).** They agree in gender and number with the noun they replace.

   Este periódico es mejor que ése.
   This newspaper is better than that one (near you).

   Estos hombres son más simpáticos que aquéllos.
   These men are nicer than those (over there).

   Note that demonstrative adjectives and pronouns are frequently used in the same sentence, and that the singular forms of the pronouns usually mean *this one* or *that one*.

2. The **éste** and **aquél** forms are also used to express *the latter* (**éste**) and *the former* (**aquél**).

   Raúl y Tomás son ciudadanos de México; éste es de Guadalajara y aquél es de Puebla.
   Raúl and Tomás are citizens of Mexico; the latter is from Guadalajara and the former is from Puebla.

   Miguel y Carmen son mis mejores amigos; ésta es de Buenos Aires y aquél es de La Paz.
   Miguel and Carmen are my best friends; the latter is from Buenos Aires and the former is from La Paz.

C. Neuter demonstratives

The neuter demonstrative pronouns **esto, eso,** and **aquello** are used to refer to abstract ideas, situations, or unidentified objects. These forms have no accents.

No creo eso.
I don't believe that (what you just said).

¿Oíste aquello? ¿Qué será?
Did you hear that? I wonder what it is.

¿Qué es esto?
What is this?

Práctica

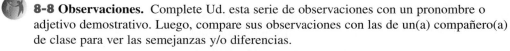

8-8 Observaciones. Complete Ud. esta serie de observaciones con un pronombre o adjetivo demostrativo. Luego, compare sus observaciones con las de un(a) compañero(a) de clase para ver las semejanzas y/o diferencias.

1. *(These)* _____ amenazas tienen que ser suprimidas.
2. *(This)* _____ hombre es más holgazán que *(that one)* _____.
3. *(These)* _____ fábricas son más grandes que *(those over there)* _____.
4. En *(those)* _____ tiempos los obreros no vivían de *(this)* _____ manera.
5. No queremos ver *(this)* _____ película, sino *(that one)* _____.
6. Me gusta *(this)* _____ vida más que la vida de la ciudad.
7. A mí no me gustan *(these)* _____ vestidos; prefiero *(those over there)* _____.
8. ¿Qué es *(that)* _____ que tienes en la mano?

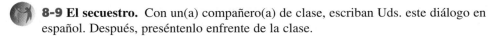

8-9 El secuestro. Con un(a) compañero(a) de clase, escriban Uds. este diálogo en español. Después, preséntenlo enfrente de la clase.

VICENTE They kidnapped don Gonzalo near that factory last night.

TOMÁS This is a photo of the guerrilla fighters that are asking for a ransom.

VICENTE These two men, Roberto and Juan García, are brothers; the latter is a lawyer, the former is a teacher.

TOMÁS That man next to the car is don Gonzalo's son.

RAMÓN Which man, this one or the one (over there) on the other side of the car?

VICENTE That one. Can you believe this?

RAMÓN This is ridiculous. That man can't be his son. Emilio doesn't live in this city now.

TOMÁS You're right. I hope this nightmare ends soon.

8-10 En la librería. Ud. y un(a) amigo(a) están en una librería buscando libros para un amigo que va a tener su cumpleaños el domingo. Uds. están indicando los libros que en su opinión son sus predilectos. Escojan Uds. por lo menos seis clases de libros.

Modelo Ud.: *Yo creo que a él le gustaría ese libro de cuentos cortos.*
Su amigo: *No, yo creo que él preferiría este libro escrito por Hemingway, o aquél escrito por Faulkner.*

The reciprocal construction

1. The reflexive pronouns **nos** and **se** are used to express a reciprocal or mutual action. When used in this manner, they convey the meaning of *each other* or *one another.*

   Nos escribimos todos los días.
   We write one another every day.

   No se entienden.
   They do not understand each other.

The use of the definite article is optional with these clarifying phrases: **Ellas se escriben una a otra** or **Ellas se escriben la una a la otra.** Note that the masculine forms of these clarifying phrases are always used unless both subjects are feminine.

2. Occasionally it is necessary to clarify that this construction has a reciprocal rather than a reflexive meaning. This is done by using an appropriate form of **uno... otro** (**uno a otro, la una a la otra, los unos a los otros,** etc.).

   Nosotros nos engañamos.
   We deceived ourselves.

   Nosotros nos engañamos el uno al otro.
   We deceived each other.

   Ellos se mataron.
   They killed themselves.

   Ellos se mataron los unos a los otros.
   They killed one another.

3. When *each other* (or *one another*) is the object of a preposition, the reflexive pronoun is not used unless the verb is reflexive to begin with. Instead, the **uno... otro** formula is used with the appropriate preposition.

   Suelen hablar bien el uno del otro.
   They generally speak well of each other.

   Los vi pelear los unos contra los otros.
   I saw them fighting (against) each other.

   BUT

   Se quejaron los unos de los otros.
   They complained about each other.

Práctica

8-11 Buenos amigos. Ud. tiene unos amigos muy buenos. Describa Ud. su relación, siguiendo el modelo.

   Modelo   ayudar / con nuestros estudios
   Nos ayudamos con nuestros estudios.

1. ver / después de clase todos los días
2. encontrar / todas las tardes en la cafetería para tomar refrescos
3. prestar / dinero
4. escribir / durante el verano
5. hablar por teléfono / con frecuencia
6. dar / regalos

8-12 Pidiendo información. Hágale Ud. estas preguntas a un(a) compañero(a) de clase. Él (Ella) va contestar con una oración completa.

1. ¿Se ayudan siempre sus amigos?
2. ¿Se conocieron Uds. hace mucho tiempo?
3. ¿Se escriben Uds. con frecuencia?
4. ¿Nos encontraremos en el café esta tarde?
5. ¿Nos vemos el sábado en el centro?

8-13 Una reunión política. Ud. ha asistido a una reunión política en el Zócalo en la Ciudad de México con un amigo(a) mexicano(a), quien es político(a). Ud. está explicándole lo que pasó durante la reunión a otro(a) amigo(a) que no pudo asistir. Su amigo(a) de México no está de acuerdo con su narración de lo que pasó. Actúe *(Act out)* Ud. esta situación con un(a) compañero(a) de clase que va a hacer el papel de su amigo(a) mexicano(a). Use las palabras de la lista en su conversación.

Modelo   gritar
Ud.: *Tom, los políticos se gritaron todo el tiempo.*
Su amigo(a) mexicano(a): *¡Mentira! Nosotros no nos gritamos.*

mirar con desdén   insultar
tirar piedras   pegar
pelear

8-14 Relaciones personales. Usando pronombres recíprocos describa Ud. su relación con las personas indicadas. Su compañero(a) de clase va a hacer la misma cosa.

Modelo   las primas de mi familia
Las primas de mi familia se admiran.

sus padres   su novio o novia y tú
sus amigos   otros parientes
sua hermanos o hermanas

The reflexive for unplanned occurrences

An additional use of the pronoun **se** is to relate an accidental or unplanned occurrence. In these reflexive constructions an indirect object pronoun is added to refer to the person involved in the occurrence, and the verb agrees in number with the noun that follows it. This construction also removes the element of blame from the person performing the action. Verbs that are frequently used in this construction are **perder, romper, olvidar, acabar, quedar, caer, ocurrir.**

Se me olvidó el dinero.
I forgot the money. (The money got forgotten by me.)

Se nos perdieron los periódicos.
We lost the newspapers. (The newspapers got lost on us.)

A Pedro se le rompió el machete.
Pedro broke the machete. (The machete got broken on Pedro.)

Al chofer se le perdieron las llaves.
The driver lost the keys. (The keys got lost on the driver.)

Práctica

8-15 Ellos no tienen la culpa. Cambie Ud. las oraciones para indicar sucesos no planeados. Siga el modelo.

> **Modelo** Alicia olvidó los libros.
> *A Alicia se le olvidaron los libros.*

1. Los chicos rompieron los platos.
2. Perdimos el dinero.
3. Olvidaste el periódico.
4. Tengo una idea. *(Use* **ocurrir** *in the answer.)*
5. El chico rompió el disco.
6. Olvidamos los boletos.

8-16 Sucesos inesperados. Relátele Ud. a un(a) compañero(a) de clase algunas de las cosas inesperadas que les han pasado a Ud. y a los miembros de su familia. Su compañero(a) de clase va a hacer la misma cosa.

> **Modelo** yo / perder
> *A mí se me perdió el dinero.*

1. mi padre / olvidar
2. yo / quebrar
3. mi hermanita / perder
4. mi hermano / caer
5. mi madre / romper
6. mi abuelo / ocurrir

Ahora, relate Ud. algunas cosas inesperadas que le pasaron, o invente cosas que no le pasaron a Ud. hoy.

8-17 Para pedir información. Con un(a) compañero(a) de clase, háganse Uds. estas preguntas.

> **Modelo** ¿Se te perdió la tarea antes de llegar a clase hoy?
> *Sí, se me perdió la tarea en el autobús.*

1. ¿Se te paró el coche antes de llegar a la universidad?
2. ¿Se te olvidaron los libros hoy?
3. ¿Se te perdió la tarea para hoy?
4. ¿Se te olvidó el mapa para tu presentación?
5. ¿Se te olvidaron los apuntes que te presté?
6. ¿Se te olvidaron nuestras composiciones?

Repaso

Review the subjunctive in adverbial clauses (1).

8-18 Ayer, hoy y mañana. Comparta Ud. información aquí con un(a) compañero(a) de clase. Su compañero(a) va a compartir la información con Ud. también.

> **Modelo** Tell one thing you were doing yesterday when your roommate arrived home.
> *Yo salía cuando mi compañero llegó a casa ayer.*

1. a. Relate one thing that you were doing yesterday when the professor entered the class.
   b. Relate one thing that you do every day when class begins.
   c. Relate one thing that you will do tomorrow when your friends see you.

2. **a.** Relate one thing that you did last night after your friends left your apartment.
   b. Relate one thing that you always do after you and your friends have eaten.
   c. Relate one thing that you will do tomorrow after your classes have ended.

Review the subjunctive in adverbial clauses (1).

 8-19 Para pedir información. Con un(a) compañero(a) de clase hagan y contesten estas preguntas.

1. ¿Me comprarás una taza de café cuando tengas tiempo?
2. ¿Me ayudarás hasta que yo comprenda la lección?
3. ¿Me darás todo tu dinero tan pronto como llegues a clase mañana?
4. ¿Me llevarás al baile después de que comamos en un buen restaurante esta noche?
5. ¿Contestarás todas las preguntas antes de que salgas hoy?
6. ¿Te callarás en cuanto yo te dé las respuestas?
7. ¿Me escribirás una carta cuando estés de vacaciones?
8. ¿Siempre me hablarás en español dondequiera que tú me veas?

Ahora, hágale Ud. a su compañero(a) de clase dos de sus propias preguntas.

Review the demonstrative adjectives and pronouns.

 8-20 ¿Cuál de estas cosas le gusta más? Complete Ud. las oraciones con pronombres o adjetivos demostrativos. Luego, compare sus respuestas con las de un compañero(a) de clase. ¿Están de acuerdo?

1. *(This)* _____ clase es más interesante que *(that one)* _____.
2. *(These)* _____ estudiantes estudian más que *(those)* _____.
3. Quiero comprar unos libros. Me gustan *(this one)* _____ y *(that one)* _____.
4. No puede creer *(that)* _____.
5. ¿Qué es *(this)* _____?
6. *(These)* _____ ruinas son magníficas. *(Those)* _____ son menos impresionantes.
7. *(That)* _____ profesor siempre hace *(these)* _____ mismas preguntas.
8. Emilio vive en *(that)* _____ mansión. Yo vivo en *(this one)* _____.

Review the subjunctive in adverbial clauses (1) and the reciprocal construction.

 8-21 ¿Cuándo tiene que hacer estas cosas? Diga Ud. cuándo es necesario hacerlas. Su compañero(a) va a compartir sus ideas con respecto a estas cosas también.

> **Modelo** estudiar
> *Será necesario estudiar cuando haya un examen.*

1. buscar empleo
2. votar
3. hablar con mis padres
4. comprar un regalo para mi novio(a)
5. escribir los ejercicios
6. comer
7. acostarme
8. levantarme al amanecer

Diga Ud. dos cosas más que tendrá que hacer.

A conversar

At times it may be necessary to interrupt a conversation if the other person refuses to stop talking. Expressions that can be used to interrupt a conversation are listed here.

Interrupting a conversation

Bueno, pero opino que…	*OK, but it's my opinion that . . .*
Sí, pero creo que…	*Yes, but I believe that . . .*
Sí, pero un momento…	*Yes, but just one moment . . .*
¿Me permite(s) decir algo?	*May I say something?*
Pero, déjeme (déjame) decir…	*But, allow me to say . . .*
Mire(a), yo digo que…	*Look, I say that . . .*
Quisiera decir algo ahora.	*I would like to say something now.*

 ## Descripción y expansión

El dibujo que sigue representa un barrio pobre que se puede encontrar en varias partes de Hispanoamérica. Mírelo con cuidado y después haga Ud. las actividades que siguen.

8-22 Cada estudiante tiene que describir un detalle de lo que se ve en la escena.

8-23 Cada estudiante va a indicar una condición que ve en el dibujo que puede causar revoluciones.

8-24 Comparen Uds. las condiciones de esta escena con las condiciones que existen en su ciudad.

8-25 Opiniones. Con un(a) compañero(a) de clase haga las siguientes actividades.

a. En su opinión, ¿qué deben o pueden hacer los Estados Unidos para eliminar la pobreza y la injusticia social en el mundo?

b. ¿Cree Ud. que las revoluciones que han ocurrido en varios países hispanoamericanos realmente hayan mejorado la situación del pueblo? ¿Por qué sí o por qué no?

c. ¿Puede salir un país del subdesarrollo *(underdevelopment)*? Explique.

d. Muchos hispanoamericanos consideran que los Estados Unidos son al menos en parte responsable de los problemas de sus países. Comente.

Después de hablar sobre estos asuntos, cada grupo o pareja tiene que presentarle oralmente sus ideas u opiniones a la clase. ¿Cuántas ideas son iguales? ¿diferentes? ¿Cuáles son?

A escuchar

De vacaciones

Text Audio CD, Track 24

 Escuche Ud. a continuación la siguiente situación y el diálogo. Luego haga Ud. los ejercicios relacionados con lo que ha escuchado y aprendido.

Pepe y su hermano Pablo, cubanos exiliados en Miami, y un matrimonio chileno, María y Fernando, se conocen mientras están de viaje en el Perú. De vuelta a Cuzco, después de haber visitado Machu Picchu, toman un café juntos.

8-26 Información. Complete Ud. las siguientes oraciones basándose en el diálogo que acaba de escuchar.

1. María y Fernando son…
   a. nuevos amigos.
   b. un matrimonio chileno.
   c. de Cuzco.

2. Pablo y Pepe son cubanos de…
   a. Miami.
   b. Nueva York.
   c. Chile.

3. Los amigos han visitado…
   a. Machu Picchu.
   b. a Fidel.
   c. a Pinochet.

8-27 Conversación: A entrevistar. Un estudiante entrevista a otro sobre lo que sabe de la Cuba de Fidel Castro. Luego, le da a la clase la información que ha recibido. Otro tema posible de la entrevista podría ser unas vacaciones en un lugar de interés. También debe darle a la clase la información recibida.

En esta foto, ¿dónde estamos? ¿Qué hace la gente? ¿Qué le parece esta escena? ¿Hay cafés semejantes en este país? ¿Le gustaría pasar tiempo en este café al aire libre? ¿Por qué?

8-28 Situaciones. Con un(a) compañero(a) de clase, preparen Uds. algunos diálogos que correspondan a las siguientes situaciones. Estén listos para presentarlos enfrente de la clase.

1. **Un secuestro.** Ud. ha leído un artículo en un diario de México sobre el secuestro de un hombre de negocios de los Estados Unidos. Los terroristas piden un rescate de tres millones de dólares. Con un(a) amigo(a) discuten si los secuestros y otros actos de terrorismo pueden resolver los problemas políticos y sociales del mundo, o si hacen que la situación llegue a ser peor.

2. **Un congreso (convention) internacional.** Uds. participan en un congreso internacional de estudiantes universitarios. Ud. es pesimista en cuanto a la posibilidad de tener paz mundial, y explica por qué. Su compañero(a), que es optimista, dice que el mundo va a vivir en paz, y ofrece sus razones para creer eso.

 ## Intercambios

8-29 Temas de conversación o de composición. Al comentar un problema, cedemos a veces a la tentación de expresarnos en términos absolutos (blanco y negro) en vez de reconocer todas las posiciones posibles frente al problema. Sin embargo, sabemos que es posible tomar una posición conservadora, moderada, liberal, radical o revolucionaria ante muchos problemas. Veamos un ejemplo:

Problema: el control de la natalidad *(birth control)*

Posición conservadora: El gobierno no debe hacer nada para controlar el número de nacimientos; es una cuestión individual.

Posición moderada: El gobierno puede educar a los ciudadanos, pero no debe tratar de establecer leyes para controlar la natalidad.

Posición liberal: El gobierno debe promulgar ciertas leyes que fomenten el uso de los métodos artificiales para controlar la natalidad.

Posición radical: El gobierno tiene el derecho de esterilizar a toda pareja que tenga más de dos hijos.

Posición revolucionaria: Primero es necesario cambiar completamente el sistema de gobierno; después los nuevos gobernantes podrán establecer leyes sobre el asunto como mejor les parezca.

En grupos de cinco, identifiquen Uds. la posicion conservadora, moderada, liberal, radical o revolucionaria ante los siguientes problemas:

1. la distribución de la riqueza en los Estados Unidos
2. el uso de las drogas ilegales
3. el control de las grandes industrias multinacionales
4. la libertad de prensa

Después, presenten Uds. oralmente o en forma escrita las posiciones. Comparen sus opiniones con las de los otros grupos.

Text Audio CD, Track 25

 8-30 Ejercicio de comprensión. Ud. va a escuchar un comentario sobre la política de hispanoamérica en el siglo XX. Después del comentario, va a escuchar varias oraciones. Indique si la oración es verdadera (V) o falsa (F), trazando un círculo alrededor de la letra que corresponde a la respuesta correcta.

1. V   F
2. V   F
3. V   F
4. V   F

Ahora, escriba Ud. dos cosas que aprendió al escuchar este comentario. Comparta Ud. sus ideas con las de la clase. ¿Cuáles son las ideas predominantes?

Investigación y presentación

 Los movimientos revolucionarios del siglo XX. Hubo y todavía hay movimientos revolucionarios en varias partes del mundo durante el siglo XX. Algunos de estos movimientos tuvieron lugar en México, Nicaragua, El Salvador y Guatemala. Lea Ud. parte de un artículo que salió en el diario *Excélsior* de México, que muestra el deseo de parte de las masas de tener cambios políticos en su país. Luego, conteste Ud. las preguntas.

Lectura

«Voy a arrasar; Guatemala está cansada de abusos»

◆ **Ya no Aguantamos al Partido Oficial: Alfonso Portillo**
◆ **Es «Socialdemócrata, Fiel a la Izquierda Democrática»**
◆ **Define su Proyecto Político «Como de Centro-Derecha»**

Haroldo Shetemul, *corresponsal*
GUATEMALA, 6 de noviembre.

«Voy a arrasar[1] en las elecciones del domingo porque el pueblo guatemalteco está cansado de los abusos y la prepotencia del partido oficial, el partido de los ricos», afirmó eufórico Alfonso Portillo un día antes de los comicios[2] en los cuales es el favorito, según la mayoría de las encuestas de opinión[3].

Ex catedrático[4] de marxismo en la Universidad Autónoma de Guerrero (UAG), México, Portillo es ahora el candidato del partido conservador, el Frente Republicano Guatemalteco (FRG) y compite por segunda vez en un proceso electoral, pues en enero de 1996 fue derrotado por Alvaro Arzú Irigoyen por la mínima diferencia de 30 mil votos, un escaso 1 por ciento del total de votos emitidos en esa oportunidad.

Portillo, de cuarenta y ocho años, recién casado con Evelyn Morataya y oriundo del departamento de Zacapa —a 160 kilómetros al oriente de la capital—, es conocido por su buen humor y su facilidad para contar chistes, además por su amor a la música rock de los setenta, el cine y la literatura.

Él mismo hace bromas sobre su apodo, «Pollo ronco», debido a su peculiar forma de hablar. Y a pesar de estar vinculado con el partido del general Efraín Ríos Montt, acusado de lanzar una ofensiva contra la guerrilla izquierdista en los años ochenta, que provocó centenares de masacres de indígenas y el éxodo de más de 100 mil de éstos a México, Portillo aún se define como izquierdista: «soy un hombre fiel a la izquierda democrática, pero me considero más socialdemócrata por mi carácter humanista». Define su proyecto político dentro del FRG como de centro-derecha.

En la década de los ochenta, mientras Ríos Montt impulsaba la política de tierra arrasada, Portillo no soñaba con llegar a la Presidencia. En aquella época era un ardoroso colaborador del Ejército Guerrillero de los Pobres (EGP) que lo había reclutado para hacer que un grupo de profesionales guatemaltecos en México consiguieran fondos para hacer la revolución marxista en su país.

[1] arrasar *to destroy, erase* [2] comicios *polls* [3] encuestas de opinión *opinion surveys* [4] catedrático *university professor*

Preguntas

8-31 Conteste Ud. las siguientes preguntas.

1. ¿De qué está cansada Guatemala?
2. Según lo que dice Portillo, ¿es bueno o malo el partido oficial de Guatemala?
3. ¿Qué clase de político es Alfonso Portillo?
4. ¿De quiénes es el partido oficial de Guatemala?
5. ¿Es popular Alfonso Portillo entre los pobres del país? ¿Cómo se sabe esto?
6. Describa Ud. al Sr. Portillo. ¿Cuántos años tiene? ¿Dónde trabaja? ¿Está casado? ¿Con quién? ¿Cómo es conocido? ¿Por qué tiene el apodo «Pollo ronco» *(hoarse)*?
7. ¿Qué cosa horrible tuvo lugar durante el gobierno del general Efraín Ríos Montt en los ochenta?
8. ¿Qué hizo Portillo en los ochenta para apoyar la revolución marxista en Guatemala?

 8-32 Ahora, su profesor(a) va a dividir la clase en seis grupos. Cada grupo va a recibir el nombre de un país del mundo hispánico. Cada grupo tiene que investigar la clase de política que existe en cada uno de los países. (Uds. pueden usar artículos de revistas y diarios, o pueden usar el Internet.) Luego, Uds. deben traer esta información a la clase. Cada grupo tiene que escribir un reportaje sobre la política de un país. Después de terminar el reportaje, un miembro del grupo tiene que hacer una presentación oral enfrente de la clase. (Los reportajes no deben ser de más de una página.)

La educación en el mundo hispánico

◄ Estos estudiantes asisten a la Escuela de Profesiones Modernas de Madrid, España. ¿Qué le parecen las dos jóvenes? Descríbalas. ¿Piensa que la clase es interesante? ¿Por qué?

En contexto

Esperando al profesor de historia

Vocabulario activo

Estudie estas palabras.

Verbos
aprobar (ue) *to pass (exams)*
graduarse *to graduate*

Sustantivos
el bachillerato *course of study leading to a secondary school degree*
el colegio *secondary school*
el comercio *business*
el esquema *outline*
la facultad *college, school of a university*
la materia *academic subject*
el navío *ship*

el nivel *level*
el número *issue, copy, number*
el portero *doorman*
la prisa *haste, hurry*
el resumen *summary*
la tormenta *storm, upheaval*

Otras expresiones
a menos que *unless*
con tal que *provided that*
morirse por *to be dying to*
Primera Guerra Mundial *World War I*
¿Vale? *O.K.?*

Para practicar

Complete Ud. el párrafo siguiente con palabras escogidas de la sección *Vocabulario activo*. No es necesario usar todas las palabras.

Voy a **1.** en la primavera **2.** yo **3.** todos los exámenes. Quiero terminar el **4.** en el **5.** lo más pronto posible porque quiero entrar en la **6.** de negocios en el otoño para estudiar **7.** . Se dice que las **8.** son muy difíciles, pero no me importa porque yo **9.** por ser un hombre de negocios con mi propia compañía.

Text Audio CD, Track 26 **Antes de leer el diálogo, escúchelo con el libro cerrado. ¿Cuánto comprendió?**

(Los alumnos del Colegio San Martín[1] esperan la llegada del profesor de historia.)

PACO   Oye, Beto, ¿has preparado la lección para hoy?

BETO   Muy poco. Iba a estudiar, pero llegaron unos amigos, y nos fuimos para «La Gitana» para hojear[1] el nuevo número de «Superhombre».

PACO   ¿Y tú, Manolo?

MANOLO   Sí, leí el capítulo dos veces e hice un esquema de las fechas.

PACO   Pues, mi padre me mandó a la tienda por tabaco, y me quedé ahí a charlar con Tonia para ver si quería ir al cine el domingo. Al volver no tuve tiempo de estudiar. ¿Me puedes hacer un resumen del capítulo para poder responder si el maestro me hace una pregunta?

MANOLO   Cuando te haga una pregunta, te paso la respuesta. ¿Vale?

PACO   Ah, este Manolo, siempre lo sabe todo. ¿Por qué estudias tanto?

MANOLO	Lo hago para poder entrar en la Facultad de Medicina.[2] Papá se muere por verme médico. Si no salgo bien en los exámenes este año, temo que me eche de casa. ¿No piensas entrar a una universidad?
PACO	Sí, pero en Comercio, para poder trabajar con el viejo en su fábrica. Pero, ¿para qué tanta prisa? Si no apruebas este año,[3] aprobarás el otro. Aquí uno se divierte más —allá en la «uni» la cosa se pone seria.
BETO	Es lo que digo yo. Ya llevo siete años aquí. Hasta el portero sabe mi nombre.
PROFESOR	*(Entrando)* Buenos días, jóvenes. El tema de esta semana es la Primera Guerra Mundial.
PACO	Pssst, Manolo, ¿ganamos esa guerra?
MANOLO	Cállate, idiota, fue una guerra europea.
PROFESOR	Primero vamos a hablar de las causas inmediatas de aquella gran tormenta que sacudió[2] el mundo.
PACO	Beto, mira a Nacho —ya se durmió.
PROFESOR	En 1914 la guerra fue declarada por Alemania…
PACO	¿Para qué quiero yo saber estas cosas? Superhombre es más interesante.
MANOLO	No seas bruto[3]. No te gradúas sin que lo sepas, a menos que te hagan preguntas sobre Superhombre en los exámenes.
PROFESOR	Cuando en 1915 fue atacado el navío Lusitania…
PACO	Oye, Beto, ¿quieres ver este número? Superhombre se encuentra en una batalla en Verdún. No sé dónde queda eso pero…
PROFESOR	Si no dejas de cuchichear[4], Paco, te van a expulsar[5] de la clase. ¿Entiendes?
PACO	Ah, sí, perdone, Beto y yo estábamos comentando un libro que leí recientemente sobre ese mismo asunto de la guerra. Se lo recomendaba a Beto.
PROFESOR	Bueno, después de que terminemos aquí, te quiero ver en mi oficina. Con tal que me des un informe completo sobre ese libro, te perdono.
PACO	Pero Profesor, tengo sólo unos quince minutos antes de la próxima clase. Manolo, ¿qué hago ahora? ¡Sí que estoy perdido!

Notas culturales

[1] *Colegio San Martín: El colegio más o menos equivale a la escuela secundaria en los Estados Unidos. El alumno termina el «bachillerato» cuando tiene unos dieciséis o diecisiete años. En algunos países, es necesario seguir un curso preparatorio antes de entrar a la universidad.*

[2] *Facultad de Medicina: En el sistema hispánico, que tiene por modelo el europeo, uno entra directamente a la escuela profesional (por ejemplo, a la de Medicina), donde se recibe toda la instrucción a nivel universitario. La Facultad de Filosofía y Letras, que equivale más o menos a Liberal Arts, se dedica a las humanidades y a preparar maestros. «Facultad» significa lo mismo que* college *o* school *en las universidades norteamericanas.*

[3] *Si no apruebas este año: El sistema hispánico requiere que el alumno apruebe varias materias (requisitos) por medio de los exámenes finales —por lo general, exámenes orales y escritos. El alumno repite las materias hasta aprobarlas.*

---

[1] para hojear *to leaf through (book)*   [2] sacudió *shook*   [3] bruto *idiot, dolt*   [4] cuchichear *to whisper*   [5] te van a expulsar *you will be expelled*

Estos estudiantes están en un pasillo de la escuela. Describa a cada uno de los estudiantes. ¿Qué pasa en esta escena? ¿Le parece una conversación seria? Explique.

9-1 Comprensión. Conteste Ud. las siguientes preguntas.

1. ¿Por qué no ha estudiado Beto la lección?
2. ¿Quién ha estudiado más?
3. ¿Para qué quiere Paco un resumen del capítulo?
4. ¿Por qué estudia tanto Manolo?
5. ¿A qué facultad va a entrar Paco?
6. ¿Cuánto tiempo lleva Beto en el colegio?
7. ¿Por qué se enoja el profesor?
8. ¿Sobre qué hablaban Paco y Beto?
9. ¿Para qué tiene Paco que ir a la oficina del profesor?
10. ¿Qué le dice Paco al profesor para no tener que ir a su oficina?

9-2 Opiniones. Conteste Ud. las siguientes preguntas.

1. ¿A Ud. le gusta estudiar historia europea? ¿Por qué?
2. ¿Para qué estudia Ud.?
3. ¿Cuál es su materia favorita?
4. ¿Piensa Ud. que las escuelas secundarias preparan bien a los jóvenes para sus estudios en la universidad? Explique.
5. ¿Qué clases de la universidad requieren que Ud. apruebe muchos exámenes?
6. ¿En qué facultad de la universidad está Ud.?
7. ¿Cuándo va a graduarse?
8. ¿Qué va a hacer después de graduarse?

Estructura

The subjunctive in adverbial clauses (2)

A. The subjunctive after certain adverbial phrases

The subjunctive is always used in adverbial clauses introduced by the following phrases denoting purpose, proviso, supposition, exception, or negative result.

a fin (de) que	*so that, in order that*	en caso (de) que	*in case*
a menos que	*unless*	para que	*so that, in order that*
a no ser que	*unless*	siempre que	*provided that*
con tal (de) que	*provided that*	sin que	*without*

Examples:

Te perdono con tal de que me des un informe sobre ese libro. ¿Vale?
I'll excuse you provided you give me a report on that book. O.K.?

En caso de que el maestro te haga una pregunta, te paso la respuesta.
In case the teacher asks you a question, I'll pass you the answer.

Paco no puede salir bien en el examen a menos que sus amigos lo ayuden.
Paco cannot do well on the exam unless his friends help him.

Entramos sin que ellos nos vieran.
We entered without their seeing us.

Lo hago para que él pueda entrar a la universidad.
I'm doing it so that he can enter the university.

B. Subjunctive versus indicative

1. The phrases **de manera que** and **de modo que** *(so that, in order that)* may express either result or purpose. When they introduce a clause expressing purpose, the subjunctive follows. When they introduce a clause expressing result, the indicative follows.

   Lo pongo aquí de modo que nadie lo encuentre.
   I'm putting it here so that no one will find it. (purpose)

   Escribe de manera que nadie lo pueda leer.
   He writes so that no one can read it. (purpose)
   BUT
   Escribió con cuidado de manera que todos lo podían leer.
   He wrote carefully so that everybody was able to read it. (result)

2. The subjunctive is used in an adverbial clause introduced by **aunque** *(although, even though, even if)* if the clause refers to an indefinite action or to uncertain information. If the clause reports a definite action or an established fact, then the indicative is used.

   No lo terminaré hoy aunque trabaje toda la noche.
   I won't finish it today even if I work all night.

   Lo compraremos aunque él no quiera pagarlo.
   We will buy it even though he may not want to pay for it.
   BUT
   No lo terminé, aunque trabajé toda la noche.
   I didn't finish it even though I worked all night.

   Lo compramos aunque él no quería pagarlo.
   We bought it even though he didn't want to pay for it.

Práctica

9-3 Observaciones variadas. Complete Ud. estas oraciones con la forma apropiada del verbo entre paréntesis.

1. Quiere comprarlo con tal de que no (costar) _____ mucho.
2. No podremos invitarlos a menos que tú (traer) _____ bastante comida para todos.
3. Ellas no pueden salir sin que nosotros las (ver) _____.
4. No puedo contestar a menos que ellos me (ayudar) _____ con esta lección.
5. En caso de que a él no le (gustar) _____, tendremos que devolverlo.
6. Ellos no iban a menos que nosotros los (acompañar) _____.
7. Los chicos se hablaban sin que él lo (saber) _____.
8. Yo traje el dinero en caso de que Uds. lo (necesitar) _____.
9. Querían acompañarnos con tal que nosotros (volver) _____ temprano.
10. Él no quiere ir a menos que la tienda (estar) _____ cerca.
11. Ella habló despacio para que ellos la (entender) _____.
12. Les preguntaremos a ellos a fin de que nosotros (saber) _____ las respuestas.
13. Vamos a salir esta noche aunque (llover) _____.
14. Aunque él no (haber) _____ estudiado, va a asistir a la clase.
15. Salí rápidamente, de modo que se me (olvidar) _____ el libro.
16. Hablaré despacio de manera que todos me (entender) _____.

9-4 Las vacaciones. Ud. y unas personas a quienes conoce piensan hacer ciertas cosas durante las vacaciones, a menos que algo las interrumpa. Diga Ud. lo que cada una de estas personas va a hacer. Siga el modelo.

Modelo mis padres irán a la Argentina / recibir el pasaporte
Mis padres irán a la Argentina a menos que no reciban el pasaporte.

1. yo iré a México / tener dinero
2. los estudiantes irán a la playa / hacer buen tiempo
3. Gloria irá al teatro / poder comprar las entradas
4. tú irás de compras / estar en el centro
5. nosotros iremos al estadio / haber un partido de fútbol

9-5 Planes para el futuro. Describa algunas de las cosas que Ud. y sus amigos piensan hacer, con tal que existan ciertas condiciones.

Modelo yo estudiaré mucho / la biblioteca estar abierta
Yo estudiaré mucho con tal que la biblioteca esté abierta.

1. tú aprenderás mucho / el profesor enseñar bien
2. Teresa hablará español / alguien poder entenderla
3. Ramón y yo bailaremos / la orquesta tocar un tango
4. mis amigos estudiarán en España / la universidad les dar crédito
5. yo no asistiré a esta universidad / ofrecerme una beca

9-6 Conclusiones lógicas. Trabajando en parejas, escriban Uds. conclusiones lógicas para estas oraciones. Al terminar, comparen sus ideas con las de los otros estudiantes.

1. El profesor lo repite a fin de que nosotros _____.
2. Él les hace un esquema del capítulo para que los estudiantes _____.
3. No puedo prestar atención en clase a menos que _____.
4. Los estudiantes se hablan en clase sin que _____.
5. Quiero estudiar en España con tal que _____.
6. Voy a graduarme siempre que _____.
7. Mis padres siempre me prestan dinero a menos que _____.
8. Tengo que encontrar un buen trabajo a fin de que _____.

9-7 Planes personales. Trabajando en parejas, hagan una lista de cuatro cosas que quieren hacer con tal que ciertas condiciones existan. Al terminar, comparen su lista con las de sus compañeros de clase.

Adverbs

A. Formation

1. Most adverbs of manner in Spanish are formed by adding **-mente** to the feminine singular form of an adjective. If an adjective has no feminine form, **-mente** is added to the common form.

rápido(a)	rápidamente	elegante	elegantemente
cariñoso(a)	cariñosamente	feliz	felizmente
perfecto(a)	perfectamente	fácil	fácilmente

Note that if the adjective contains a written accent, the adverb retains it.

2. In spoken language, adjectives are frequently used as adverbs.

   a. If the only function of such an adjective is to modify the verb in the sentence, the masculine singular form of the adjective is used.

   Ellos hablaron rápido.
   They spoke rapidly.

   No saben jugar limpio.
   They don't know how to play fair(ly).

   b. Sometimes, however, such an adjective modifies both the verb and the subject of a sentence to some extent. In this case the adjective agrees in gender and number with the subject.

   Los jóvenes vivían felices.
   The young people lived happily.

   Ellas se acercan contentas.
   They are approaching contentedly.

   c. Adverbs are also formed by using **con** plus a noun.

claramente	con claridad
fácilmente	con facilidad
rápidamente	con rapidez

B. Usage

1. When an adverb modifies a verb, it usually follows it or is placed as close as possible to it.

   Paco estudió rápidamente la lección.
   Paco studied the lesson rapidly.

2. When an adverb modifies an adjective, it usually precedes it.

   Esta lección es perfectamente clara.
   This lesson is perfectly clear.

3. When two or more adverbs modifying the same word occur in a series, only the last adverb has the **-mente** ending.

   Habló clara, rápida y enfáticamente.
   He spoke clearly, rapidly, and emphatically.

4. When more than one word in a sentence is modified by an adverb, the last adverb may be replaced by **con** plus a noun for variety.

   Estudia francés diligentemente y lo habla con claridad.
   She studies French diligently and speaks it clearly.

Práctica

9-8 Distintas personalidades. Describa Ud. las cosas que estas personas hacen a causa de ciertas características de su personalidad.

   Modelo   Elena es seria. *Estudia seriamente.*

1. Carlos es inteligente. Habla _____.
2. Iturbide es profesional. Toca el piano _____.
3. Alfonso y Carlos son diligentes. Trabajan _____.
4. Tú eres lógico(a). Contestas mis preguntas _____.
5. Nosotros somos tranquilos. Comemos _____.

 9-9 Par pedir información. Trabajando en parejas, hágale Ud. a su compañero(a) de clase las preguntas siguientes. Él (Ella) tiene que contestar, usando un adverbio en su respuesta.

   Modelo   ¿Comes con rapidez? *No, no como rápidamente.*

1. ¿Escribes las composiciones con claridad?
2. ¿Tu familia te llama con frecuencia?
3. ¿Tu cantante *(singer)* favorito canta con tristeza?
4. ¿Lees el periódico con rapidez todos los días?
5. ¿Haces la tarea con facilidad?

 9-10 El (La) profesor(a) de esta clase. Trabajando en parejas, hagan Uds. una descripción del (de la) profesor(a) de esta clase.

   Modelo   El (La) profesor(a) entra <u>lentamente</u> a clase todos los días.

1. El (La) profesor(a) habla _____.
2. Él (Ella) ayuda a los estudiantes _____.
3. Él (Ella) escribe _____ en la pizarra.
4. Los estudiantes participan _____ en su clase.
5. Él (Ella) mira _____ a sus estudiantes.

Ahora, comparen sus descripciones con las de los otros estudiantes.

9-11 Las acciones de otras personas. Trabajando en parejas, describan Uds. cómo las personas siguientes hacen varias cosas. Incluyan un adverbio en su descripción.

Modelo   mi padre *Mi padre habla suavemente.*

1. mi madre
2. mi hermano
3. mi hermana
4. mi novio(a)
5. el (la) pianista
6. el (la) trabajador(a)
7. el (la) estudiante
8. el (la) presidente(a)
9. el (la) chófer

Comparison of adjectives and adverbs

A. Comparisons of equality

The following forms are used in comparisons of equality:

> **tan** + adjective or adverb + **como** *as . . . as*
> **tanto(a, os, as)** + noun + **como** *as much (many) . . . as*
> **tanto como** *as much as*

Examples:

1. with adjectives and adverbs

   Paco es tan divertido como Beto.
   Paco is as funny as Beto.

   El chico corre tan rápidamente como su hermano.
   The boy runs as rapidly as his brother.

2. with nouns

   Hay tantas preguntas en este examen como en el anterior.
   There are as many questions on this exam as on the one before.

   María tiene tanto dinero como su hermano.
   Maria has as much money as her brother.

3. with verbs

   Estudió tanto como de costumbre.
   He studied as much as usual.

   Las niñas comen tanto como nosotros.
   The girls eat as much as we do.

B. Comparisons of inequality

The following forms are used in comparisons of inequality:

> **más** + adjective, noun, or adverb + **que** *more . . . than,* suffix *-er*
> **menos** + adjective, noun, or adverb + **que** *less . . . than,* suffix *-er*
> **más que** *more than*
> **menos que** *less than*

Examples:

1. with adjectives

   Esta tormenta fue más fuerte que la anterior.
   This storm was stronger than the last one.

   Este capítulo es menos largo que ése.
   This chapter is shorter (less long) than that one.

2. with nouns

   Él tiene más inteligencia que yo.
   He has more intelligence than I.

   Ellos tienen menos tiempo que sus amigos.
   They have less time than their friends.

3. with adverbs

   Ellos cuchichean más rápidamente que nosotros.
   They whisper more rapidly than we do.

   Él lo hacía menos frecuentemente que su hermano.
   He used to do it less frequently than his brother.

4. with verbs

   Él lee más que Carlos.
   He reads more than Carlos.

   Viajo menos que mis tíos.
   I travel less than my aunt and uncle.

   Before a number, **de** is used instead of **que.**

   Tengo menos de cinco pesos.
   I have less than five pesos.

However, in negative sentences **que** may be used before numerals with the meaning of *only:* **No necesito más que cuatro dólares.** *(I need only four dollars.)*

C. The superlative

1. Spanish forms the superlative of adjectives *(most, least,* suffix *-est)* with the definite article plus **más** or **menos. De** is used after a superlative as the equivalent of English *in* or *of.* Occasionally a possessive adjective replaces the definite article.

   Ése es el hombre más rico del país.
   That is the richest man in the country.

   Esta novela es la menos interesante de todas.
   This novel is the least interesting (one) of all.

   Es mi vestido más elegante.
   It's my most elegant dress.

2. The definite article is not used with the superlative of adverbs.

Ese chico escribe más claramente cuando no está nervioso.
That boy writes most clearly when he isn't nervous.

Ése era el libro que ella menos esperaba encontrar.
That was the book she least expected to find.

3. To express the superlative of adverbs more emphatically, the following construction may be used.

$$\text{lo} + \left\{ \begin{array}{l} \textbf{más} \\ \textbf{menos} \end{array} \right\} + \textit{adverb} + \left\{ \begin{array}{l} \textbf{que + poder} \\ \textbf{posible} \end{array} \right\}$$

Volví lo más pronto posible.
I returned as soon as possible.

Lo puso lo más alto que pudo.
He put it as high as he could.

Práctica

9-12 Dos clases. Con un(a) compañero(a) de clase, usando **tan… como** o **tanto… como** comparen esta clase con otra clase que Uds. tienen.

> **Modelo** *Esta clase es tan interesante como mi clase de historia.*
> *Esta clase tiene tantos estudiantes como mi clase de inglés.*

9-13 Su familia y Ud. Con un(a) compañero(a) de clase, usando **más… que** y **menos… que** compárense con otros miembros de su familia.

> **Modelo** *Yo soy más inteligente que mi hermana.*
> *Yo soy menos listo que mi hermano.*

9-14 Lo mejor de todo. Con un(a) compañero(a) de clase, usando la forma superlativa describan las cosas siguientes.

> **Modelo** una película
> *Las leyendas del otoño es la película más interesante del año.*
> *Esta novela mexicana es la más larga de todas.*

un actor	un(a) amigo(a)
una actriz	una ciudad
un político	un país

9-15 Opiniones personales. Expresen Uds. sus opiniones sobre las cosas siguientes, usando una forma comparativa.

> **Modelo** una novela / una telenovela (interesante)
> *Una novela es más interesante que una telenovela.*
> -o-
> *Una novela es menos interesante que una telenovela.*

1. los profesores / mis padres (inteligentes)
2. nuestra casa / la Casa Blanca (grande)
3. nuestra universidad / Harvard (famoso)
4. una película surrealista / una película realista (interesante)

9-16 La sociedad. ¿Ha mejorado la sociedad durante los últimos años? Expresen Uds. sus opiniones sobre los tópicos siguientes.

Modelo   los profesores / ¿inteligentes?
Los profesores son más inteligentes que antes.
-o-
Los profesores son menos inteligentes que antes.

1. los crímenes / ¿violentos?
2. las mujeres / ¿femeninas?
3. los estudiantes / ¿diligentes?
4. los políticos / ¿honrados?
5. los viejos / ¿felices?
6. las ciudades / ¿atractivas?
7. la vida / ¿agradable?
8. la economía / ¿estable?

9-17 Un sondeo. En su opinión, ¿cuál de las siguientes cosas es más popular en este país hoy en día? Comparen sus ideas con las de los otros miembros de la clase, escribiendo sus respuestas en la pizarra debajo de las varias categorías indicadas.

Modelo   la revista
La revista más popular actualmente es Time (People, Newsweek).

1. la película
2. el programa de televisión
3. la novela
4. el actor
5. el político
6. el disco
7. el conjunto musical
8. el coche

Irregular comparatives and superlatives

1. The following adjectives have irregular comparatives and superlatives:

bueno	*good*	(el) **mejor**	*better, (the) best*
malo	*bad*	(el) **peor**	*worse, (the) worst*
grande	*large, great*	(el) **mayor**	*older, (the) oldest; (larger, largest; great, greatest)*
pequeño	*small*	(el) **menor**	*younger, (the) youngest; (smaller, smallest)*

The plural is formed by adding **-es.**

Tu hijo es buen alumno, pero el mío es mejor.
Your son is a good student, but mine is better.

Son los mejores alumnos de la clase.
They are the best students in the class.

2. **Grande** and **pequeño** also have regular comparatives (**más grande** and **más pequeño**). These are the preferred forms when referring to physical size.

Alicia es la más pequeña de la familia.
Alicia is the smallest in the family.
BUT
Alicia es menor que su hermana.
Alicia is younger than her sister.

3. The following adverbs have irregular comparatives and superlatives:

bien	*well*	**mejor**	*better, best*
mal	*badly*	**peor**	*worse, worst*
mucho	*much*	**más**	*more, most*
poco	*little*	**menos**	*less, least*

Tú tocas bien el piano, pero yo lo toco mejor.
You play the piano well, but I play better.

Felipe baila mal el tango, pero Pedro lo baila peor.
Felipe dances the tango badly, but Pedro dances it worse.

Práctica

9-18 Haciendo comparaciones. Hágale Ud. estas preguntas a un(a) compañero(a) de clase. Él (Ella) debe usar una forma comparativa del adjetivo o del adverbio en las respuestas.

Modelo   ¿Trabajas mucho?
Sí, trabajo mucho, pero mi amigo(a) trabaja más.

1. ¿Cantas bien?
2. ¿Hablas poco?
3. ¿Eres pequeño(a)?
4. ¿Comes mucho?
5. ¿Eres malo(a)?
6. ¿Eres grande?
7. ¿Eres bueno(a)?
8. ¿Juegas mal (al tenis)?

9-19 A comparar. Usando formas comparativas y superlativas, compare Ud. a las personas y las cosas siguientes. Hay varias posibilidades. Compare sus comparaciones con las de otro estudiante de la clase.

Modelo   Mi novia…   *Mi novia es menor que yo.*
Mi novia es más inteligente que Ud.
Mi novia es la menos gorda de todos.

1. Mi familia…
2. Esta universidad…
3. Mi clase de español…
4. Mis profesores…
5. Mis notas…
6. Mis planes para el futuro…

The absolute superlative

1. The absolute superlative expresses a high degree of an adjective or adverb by simply using **muy** with the adjective or adverb.

   Aquel navío es muy grande.
   That ship is very large.

   Ella canta muy bien.
   She sings very well.

2. To express an even higher or more emphatic degree of an adjective or adverb, the absolute superlative is formed by dropping the final vowel of an adjective or adverb and adding the suffix **-ísimo(a, os, as).**

Very much is always expressed by **muchísimo.**

Ana es hermosísima.	Me gustó muchísimo.
Ana is extremely beautiful.	*I liked it very much.*
Esos chicos son rarísimos.	El ejercicio es dificilísimo.
Those boys are really strange.	*The exercise is terribly difficult.*

3. Words ending in **-co** or **-go** drop the **o** and change **c** to **qu** or **g** to **gu** before **-ísimo.**

   rico → riquísimo   largo → larguísimo

4. Words ending in **z** change **z** to **c** before **-ísimo.**

   feliz → felicísimo

5. The same effect may be achieved by using adverbs and adverbial phrases such as **sumamente** *(extremely)*, **terriblemente** *(terribly)*, **notablemente** *(remarkably)*, **en extremo** *(in the extreme)*, and **en alto grado** *(to a high degree).*

   Están sumamente preocupados.   Es notablemente fácil.
   They are extremely worried.   *It's remarkably easy.*

Práctica

9-20 La universidad. Describa Ud. esta universidad, cambiando estas oraciones a la forma **-ísimo (a, os, as).**

Modelo La universidad es muy buena.
La universidad es buenísima.

1. El nivel de las clases era muy bajo.
2. Aquellas muchachas son muy inteligentes.
3. El viaje al colegio me parecía muy largo.
4. Los libros son muy baratos.
5. Los maestros son muy astutos.
6. Su esquema era muy malo.
7. La comida en la cafetería estuvo sumamente sabrosa.
8. Estas lecciones son muy fáciles.
9. La facultad es extraordinariamente pequeña.
10. Los estudiantes son muy ricos.

9-21 Para pedir información. Trabajando en pares, hágale Ud. estas preguntas a un(a) compañero(a) de clase. Él (Ella) debe contestar cada una de las preguntas usando una forma superlativa absoluta en sus respuestas.

> **Modelo**   ¿Es el bachillerato sumamente fácil?
> *Sí, es facilísimo.*

1. ¿Es la materia muy interesante?
2. ¿Son los profesores extremadamente inteligentes?
3. ¿Son los libros terriblemente caros?
4. ¿Es el resumen del cuento muy largo?
5. ¿Son las clases muy difíciles?

 9-22 Las cosas buenísimas. Trabajando en pares, hagan Uds. una lista de sus cosas favoritas. Luego, compare Ud. su lista con la de su compañero(a) de clase. Incluya Ud. cinco cosas en su lista.

Exclamations

Vaya un (una) is also used to mean *What . . . !, What a . . . !:* **¡Vaya un hombre!** *(What a man!)*

1. In Spanish, exclamations are most frequently formed with **¡qué!. ¡Qué!** is the equivalent to *What a . . . !* or *What . . . !* before nouns and to *How . . . !* before adjectives and adverbs.

¡Qué lástima!	¡Qué bien habla!
What a pity!	*How well he speaks!*
¡Qué prisa tienen!	¡Qué guapa es!
What a hurry they're in!	*How attractive she is!*

2. If the noun in the exclamation is followed by an adjective, **tan** or **más** precedes the adjective. (This tends to make the exclamation more emphatic.) **Tan** or **más** is omitted when an adjective precedes the noun.

¡Qué hombre tan (más) fuerte!
What a strong man!

¡Qué bebida tan (más) sabrosa!
What a delicious drink!
BUT
¡Qué buena persona!
What a good person!

3. **¡Cuánto!** *(how, how much, how many)* is also commonly used in exclamations.

¡Cuánto dinero tiene!	¡Cuántos admiradores tienes!
How much money he has!	*How many admirers you have!*
¡Cuánto quería viajar con ellos!	
How I wanted to travel with them!	

4. Other interrogative words may also be used in exclamations.

¡Quién haría tal cosa!
Who would do such a thing!

5. When a noun clause follows an exclamation, its verb may be in either the indicative or the subjunctive.

¡Qué lástima que no (ganó) ganara!
What a pity he didn't win!

Práctica

9-23 Momentos emocionantes. Trabajando en parejas, usen Uds. exclamaciones como una reacción a las situaciones siguientes.

> **Modelo**   Ud.: Es un día bonito.
> Su compañero(a) de clase: *¡Qué día tan bonito!*

1. Tú tienes mucho dinero.
2. Ella vive muy lejos.
3. Mi amigo lo sabe todo.
4. Hay más de mil estudiantes aquí.
5. Este libro es muy interesante.
6. El profesor es excelente.
7. Esta universidad es grande.
8. La Facultad de Medicina es buena.

9-24 Exclamaciones. Trabajando en parejas, den Uds. una exclamación apropiada para cada una de las situaciones siguientes.

> **Modelo**   al ver a una mujer muy guapa
> *¡Qué guapa es! ¡Qué mujer tan guapa!*

1. al probar una sopa
2. al ver a un hombre que acaba de ganarse un millón de dólares
3. al ver un accidente
4. al conocer a una persona que habla español bien
5. al entrar a un palacio
6. al tomar una copa de vino
7. al visitar Nueva York
8. al aprobar un examen

9-25 Reacciones personales. Trabajando en pares, explique Ud. algo emocionante que le pasó. Su compañero(a) de clase debe reaccionar con una exclamación apropiada.

> **Modelo**   Ud.: *Recibí una A en la última prueba.*
> Su compañero(a) de clase: *¡Qué inteligente eres!*
> -o-
> *¡Qué bueno!*

Repaso

Review the subjunctive in adverbial clauses (2).

9-26 Observaciones. Junte Ud. las oraciones siguientes con la expresión entre paréntesis. Haga los cambios necesarios.

1. Manuel saldrá bien en el examen / ha estudiado la lección (con tal que)
2. El profesor no hablará / los estudiantes se callan (a menos que)
3. Sus amigos le dieron la respuesta / el profesor lo vio (sin que)
4. Fueron a la biblioteca / Beto podía estudiar (para que)
5. Asistiré a la conferencia / el maestro me hace preguntas después (en caso de que)

9-27 Para pedir información. Hágale Ud. estas preguntas a un(a) compañero(a) de clase. Su compañero(a) de clase tiene que contestar las preguntas de una manera lógica.

1. ¿Vas conmigo a la librería?
   No, no voy a menos que _____.
2. ¿Tomaremos algo en la cafetería después?
   Sí, tomaremos algo con tal que _____.
3. ¿Saliste rápido de tu última clase hoy?
   Sí, salí sin que _____.
4. ¿Vas a estudiar conmigo en la biblioteca esta noche?
   Sí, voy a estudiar contigo para que _____.

9-28 Opiniones personales. Trabajando en parejas, completen Uds. estas oraciones de una manera lógica. Comparen sus ideas con las de otros estudiantes de la clase.

1. Mañana estudiaré en la biblioteca con tal que _____.
2. No volveré a hablarle a mi novio(a) a menos que _____.
3. Yo salí de la clase sin que _____.
4. Iré al cine con mis amigos para que _____.
5. Me quedaré en casa mañana en caso de que _____.
6. Traje mis libros a clase a fin de que _____.
7. Venderé mi coche en caso de que _____.
8. Estudiaré español e historia europea para que _____.
9. Le escribí una carta a mi familia de modo que _____.
10. Haré un viaje a Chile aunque _____.

9-29 Para pedir información. Trabajando en pares, hágale Ud. estas preguntas a un(a) compañero(a) de clase. Él (Ella) debe contestarle usando una forma adverbial que termine con **-mente**.

Modelo   ¿Contestas las preguntas de una manera lógica?
Sí, las contesto lógicamente.
-o-
No, no las contesto lógicamente.

1. ¿Escribes de manera clara?
2. ¿Trabajas de manera diligente?
3. ¿Hablas de manera seria?
4. ¿Vas a clase con regularidad?
5. ¿Lees con frecuencia?
6. ¿Estudias con rapidez?

9-30 Comparaciones. Trabajando en parejas, describan Uds. las cosas siguientes, usando una forma comparativa o superlativa.

1. mi profesor(a) de español / los maestros de la escuela secundaria
2. mi hermano(a) / yo
3. el cine / la televisión
4. esta universidad / las otras universidades del estado
5. los Estados Unidos / los países hispánicos

A conversar

Once you have started to express your ideas, you will want to keep control of the conversation until you have completed your thoughts. Some expressions that can be used to prevent your partner from interrupting and to buy time while you are thinking of what you want to say next are given here.

Keeping control of a conversation

Hesitation fillers:

A ver.	*Let's see.*
Y, bien…	*And, well, . . .*
Un momento…	*One moment . . .*
Espere (Espera)…	*Wait . . .*
Déjeme (Déjame) pensar…	*Let me think . . .*
Es decir…	*That is to say . . .*

Expansion and clarification of a point:

Y también…	*And also . . .*
Y además…	*And besides . . .*
Debo añadir que…	*I should add that . . .*
Lo que quiero decir es que…	*What I mean to say is that . . .*

 ## Descripción y expansión

En las escuelas y universidades hay centros estudiantiles donde los estudiantes pueden reunirse para divertirse. Mire Ud. con cuidado el dibujo de la página 239 y después haga las actividades correspondientes con los otros estudiantes de la clase.

9-31 Describa detalladamente lo que se ve en la escena de una fiesta estudiantil en la página 239.

   a. ¿Qué clase de refrescos se venden? ¿Qué bebida cuesta menos? De las tres bebidas que se venden, ¿cuál es la más costosa?

   b. ¿Cuántas personas hay en la banda? ¿Hay más de diez hombres? ¿Es el hombre que toca la trompeta más alto que el que toca el violón *(bass viola)*? ¿Es el guitarrista menos o más gordo que el hombre que toca los tambores *(drums)*? ¿Cuál es el instrumento más grande de la banda? ¿Quién toca el instrumento más pequeño?

   c. ¿Cuál de las dos mesas tiene más estudiantes, la de la izquierda o la de la derecha? La mesa a la izquierda, ¿tiene más de 15 estudiantes? ¿En qué mesa se han consumido más bebidas? (Cuente las botellas.)

9-32 Haga Ud. una comparación entre esta fiesta y una fiesta típica de su universidad. Comparta esta comparación con la clase.

9-33 Opiniones. Con un(a) compañero(a) de clase, conteste estas preguntas.

   a. ¿Son importantes las fiestas? ¿Por qué?

   b. ¿Qué clase de fiestas le gusta más? Explique.

Ahora, compartan Uds. sus opiniones con la clase. ¿Cuántas personas piensan que las fiestas son importantes? ¿Cuántas personas no están de acuerdo? ¿Cuál es la fiesta que a los otros estudiantes les gusta más? ¿Por qué?

A escuchar

Carreras

Text Audio CD, Track 27 **Escuche Ud. a continuación la siguiente situación y el diálogo. Luego haga los ejercicios relacionados con lo que ha escuchado y aprendido.**

Conversación entre Javier, pintor de gran éxito, amigo de la familia, y Marina, estudiante, unos días antes del examen de selectividad que da ingreso a la universidad en España. Los dos, que están esperando la llegada de los padres de Marina, se han encontrado en la cafetería del Museo Reina Sofía, donde ha tenido lugar la inauguración de una muestra de la pintura de Javier.

9-34 Información. Conteste Ud. las siguientes preguntas.

1. ¿Quiénes mantienen la conversación?
2. ¿De qué tema charlan en el diálogo?
3. ¿Qué profesión tiene Javier?
4. ¿Qué examen va a tener Marina?
5. ¿Con qué carreras cree Marina que va a ganar mucho dinero?

 9-35 Conversación. Con un(a) compañero(a) entablen Uds. un diálogo sobre sus estudios y sus esperanzas para el futuro.

 9-36 Situaciones. Con un(a) compañero(a) de clase, preparen Uds. algunos diálogos que correspondan a las siguientes situaciones.

1. **Una charla entre dos estudiantes de español.** Dos estudiantes están en la cafetería discutiendo las ventajas y desventajas de estudiar en el extranjero.
2. **Una carrera de medicina.** Sus padres quieren que Ud. sea médico(a). Ud. no quiere estudiar medicina. Ellos le explican por qué creen que es una buena profesión para Ud., y Ud. les da las razones por las que prefiere estudiar para maestro(a).

 Intercambios

9-37 Un manifiesto. Los estudiantes de la Universidad de Córdoba, Argentina, empezaron la Reforma Universitaria al publicar en 1918 su «Manifiesto de la juventud argentina de Córdoba a los hombres libres de Sudamérica». El manifiesto insistía en la participación de los estudiantes en el gobierno de la universidad, defendía la libertad de enseñanza y asistencia y mantenía que la instrucción debería ser gratuita.

Con unos compañeros de clase, preparen Uds. un manifiesto, en el que indique cómo debería ser la universidad ideal.

Ahora, comparen Uds. su manifiesto con los otros grupos. ¿Cuáles son las características semejantes y las diferentes para tener una universidad ideal, según la opinión de su grupo y la de los otros?

Estos estudiantes están en la cafetería de la universidad. ¿Se visten como los estudiantes de los Estados Unidos? Describa la comida. ¿Desayunan o almuerzan?

9-38 Temas de conversación o de composición. Todos pasamos muchos años en la escuela, y muchos también continúan su educación en la universidad. Ya que Ud. está participando en este proceso, tendrá algunas ideas sobre la educación que ha recibido y las instituciones de enseñanza a las que ha asistido. Indique sus ideas, contestando las siguientes preguntas oralmente o en forma escrita. Comparta sus opiniones con la clase.

1. ¿Le parece que la escuela secundaria lo/la ha preparado a Ud. de un modo adecuado para la universidad?
2. ¿Cree que la educación debe tener un fin práctico? ¿Debe limitarse a la preparación del alumno para un oficio?
3. ¿Quiénes deben establecer el plan de estudios de la universidad? ¿Los profesores? ¿Los estudiantes? ¿El rector y los decanos?
4. ¿Debe haber materias obligatorias (requisitos) en la universidad?
5. ¿Le parece que el sistema actual de evaluación del estudiante es un poco anticuado? ¿Hay otro sistema mejor?
6. ¿Deben participar los estudiantes en la administración de la universidad? ¿en la selección de los profesores?
7. ¿Debe ser gratuita la instrucción en las universidades públicas?
8. ¿Cuáles son los problemas principales con que se enfrenta la universidad hoy día?

Text Audio CD, Track 28 **9-39 Ejercicio de comprensión.** Ud. va a escuchar un comentario sobre la educación en el mundo hispano. Después del comentario, va a escuchar tres oraciones. Indique si la oración es verdadera (V) o falsa (F) trazando un círculo alrededor de la letra que corresponde a la respuesta correcta.

1. V   F
2. V   F
3. V   F

Ahora, escriba dos cosas que Ud. haya aprendido al escuchar este comentario. Comparta lo que ha aprendido con la clase.

Para aprender bien es necesario que el estudiante enfoque su atención y concentración en la lección que está estudiando. A veces es difícil hacer esto a causa de las varias distracciones que no lo dejan concentrarse. En la revista *Entre Estudiantes* de España se publica un artículo sobre este tema. En el artículo se incluye una lista de las distracciones más comunes y lo que el estudiante puede hacer para evitarlas. Lea Ud. el artículo y conteste las preguntas.

Lectura

La CYA contra el suspenso

Atención, Concentración y Acción

Fijar continuamente los ojos en cualquier objeto de la mesa de estudio que no sea el libro o los apuntes, tener la irresistible necesidad de salir del cuarto con cualquier pequeña excusa, decirse a sí mismo que tiene derecho a ver un programa de televisión de sólo media hora y encontrarse todavía frente a la pequeña pantalla tres horas después sin saber si quiera que programas ha visto... estos y algunos más son los típicos problemas con los que se encuentra un estudiante que no sabe enfocar adecuadamente su atención. Si quieres filmar un final de curso *glorioso* fija el objetivo de tu CYA (atención y concentración) en estas páginas.

La distracción: causas

La distracción es la continua y más peligrosa enemiga de la atención. Para vencerla lo primero que has de hacer es averiguar sus causas. Estas pueden ser diversas y muy variadas. Tu misión será descubrir cual de ellas te desvían del objetivo y actuar contra ellas.

*Una de las principales y más corrientes causas de la distracción es la no determinación de unos fines y objetivos concretos. Te sientas a estudiar sin saber porqué ni para qué, no sabes a dónde vas, cuál es tu rumbo, no sabes lo que buscas, no te has planteado unas preguntas a las que intentar contestar mediante el estudio. En estas circunstancias cualquier estímulo te alejará de los libros.

*Hay veces en que te encuentras estudiando una asignatura para la cual no estás preparado, no tienes los conocimientos previos para afrontar su estudio, no entiendes nada, todo te suena a chino y cualquier cosa te sirve para rescatarte de ese mar de confusión. Además de perder la atención, disminuirá tu motivación y frecuentemente te sentirás frustrado, pide ayuda para llenar esas lagunas de tu conocimiento. Cuando, por el contrario, el nivel de la asignatura o del curso sea inferior a tu preparación sentirás que estás perdiendo el tiempo e intentarás aprovecharlo en el cine o dando una vuelta con tus amigos.

*La monotonía es la más fiel aliada de la distracción y por tanto un mortal enemigo de la atención. Si llevas estudiando cuatro horas la misma asignatura estarás mortalmente aburrido y todo te distraerá. Procura alternar en un día de estudio varias asignaturas. Cuando estés estudiando una materia, el cambio con el comienzo de la siguiente será un *novedoso* acicate para tu atención.

*La falta de descanso, la fatiga disminuyen progresivamente la atención hasta hacerla imposible si no pones el remedio con un descanso reponedor.

*Mala o inexistente planificación del tiempo de estudio. Las asignaturas más difíciles o *pesadas* estúdialas por la mañana o a media tarde cuando estás descansado y animoso. La lectura de libros de apoyo, tareas mecánicas y las asignaturas más asequibles déjalas para las últimas horas de la tarde cuando el cerebro un poco cansado no admite muchos esfuerzos. Y, por supuesto, (y esto ya te lo tienes que saber muy bien) no estudies nunca inmediatamente después de las comidas.

*Sólo un aventajado fakir estudiaría cómodo y concentrado en una cama de pinchos. El lugar de estudio influye considerablemente en el nivel de la atención: un mobiliario cómodo, una iluminación adecuada, una temperatura media mejorarán tu predisposición para concentrarte. Y lo más obvio, antes de sentarte asegúrate que tienes todo lo necesario encima de la mesa: bolígrafo, lapicero, goma, etcétera, etcétera y retira de la vista la fotografía de tu amado/a, ese muñeco tan gracioso, cualquier cosa qué pueda distraerte. Si quieres dejar algo encima de la mesa deja un reloj que cada vez que mires por la ventana o juegues distraído con el lápiz te mire acusador indicándote el tiempo que has perdido.

*Deficiencias alimenticias que pueden provocar la carencia de alguna vitamina o mineral esenciales para mantener la mente en forma.

*Los problemas familiares, sociales, académicos que constantemente acuden a la mente imposibilitan la atención y la concentración.

Si ahora conoces las causas de tus continuas distracciones, duro con ellos, ataca directo al centro del problema.

Preguntas

9-40 Conteste las siguientes preguntas.

1. ¿Qué significan las letras CYA?
2. ¿Cuáles son unos de los síntomas de una persona que no sabe enfocar la atención?
3. ¿Cuál es una de las causas de la distracción, y qué se puede hacer para evitarla?
4. ¿Qué papel hace la alimentación con respecto a la habilidad de concentrarse?
5. ¿Qué cosa le distrae más cuándo está tratando de estudiar? ¿Qué hace para remediar el problema?

 9-41 Ahora, su profesor(a) va a dividir la clase en cinco grupos. Cada grupo debe hablar acerca de lo que se presenta en el artículo, «La distracción: causas». Después de hablar de cada distracción y los remedios para evitarla, cada grupo debe colocarlos en orden de importancia. Si según el grupo, en la lista falta una distracción que Uds. han experimentado, se puede incluir esta distracción también. Después de terminar, su profesor(a) va a escribir en la pizarra una lista de las distracciones empezando con la más dominante y terminando con la menos común, según lo que hayan decidido los grupos.

¿Qué les parecen a los miembros de su grupo las sugerencias para evitar las distracciones? ¿Hay algunos miembros de su grupo que hayan tratado de seguirlas? ¿Han tenido éxito o no? Ellos deben explicar por qué sí o por qué no.

Cada miembro del grupo debe escribir en una hoja de papel la sugerencia que le parezca más práctica y por qué le parece así. Compartan Uds. las ideas del grupo con las de los estudiantes de los otros grupos con un resumen oral que cada uno de los grupos tiene que presentarle oralmente a la clase.

La ciudad en el mundo hispánico

◄ Se encuentra el monumento dedicado a la independencia de México de España en el Paseo de la Reforma en la Ciudad de México. Compare la Ciudad de México con una ciudad grande de los Estados Unidos. ¿Cuáles son las semejanzas y cuáles son las diferencias?

En contexto

En el Café Alfredo

Vocabulario activo

Estudie estas palabras.

Verbos

averiguar *to find out*
enamorarse (de) *to fall in love (with)*
merecer *to deserve*
prestar *to lend*
reunirse *to meet, gather*

Sustantivos

el bocadito *snack*
el bolsillo *pocket*
el caballero *gentleman*
el conjunto *musical group*
los entremeses *hors d'oeuvres*
el letrero *sign*
el metro *subway*
la morenita *pretty brunette*
el (la) novio(a) *boyfriend, girlfriend,*
    fiancé, fiancée

el (la) pelirrojo(a) *redhead*
el tipo *guy*

Adjetivos

formidable *great, wonderful*
grandote(ta) *very large*
guapetón(ona) *really cute*
guapito(a) *very cute*
poquito(a) *a little bit*
resuelto(a) *resolved*
subterráneo(a) *underground*

Otras expresiones

al aire libre *in the open air, outside*
café al aire libre *sidewalk café*
¿de acuerdo? *agreed? all right?*

Para practicar

Complete Ud. el párrafo siguiente con palabras escogidas de la sección
Vocabulario activo. **No es necesario usar todas las palabras.**

Anoche fui a ver a mi **1.** Alicia. Ella vive en un barrio que está lejos de mi casa. Por
eso tomé el **2.** a su casa. Alicia es alta, delgada y **3.** con cabello oscuro y bellísimo.
Opino que ella es la **4.** más bonita del mundo. Yo me **5.** de ella la primera vez que
la vi. Nosotros nos **6.** todas las noches para hablar o para asistir a un concierto o ir
al cine. Anoche había un **7.** que daba un concierto en el teatro Colón. Mi hermano
me **8.** dinero para comprar las entradas. Era un concierto **9.** . Después decidimos
comer un **10.** en un **11.** que estaba cerca del teatro.

  Antes de leer el diálogo escúchelo con el libro cerrado ¿Cuánto comprendió?

(En la Ciudad de México, Tomás y Carlos se reúnen casi todos los días en el Café
Alfredo, un restaurante al aire libre.[1])

TOMÁS   Hola, Carlos. ¿No vino Dieguito?

CARLOS   No. Tuvo que visitar a un amigo que está en el hospital.

TOMÁS   ¡Hombre! Mira a esas dos muchachas. Qué guapitas las dos ¿eh?

CARLOS   Guapetonas. A la morenita la vi pasar antes sola. Oye, ¿qué vamos a hacer
            esta noche?

TOMÁS	No sé. ¿Qué quieres hacer tú? Con tal que no cueste nada, porque mis bolsillos están que chillan del hambrote que traen[1].
CARLOS	A ver si Isabel y Sonia quieren salir a pasear. Te puedo prestar un poquito para que vayamos al cine. O podríamos ir al museo —no cuesta nada.
TOMÁS	¡Uf! Pero es media hora en camión.[2] Luego tendríamos que esperar hasta que se vistieran y luego otra media hora de vuelta. Ni que fueran[2] Julia Roberts y Kathleen Turner.
CARLOS	En el metro llegaríamos en quince minutos.
TOMÁS	Si tuviéramos un coche sólo nos tomaría diez minutos. Voy a buscarme una novia que viva en el centro. ¡Mira! Esas dos acaban de sentarse allí. Si esa pelirroja fuera mi novia, iría al fin del mundo en camión.
CARLOS	Tal vez esté resuelta la cuestión del programa para esta noche. Ve a hablarles. Ya me enamoré.
TOMÁS	Bueno, pero ¿qué les digo?
CARLOS	Invítalas a ir a bailar con nosotros.
TOMÁS	Pero, si aceptan… a menos que traigas dinero para los dos…
CARLOS	Sí, sí, yo te presto. Vamos al «Jacaranda». Tienen un conjunto formidable. Pero date prisa, antes de que se nos vayan.
TOMÁS	Bueno, bueno, ya voy. *(Se acerca a la mesa de Tere y Lola.)* Perdonen, señoritas, ¿saben Uds. dónde queda «El Jacaranda»?
TERE	Sí, allí en la esquina. ¿No ve el letrero ahí —el de las letras grandotas?
TOMÁS	Ah, ¿cómo no lo había notado? ¿Sabe si es un buen lugar para bailar?
TERE	Pues, así dicen. Yo nunca estuve adentro.
TOMÁS	Entonces, permítanme invitarlas. Si nos acompañaran a mi amigo y a mí, podríamos averiguar si merece la fama que tiene. ¿De acuerdo?
LOLA	Sólo si les pide permiso a nuestros novios, que se acercan ahí detrás de Ud.
TOMÁS	¿Cómo? ¿Novios? Ah… este… Gracias por la información. Buenas noches, caballeros. Pedía un poquitín[3] de información. Si hubiera sabido, no habría molestado. Bueno, con su permiso… *(Vuelve a su mesa.)* Oye, Carlos, viéndolas de cerca no son tan bonitas.
CARLOS	Sí, veo que las acompañan unos tipos. Bueno, ¿qué quieres hacer esta noche?
TOMÁS	Pues, vamos en el metro a casa de Isabel y Sonia, ¿quieres? Pensándolo bien, no está tan lejos.
CARLOS	Bueno, vámonos.

Notas culturales

[1] *un restaurante al aire libre: La vida social en muchas ciudades hispánicas se concentra en los cafés —frecuentemente al aire libre— donde se reúne la gente por la tarde, después del trabajo, para conversar, beber y comer entremeses u otros bocaditos. Es una costumbre indispensable para mucha gente.*

[2] *media hora en camión: Se usa mucho el transporte público en las ciudades hispánicas. El medio más popular es el camión (la palabra para* bus *en México; en otros países, «el camión» quiere decir* truck*). Los taxis abundan* (abound) *también. En las capitales hay trenes subterráneos (llamados «metros») que suelen ser* (are usually, generally) *más rápidos y, a veces, más cómodos que los «camiones».*

[1] que chillan del hambrote que traen *are growling with hunger (very empty)*   [2] Ni que fueran *Not even if they were*   [3] un poquitín *a tiny bit*

10-1 Comprensión. Conteste Ud. las siguientes preguntas.

1. ¿Qué tipo de restaurante es el Café Alfredo?
2. ¿Por qué no vino Dieguito?
3. ¿Qué piensa Tomás de las muchachas?
4. ¿Qué es lo que sugiere Carlos?
5. ¿Cómo pueden llegar a casa de Isabel y Sonia?
6. ¿Qué les pregunta Tomás a las dos muchachas?
7. ¿Qué quiere hacer en realidad?
8. ¿Por qué no se interesan las muchachas?
9. ¿Qué deciden hacer Tomás y Carlos?

10-2 Opiniones. Conteste Ud. las siguientes preguntas.

1. ¿En qué ciudad grande de los Estados Unidos o de México ha estado Ud.?
2. ¿Le gustan las ciudades grandes? ¿Por qué?
3. ¿Le gustan los restaurantes al aire libre? ¿Por qué?
4. ¿Dónde y cuándo ha estado Ud. en un restaurante al aire libre?
5. ¿Por qué no hay muchos restaurantes al aire libre en los Estados Unidos?
6. ¿Prefiere ir a un museo o al cine? ¿Por qué?
7. ¿Cómo se llama su conjunto musical favorito?

En esta foto vemos una escena de una ciudad del mundo hispánico. ¿Cómo es la ciudad? ¿Se parece mucho a una ciudad en los Estados Unidos? Describa el edificio. ¿Se parece a algún de los edificios en la ciudad dónde vive? Explique.

Estructura

If clauses

A. Subjunctive and indicative in *if* clauses

In Spanish as in English, **si** or *if* clauses may express conditions that are factual or conditions that are contrary to fact. The verb tense used in a Spanish **si** clause depends on the factual or nonfactual nature of the condition.

1. When a **si** clause expresses a simple condition or a situation that implies the truth or an assumption, the indicative mood is used in both the **si** clause and the result clause of the sentence.

   Si tengo bastante dinero, iré contigo. ¿De acuerdo?
   If I have enough money, I will go with you. Agreed?

   Si continúas hablando, vas a perder el avión.
   If you continue talking, you are going to miss the plane.

   Si ellos tenían tiempo, hacían la tarea.
   If they had time, they did the assignment.

2. When a *si* clause states a hypothetical situation or something that is contrary to fact (not true now nor in the past) or unlikely to happen, the imperfect or past perfect subjunctive is used. The result clause is usually in the conditional or the conditional perfect.

   Si pudiera, iría en metro.
   If I could, I would go by subway.

   Si hubiera sabido, no las habría molestado.
   If I had known, I would not have bothered them.

   Si él fuera a México, vería las ruinas aztecas.
   If he should (were to) go to Mexico, he would see the Aztec ruins.

   ¿Qué harías si tuvieras un millón de dólares?
   What would you do if you had a million dollars?

   Si él lo pusiera en el bolsillo, no lo perdería.
   If he put it in his pocket, he would not lose it.

> The **-ra** form of the imperfect or pluperfect subjunctive may also be used in the result clause of conditional sentences. **Si pudiéramos conseguir entradas, quisiera ir.** *If we could get tickets, I'd like to go.*

3. When **si** means *if* in the sense of *whether*, it is always followed by the indicative.

   No sé si lo haré o no.
   I don't know if (whether) I'll do it or not.

B. Clauses with *como si*

Como si *(as if)* implies an untrue or hypothetical situation. It always requires the imperfect or the past perfect subjunctive.

Pinta como si fuera Picasso.
He paints as if he were Picasso.

Hablaban como si no hubieran oído las noticias.
They were talking as if they hadn't heard the news.

¡Como si nosotros tuviéramos la culpa!
As if we were to blame!

Práctica

10-3 Varios pensamientos. Complete Ud. estos pensamientos de un(a) estudiante con la forma correcta de los verbos entre paréntesis.

1. Si yo (tener) _____ más tiempo, estudiaría con ellos.
2. Se él (haber) _____ estudiado sus apuntes, habría salido bien en el examen.
3. Si ellos (ganar) _____ bastante dinero, comprarán los libros.
4. La profesora me habló como si (ser) _____ mi madre.
5. Si nosotros (tomar) _____ el metro, llegaríamos a la universidad en diez minutos.
6. Si el profesor (hablar) _____ más despacio, los alumnos lo entenderían mejor.
7. Si los estudiantes (haber) _____ comido un bocadito antes de salir, no habrían tenido hambre durante el examen.
8. Si yo (poder) _____ encontrar una pluma, escribiré los apuntes en mi cuaderno.
9. Él estudió como si le (gustar) _____ el curso.
10. Si ellos (viajar) _____ por metro, gastarían menos.

10-4 Un(a) millonario(a). Trabajando en parejas, hablen Uds. de las cosas que harían si fueran millonarios. Incluyan las ideas de la lista y otras originales.

Si yo fuera millonario(a)…

1. comprar una casa grande
2. viajar a todas partes del mundo
3. ayudar a los pobres
4. comer en los restaurantes más elegantes del mundo
5. vivir en un lugar exótico
6. ¿…?
7. ¿…?
8. ¿…?

10-5 ¿Qué pueden hacer Uds. esta noche? Trabajando en parejas, hablen de las cosas que harían esta noche si tuvieran la oportunidad. Siguiendo el modelo, hagan una lista de estas actividades. Compare Ud. su lista con la de su compañero(a) de clase.

Modelo   *Yo iría al centro si tuviera dinero.*

10-6 Reacciones. Reaccione Ud. a las situaciones siguientes completando cada una de las oraciones de una manera lógica. Luego compare sus reacciones con las de otro(a) compañero(a) de clase. ¿Tienen muchas reacciones en común?

Modelo   *Si no tengo dinero, buscaré trabajo.*

1. Si yo no estudio, _____.
2. Si yo fumara, _____.
3. Si yo ganara mucho dinero, _____.
4. Si yo recibo un cheque de mil dólares, _____.
5. Si yo voy a México, _____.

10-7 Impresiones. Complete Ud. estas oraciones de una manera lógica y original. Luego compare sus impresiones con las de otro(a) compañero(a) de clase. ¿Tienen muchas impresiones en común?

  1. Mi profesor habla como si _____.
  2. El hombre anda como si _____.
  3. Mi madre escribe como si _____.
  4. Los estudiantes estudian como si _____.
  5. Mi novio(a) gasta dinero como si _____.

 10-8 Una visita a Madrid. Trabajando en grupos, hablen de lo que harían si fueran a Madrid, la capital de España. Luego, compartan Uds. su lista con las de los otros groupos. ¿Cuáles son las diferencias y las semejanzas?

Verbs followed by a preposition

Certain verbs require a preposition when followed by an infinitive or an object noun or pronoun. In the lists below, note the following:

A few verbs are regularly used with either of two prepositions.

entrar **en**　　　*or* entrar **a**　*to enter (into)*
preocuparse **con**　*or* preocuparse **de**　*to be concerned with, worry about*

Many verbs may take more than one preposition, their meaning varying according to which preposition is used.

acabar **con**　*to put an end to*
acabar **de**　*to have just*

dar **a**　*to face*
dar **con**　*to come upon, meet*

pensar **de**　*to think of (have an opinion of)*
pensar **en**　*to think of (have on one's mind)*

> **Pensar** may also be followed directly by an infinitive, in which case it means *to intend to.*

A. Verbs that take the preposition *a*

1. Verbs taking **a** before an infinitive

acostumbrarse a *to get used to*	invitar a *to invite to*
aprender a *to learn to*	ir a *to be going to*
ayudar a *to help to*	negarse a *to refuse to*
comenzar a *to begin to*	ponerse a *to begin to*
empezar a *to begin to*	prepararse a *to prepare to*
enseñar a *to teach to*	volver a *to . . . again*

2. Verbs taking **a** before an object

acercarse a *to approach*	ir a *to go to*
asistir a *to attend*	llegar a *to arrive at (in)*
dar a *to face*	oler a *to smell of*
dirigirse a *to go toward; to address oneself to*	responder a *to answer*
entrar a *to enter*	saber a *to taste of*

B. Verbs that take the preposition *con*

1. Verbs taking **con** before an infinitive

contar con *to count on*
preocuparse con *to be concerned with*
soñar con *to dream of*

2. Verbs taking **con** before an object

casarse con *to marry*	encontrarse con *to meet*
contar con *to count on*	quedarse con *to keep*
cumplir con *to fulfill one's* *obligation toward; to keep*	soñar con *to dream of*
dar con *to meet, to come upon*	tropezar con *to run across, to come upon*

C. Verbs that take the preposition *de*

1. Verbs taking **de** before an infinitive

acabar de *to have just*	olvidarse de *to forget to*
acordarse de *to remember to*	preocuparse de *to be concerned about*
alegrarse de *to be happy to*	quejarse de *to complain of*
dejar de *to stop*	terminar de *to finish*
encargarse de *to take charge of*	tratar de *to try to*
haber de *to have to*	

2. Verbs taking **de** before an object

acordarse de *to remember*	enamorarse de *to fall in love with*
aprovecharse de *to take* *advantage of*	gozar de *to enjoy*
burlarse de *to make fun of*	mudar(se) de *to move*
depender de *to depend on*	olvidarse de *to forget*
despedirse de *to say good-bye to*	pensar de *to think of, to have an* *opinion about*
disculparse de *to apologize for*	reírse de *to laugh at*
disfrutar de *to enjoy*	servir de *to serve as*
dudar de *to doubt*	

D. Verbs that take the preposition *en*

1. Verbs taking **en** before an infinitive

confiar en *to trust to*	insistir en *to insist on*
consentir en *to consent to*	pensar en *to think of about*
consistir en *to consist of*	tardar en *to delay in, to take long to*

2. Verbs taking **en** before an object

confiar en *to trust*	fijarse en *to notice*
convertirse en *to turn into*	pensar en *to think of, to have in mind*
entrar en *to enter (into)*	

Práctica

10-9 Preposiciones. Complete Ud. estas oraciones con una preposición si es necesario.

1. Las mujeres se acercaron _____ la puerta sin leer el letrero.
2. La lección consiste _____ leer el cuento.
3. Nosotros queremos _____ ir al partido de fútbol.
4. Mi primo se enamoró _____ una pelirroja.
5. Se alegran _____ recibir una carta de su abuela.
6. La doctora espera _____ llegar temprano a la universidad.
7. Los estudiantes se ponen _____ estudiar a las diez.
8. El abogado siempre ha cumplido _____ su palabra.
9. Al entrar _____ su casa me olvidé _____ todo.
10. Es necesario acordarse _____ esta fecha.
11. Mis compañeros siempre insisten _____ beber vino.
12. Mis padres compraron una casa que da _____ la plaza.
13. No podemos _____ salir sin ellos.
14. Rumbo a la estación, Juan tropezó _____ su novia.
15. Me olvidé _____ ponerlo en mi cuarto antes de salir.

10-10 Imagínese. Complete Ud. estas oraciones de una manera lógica. Luego compare sus respuestas con las de otro(a) compañero(a) de clase. ¿Tienen algo en común?

1. En esta clase nosotros (aprender a) _____.
2. Todas las semanas yo (asistir a) _____.
3. Después de graduarme, quiero (casarse con) _____.
4. Este verano mi familia y yo (disfrutar de) _____.
5. Antes de dormirme, yo (pensar en) _____.

10-11 Información personal. Escriba cinco oraciones que describan cosas que Ud. hace. Luego, escriba cinco preguntas y hágaselas a un(a) compañero(a) de clase. Use palabras de la lista para hacer sus oraciones y sus preguntas.

Modelo   *Me encuentro con mis amigos después de la clase. ¿Con quién te encuentras tú?*

1. acostumbrarse
2. dirigirse a
3. contar con
4. casarse con
5. quejarse de
6. burlarse de
7. despedirse de
8. consistir en
9. insistir en
10. fijarse en

Diminutives and augmentatives

Spanish has a number of diminutive and augmentative suffixes that are added to nouns, adjectives, and adverbs in order to indicate a degree of size or age. These suffixes may also express affection or contempt. Often these endings eliminate the need for adjectives.

A. Formation

1. Augmentative and diminutive endings are added to the full form of words ending in a consonant or stressed vowel.

mamá	mamacita	*(mama, mommy)*
animal	animalucho	*(ugly animal)*

2. Words ending in the final unstressed vowels **o** or **a** drop the vowel before the ending is added.

libro	librito	*(little book)*
casa	casucha	*(shack, shanty)*

3. When suffixes beginning in **e** or **i** are attached to a word-stem ending in **c, g,** or **z,** these change to **qu, gu,** and **c** *respectively* in order to preserve the sound of the consonant.

chico	chiquito	*(little boy)*
amigo	amiguito	*(pal, buddy)*
pedazo	pedacito	*(small piece, bit)*

4. Diminutive and augmentative endings vary in gender and number.

pobres	pobrecillos	*(poor little things)*
abuela	abuelita	*(grandma)*

B. Diminutive endings

The most common diminutive endings are **-ito, -illo, -cito, -cillo, -ecito,** and **-ecillo.** In addition to small size, diminutive endings frequently express affection, humor, pity, irony, and the like.

1. The endings **-ecito(a)** and **-ecillo(a)** are added to words of one syllable ending in a consonant and words of more than one syllable ending in **e** (without dropping the **e**).

flor	florecita	*(little flower, posy)*
pan	panecillo	*(roll)*
pobre	pobrecillo	*(poor thing)*
madre	madrecita	*(mommy)*

2. The endings **-cito(a)** and **-cillo(a)** are added to most words of more than one syllable ending in **n** or **r.**

joven	jovencita	*(young lady)*
autor	autorcillo	*(would-be author)*

3. The endings **-ito(a)** and **-illo(a)** are added to most other words.

ahora	ahorita	*(right now)*
casa	casita	*(little house)*
Pepe	Pepito	*(Joey)*
Juana	Juanita	*(Jeanie)*
campana	campanilla	*(hand bell)*

C. Augmentative endings

The most common augmentative endings are **-ón(-ona), -azo, -ote(-ota), -acho(a),**
and **-ucho(a).** Augmentative endings express large sizes and also contempt, disdain,
grotesqueness, and so on.

hombre	hombrón	*(big, husky man)*
éxito	exitazo	*(huge success)*
libro	librote	*(large, heavy book)*
rico	ricacho	*(very rich)*

Práctica

10-12 Derivaciones. Traduzca Ud. cada una de las palabras de la siguiente lista. Diga
si la palabra es diminutiva o aumentativa. Luego, dé la palabra original de cada palabra
de la lista.

1. sillón
2. caballito
3. perrazo
4. poquito
5. mujerona
6. jovencito
7. guapetona
8. platillo
9. panecillo
10. ratoncito

11. pollito
12. hermanito
13. hombrecito
14. cucharón
15. zapatillos
16. cafecito
17. grandote
18. morenita
19. librote
20. boquita

Ahora, escriba Ud. un párrafo para describir una persona, una cosa o un animal, usando
algunas de las palabras de la lista anterior. Prepárese para compartir su descripción con
la clase.

10-13 Una plaza del pueblo. Imagínese que está mirando una foto de una plaza de un
pueblo de México. Describa lo que ve, usando formas diminutivas o aumentativas en vez
de las frases subrayadas. Luego compare su descripción con la de otro(a) compañero(a)
de clase. ¿Están de acuerdo?

Hay una <u>mujer grande</u> _____ que está hablando con una <u>chica pequeña</u> _____.
Un <u>hombre pequeño</u> _____ está caminando con su <u>perro grande</u> _____. Un <u>chico
pequeño</u> _____ está sentado en un <u>banco pequeño</u> _____. Hay <u>pájaros pequeños</u>
_____ encima de una <u>estatua grande</u> _____. Otro <u>hombre grande</u> _____ está
leyendo un <u>libro pequeño</u> _____. A mi <u>hijo pequeño</u> _____ le gustaría jugar en
esta <u>plaza pequeña</u> _____.

Repaso

Review *if* clauses.

10-14 Observaciones. Complete Ud. estas oraciones con la forma correcta de los verbos entre paréntesis.

1. Irían a la playa si (tener) _____ tiempo.
2. Si yo (saber) _____ la verdad, se la diría.
3. Si José (estudiar) _____, aprenderá mucho.
4. Si ellos me (haber) _____ prestado el dinero, habría ido.
5. Si (haber) _____ bastante tiempo, vamos a ver las ruinas indígenas.
6. Ese hombre habla como si (ser) _____ muy inteligente.
7. Su novio baila como si (estar) _____ borracho.
8. Mi abuelo escribe como si no (poder) _____ ver bien.
9. Ella gasta dinero como si (tener) _____ mucho.
10. Me mudaría a la ciudad si (poder) _____ encontrar un trabajo.
11. Habrían visitado la aldea si (haber) _____ tenido más tiempo.
12. Si nosotros (salir) _____ a las seis, llegaremos a las diez.

Review *if* clauses.

10-15 Ideas originales. Trabajando en parejas, completen Uds. estas oraciones con ideas originales.

1. Si yo tuviera un millón de euros, _____.
2. Si hubiera un restaurante al aire libre aquí, _____.
3. Si yo pudiera ir a Sudamérica, _____.
4. Si yo viviera en una ciudad grande, _____.
5. Si yo estudiara mucho, _____.
6. Yo comería ahora si _____.
7. Yo estudiaría la lección si _____.
8. Yo te daría todo mi dinero si _____.
9. Iría contigo al cine si _____.
10. Yo te compraría una taza de café si _____.

Review diminutives and augmentatives.

10-16 Descripciones. Complete Ud. estas oraciones de una manera lógica, usando formas diminutivas o aumentativas. Luego compare sus descripciones con las de otro(a) compañero(a) de clase. ¿Están de acuerdo?

1. Un animal que no es bonito es un _____.
2. Una casa que es muy pequeña y humilde es una _____.
3. Lo opuesto de un librote es un _____.
4. Una flor que es muy pequeña es una _____.
5. Tomás es más que un amigo, es mi (pal) _____.
6. Hay una campana en la torre, pero la que ella tiene en la mano es una _____.
7. El profesor no quiere que lo hagamos más tarde, él quiere que lo hagamos (right now) _____.
8. El drama es más que un éxito, es un _____.

A conversar

Expressions that ensure continuous interaction

To keep a conversation moving and to ensure continued interaction with your partner, you may ask for help if you forget a word or the details of a situation. Some useful expressions are the following:

¿Cómo se dice…?	*How do you say . . . ?*
¿Cómo se llama la persona que nos trae cartas?	*What do you call the person who brings us letters?*
Se me olvidó. ¿Recuerda Ud. (Recuerdas) lo que pasó?	*I forgot. Do you remember what happened?*
Ayúdeme (Ayúdame) a explicarlo.	*Help me explain it.*

 Descripción y expansión

10-17 La ciudad ofrece muchas ventajas, pero a la vez tiene varias desventajas. Mire Ud. con cuidado el dibujo de esta ciudad hispánica, y después haga las siguientes actividades.

1. Describa Ud. detalladamente la escena.
2. Diga lo que hace cada persona en la escena. Use la imaginación.
   a. ¿Qué hacen los niños enfrente del cine?
   b. ¿Qué hace el hombre que está sentado en la parada del autobús?
   c. ¿Qué hacen las dos parejas *(couples)*?
   d. ¿Cómo se llama el almacén? ¿Qué se puede comprar en esa tienda?
   e. ¿Cómo se llama la pastelería? ¿Qué se vende en esa tienda?
   f. ¿Cómo se llama la película que dan en el cine? ¿Es una película extranjera para los mexicanos? ¿De qué país es?

10-18 Opiniones y observaciones. Conteste Ud. las siguientes preguntas.

1. ¿Cuáles son algunas de las semejanzas entre esta ciudad, la ciudad de Nueva York y la suya? ¿Algunas de las diferencias?
2. ¿Dónde preferiría vivir Ud., en esta ciudad o en la suya? ¿Por qué?
3. ¿Le parece a Ud. que la vida diaria de esta ciudad es más tranquila que la de su ciudad? Explique. Comparta sus ideas con las de los otros estudiantes.

 # A eschuchar

¿Al rancho?

Text Audio CD, Track 30 **Escuche Ud. a continuación la siguiente situación y el diálogo correspondiente. Luego haga los ejercicios relacionados con lo que ha escuchado y aprendido.**

María Luisa, ecuatoriana del primer curso de universidad, charla por teléfono con su novio Darío sobre la amiga que tiene en Texas. María Luisa y Amy se escriben desde que estaban en el segundo curso de secundaria, y se visitaron en una ocasión durante el verano.

10-19 Información. Decida si son verdaderas o falsas las siguientes oraciones.

1. Darío tiene una amiga en Texas.
2. Amy quiere estudiar periodismo.
3. El rancho está muy lejos de las ciudades.
4. Amy cuenta en la carta lo que es una hermandad.
5. A la estudiante ecuatoriana le gusta vivir en el campo.

 10-20 Conversación. Pregúntele a un(a) compañero(a) de clase lo que haría si tuviera en su casa un amigo de otro país durante las vacaciones. Cuando termine cuéntele a él/ella lo que Ud. haría de modo diferente.

 10-21 Situaciones. Con un(a) compañero(a) de clase, prepare algunos diálogos que correspondan a las siguientes situaciones. Estén listos para presentarlos enfrente de la clase.

1. **Una nueva casa.** Los Rodríguez acaban de mudarse a otra ciudad y buscan una casa. Hablan con un(a) agente de bienes raíces *(realtor)* y le describen detalladamente la clase de casa que ellos quieren comprar.
2. **Las elecciones municipales.** Un(a) candidato(a) para alcalde camina por la ciudad visitando las casas de los votantes. Un hombre le pregunta lo que va a hacer para mejorar la ciudad. El (La) candidato(a) le explica lo que quiere hacer.

Un día típico en la vida de una estudiante de San Juan, Puerto Rico.
¿Qué hace la estudiante? ¿Dónde está ella? ¿Es esta escena típica de los
estudiantes de su escuela?

 Intercambios

10-22 Discusión: La vida urbana y la vida rural. Todos tenemos alguna idea de
cómo preferiríamos vivir si pudiéramos escoger libremente. A algunas personas les gusta
más la vida urbana; otras prefieren vivir en el campo. Con un(a) compañero(a) de clase,
indiquen Uds. sus preferencias, contestando las siguientes preguntas.

1. ¿Dónde se siente Ud. más cómodo(a), en la metrópoli o en el campo? ¿Por qué?
2. ¿Cuáles son algunas de las ventajas de la vida rural?
3. ¿Qué nos ofrece la metrópoli?
4. ¿Qué cualidades asocia Ud. con las personas que viven en las grandes ciudades? ¿Y
   con las que viven en el campo?
5. ¿Prefiere Ud. caminar por el campo o por las calles de una ciudad? Explique.
6. ¿Qué preparación necesita uno para ganarse la vida en la ciudad? ¿En el campo?
7. ¿Dónde hay mejores diversiones, en la ciudad o en el campo? Descríbalas.
8. ¿Dónde es mejor la calidad de la vida? ¿Por qué?

Ahora, comparen Uds. sus respuestas con las de los otros estudiantes de clase. ¿Cuáles
son las diferencias? ¿Las semejanzas?

10-23 Temas de conversación o de composición. En grupos de cinco personas, lean y contesten las preguntas. Hagan Uds. una lista de cinco problemas para la pregunta número uno y cinco problemas para la pregunta número dos. Después, contesten Uds. la pregunta número tres, haciendo una lista de las opiniones del grupo.

Ahora, su profesor(a) va a conducir una encuesta en clase para saber cuáles son los cinco problemas más graves de los habitantes de la ciudad y los de los habitantes del campo. Su profesor(a) va a escribir sus opiniones en la pizarra. Para terminar, Uds. tienen que dar sus opiniones con respecto al papel del gobierno en la resolución de estos problemas. Si Ud. dice que el gobierno debe ayudar a las ciudades y a los agricultores o no debe ayudarlos, esté preparado(a) para explicar por qué.

1. ¿Cuáles son los problemas más graves con los que se enfrentan los habitantes de las grandes ciudades?
2. ¿Cuáles son los problemas de las personas que viven en el campo?
3. ¿Cree Ud. que el gobierno nacional debe ayudar a las ciudades que tienen problemas económicos? ¿Debe ayudar a los agricultores con sus problemas?

Text Audio CD, Track 31

10-24 Ejercicio de comprensión. Ud. va a escuchar un comentario sobre la importancia de la ciudad en el mundo hispánico. Después del comentario, va a escuchar varias oraciones. Indique si la oración es verdadera (V) o falsa (F), trazando un círculo alrededor de la letra que corresponde a la respuesta correcta.

1. V   F
2. V   F
3. V   F
4. V   F

Ahora, escriba Ud. dos cosas que haya aprendido al escuchar este comentario. Comparta Ud. sus ideas con la clase.

Investigación y presentación

En esta unidad, Uds. han visitado la Ciudad de México que es la capital de México. Ahora Uds. van a leer acerca de otra ciudad hispánica que está situada en el centro de la Península Ibérica. La ciudad es Madrid, la capital de España. Esta ciudad, fundada por los moros hace muchos años, hoy sirve como centro cultural del país. Lea las descripciones de la ciudad, y después conteste las preguntas.

Lectura

La capital de la alegría y del contento

Madrid es una ciudad abierta, formada por quienes han llegado a ella de acá o allá, sin importar de dónde, porque en Madrid nadie se siente extraño. Madrid es una ciudad múltiple, con muchas facetas, por eso los castizos hablan de los «Madriles»: el Madrid de los Austrias y el de los Borbones; el goyesco, el romántico y el pintoresco; el popular y el sofisticado; el tradicional y el moderno. Pero, sobre todo, es una ciudad amable y divertida; «la llaman la capital de la alegría y del contento», y la ONU la nominó como Ciudad Mensajera de la Paz. Y alguien tuvo que inventarse una palabra nueva: «la movida», porque es único el bullicio nocturno de Madrid y nadie había acertado a expresarlo. Porque Madrid es mucho Madrid.

Vocabulario útil: Madriles *many Madrids;* ONU *Organización de Naciones Unidas*

VIDA CULTURAL

El panorama cultural madrileño se caracteriza por el gran número de instituciones culturales, públicas y privadas, bancos y cajas de ahorro, universidades y colegios mayores que rivalizan por hacer del movimiento cultural de Madrid una realidad tan densa como dispar. Exposiciones, conciertos y recitales, representaciones teatrales, proyecciones cinematográficas y ciclos de conferencias sobre los temas más diversos se dan cita en la capital. El Ministerio de Cultura y otros en temas específicos (MOPU), la Comunidad de Madrid, el Ayuntamiento, las Universidades Cumplutense, Autónoma y Politécnica son las entidades públicas. El Centro Cultural de la Villa y el Centro del Conde Duque aportan la participación municipal en la vida cultural.

Museo del Prado

Su núcleo inicial es un edificio neoclásico del XVIII proyectado por Villanueva, que se abrió como Museo Real en 1819 para albergar la colección de pinturas de los Austrias y los Borbones españoles, reunidas durante los siglos XV, XVI y XVII; en 1872 se amplió con los fondos del Museo de la Trinidad, al tiempo que se han ido haciendo nuevas adquisiciones; es el más completo del mundo en pintura española de los siglos XII a XVIII: El Greco, Velázquez, Ribera, Murillo y Goya, y famoso por la excepcional riqueza de otras escuelas: italiana (Fra Angélico, Rafael, Tiziano, Tintoretto y Veronés), flamenca (El Bosco, Van der Weyden, Memling, Rubens), holandesa (Rembrandt), francesa, alemana e inglesa. También guarda el Tesoro del Delfín y escultura clásica, numismática, esmaltes y orfebrería.

PARQUES Y JARDINES DE MADRID

El Parque del Buen Retiro

La capital de España posee admirables parques, y por su historia —se inicia en 1625—, su belleza y su extensión, el Parque del Buen Retiro es el más importante de Madrid. El parterre, con trazado de estilo francés, contrasta con los jardines de estilo inglés; tiene grandes avenidas rodeadas de árboles y espeso boscaje de arbustos. La utilización del parque como recinto de exposiciones le añade dos notables edificios: el Palacio de Velázquez, en el que destaca la fábrica de ladrillos con azulejo de Daniel Zuloaga, y el Palacio de Cristal, una verdadera joya de la arquitectura española del hierro y el cristal; el monumento a Alfonso XII reúne los trabajos de 32 escultores de primer orden, dentro del marco modernista de la obra, frente a la que se encuentra el estanque. El único monumento, quizá del mundo, dedicado al Angel Caído, y otras muchas estatuas distribuidas en rincones y paseos, los Jardines de Cecilio Rodríguez y La Rosaleda definen la personalidad de este parque, que se puede recorrer en «simón» o coche de caballos.

Preguntas

10-25 Conteste Ud. las siguientes preguntas.

1. Despúes de leer las descripciones, ¿cree que existen prejuicios raciales en Madrid? ¿Por qué?
2. ¿De qué hablan los castizos (personas muy tradicionales de la capital)?
3. ¿Cuáles son algunas de las palabras que se usan para describir Madrid?
4. ¿Cuál es el nombre que la ONU dio a Madrid? ¿Por qué?
5. Siendo que Madrid es el centro cultural del país, ¿qué se puede encontrar en la ciudad?
6. ¿Cómo se llama el museo famoso de Madrid?
7. ¿Cuándo se abrió este museo?
8. ¿En qué siglo se abrió el Prado?
9. ¿Cuáles son algunas de las colecciones de pinturas más famosas del museo?
10. ¿Cuál es el parque más importante de Madrid? Descríbalo.
11. ¿Cómo se caracteriza la vida cultural de Madrid?
12. ¿Qué quiere decir la frase "una realidad tan densa como dispar" cuando se refiere al movimiento cultural de Madrid?

 10-26 Ahora en grupos de cinco personas, comparen Uds. la capital de España con la de los Estados Unidos. Luego comparen Madrid con la capital del estado donde cada uno de Uds. vive. ¿Cuáles son las semejanzas y cuáles son las diferencias? ¿Dónde prefiere Ud. vivir y por qué?

Los Estados Unidos y lo hispánico

En contexto
Después de los exámenes finales

Estructura
The passive voice
Substitutes for the passive
Uses of the infinitive
Nominalization
The conjunctions **pero, sino,** and **sino que**
The alternative conjunctions **e** and **u**

A conversar
Idioms

A escuchar
Política

Investigación y presentación
Reglas de oro para comer sanamente

◄ Ésta es una escena de una calle de Nueva York que muestra la influencia hispánica en los Estados Unidos. Fíjese en los letreros de cada tienda. ¿Cuál es la especialidad de cada tienda?

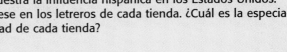

En contexto

Después de los exámenes finales

Vocabulario activo

Estudie estas palabras.

Verbos
charlar *to chat, converse*
señalar *to point out, indicate*

Sustantivos
el lío *problem, hassle*
el profe *professor (slang)*
la raíz *root, origin*

Adjetivos
desagradable *unpleasant*

Otras expresiones
a propósito *by the way*
puesto que *since, inasmuch as*

Para practicar

Complete Ud. el párrafo siguiente con palabras escogidas de la sección *Vocabulario activo*.

Tengo un **1.** muy **2.** con mi compañero de cuarto en la residencia estudiantil. No sé exactamente la **3.** del problema. **4.** el **5.** de mi clase de español conoce a mi compañero también, decidí **6.** con él para ver si él podría **7.** un remedio para resolver este problema. **8.** mi compañero es mi hermano.

Text Audio CD, Track 32

In some areas of the United States, **mexicoamericano** is now the preferred term.

Antes de leer el diálogo, escúchelo con el libro cerrado. ¿Cuánto comprendió?

(Carlos, un estudiante mexicano, se reúne con Bob y Rudi, dos estudiantes chicanos, en la cafetería. Charlan de un viaje que Rudi y Bob piensan hacer a México después de los exámenes finales.)

BOB ¿Cómo estuvo el examen?

CARLOS ¡Uf! Difícil, amigo. Sólo con suerte me aprobaron.

RUDI Pero tú siempre sales bien en química. ¿Qué pasó?

CARLOS Pues, el profe nos hizo una mala jugada[1]. Preguntó mucho sobre las primeras lecciones. Se me había olvidado todo eso. Pero, no hablemos de cosas desagradables. Vamos a hablar del viaje. Van primero a la capital, ¿verdad?

BOB Sí. Pensamos pasar unas dos semanas en la capital y luego ir en autobús hasta Yucatán. Terminamos en Cancún para descansar en la playa.

CARLOS Buen programa. ¿Dónde van a alojarse[2] en México? ¿Han escogido un hotel?

RUDI Todavía no. ¿Nos puedes recomendar uno que no sea muy caro, eh? No estamos en plan de[3] turistas ricos. Queremos viajar mucho con poco dinero.

CARLOS Claro. Después les doy una lista. Hay varios hoteles cómodos de precios muy moderados. ¿Quieren estar en el centro?

BOB	Creo que sí. A propósito, ¿es difícil andar por la ciudad? No tendremos coche.
CARLOS	Al contrario. Hay toda clase de transporte público. Tener coche es un lío en la ciudad. Puesto que Uds. hablan español, pueden pedir información en cualquier parte.
RUDI	¿Y qué ciudades del interior nos recomiendas?
CARLOS	Pues, hay varias interesantes entre la capital y Yucatán. Oaxaca, por ejemplo, es muy bella y las ruinas de Monte Albán están muy cerca.
RUDI	Benito Juárez nació en Oaxaca, ¿verdad?
CARLOS	Sí. Y si quieres ver otras ruinas, puedes ir a Palenque. Y luego a Villahermosa y Mérida, Uxmal y Chichén Itzá.
BOB	Pero, hombre, espérate. ¿Cómo vamos a recordar todo eso?
CARLOS	Miren, les voy a traer un libro de guía. Señalaré las ciudades más importantes e interesantes. ¿Por qué no van a Guatemala[1] y a los otros países centroamericanos?
BOB	No hay suficiente tiempo. Pensamos ir a Centroamérica el verano que viene. Queremos ver todos los países de habla española.
RUDI	También queremos ir al Brasil, donde hablan portugués, y a Haití, donde hablan francés. Además, hay islas como Trinidad y Tobago, donde el idioma oficial es el inglés.
BOB	Antes yo no sabía que había tanta variedad lingüística en Latinoamérica.
CARLOS	Existe mucha variedad cultural también, aun entre los países de habla española. Hay que darse cuenta de la diferencia entre un país como Guatemala y otro como la Argentina.
BOB	Pero todos los países hispanos tienen las mismas raíces culturales. Hablan la misma lengua, tienen la misma religión…
CARLOS	Pero han tenido una historia diferente[2] y probablemente tendrán un destino propio. Verán —¡incluso hay diferencias dentro de México, entre la capital y Yucatán!

Notas culturales

[1] *¿Por qué no van a Guatemala?:* Desde la frontera de México hasta Panamá hay unas 1.200 millas que abarcan (include) *siete países distintos: Guatemala, Honduras, El Salvador, Nicaragua, Costa Rica, Belice y Panamá. El más pequeño, El Salvador, tiene la misma área que el estado de New Hampshire; el más grande, Guatemala, es del tamaño de Pennsylvania.*

[2] *Pero han tenido una historia diferente: Uno de los errores más comunes de los norteamericanos es el olvidarse de las grandes diferencias que existen entre una y otra nación en la región llamada «Latinoamérica».*

[1] jugada *trick* [2] alojarse *to lodge, stay* [3] en plan de *in the situation of*

Se siente la influencia cultural de los Estados Unidos. en todas partes del mundo hispánico. ¿Qué le parece esta influencia? ¿Es buena o mala? Explique.

11-1 Comprensión. Conteste Ud. las siguientes preguntas.

1. ¿Dónde se reúnen los tres estudiantes?
2. ¿Cómo salió Carlos en el examen de química?
3. ¿Por qué fue tan difícil el examen?
4. ¿Adónde quieren ir primero Bob y Rudi?
5. ¿Cómo van a viajar a Yucatán?
6. ¿Van a andar por la capital en coche? Explique.
7. ¿Dónde está Monte Albán?
8. ¿Por qué no van a visitar Centroamérica?
9. ¿Qué idiomas hablan en el Brasil y en Haití?
10. ¿Dónde hablan inglés?

11-2 Opiniones. Conteste Ud. las siguientes preguntas.

1. ¿Ha viajado Ud. por Hispanoamérica? ¿Por dónde?
2. ¿Qué país de Hispanoamérica le gustaría visitar? ¿Por qué?
3. ¿Cómo preferiría Ud. viajar por Hispanoamérica? ¿En coche? ¿En tren? ¿En autobús? ¿En avión? ¿Por qué?
4. ¿Qué querría ver en cada país?
5. ¿Querría Ud. estudiar en un país hispanoamericano? Explique.
6. ¿Preferiría Ud. vivir con una familia hispanoamericana o en un hotel? ¿Por qué?
7. ¿Cree Ud. que es necesario saber hablar idiomas extranjeros si uno quiere viajar por el mundo? Explique.
8. En su opinión, ¿por qué es importante que una persona viaje a varios lugares del mundo?

Estructura

The passive voice

Both English and Spanish have an active and a passive voice. In the active voice the subject performs the action of the verb; in the passive voice, the subject receives the action. Compare the following examples.

Active voice:

Los mayas construyeron las pirámides de Uxmal y Chichén Itzá.
The Mayans constructed the pyramids of Uxmal and Chichén Itzá.

Passive voice:

Las pirámides de Uxmal y Chichén Itzá fueron construidas por los mayas.
The pyramids of Uxmal and Chichén Itzá were constructed by the Mayans.

A. Formation of the passive voice

The passive voice is formed with the verb **ser** plus a *past participle*. **Ser** may be conjugated in any tense and the past participle must agree in gender and number with the subject. The agent (doer) of the action is usually introduced by **por.**

Ese pueblo fue fundado por los españoles.
That town was founded by the Spaniards.

Los tíos de Rudi van a ser ayudados por Bob y Carlos.
Rudi's aunt and uncle will be helped by Bob and Carlos.

B. Use of the passive voice

1. The passive voice with **ser** is used when the agent carrying out the action of the verb is expressed or implied.

   Los apuntes fueron repasados por Carlos.
   The notes were reviewed by Carlos.

   El boleto fue comprado por Rudi.
   The ticket was bought by Rudi.

   La casa fue destruida por el viento.
   The house was destroyed by the wind.

2. If the action of the sentence is mental or emotional, **de** is used instead of **por** with the agent.

   El profesor es respetado (admirado, *etc.*) de todos.
   The professor is respected (admired, etc.) by everyone.

Práctica

11-3 ¿Quién hizo eso? Cambie Ud. los verbos a la voz pasiva, usando el pretérito de **ser.**

1. Las bebidas (servir) _____ por la criada.
2. El libro de historia (leer) _____ por Juan.
3. Los manuscritos (escribir) _____ por un monje.
4. La información (mandar) _____ por mi amigo.
5. Los indígenas (respetar) _____ por los turistas.

11-4 Un viaje a México. Bob y Rudi van a México. Relate Ud. sus planes, cambiando las oraciones de la voz activa a la voz pasiva.

1. Los alumnos estudiaron la historia de Hispanoamérica.
2. Carlos describe la influencia española en México.
3. Bob y Rudi explorarán las ruinas indígenas.
4. Van a visitar las misiones que estableció la Iglesia católica.
5. Carlos señaló otros lugares en la guía que los chicos deben ver.
6. Carlos compró los boletos para el viaje.
7. Bob escribirá el itinerario.
8. Ellos explorarán todas las regiones de México.

11-5 Listo para viajar. Ud. está listo(a) para hacer un viaje a México. Describa lo que cada una de las personas siguientes hizo para ayudar con las preparaciones, usando el pretérito de la voz pasiva con **ser.**

Modelo reservas / arreglar / el agente de viajes
Las reservas fueron arregladas por el agente de viajes.

1. mi cámara nueva / comprar / mi tío
2. las maletas / hacer / esa compañía
3. el boleto de ida y vuelta / conseguir / mi padre
4. mi pasaporte / expedir *(to issue)* / el gobierno
5. mis dólares / convertir a pesos / el banco

11-6 Personas, lugares y sucesos. Usando la voz pasiva, dé Ud. información sobre las personas, los lugares y los sucesos siguientes. Luego compare sus oraciones con las de un(a) compañero(a) de clase. ¿Están de acuerdo?

Modelo México / conquistar
México fue conquistado por los españoles.

1. la Declaración de Independencia de los Estados Unidos / escribir
2. América / descubrir
3. el teléfono / inventar
4. el presidente / elegir
5. la Primera Guerra mundial / ganar

Substitutes for the passive

A. The passive *se*

When the speaker wishes to focus on the recipient or subject of the action and the agent of the action is not directly expressed, the passive **se** construction is used. The passive **se** construction always has these three parts:

se + third person verb + recipient or subject of the action

Note that if the recipient or subject of the action is an object rather than a person, the verb in the passive **se** construction agrees with it.

En aquella librería se venden libros de historia.
History books are sold in that bookstore.

Muchas páginas se han escrito sobre la conquista.
Many pages have been written about the conquest.

The passive **se** construction is more common and is preferred over the true passive.

Allí se encuentra la población de origen colonial.
The population of colonial origin is found there.

B. Impersonal *"they"*

The third person plural may also be used as a substitute for the passive when the agent is not expressed.

Dicen que es muy inteligente.
They say (It is said) that she is very intelligent.

Hablan español en la Argentina.
They speak Spanish (Spanish is spoken) in Argentina.

Práctica

11-7 Información sobre México. Carlos está diciéndole a Rudi algunas de las cosas que ellos deben saber sobre México. Cambie Ud. estas oraciones a la forma singular.

> **Modelo**   Se oyen lenguas indígenas allá.
> *Se oye una lengua indígena allá.*

1. Se encuentran misiones coloniales allí.
2. Se ven las pirámides al norte de la capital.
3. Se abrían las puertas del Museo de Antropología a las diez.
4. Se venden las guías turísticas en cualquier tienda.
5. Se cerraban tarde las tiendas en la Zona Rosa.

11-8 Más información. Carlos sigue dándole información a Rudi. Cambie Ud. las oraciones a la forma impersonal con el sentido de *they.*

> **Modelo**   Se hacen joyas de plata en Taxco.
> *Hacen joyas de plata en Taxco.*

1. Se habla náhuatl en algunas aldeas de México.
2. Se venden flores de papel en los mercados.
3. Se dice que México es una tierra de contrastes.
4. Se comen tacos en México.
5. Se baila el jarabe tapatío en México.

 11-9 La llegada. Bob y Rudi han llegado a México. Con un(a) compañero(a) relaten Uds. lo que dice su guía, cambiando sus comentarios de la voz activa a la voz pasiva con **se.**

> **Modelo**   Cambian dinero en el banco.
> *Se cambia dinero en el banco.*

1. Preparan platos típicos en los restaurantes cerca del Zócalo.
2. Venden libros antiguos en varias tiendas en la Zona Rosa.
3. Arreglan los planes del viaje en esa agencia.
4. Verán la catedral durante una visita a la plaza.
5. Tocan música folklórica en aquella cantina.

11-10 Al hotel. Con un compañero(a) de clase digan lo que hicieron estas personas cuando Rudi y Bob llegaron al hotel.

> **Modelo** abrir la puerta / el botones
> *La puerta fue abierta por el botones.*

1. traer las maletas al cuarto / Roberto
2. deshacer las maletas / los muchachos
3. arreglar un viaje a las pirámides / el agente de viajes
4. limpiar el cuarto / la criada
5. escribir unas tarjetas / Rudi

11-11 Un viaje personal. Usando la voz pasiva, relátele a su compañero(a) brevemente algunas experiencias que Ud. haya tenido viajando.

Uses of the infinitive

1. As an object of a preposition (where English uses the *-ing* form).

   Después de repasar sus apuntes, él fue a clase.
   After reviewing his notes, he went to class.

   Antes de hablar, es bueno pensar.
   Before speaking, it is good to think.

2. As a noun functioning as the subject or object of a verb. It may be used with or without the definite article **el.**

   (El) Ver esa región es indispensable.
   Seeing that region is indispensable.

   ¿Qué prefieres, nadar o esquiar?
   What do you prefer, swimming or skiing?

3. As a verb complement, in place of a noun clause when there is no change of subject.

   Quiero salir mañana.
   I want to leave tomorrow.

   Esperan llegar el martes.
   They hope to arrive on Tuesday.

4. In place of a noun clause after certain impersonal expressions (used with an indirect object pronoun).

   Le es necesario comprarlo.
   It is necessary for him to buy it.

   Nos es imposible viajar en tren.
   It is impossible for us to travel by train.

5. After verbs of perception such as **oír, escuchar, ver, mirar,** and **sentir.** (Note the position of the noun object in the last example.)

> Los oí llorar.
> *I heard them crying.*

> Vieron escapar al ladrón.
> *They saw the thief escape.*

6. Instead of a noun clause after verbs of preventing, ordering, or permitting **(prohibir, mandar, hacer, dejar,** and **permitir).** An object pronoun is usually a part of this construction.

> Me prohibió salir.
> *He prohibited me from leaving.*

> Nos impidieron entrar.
> *They stopped us from entering.*

> No lo dejaron hablar.
> *They didn't allow him to speak.*

> Le hizo escribirla.
> *He made him write it.*

7. In certain impersonal commands (usually on signs).

> No fumar.
> *No smoking.*

> No escupir en la calle.
> *No spitting in the street.*

> No pisar el césped.
> *Don't step on the grass.*

Práctica

11-12 Las experiencias de Rudi y Bob en México. Exprese Ud. algunas de las cosas que Rudi y Bob hicieron durante su primer día en México, traduciendo las palabras entre paréntesis. Luego compare sus oraciones con las de un(a) compañero(a) de clase. ¿Están de acuerdo?

1. *(After arriving)* _____ a México, fuimos al museo.
2. Rudi compró unos recuerdos *(in spite of having)* _____ poco dinero.
3. *(After eating)* _____, nos pusimos a charlar con unos mexicanos.
4. *(Instead of going to bed)* _____, miramos la televisión.
5. Siempre nos divertimos *(upon visiting)* _____ un país nuevo.

11-13 Una carta a un(a) amigo(a). Ud. está escribiéndole a un(a) amigo(a) después de llegar a la ciudad de México. Cuéntele unas de sus experiencias personales. Luego lea su carta a un(a) compañero(a) de clase. ¿Han tenido experiencias similares?

Nominalization

A word or phrase that modifies a noun (a simple adjective, a **de** phrase, or an adjective clause) may function as a noun when used with the definite article. The process of omitting the noun and using the article + modifier is called *nominalization.*

Noun(s) stated:

Hay dos chicas allí. La chica morena es mi prima y la chica rubia es mi hermana.
There are two girls over there. The brunette girl is my cousin and the blonde girl is my sister.

Noun(s) omitted:

Hay dos chicas allí. La morena es mi prima y la rubia es mi hermana.
There are two girls over there. The brunette is my cousin and the blonde is my sister.

More examples:

La raqueta de Paco es roja. La de Roberto es azul.
Paco's racket is red. Roberto's is blue.

El chico que habla es Carlos. El que escribe es Juan.
The boy who is talking is Carlos. The one who is writing is Juan.

The contractions **al** and **del** often occur in nominalized sentences.

Quiero conocer al hombre rico.
Quiero conocer al rico.

Práctica

11-14 Opiniones personales. Cambie Ud. estas oraciones según el modelo.

> **Modelo** Pienso que los exámenes orales son más difíciles que los exámenes escritos.
> *Pienso que los orales son más difíciles que los escritos.*

1. Éstas son las fotos de Trinidad y aquéllas son las fotos de Tobago.
2. La chica que está cerca de la ventana es más bonita que la chica que está sentada.
3. Te prestaré el vestido amarillo, si me prestas el vestido rojo.
4. Puedo leer las palabras que están en este letrero, pero no puedo leer las palabras que están en aquel letrero.
5. A propósito, la chica pelirroja quiere salir con Carlos, la chica morena no quiere.
6. Los chicos de aquí no saben bailar, los chicos de allá sí saben.
7. El restaurante que está en esa esquina está cerrado, el restaurante que está en el centro está abierto.
8. Las bebidas que tomé costaron poco; las bebidas que tomaste costaron mucho.
9. La casa de Isabel queda lejos de aquí; la casa de Sonia queda cerca.
10. Se acerca a la mesa de Tere; se aleja de la mesa de Lola.

 11-15 Sus preferencias. Trabajando en parejas, expresen Uds. sus preferencias en cuanto a las cosas siguientes.

> **Modelo**   ¿Un vuelo? Nos gusta <u>el que sale a las ocho.</u>

1. ¿Un restaurante? Me gusta _____.
2. ¿Novelas? Nos gustan _____.
3. ¿Un disco? Quiero escuchar _____.
4. ¿Bailes? Nos gustan _____.
5. ¿Películas? Prefiero _____.

11-16 Su viaje a México. Trabajando en parejas, háganse Uds. estas preguntas para saber lo que prefieren ver.

> **Modelo** ¿Qué prefieres ver, el museo de antropología o el museo de arte moderno?
> *Prefiero ver el de antropología.*

¿Qué prefieres ver, …

1. la catedral de Guadalajara o la catedral de México?
2. la costa del Pacífico o la costa del Atlántico?
3. los barrios pobres o los barrios ricos?
4. los mercados indígenas o los mercados modernos?
5. los edificios de arquitectura colonial o los edificios de arquitectura moderna?

Ahora, siguiendo el modelo anterior hagan Uds. dos o tres preguntas originales.

The conjunctions *pero, sino,* and *sino que*

Pero, sino, and **sino que** all mean *but*. They all join two elements of a sentence, but each has specific guidelines governing its usage.

1. **Pero** joins two elements when the preceding clause is affirmative. It introduces information that expands a previously mentioned idea.

   Quiero ir, pero no iré.
   I want to go, but I won't.

   Prefiero mirar la televisión, pero tengo que estudiar.
   I prefer to watch television, but I have to study.

   Pero may be used after a negative element. In this case, *but* is equivalent to *nevertheless* or *however.*

   Raúl no es muy alto, pero juega bien al tenis.
   Raúl isn't very tall, but he plays tennis well.

   No me gusta hablar de cosas desagradables, pero a veces hay que hacerlo.
   I don't like to talk of unpleasant things, but sometimes it must be done.

2. **Sino** is only used after a negative element in order to express a contrast or contradiction to the first element. (**Sino** connects only a word or phrase to a sentence, but never a clause.)

   No es fácil sino difícil.
   It isn't easy, but difficult.

   No quiere beber sino comer.
   He doesn't want to drink, but rather to eat.

   Ellos no son peruanos sino chilenos.
   They are not Peruvians, but Chileans.

3. **Sino que** is only used after a negative element to connect a clause to the sentence. Like **sino,** it introduces information that contrasts or contradicts the concept expressed in a preceding negative element.

   No es necesario que lo estudie sino que lo lea.
   It isn't necessary that he study it, but that he read it.

   No dijo que vendría sino que se quedaría en casa.
   He didn't say that he would come, but that he would stay at home.

Práctica

11-17 A aclarar. Para aclarar las situaciones siguientes, complete Ud. cada oración con **pero, sino** o **sino que.**

1. Rudi no va con Carlos _____ con Bob.
2. Quiere ser ingeniero _____ no es fácil.
3. No iré al concierto _____ lo escucharé por radio.
4. No es azul _____ verde.
5. No quiero hablar _____ callarme.
6. No quiere que hablemos _____ nos callemos.
7. No dijeron que lo comprarían _____ lo venderían.
8. No van a tomar al autobús _____ el metro.
9. No va al cine _____ se queda en casa.
10. Mi amigo no es español _____ mexicano.
11. Él va a estudiar, _____ ellos prefieren ir al cine.
12. No piensan ir a Bolivia _____ a Guatemala.
13. No hay desierto _____ montañas.
14. No queremos quedarnos aquí _____ nos quedaremos.
15. Me gustaría charlar más, _____ tengo que terminar la tarea.

11-18 A escoger. Complete Ud. cada oración con sus propias ideas. Luego compare sus respuestas con las de un(a) compañero(a) de clase. ¿Tienen mucho en común?

Modelo   *No quiero visitar la misión sino la catedral. No quiero visitar la misión sino que me la describan.*

1. No quiero hacer un viaje a Tucson, pero _____.
   No quiero hacer un viaje a Tucson sino (que) _____.
2. Guadalajara no está cerca, pero_____.
   Guadalajara no está cerca sino (que) _____.
3. Mi amigo cree que yo sé mucho de México, pero _____.
   Mi profesor no cree que yo sepa mucho de México sino (que) _____.
4. En México un pasaporte es importante, pero _____.
   En España un pasaporte no sólo es importante sino (que) _____.

The alternative conjunctions *e* and *u*

1. The conjunction **y** changes to **e** before words beginning with **i** or **hi.**

   Queremos ver lugares pintorescos e interesantes.
   We want to see picturesque and interesting places.

   Se necesitan tela e hilo para hacer un vestido.
   Fabric and thread are needed to make a dress.

   However, **y** does not change before nouns beginning with **hie** or with **y.**

   petróleo y hierro   él y yo
   oil and iron   *he and I*

2. The conjunction **o** changes to **u** before words beginning with **o** or **ho.**

   Tomás u Olivia pueden hacerlo.
   Tomás or Olivia can do it.

   No sé si es mujer u hombre.
   I don't know if it's a woman or a man.

Práctica

11-19 De vuelta a casa. Bob y Rudi han vuelto de México y están compartiendo la información que ellos han obtenido. Relate Ud. lo que ellos dijeron, completando estas oraciones con **y** o **e.**

1. En México comimos naranjas _____ higos.
2. Se sirve gaseosa con limón _____ hielo en casi todos los cafés.
3. Rudi hablaba español _____ inglés todo el tiempo porque muchos de los mexicanos son bilingües.
4. Las personas a quienes conocimos nos contaron muchos cuentos divertidos _____ increíbles.

11-20 La conversación con Rudi y Bob continúa. Complete Ud. estas oraciones con **o** o **u.**

1. No sabíamos si necesitábamos más dinero _____ otra cosa para comprar joyas de plata.
2. Traté de visitar el Castillo de Chapultepec siete _____ ocho veces sin tener éxito.
3. Prefiero leer novelas _____ cuentos escritos por mexicanos para entender mejor su historia.
4. No sabíamos si las entradas costaron setenta _____ ochenta pesos para entrar en el Palacio de Bellas Artes.

Repaso

Review the passive voice.

11-21 Para pedir información. Trabajando en parejas, hagan y contesten Uds. estas preguntas.

> **Modelo**   ¿Los apuntes están escritos?
> *Sí, fueron escritos por el estudiante.*

1. ¿Las lecciones están terminadas?
2. ¿La composición está corregida?
3. ¿Los viajes están arreglados?
4. ¿La puerta está cerrada?
5. ¿El resumen está preparado?

Review the passive voice.

11-22 ¿Quién hace estas cosas en su familia? Trabajando en parejas, háganse y contesten Uds. estas preguntas, usando la forma de la voz pasiva con **ser.**

> **Modelo**   preparar / comida
> *¿Quién prepara la comida?*
> *La comida es preparada por mi padre.*

1. pagar / cuentas
2. escribir / cartas
3. leer / libros
4. cantar / canciones
5. limpiar / casa
6. manejar / coche

Ahora, pregúntele Ud. a un(a) compañero(a) de clase si hay otras cosas que otros miembros de su familia hacen en casa.

11-23 Para hacer anuncios. Se usa con frecuencia el **se** impersonal en los anuncios. Con un(a) compañero(a) escriban Uds. unos anuncios, usando las siguientes palabras.

> **Modelo** casas / vender
> Se venden casas aquí.

1. viajes a Puebla / arreglar
2. comida francesa / servir
3. inglés / hablar
4. novelas mexicanas / vender
5. coches / alquilar

11-24 Evitando la repetición. Cambie Ud. estas oraciones según el modelo.

> **Modelo** El boleto de Rudi y el boleto de Bob están en la maleta.
> *El boleto de Rudi y el de Bob están en la maleta.*

1. La casa de Juan y la casa de Pablo están muy lejos de aquí.
2. El libro que está en la mesa y el libro que está en la silla son de Elena.
3. Los mapas de México y los mapas de Costa Rica están en mi cuarto.
4. El coche azul y el coche rojo son nuevos.
5. Los muchachos españoles y los muchachos argentinos están aquí de visita.

11-25 Para planear un viaje a Latinaoamérica. Ud. y un(a) amigo(a) están planeando un viaje a Latinoamérica. Trabajando en pares, hagan Uds. un itinerario para su viaje, incluyendo los lugares que quieren visitar y una lista de cosas que piensan que son necesarias tener en el viaje. Hay solamente una restricción. Ud. puede llevar solamente cinco cosas con Ud. incluyendo su maleta. Estén Uds. preparados para compartir su itinerario y su lista con los estudiantes de la clase. Ellos van a decirles si ellos piensan que Uds. han incluido todas las cosas esenciales para el viaje.

A conversar

Idioms

Learning idioms and useful expressions will help you understand a native speaker more easily. Knowing idioms and expressions will also enable you to develop a more sophisticated level of speaking. An idiom is a word or expression that cannot be analyzed word for word nor does it have a direct English equivalent. Some of the more frequently used idioms you have studied are the following:

claro	*of course*	valer la pena	*to be worthwhile*
con permiso	*excuse me (when leaving the table or a room)*	tomar una copa	*to have a drink*
		hacer daño	*to harm, hurt*
de todos modos	*anyway*	darse cuenta de	*to realize*

Descripción y expansión

En el mundo hispánico se puede encontrar una gran variedad de restaurantes y cafés; unos son muy elegantes, algunos están al aire libre, algunos son cafeterías más o menos informales. Mire Ud. con cuidado la foto de un restaurante, y haga las actividades que siguen.

11-26 ¿Cómo es el restaurante? ¿grande? ¿pequeño? ¿elegante? ¿regular?

11-27 Describa la clase de restaurante que Ud. prefiere. ¿Por qué prefiere ese tipo?

11-28 Opiniones. Conteste Ud. las siguientes preguntas.

a. ¿Qué opina Ud. de la comida extranjera? Explique.
b. ¿Qué comida extranjera es su favorita? ¿Por qué?
c. ¿Cuál prefiere, la comida americana o la comida mexicana? ¿Por qué? Ahora, comparta Ud. sus ideas con la clase.

Un restaurante en la Zona Rosa de la Ciudad de México. ¿Le parece un restaurante elegante? ¿Por qué? ¿Le gusta la comida mexicana? Explique.

A escuchar

Política

Text Audio CD, Track 33

Escuche Ud. a continuación la siguiente situación y el diálogo. Luego haga los ejercicios relacionados con lo que ha escuchado y aprendido.

Dos empresarios del sector de la industria turística de Veracruz, México, durante su estancia en Houston, se encuentran viendo un partido de baloncesto. En el descanso charlan de diversos temas, entre ellos de política y de las próximas elecciones en los Estados Unidos.

11-29 Información. Complete Ud. las siguientes oraciones, basándose en el diálogo que acaba de escuchar.

1. Manolo y Pancho están viendo…
2. La sección de deportes no contaba…
3. Los dos señores mexicanos son…
4. Para los estados del sur el ser conservador es…
5. Un segmento de la opinión pública está…

11-30 Situaciones. Con un(a) compañero(a) de clase, prepare Ud. algunos diálogos que correspondan a una de las siguientes situaciones. Estén listos para presentarlos enfrente de la clase.

1. **Para tomar un taxi:** Ud. ha llegado a una ciudad hispánica y tiene que tomar un taxi al centro. Pregúntele al chófer si conoce un hotel no muy caro y una agencia donde pueda alquilar un coche.

   autopista *highway;* calle *(f) street;* cobrar por *to charge for;* coche de alquiler *rental car;* precio fijo (por persona) *fixed price (per person);* recomendar *to recommend;* ruta *route;* taxímetro *taxi meter*

2. **En el hotel:** Ud. llega al hotel sin tener cuarto reservado. Pida información acerca de los precios y el tipo de cuarto disponible.

   administración (*o* gerencia) *front desk;* aire acondicionado *air conditioning;* calefacción *heat;* cama doble (*o* de matrimonio) *double bed;* camas gemelas *twin beds;* 100 pesos diarios *a hundred pesos a day;* conserje *(m) desk clerk;* cuarto con baño (ducha) *room with a bath (shower);* cuarto sencillo (doble) *single (double) room;* gerente (*m or f*) *manager;* reserva *reservation;* tarifa *rate*

3. **Le faltan toallas:** Después de firmar el registro, Ud. sube al cuarto para descansar y bañarse, pero descubre que se les ha olvidado colocar toallas limpias en el cuarto. Tiene que llamar a la administración y explicar la situación.

   ascensor *(m) elevator;* ascensorista (*m or f*) *elevator operator;* botones *(m) bellhop;* camarera *maid;* cuarto de baño *bathroom;* equipaje *(m) luggage;* faltar *to be missing, lacking;* llave *(f) key;* jabón *(m) soap;* papel higiénico *toilet paper;* toalla *towel*

4. **Hay que ir al correo y al banco:** Después de escribir unas cartas y unas tarjetas postales, Ud. tiene que ir al correo. Pregúntele al conserje dónde está. Después, Ud. pasa por el banco para cobrar unos cheques de viajero. Tiene que identificarse y averiguar la tarifa *(rate)* de cambio.

   correo aéreo (ordinario) *air (regular) mail;* dirección *address;* estampilla (sello, timbre) *stamp;* franqueo *postage;* remitente *(m or f) sender, return address;* cajero *cashier;* cheque de caja *(m) cashier's check;* cheque de viajero *traveler's check;* cobrar un cheque *to cash a check;* cuenta *account;* firmar (*o* endosar) *to sign, to endorse;* tasa (*o* tarifa) de cambio *exchange rate;* ventanilla *(cashier's) window*

5. **Una enfermedad:** Un día Ud. se siente mal. Llame Ud. a la recepción y pida que le llamen a un médico. Después, llame al médico y explique lo que le pasa.

   alergia *allergy;* antiácido *antacid;* aspirina *aspirin;* cápsula *capsule;* clínica *clinic, hospital;* consultorio *doctor's office;* dolor de estómago (cabeza) *stomach (head) ache;* enfermedad *illness;* estar resfriado(a) *to have a cold;* farmacéutico(a) *pharmacist;* indigestión *indigestion;* inyección *injection, shot;* pastilla *tablet;* píldora *pill;* receta *prescription*

6. Uds. van a tener la oportunidad de comer en un restaurante bien conocido en Madrid que se llama El Restaurante Botín. Cada uno de Uds. tiene 20 euros. Refiriéndose al menú en la página 282, pidan una comida completa sin gastar más de lo que tienen. Después de pedir varios platos, expliquen por qué quieren probarlos.

El Restaurante Botín

SOPAS

Sopa al cuarto de hora de pescados..	€10.60
SOPA DE AJO CON HUEVO	3.86
Caldo de ave...	3.20
Gazpacho...	5.33

HUEVOS

Revuelto de la casa (morcilla y patatas)..	5.53
Huevos revueltos con espárragos trigueros	6.63
Huevos revueltos con salmón ahumado	7.00
Tortilla de gambas	7.00

VERDURAS

Espárragos con mahonesa	8.90
Menestra de verduras salteadas con jamón ibérico	7.80
Alcachofas salteadas con jamón ibérico..	5.90
Judías verdes con jamón ibérico	5.90
Setas a la segoviana..	6.43
Patatas fritas	2.46
Patatas asadas...	2.46

PESCADOS

Angulas.............. (según mercado)	....
ALMEJAS BOTÍN	15.70
Langostinos con mahonesa..	24.86
Gambas al ajillo...	17.96
Gambas a la plancha..	17.96
Cazuela de pescados..	18.83
Rape en salsa...	17.40
Merluza al horno o frita	20.56
Lenguado frito, al horno o a la plancha (pieza)	16.63
Calamares fritos...	10.43
CHIPIRONES EN SU TINTA (arroz blanco)...	10.43

Intercambios

11-31 Temas de conversación o de composición.

1. Escriba Ud. una composición o hable de un viaje que ha hecho. Describa Ud. los lugares que visitó y la gente a quien conoció.
2. Escriba Ud. una composición o hable de un viaje que querría hacer por el mundo hispánico.

Ahora, cada estudiante tiene que compartir esta información, presentándosela oralmente a la clase.

Text Audio CD, Track 34

11-32 Ejercicio de comprensión. Ud. va a escuchar un comentario sobre las relaciones entre los Estados Unidos e Hispanoamérica durante el siglo XX. Después del comentario, va a escuchar varias oraciones. Indique Ud. si la oración es verdadera (V) o falsa (F), trazando un círculo alrededor de la letra que corresponde a la respuesta correcta.

1. V   F
2. V   F
3. V   F
4. V   F
5. V   F
6. V   F

Ahora, escriba dos cosas que Ud. ha aprendido al escuchar este comentario. Comparta Ud. esta información con la clase. ¿Cuántos estudiantes escribieron las mismas cosas?

Se puede encontrar una fuerte influencia de los Estados Unidos en muchos países del mundo hispánico. El restaurante McDonald's se encuentra en casi todas las ciudades grandes de España. La compañía publica este folleto para describir los productos que vende y dar información sobre «una dieta equilibrada». Lea Ud. este folleto y conteste las preguntas que siguen.

Lectura

Reglas de oro para comer sanamente

Probablemente habrás oído muchos comentarios sobre lo que debemos comer. Esto sí, esto no, ahora sí o ahora no. Evidentemente, parte de estos comentarios pueden ser correctos, ya que hay unas reglas de oro que debes tener siempre en cuenta si deseas estar bien alimentado y en forma.

VARIEDAD

Tanto en lo que comes diariamente, como en una dieta a largo plazo, estarás más sano si tu alimentación es variada.

Todos los expertos en Nutrición coinciden que es imposible afirmar que una comida aislada es mejor que otra. Al final lo único que cuenta es todo lo que tú comes, ya que varias comidas es lo que componen la dieta.

En McDonald'sTM tienes además de las hamburguesas y patatas fritas una gran variedad de productos, que puedes probar la próxima vez que nos visites, como son, nuestros McNuggetsTM de Pollo o nuestro sandwich de pescado o ensaladas. Obviamente, dependiendo de tu elección, la comida de McDonald'sTM te proporcionará diferentes valores nutritivos.

Un consejo, la mejor forma de comprobar que tu dieta es equilibrada, es seleccionar productos de este cuadro básico de comidas:
CEREALES (pan, arroz, pasta, cereales de desayuno, etc.)
CARNE, PESCADO Y HUEVOS.
LACTEOS (yoghourt, queso, leche entera o desnatada)
VEGETALES Y FRUTA.
ACEITES Y GRASAS, en cantidades adecuadas.
AZUCAR (dulces y chocolates) Y REFRESCOS.

MODERACION

La segunda regla de oro es no comer mucho de una sola cosa.

Los expertos en nutrición aconsejan además, poner especial cuidado con la cantidad de azúcar y sal que tomamos. Un exceso de peso casi siempre es debido a que se come demasiado y se hace menos ejercicio del aconsejado.

¿QUE PAPEL JUEGA McDONALD'STM EN TU VIDA?

Las hamburguesas de McDonald'sTM ricas en proteínas, aportan hierro y fósforo y cantidades importantes de vitaminas del complejo B.

Las ensaladas están preparadas con vegetales frescos: tomate, lechuga, zanahoria..., que aportan diferentes vitaminas.

Y nuestros helados son una excelente fuente de calcio, tan esencial para mantener unos dientes y huesos sanos.

En resumen, un Menú Completo McDonald'sTM satisface muchas de las necesidades vitales de tu cuerpo, tales como aporte de proteínas, carbohidratos, vitaminas, etc...

Naturalmente, para conseguir una dieta equilibrada deberías comer además cereales, verduras frescas y frutas.

Por ello, el Menú de McDonald'sTM contiene ingredientes de todos estos grupos.

Recuérdalo, las cosas que te gustan, si sigues nuestros consejos, te harán sentir mejor.

La calidad que nos diferencia.

Preguntas

11-33 Conteste Ud. las siguientes preguntas.

1. ¿Cuáles son las reglas de oro que Ud. debe tener siempre en cuenta si desea estar bien alimentado y en forma?
2. ¿Es más sano o menos sano tener alimentación variada? ¿Por qué?
3. ¿Ofrece McDonald's un menú variado? Explique Ud.
4. ¿Cuáles son las dos cosas con que se debe tener especial cuidado?
5. ¿En qué consiste el cuadro básico de comidas? ¿Come Ud. algo de cada categoría todos los días? ¿Por qué sí o por qué no? Según lo que leyó, ¿tiene McDonald's comida que contenga ingredientes de todos estos grupos? Identifique estos ingredientes.

 11-34 En grupos de cinco personas, hablen Uds. acerca de una dieta equilibrada y de su importancia. ¿Cuántos miembros del grupo siguen una dieta buena que consista en ingredientes del cuadro básico de comidas? Cada miembro del grupo debe describir su dieta diaria. ¿A cuántos de los estudiantes les gusta comer en McDonald's? ¿Por qué sí o por qué no? Ahora, compartan Uds. sus ideas con los otros grupos.

Después de hacer esto, su profesor(a) va a llevar a cabo una encuesta para saber cuántos de los estudiantes comen sanamente. Uds. van a ver cuáles de los estudiantes comen algo todos los días del cuadro básico de comida: cereales; carne, pescado y huevos; productos lácteos; vegetales y fruta; aceites y grasas; y azúcar y refrescos. ¿Cuántos estudiantes comen sanamente?

Si hay suficiente tiempo, estudien Uds. «Los menús de McDonald's». Después, cada grupo debe decidir cuáles son los platos más sanos que se venden en McDonald's y cuáles son los platos menos sanos. Comparen Uds. su lista con la de otros grupos. ¿Están de acuerdo todos?

(**Vocabulario útil:** k/Cal calorías, kg kilogramo, gr gramo, mgr miligramo)

La presencia hispánica en los Estados Unidos

◄ La misión de San Juan Capistrano se encuentra en California. Escriba Ud. una descripción de esta misión. ¿Qué le indica acerca de la influencia hispánica en este país?

En contexto

Los viajes de verano

Vocabulario activo

Estudie estas palabras.

Verbos
guiar *to guide*
repasar *to review*

Sustantivos
el antepasado *ancestor*
la charla *chat*
el consejo *advice*
la escala *stopover*
la gira *tour*
el pasaje *passage, ticket*
la patria *country*
la procedencia *origin*
el rasgo *trace*
el suroeste *southwest*

Adjetivos
aislado(a) *isolated*
marcado(a) *clear, marked*
pintoresco(a) *picturesque*

Otras expresiones
de ida *one-way (ticket)*
de ida y vuelta *round-trip (ticket)*
en cuanto a *regarding, as far as . . . is concerned*
pasado mañana *the day after tomorrow*
por lo menos *at least*

Para practicar

Complete Ud. el párrafo siguiente con palabras escogidas de la sección *Vocabulario activo*. No es necesario usar todas las palabras.

1. vamos a salir para **2.** . Compré dos **3.** de **4.** . Queremos visitar la tierra de nuestros **5.** Antes de salir, **6.** la historia de aquella región. Supimos que ellos vivieron en una aldea **7.** en las montañas **8.** al norte de Santa Fe. Al llegar a Taos, conocimos a un hombre que era nativo de la región. Durante nuestra **9.** con él, nos dijo que a él le gusta **10.** a los forasteros *(strangers)* a varios lugares de interés cerca de Chimayo. Fuimos con él. Fue una **11.** muy interesante.

Text Audio CD, Track 35 **Antes de leer el diálogo, escúchelo con el libro cerrado. ¿Cuánto comprendió?**

(Carlos, Bob y Rudi vuelven a encontrarse en la cafetería de la universidad para seguir su charla sobre los viajes de verano. Esta vez hablan del viaje que Carlos piensa hacer al suroeste de los Estados Unidos.)

CARLOS Bueno, esta tarde tengo el último examen y mañana voy a hacer turismo. ¿Y Uds.? ¿Cuándo salen?

BOB No salimos hasta el lunes. ¿Adónde vas primero?

CARLOS Esperaba que Uds. me aconsejaran. Quiero ver lugares que demuestren la influencia mexicana.[1] ¿Sería mejor ir a Phoenix, Tucson u otra ciudad?

RUDI Pues, en cuanto a la influencia mexicana, hay relativamente poca en Phoenix, pero mucha en Tucson. Aquélla fue establecida mucho más tarde. La misión de San Xavier del Bac,[2] cerca de Tucson, fue construida en 1700.

BOB	En realidad, casi toda la influencia hispánica en Arizona es reciente, pero en el norte de Nuevo México y en el sur de Colorado[3] hay pueblos que se fundaron en los tiempos coloniales. Ver esa región es indispensable.
RUDI	Si tienes mucho tiempo, te puedo recomendar algunos sitios magníficos en las montañas de Nuevo México. Pero por lo menos te daré la dirección de mis tíos en Santa Fe —ellos te pueden guiar por la ciudad.
CARLOS	Y la gente de Texas, ¿no es de procedencia mexicana también?
BOB	Bueno, Texas es más semejante a California —una mezcla de gente mexicana cuyos antepasados, o llegaron en el siglo XVIII, o inmigraron recientemente. El aspecto colonial se limita a varias misiones aisladas.
CARLOS	¿No son los estados de más concentración hispánica?
RUDI	Sí, es cierto, pero en Texas y en California ha habido más contacto con la cultura anglosajona que en otras partes, como en Nuevo México. ¿Cómo viajas? ¿En avión?
CARLOS	Sí, porque en autobús llevaría demasiado tiempo, ya que la distancia es enorme. Si pudiera, iría en tren, pero es difícil.
BOB	No sólo difícil, sino imposible.
CARLOS	Tengo pasaje de Los Ángeles a San Antonio, y puedo hacer escala en cualquier ciudad de en medio[1]. Pensaba que podía tomar el autobús para visitar los pueblos pequeños.
RUDI	¿Compraste boleto de ida y vuelta?
CARLOS	No. Es un boleto de ida porque voy a viajar de San Antonio a México para pasar unos días con mis padres antes de volver a la universidad.
BOB	Hablando de México, ¿cuándo vas a orientarnos un poco más? Partimos el lunes para la capital.
CARLOS	Lo haré con mucho gusto. Si fuera posible, los acompañaría en una gira por mi patria. Pero creo que les puedo dar algunos consejos sobre los lugares más pintorescos e interesantes.
BOB	¿Por ejemplo?
CARLOS	Miren, tengo otro examen en diez minutos. Quisiera repasar mis apuntes una vez más antes de entrar. ¿Qué tal si nos reunimos aquí a las seis?
RUDI	Perfecto. Que salgas bien en el examen.
BOB	Sí, buena suerte.
CARLOS	Gracias. La voy a necesitar. Hasta luego. Nos vemos a las seis.

Notas culturales

[1] *lugares que demuestren la influencia mexicana:* La cultura hispánica en el suroeste de los Estados Unidos tiene varios antecedentes históricos. Algunos pueblos fueron fundados durante la época colonial (1521–1824) y tienen un marcado ambiente español. Otros pueblos muestran rasgos de la cultura mexicana del siglo XIX y aun otros la influencia de los inmigrantes mexicanos recientes. Este hecho explica en parte la gran variedad cultural y lingüística de la cultura chicana o mexicoamericana.

[2] *La misión de San Xavier del Bac:* Los primeros centros españoles en los Estados Unidos fueron las misiones católicas establecidas por los misioneros.

[3] *el norte de Nuevo México y el sur de Colorado:* Esta región es de origen colonial y está relativamente aislada del resto de la cultura chicana o mexicoamericana y también de la cultura anglosajona.

[1] en medio *in between*

Todos los años se celebra el Día de la Raza en varias ciudades de los Estados Unidos el 12 de octubre. ¿Qué representa esta celebración?

12-1 Comprensión. Conteste Ud. las siguientes preguntas.

1. ¿Dónde se reúnen Carlos, Bob y Rudi para seguir su charla?
2. ¿Qué país van a visitar Bob y Rudi?
3. ¿Cuándo van a salir?
4. ¿Qué lugares quiere ver Carlos?
5. ¿Qué estados muestran rasgos de la cultura española colonial?
6. ¿Cómo pueden ayudarle los tíos de Rudi a Carlos?
7. ¿De qué elementos se compone la cultura hispánica de Texas?
8. ¿Dónde se encuentra la mayor concentración hispánica del suroeste?
9. ¿Cómo va a viajar Carlos?
10. ¿Por qué llevaría demasiado tiempo en autobús?
11. ¿Compró Carlos boleto de ida y vuelta? ¿Por qué no?
12. ¿De qué van a hablar cuando se reúnan a las seis?

12-2 Opiniones. Conteste Ud. las siguientes preguntas.

1. ¿Ha visitado Ud. el suroeste de los Estados Unidos? ¿Qué partes?
2. Si Ud. tuviera la oportunidad de visitar unos estados del suroeste para observar la influencia hispánica, ¿qué estados preferiría visitar? ¿Por qué?
3. Antes de estudiar español, ¿sabía Ud. que había mucha influencia hispánica en el suroeste de los Estados Unidos?
4. ¿Ha hecho Ud. un viaje en autobús? ¿Cuándo?
5. ¿Prefiere Ud. viajar en autobús o en avión? ¿Por qué?
6. ¿Sabe Ud. que hay otros lugares de los Estados Unidos que también tienen influencia hispánica? ¿Cuáles son? ¿Cuál es el origen de la influencia hispánica en esos lugares?

Estructura

Review of uses of the definite article

Some special uses of the definite article in Spanish are as follows:

1. With nouns in a series, it is generally repeated before each noun.

El abrigo, el sombrero y las corbatas son de Alfredo.
The overcoat, hat, and ties belong to Alfredo.

2. With all titles except **don (doña)** and **San, Santo (Santa)** when talking about a person.

La Sra. García está en Texas.
Mrs. García is in Texas.

Don José le reza a Santo Tomás.
Don José prays to St. Thomas.

Note that the article is omitted when speaking directly to a person.

Sr. García, ¿dónde está el comedor?
Mr. García, where is the dining room?

3. With nouns used in a general or abstract sense.

Las flores son bonitas.
Flowers are pretty.

La paciencia es más importante que la sabiduría.
Patience is more important than wisdom.

See also Unit 11, page 272, item number 2.

4. With infinitives used as nouns.

El charlar constantemente es molesto.
Talking constantly is annoying.

El leer es más agradable que el mirar la televisión.
Reading is more pleasant than watching television.

Note that the definite article is used to express *on* with days of the week. **Voy a clase el lunes.** *I go to class on Monday.* Also the article is omitted with days of the week and with seasons after the verb **ser.**

5. With days of the week, seasons of the year, the time of day, and dates.

Voy a misa los domingos.
I go to mass on Sundays.

La primavera es la estación más bonita del año.
Spring is the prettiest season of the year.

Son las siete.
It's seven o'clock.

Pasado mañana es el seis de enero.
The day after tomorrow is January 6.

However, the article is omitted with days of the week in expressions such as **Hoy es..., Ayer fue...,** etc.; it is also omitted after **ser** with seasons. After the preposition **en** the use of the article with seasons is optional.

Hoy es martes.
Today is Tuesday.

Es invierno en la Argentina.
It's winter in Argentina.

En (el) otoño las hojas se caen de los árboles.
In autumn the leaves fall from the trees.

6. With names of languages, except after the preposition **en** or when the language immediately follows the verb **hablar.**

   Hablan muy bien el francés.
   They speak French very well.

   El español es muy fácil.
   Spanish is very easy.
   BUT
   En español hay muchas palabras de origen árabe.
   In Spanish there are many words of Arabic origin.

   Hablan francés.
   They speak French.

   After the preposition **de,** the article is often omitted with languages; this is always the case with a **de** phrase that modifies a noun.

   Es profesora de alemán.
   She's a German teacher (a teacher of German).

7. With parts of the body, articles of clothing, and personal effects, in place of the possessive adjective (see **Unidad 4**).

Me lavo las manos.	Marta se pone los guantes.
I wash my hands.	*Marta puts on her gloves.*

8. With the names of certain countries, cities, and states.

la Argentina	la Gran Bretaña
el Brasil	la Florida
el Canadá	el Japón
el Ecuador	el Perú
los Estados Unidos	el Uruguay
El Salvador	

   Nowadays the article is often omitted with these countries in newspapers, radio broadcasts, and colloquial speech. But it is always retained with **El Salvador, La Habana,** and **El Cairo.**

9. With names of all countries when modified by an adjective or phrase.

   el México azteca
   Aztec Mexico

   la Inglaterra de nuestros antepasados
   the England of our ancestors

   la España del Cid
   the Spain of the Cid

10. With the names of games and sports.

    Paco juega muy bien a las damas.
    Paco plays checkers very well.

    Me gusta mucho el tenis.
    I like tennis a lot.

11. With the names of meals.

Los niños se acuestan después de la cena.
The children go to bed after supper.

12. With the nouns **escuela, iglesia, ciudad,** and **cárcel** when they are preceded by a preposition.

Para algunos chicos asistir a la escuela es como estar en la cárcel.
For some children going to school is like being in jail.

Note that feminine nouns beginning with stressed **a** or **ha** use **el** instead of **la** in the singular.

El agua está fría.
The water is cold.

El hambre es un problema mundial.
Hunger is a world problem.

But when these nouns are in the plural, they use the feminine article **las:**

Las aguas de esos ríos están muy sucias.
The waters of those rivers are very dirty.

Práctica

12-3 Una serie de ideas. Complete Ud. estas oraciones con la forma apropiada del artículo definido o con una contracción cuando sea necesario.

1. _____ libertad es importante.
2. ¿Cómo está Ud., _____ Sra. García?
3. Mis amigos hablan _____ italiano.
4. _____ hombres son así.
5. Se preocupa de _____ vida y de _____ muerte.
6. Vamos a misa _____ domingo.
7. Nunca voy _____ cine.
8. _____ agua está helada.
9. _____ otoño es bonito en las montañas.
10. Son _____ cuatro.

12-4 Carlos hace un viaje a Nuevo México. Carlos va a hacer un viaje a Nuevo México. Para describir su viaje, complete Ud. esta narrativa breve con la forma correcta del artículo definido o con una contracción cuando sea necesario. Luego compare su descripción con la de un(a) compañero(a) de clase. ¿Están de acuerdo en cuanto al uso del artículo definido?

Carlos se pone_____ ropa y hace_____ maletas. Está listo para salir para _____ Nuevo México. Él ha estudiado mucho sobre _____ América colonial. Quiere visitar _____ Santa Fe primero, porque es _____ ciudad más hispánica _____ suroeste. En Santa Fe va a llamar _____ Sr. García que es _____ primo de su madre. Él es profesor de _____ inglés en _____ Universidad de Nuevo México. Él no va a _____ oficina_____ martes. Por eso Carlos puede visitarlo en _____ casa. A Carlos le gustan mucho_____ tenis y _____ natación. Espera participar en estos deportes durante _____ vacaciones. Hoy es _____ diez de abril y Carlos quiere estar en Santa Fe para _____ quince de abril.

12-5 Los valores especiales. Algunas personas les ponen valores especiales a ciertas cosas. Con un(a) compañero(a) de clase indiquen Uds. lo que piensan que serían los valores más importantes de cada uno de los individuos siguientes.

> **Modelo** un cantante
> *En mi opinión lo más importante para un cantante es la música.*

1. un estudiante
2. una mujer
3. un hombre
4. un turista
5. un novio

6. una anciana
7. un atleta
8. una chica
9. un político
10. una pianista

Review of uses of the indefinite article

A. Omission of the article

The indefinite article is generally used in Spanish as it is in English. However, in Spanish the indefinite article is omitted in the following instances:

1. Before unmodified predicate nouns indicating profession, nationality, religion, political affiliation, and the like.

> Soy cocinero.
> *I am a cook.*

> Alicia es abogada.
> *Alicia is a lawyer.*

> Felipe es chicano (mexicanoamericano).
> *Felipe is a Mexican-American.*

> ¿Eres republicano?
> *Are you a Republican?*

However, the article is used when the noun is emphatic (stresses something important about the person) or when it is modified.

> ¿Quién es ella? Es una maestra.
> *Who is she? She's a teacher.*

> Es un dentista excelente.
> *He's an excellent dentist.*

Note that the indefinite article is omitted when the noun and the modifier form a single, commonplace phrase and the modifier precedes the noun: **Es buena persona (gente).**

2. In negative sentences, after certain verbs such as **tener** and **buscar,** and with personal effects, when the numerical concept of **un(o), una** is not important.

> ¿Tienes coche?
> *Do you have a car?*

> Busco solución a mi problema.
> *I'm looking for a solution to my problem.*

> Siempre lleva sombrero.
> *He always wears a hat.*
> BUT
> No tiene ni un pariente que le ayude.
> *He doesn't have one (a single) relative to help him.*

3. After **sin** and **con.**

> Nunca sale sin sombrero.
> *He never goes out without a hat.*

> Quiero un pasaje con escala en Tucson.
> *I want a ticket with a stopover in Tucson.*

4. With **otro, cierto, mil, cien(to),** and **tal** *(such a).*

¿Tienes otro?
Do you have another?

Cierto hombre me lo dijo.
A certain man told it to me.

Lo hemos repasado mil veces.
We have reviewed it a thousand times.

Nunca he visto tal cosa.
I've never seen such a thing.

But note that the indefinite article is used with **millón:**

un millón de habitantes
a million inhabitants

5. Before nouns in many adverbial phrases.

Luchó como león.
He fought like a lion.

María escribe con pluma.
María is writing with a pen.

6. With nouns in apposition when the category rather than the identity of the person is stressed.

José Feliciano, célebre cantante puertorriqueño, cantó el himno nacional.
José Feliciano, a famous Puerto Rican singer, sang the national anthem.

B. Other notes on usage

1. The indefinite article is generally repeated before each noun in a series.

Voy a comprar un abrigo y un sombrero.
I'm going to buy a coat and hat.

2. Feminine nouns beginning with stressed **a** or **ha** take **un** in the singular instead of **una** when the article immediately precedes.

un hacha	un aula
an axe	*a classroom*

Note that **algunos** *must* be used instead of **unos** before **de** phrases: **Algunos de mis amigos vinieron a la fiesta.**

3. The plural indefinite articles **unos** and **unas** translate as *some, a few,* and *about.* **Unos** is less specific than **algunos.**

Vimos unos partidos muy buenos.
We saw some very good games.

Tiene unos veinte años.
He is about twenty years old.

Práctica

12-6 Una variedad de ideas. Complete Ud. estas oraciones con un artículo indefinido cuando sea necesario. Luego compare sus respuestas con las de un(a) compañero(a) de clase. ¿Están de acuerdo en cuanto al uso del artículo indefinido?

1. Siempre escribe con _____ lápiz.
2. Es _____ arquitecto muy célebre.
3. No quiere _____ casa sin agua caliente.
4. Busco _____ médico en esta ciudad.
5. De vez en cuando vendo _____ libro.
6. Elena está más bonita sin _____ anteojos.
7. Es _____ estudiante mexicano.
8. Mi padre es _____ buen abogado.
9. Gana _____ mil pesos mensuales.
10. Se portó como _____ hombre.

12-7 Vamos a California. Ud. y un(a) amigo(a) quieren hacer un viaje a California. Relaten Uds. sus planes, completando esta narrativa breve con la forma correcta del artículo indefinido cuando sea necesario.

Queremos hacer_____ viaje a California. No podemos comprar _____ coche nuevo para el viaje, y por eso vamos a tomar el tren. Vamos a comprar _____ pasaje con _____ escala en Tucson. Vamos a visitar a nuestra tía. Ella es_____ maestra y enseña en _____ aula de _____ escuela primaria. Hay _____ otro chico que quiere acompañarnos. Voy a comprar _____ zapatos, _____ chaqueta y _____ sombrero para el viaje. No puedo viajar sin _____ sombrero. Hemos hecho este viaje _____ mil veces, pero cada vez visitamos_____ lugares nuevos.

Expressions with *tener, haber,* and *deber*

A. Idiomatic expressions with *tener*

1. Many idiomatic expressions are formed with the verb **tener.** Common ones include the following:

tener hambre *to be hungry*	tener fiebre *to have a fever*
tener sed *to be thirsty*	tener miedo *to be afraid*
tener sueño *to be sleepy*	tener cuidado *to be careful*
tener frío *to be cold*	tener ganas de *to feel like*
tener calor *to be hot*	tener prisa *to be in a hurry*
tener razón *to be right*	tener... años *to be . . . years old*
tener suerte *to be lucky*	tener dolor de cabeza *to have a headache*
tener vergüenza *to be ashamed*	tener dolor de estómago *to have a stomachache*

Examples:

Tengo ganas de ir a cine.
I feel like going to the movies.

Siempre tienen mucha sed.
They are always very thirsty.

Since **hambre, sueño, sed,** etc., are nouns, they must be modified by the adjective **mucho (-a, -os, -as)** rather than by **muy.**

2. **Tener que** plus an infinitive *(to have to)* expresses an obligation that one *must* carry out.

Tuve que llevar el coche al taller.
I had to take my car to the repair shop.

Tiene que llenar una solicitud.
He has to (must) fill out an application.

3. **Tener** plus a variable past participle stresses a present state that is the result of a past action.

Ella tiene preparada la comida.
She has the meal prepared.

B. Uses of *haber*

1. **Hay que** plus an infinitive means *one has to, one must,* or *it is necessary.*

Hay que estudiar para aprender.
It is necessary to study in order to learn.

Hay que conservar energía.
One must (one has to) conserve energy.

2. **Haber de** plus an infinitive is used to express futurity with a slight degree of obligation. Less emphatic than **tener que,** it is translated *to be to* or *to be supposed to.*

Han de estudiar ahora.
They are to study now.

He de corregir los exámenes.
I'm supposed to correct the exams.

C. Uses of *deber*

1. The verb **deber** plus an infinitive translates as *ought to, should,* or *must.* It expresses moral obligation rather than compulsion or need.

Debemos escuchar sus consejos.
We ought to listen to his advice.

Él debe comprar los boletos.
He should buy the tickets.

Debo ir a clase ahora.
I must go to class now.

2. To soften the expression of obligation or to express advice about present or future conduct, the conditional or the imperfect subjunctive of **deber** is used.

Deberíamos escuchar sus consejos.
We (really) ought to listen to his advice.

Ud. debiera comprar los boletos.
You (really) should buy the tickets.

3. The imperfect of **deber** + **haber** + a past participle translates as *should have* + past participle.

Por lo menos, debías haberle escrito.
At least you should have written to him.

4. Either **deber** or **deber de** may also express probability or likelihood.

Deben (de) estar en la biblioteca.
They are probably in the library.

Debían (de) haber salido.
They must have left.

Práctica

12-8 ¿Cómo reacciona Ud. en estas situaciones? Complete Ud. estas oraciones, usando una expresión con **tener.** Luego compare sus reacciones con las de un(a) compañero(a) de clase. ¿Tienen mucho en común?

1. Cuando no como, _____.
2. Cuando leo demasiado, _____.
3. Cuando hace mucho calor, yo _____.
4. Cuando no duermo, _____.
5. En el invierno yo _____.
6. En el verano yo _____.
7. Cuando me gano la lotería es porque _____.
8. Cuando estoy solo(a) en una calle oscura, _____.
9. Cuando hago algo malo, _____.
10. Cuando estoy en lugares peligrosos, _____.

12-9 ¿Qué debe o tiene que hacer Ud.? Trabajando en pares, hagan Uds. una lista de cinco cosas que deben hacer y cinco cosas que tienen que hacer todos los días. Comparen su lista para ver las semejanzas y las diferencias.

Modelo *Debo acostarme más temprano todas las noches.*
Tengo que estudiar para esta clase todos los días.

Ahora, hagan Uds. una lista de cinco cosas que son necesarias que todo el mundo haga, usando la expresión **hay que.**

Modelo *Hay que trabajar para ganar dinero.*
Hay que practicar para ser buen pianista.

Miscellaneous verbs

A. *Saber* and *conocer*

1. The verb **saber** means *to know (a fact),* to have information or knowledge about something or someone. When followed by an infinitive it means *to know how* to do something.

Yo sé la lección.
I know the lesson.

Sabemos que él es de origen mexicano.
We know that he is of Mexican origin.

Sabe tocar la trompeta.
He knows how to play the trumpet.

In the preterite, **saber** means *to find out* or *to learn.*

Supimos que ya habían regresado a su patria.
We found out (learned) that they had already returned to their country.

2. The verb **conocer** means *to know a person, place, or thing* in the sense of "to be acquainted with," "to be familiar with."

Conocen varios sitios pintorescos.
They know (are familiar with) several picturesque places.

Conozco a su prima.
I know (I am acquainted with) his cousin.

In the preterite, **conocer** means *to meet, to be introduced to.*

Los conocimos anoche.
We met them last night.

B. *Preguntar* and *pedir*

1. The verb **preguntar** means *to ask (to question).*

Le preguntó a Rudi dónde estaba Tucson.
She asked Rudi where Tucson was.

Siempre me preguntaba la misma cosa en cuanto a mis clases.
He always used to ask me the same thing regarding my classes.

Le voy a preguntar cuánto cuestan los mapas.
I'm going to ask him how much the maps cost.

2. The verb **pedir** means *to ask for, to ask (a favor), to request.*

Carlos le pidió permiso a su padre para usar el coche.
Carlos asked his father for permission to use the car.

Me pidieron un lápiz.
They asked me for a pencil.

Nos piden que vayamos a verlos.
They are asking us to go to see them.

C. *Tomar* and *llevar*

1. **Tomar** means *to take (in one's hand), to take (transportation),* or *to eat* or *to drink.*

Paco tomó los libros y salió para la escuela.
Paco took his books and left for school.

Tomaron el tren para la capital.
They took the train to the capital.

Siempre tomo café por la mañana.
I always drink coffee in the morning.

2. **Llevar** means *to take along* or *to carry (to some place).*

Llevó a su hermana a la fiesta.
He took his sister to the party.

Hay que llevar pasaporte para entrar a un país extranjero.
One must carry a passport in order to enter a foreign country.

D. Quitar and quitarse

1. **Quitar** means *to remove from, to take away (off)*.

   La criada quitó los platos de la mesa.
   The maid took (removed) the plates from the table.

   Quitaron las maletas del autobús.
   They took the suitcases off the bus.

2. **Quitarse** means *to take off (oneself)*.

   Se quitó el sombrero antes de entrar a la sala.
   He took off his hat before entering the living room.

Práctica

12-10 Sentidos semejantes —usos diferentes. Complete Ud. estas oraciones con la forma correcta de **saber** o **conocer.**

1. ¿ _____ Ud. cómo salió en el examen?
2. Tomás y yo _____ que ellos viven en este barrio.
3. Yo _____ bien este lugar.
4. Raúl _____ todas las obras de Cervantes.
5. Marta _____ escribir a máquina.

12-11 ¿Cuál de las palabras es correcta? Complete Ud. estas oraciones con una forma correcta de **preguntar** o **pedir.**

1. Carlos le _____ información sobre el viaje de Bob.
2. Ellos nos _____ si queríamos salir temprano.
3. Sus amigos me _____ la fecha.
4. Yo _____ una taza de café.
5. Rudi le _____ cómo se llamaba el hombre de la barba.

12-12 Buscando un buen restaurante. Trabajando en parejas, hagan Uds. el papel de Tomás y de Raúl, para buscar un buen restaurante. Completen Uds. el diálogo con las formas correctas de **saber, conocer, pedir, preguntar, llevar, tomar, quitar** o **quitarse,** según el sentido de la conversación.

TOMÁS — Hola, Raúl, ¿ _____ el nombre de un buen restaurante de este barrio?

RAÚL — Lo siento, pero no _____ bien este barrio. Debemos _____ le a ese hombre si él _____ dónde hay un restaurante típico español.

TOMÁS — Yo siempre _____ mi guía turística conmigo, pero no dice nada sobre esta parte de la ciudad.

RAÚL — Mira, allí hay una señora. Debemos _____ le la dirección de un buen lugar para comer.

TOMÁS — Perdón, señora, ¿ _____ un buen restaurante por acá?

LA SEÑORA — Sí, señor, pero será necesario _____ un taxi porque está muy lejos.

RAÚL — Gracias, señora. Raúl, si no te importa prefiero _____ un autobús porque cuesta menos.

RAÚL — Pues vamos. Tengo tanta hambre que cuando lleguemos voy a _____ el sombrero y la chaqueta, _____ varios platos típicos y comer como un loco.

12-13 La rutina diaria. Trabajando en parejas, hágale Ud. estas preguntas a su compañero(a) de clase. Él (Ella) tiene que contestar sus preguntas.

Pregúntele a su compañero(a)...

1. What do you eat for breakfast before leaving for class?
2. What do you normally wear to class?
3. How do you get to class? Do you take a bus?
4. Do you know the names of all your classmates?
5. Are you well acquainted with your professors?
6. Do you have to ask the professor for more explanations before you can understand the material?
7. Do you ask your classmates a lot of questions about the lessons?
8. If you wear a hat to class, do you take it off when you enter the classroom?

Repaso

Review the uses of the definite and the indefinite articles.

12-14 Arreglando un viaje. Complete Ud. el párrafo siguiente con un artículo definido o indefinido cuando sea necesario.

Hoy es _____ martes. Tengo que ir a _____ oficina de turismo para hablar con _____ Sr. Gómez. Es agente de viajes pero no les ayuda mucho a _____ clientes. Por ejemplo, yo quiero hacer _____ viaje a _____ América Latina en _____ otoño, pero él cree que yo debo ir en _____ primavera. Prefiero ir a _____ Argentina, pero él cree que debo ir a _____ Chile. Para ahorrar _____ dinero, es mejor salir _____ martes y volver_____ lunes. Pero él quiere que yo salga _____ domingo y vuelva _____ sábado. _____ Sr. Gómez le importa más _____ dinero que _____ bienestar de _____ clientes. Para mí, _____ viajar es mi pasatiempo favorito, pero tengo que encontrar otra persona que sea _____ buen agente de viajes, si quiero tener _____ itinerario bien arreglado.

Review expressions with **tener**, **haber**, and **deber**.

12-15 ¿Tener, haber o deber? Complete Ud. cada oración con la forma correcta de las palabras entre paréntesis.

1. Mi amigo y yo *(have to leave)* _____ para España mañana.
2. Nosotros *(ought to arrive)* _____ a Madrid a las nueve de la mañana.
3. *(It is necessary)* _____ leer el itinerario con mucho cuidado.
4. Mi familia *(had to stay)* _____ en casa porque mi madre estaba enferma.
5. Cuando lleguemos a Madrid *(we have to go)* _____ directamente al hotel.
6. Nuestros amigos *(ought to be)* _____ allí para saludarnos.
7. Yo *(have to call)* _____ a mis padres para decirles que todo está bien.
8. Nosotros *(ought to go to bed)* _____ temprano, porque hay mucho que hacer el lunes.
9. *(It is necessary)* _____ descansar antes de salir para el museo del Prado.
10. Es lástima, pero nuestros amigos *(have to work)* _____ mañana y por eso no pueden pasar el día con nosotros.

Review all grammar points addressed in the **Estructura** section.

12-16 ¿Le gusta viajar a su compañero(a) de clase? Hágale Ud. estas preguntas a un(a) compañero(a) de clase.

1. ¿Te gusta viajar?
2. ¿Te gusta viajar solo(a) o con alguien? ¿Por qué?
3. ¿Prefieres viajar por los Estados Unidos o por un país extranjero? ¿Por qué?
4. ¿Prefieres viajar con un grupo de turistas o solo(a)? ¿Por qué?
5. Si tuvieras la oportunidad, ¿preferirías visitar España o Latinoamérica? ¿Por qué?

A conversar

In order for your speech to sound more authentic you should learn several appropriate sayings (**dichos**) and/or proverbs (**refranes**). They are commonly used by native speakers to express a certain attitude or opinion about an everyday happening. Here are some examples:

Sayings and proverbs

En boca cerrada no entran moscas.	*Be quiet.*
Es mejor ser cabeza de ratón que cola de león.	*It's better to be a leader than a follower.*
	It's better to have a little power than none at all.
Quien no se aventura nunca alcanza la mar.	*Nothing ventured, nothing gained.*

 ## Descripción y expansión

La influencia hispánica es muy evidente en el suroeste de los Estados Unidos, principalmente por razones históricas. Estudie Ud. el mapa con mucho ciudado, y después haga las actividades que siguen.

12-17 Busque los nombres españoles en el mapa y tradúzcalos al inglés.

12-18 Describa un viaje que Ud. quiera hacer por el suroeste, explicando por qué quiere visitar esta región del país.

12-19 ¿Conoce Ud. alguna ciudad o región de los Estados Unidos que tenga una fuerte influencia hispánica? Cuéntele a la clase cómo es.

12-20 Opiniones. ¿Qué opina Ud. de las regiones de los Estados Unidos que tienen una fuerte influencia hispánica? ¿Son interesantes? ¿Le añaden algo importante a la cultura de los Estados Unidos? Explique. Ahora, compartan Uds. sus opiniones con la clase.

A escuchar

Lo colonial

 Escuche Ud. a continuación la siguiente situación y el diálogo. Luego haga los ejercicios relacionados con lo que ha escuchado y aprendido.

Un grupo de estudiantes hispánicos graduados tiene una tertulia, reunidos en el apartamento de dos de ellos. Intercambian impresiones sobre las recientes vacaciones de primavera de las que acaban de volver. Unos se fueron de viaje y otros se quedaron a estudiar.

12-21 Información. Conteste Ud. las siguientes preguntas, basándose en el diálogo que acaba de escuchar.

1. ¿Qué le pasó a Jaime cuando esquiaba?
2. ¿Qué le recuerda a Isabel la plaza central de Santa Fe?
3. ¿Adónde fueron Álvaro y Pilar?
4. ¿Por quién fue fundada la ciudad de San Antonio?
5. ¿Puedes deducir de dónde es Élida?

 12-22 Conversación. Mantenga Ud. una conversación con otro(a) estudiante, suponiendo que Ud. es de un país tropical, nunca ha visto la nieve y ha venido recientemente a los Estados Unidos. ¿Querría ir a esquiar? ¿Qué ciudades y paisajes desearía ver?

 12-23 Situaciones. Con un(a) compañero(a) de clase, prepare Ud. algunos diálogos que correspondan a las siguientes situaciones. Estén listos para presentárselos a la clase.

1. **Un viaje en avión:** Ud. está hablándole a un(a) amigo(a) sobre un viaje que Ud. hizo en avión a Buenos Aires. Describa lo que Ud. hizo en la agencia de viajes para planear el viaje. Su amigo(a) quiere que Ud. describa el vuelo y lo que le pasó después de llegar a la capital de la Argentina.

   aerolínea *airline;* aeropuerto *airport;* avión *(m) airplane;* boleto de ida *one-way ticket;* boleto de ida y vuelta *round-trip ticket;* directo *direct;* enlace *(m) connection;* hacer escala *to make a stopover;* pagar al contado *to pay cash;* visa *visa (entry permit);* abordar *to board;* abrocharse el cinturón *to fasten your seat belt;* azafata *o* aeromoza *flight attendant;* aterrizar *to land;* despegar *to take off;* facturar (el equipaje) *to check (baggage);* puerta *gate*

2. **Un viaje en autobús:** Ud. va a hacer un viaje a Córdoba en autobús. Ud. visita la estación de autobuses y pide información sobre el horario de los autobuses que van a Córdoba, la duración del viaje, la cantidad de paradas, la ruta del autobús, la posibilidad de conseguir un asiento cerca de la ventanilla y el precio del boleto.

   carretera *highway;* hora de salida (llegada) *departure (arrival) time;* parada *stop;* paisaje *(m) landscape;* ruta *route;* ventanilla *(bus) window* (See also the appropriate vocabulary under 3.)

3. **Un viaje en coche:** Ud. está haciendo los preparativos para un viaje largo en coche de Ciudad Juárez a Guadalajara, México. Ud. va a una gasolinera y le pide al mecánico que él le revise su coche para ver si está en buenas condiciones para hacer el viaje.

gasolinera *service station;* engrasar *to grease;* funcionar *to run (motor);* llenar el tanque *to fill the tank;* reparar *to repair;* revisar *to check;* aceite *(m) oil;* batería *(f) battery;* bocina *horn;* carnet *(m) driver's license;* correa del ventilador *fan belt;* faro, foco *headlight;* filtro *filter;* frenos *brakes;* garaje *(m) garage;* gasolina *gasoline;* gato *jack;* limpiaparabrisas *(m) windshield wiper;* llanta *o* neumático *tire;* parabrisas *(m) windshield;* radiador *(m) radiator;* rueda *wheel;* volante *(m) steering wheel*

4. **Un viaje en tren:** Ud. acaba de volver de un viaje en tren a varias partes de Europa. Descríbale su viaje a un(a) amigo(a) desde el momento cuando Ud. llegó a la estación de ferrocarril hasta su vuelta a casa.

andén *(m) platform:* boleto de primera (segunda) clase *first (second) class ticket;* coche cama *(m) sleeping car;* coche comedor *(m) dining car;* contraseña *(o* el talón) de equipaje *baggage check (ticket);* despacho de equipajes *luggage office;* minutos de retraso *minutes late;* quiosco *newsstand;* sala de espera *waiting room;* tren expreso *express train;* ventanilla *(train) window*

 ## Intercambios

12-24 Discusión: Las situaciones inesperadas. Con frecuencia el (la) viajero(a) se enfrenta con situaciones inesperadas, o con costumbres que varían de las de su propio país. Supongamos que un estudiante sudamericano lo (la) está visitando a Ud. Es la primera vez que él ha viajado a los Estados Unidos. Durante una charla le menciona las diferencias culturales que ha notado. Indíquele a la clase el contraste que hay entre las siguientes costumbres hispánicas y las norteamericanas. ¿Tienen los otros estudiantes las mismas opiniones?

1. —En mi país es costumbre echarle un piropo a una chica atractiva al encontrarla en la calle. Con esto, uno atrae su atención. Normalmente, la chica no le hace caso a uno y finge no haberlo escuchado.

2. —Cuando salgo con mi novia, siempre nos acompaña un miembro de su familia.

3. —Con frecuencia las chicas viven en casa de sus padres hasta casarse; pocas abandonan el hogar para buscarse apartamento.

4. —Al viajar dentro de mi país, es necesario llevar la tarjeta de identidad para conseguir alojamiento en un hotel. Cada ciudadano tiene su «cédula de ciudadanía», la cual es indispensable para ciertos negocios.

5. —La mayoría de la gente viaja dentro del país en tren o en autobús.

6. —De noche, mucha gente sale a pasear por las calles principales de la ciudad. A algunas personas les gusta mirar las vitrinas; otras se divierten mirando a la gente. Hay muchos cafés, algunos al aire libre, donde uno puede sentarse para conversar con los amigos.

Estos jóvenes hispanoamericanos se reúnen en un apartamento para mirar televisión. ¿Qué ven en la tele? ¿Le gusta mirar televisión? ¿Cuál es su programa predilecto? ¿Por qué?

12-25 Temas de conversación o de composición. Dé su opinión sobre los siguientes temas:

1. Escriba Ud. una composición o hable de la influencia hispánica en los Estados Unidos.
2. Escriba Ud. una composición o hable de la importancia del estudio del español en los Estados Unidos. Comparta Ud. sus ideas con la clase.

  12-26 Ejercicio de comprensión. Ud. va a escuchar un comentario sobre la influencia hispánica en los Estados Unidos. Después del comentario, va a escuchar varias oraciones. Indique Ud. si la oración es verdadera (V) o falsa (F), trazando un círculo alrededor de la letra que corresponde a la respuesta correcta.

1. V   F
2. V   F
3. V   F
4. V   F
5. V   F

Escriba Ud. dos cosas que ha aprendido al escuchar este comentario. Comparta Ud. esta información con la clase. ¿Cuántos estudiantes escribieron la misma cosa?

Investigación y presentación

Hay muchos hispánicos que viven en los Estados Unidos, no solamente en el suroeste sino también en lugares como Miami, Nueva York y Chicago. La población hispánica crece rápidamente cada año, y su importancia cultural crece también tanto al nivel político como al nivel económico. Las compañías grandes reconocen la importancia de esta comunidad, y en los años recientes han empezado a atraer la atención de este grupo hacia sus productos. También han empezado a ofrecerles empleo a la gente hispánica publicando anuncios escritos en español. Antes de explorar el tema en esta sección, busque información en la Web sobre la importancia de la comunidad hispana en la vida política y económica de este país.

Ahora lea Ud. el anuncio de General Motors que apareció en octubre en la revista *Selecciones de Reader´s Digest* y conteste las preguntas.

El gobierno de los Estados Unidos ha declarado que el mes de octubre será el mes oficial del orgullo hispano anualmente.

Preguntas

12-27 Conteste Ud. las siguientes preguntas

1. ¿Qué hizo General Motors? ¿Por qué lo hizo?
2. ¿Cómo se llama la pintura?
3. ¿Quién la pintó?
4. ¿Qué clase de celebración se debe tener para exhibir el orgullo de ser hispano?
5. ¿Cuál es el mes oficial del orgullo hispano?

12-28 Ahora, cada estudiante tiene que buscar un anuncio escrito en español en el Internet o en una revista o periódico. En la clase, Ud. y otros estudiantes van a mostrar el anuncio y explicar lo que se vende. En su opinión y en la opinión de los otros estudiantes, ¿son los anuncios eficaces en atraer la atención de los miembros de la comunidad hispana? Explique.

12-39 Luego, trabajen en grupos de cuatro personas. Cada grupo debe llevar a cabo una encuesta de algunas de las empresas *(businesses)* de su ciudad para saber cuántas prefieren emplear a personas bilingües y por qué. Compartan Uds. esta información con la clase. ¿Indican los resultados que es importante saber otra lengua cuando una persona busque trabajo? Expliquen.

Lectura

EXHIBE TU ORGULLO HISPANO. Para conmemorar nuestra herencia y cultura hispana, General Motors comisionó la obra de arte "La Feria" a la famosa artista mexicana, Yolanda Garza. Únete a esta celebración de nuestros colores, sabores y tradiciones... nuestra desbordante alegría de vivir... y nuestra inigualable calidez. Y exhibe tu orgullo de ser hispano.

CHEVROLET · PONTIAC · OLDSMOBILE · BUICK · CADILLAC · GMC · SATURN · HUMMER · SAAB

El dinero recaudado por la subasta de "La Feria" beneficiará al Hispanic Scholarship Fund.

Appendix

Cardinal numbers

1	uno	**30**	treinta
2	dos	**31**	treinta y uno
3	tres	**40**	cuarenta
4	cuatro	**50**	cincuenta
5	cinco	**60**	sesenta
6	seis	**70**	setenta
7	siete	**80**	ochenta
8	ocho	**90**	noventa
9	nueve	**100**	cien
10	diez	**101**	ciento uno
11	once	**200**	doscientos(as)
12	doce	**300**	trescientos(as)
13	trece	**400**	cuatrocientos(as)
14	catorce	**500**	quinientos(as)
15	quince	**600**	seiscientos(as)
16	dieciséis (or diez y seis)	**700**	setecientos(as)
17	diecisiete (diez y siete)	**800**	ochocientos(as)
18	dieciocho (diez y ocho)	**900**	novecientos(as)
19	diecinueve (diez y nueve)	**1.000**	mil
20	veinte	**1.100**	mil cien
21	veintiuno (veinte y uno)	**2.000**	dos mil
22	veintidós (veinte y dos)	**1.000.000**	un millón (de)
	etc.	**2.000.000**	dos millones (de)

Metric units of measurement

1 centímetro	=	.3937 of an inch (less than half an inch)
1 metro	=	39.37 inches (about 1 yard and 3 inches)
1 kilómetro (1.000 metros)	=	.6213 of a mile (about 5/8 of a mile)
1 gramo	=	3.527 ounces (slightly less than 1/4 of a pound)
100 gramos	=	.03527 of an ounce
1.000 gramos (1 kilo)	=	32.27 ounces (about 2.2 pounds)
1 litro	=	1.0567 quarts (slightly over a quart, liquid)
1 hectárea	=	2.471 acres

Conversion formulas

From Fahrenheit (= F) to Celsius (or Centigrade = C): $C = 5/9 \ (F - 32)$

From Celsius to Fahrenheit: $F = 9/5 \ C + 32$

0°C	=	32°F (freezing point of water)
37°C	=	98.6°F (normal body temperature)
100°C	=	212°F (boiling point of water)

Regular verbs

Indicative mood

	First conjugation	Second conjugation	Third conjugation
Infinitive	*to speak* hablar	*to learn* aprender	*to live* vivir
Present Participle	*speaking* hablando	*learning* aprendiendo	*living* viviendo
Past Participle	*spoken* hablado	*learned* aprendido	*lived* vivido
Present Indicative	*I speak,* *am speaking,* *do speak* hablo hablas habla hablamos habláis hablan	*I learn,* *am learning,* *do learn* aprendo aprendes aprende aprendemos aprendéis aprenden	*I live,* *am living,* *do live* vivo vives vive vivimos vivís viven
Imperfect Indicative	*I was speaking,* *used to speak,* *spoke* hablaba hablabas hablaba hablábamos hablabais hablaban	*I was learning,* *used to learn,* *learned* aprendía aprendías aprendía aprendíamos aprendíais aprendían	*I was living,* *used to live,* *lived* vivía vivías vivía vivíamos vivíais vivían
Preterite Indicative	*I spoke,* *did speak* hablé hablaste habló hablamos hablasteis hablaron	*I learned,* *did learn* aprendí aprendiste aprendió aprendimos aprendisteis aprendieron	*I lived,* *did live* viví viviste vivió vivimos vivisteis vivieron
Future Indicative	*I shall speak,* *will speak* hablaré hablarás hablará hablaremos hablaréis hablarán	*I shall learn,* *will learn* aprenderé aprenderás aprenderá aprenderemos aprenderéis aprenderán	*I shall live,* *will live* viviré vivirás vivirá viviremos viviréis vivirán

Conditional Indicative	*I would speak, should speak*	*I would learn, should learn*	*I would live, should live*
	hablaría	aprendería	viviría
	hablarías	aprenderías	vivirías
	hablaría	aprendería	viviría
	hablaríamos	aprenderíamos	viviríamos
	hablarías	aprenderíais	viviríais
	hablarían	aprenderían	vivirían
Present Perfect Indicative	*I have spoken*	*I have learned*	*I have lived*
	he hablado	he aprendido	he vivido
	has hablado	has aprendido	has vivido
	ha hablado	ha aprendido	ha vivido
	hemos hablado	hemos aprendido	hemos vivido
	habéis hablado	habéis aprendido	habéis vivido
	han hablado	han aprendido	han vivido
Past Perfect Indicative	*I had spoken*	*I had learned*	*I had lived*
	había hablado	había aprendido	había vivido
	habías hablado	habías aprendido	habías vivido
	había hablado	había aprendido	había vivido
	habíamos hablado	habíamos aprendido	habíamos vivido
	habíais hablado	habíais aprendido	habíais vivido
	habían hablado	habían aprendido	habían vivido
Future Perfect Indicative	*I shall have spoken*	*I shall have learned*	*I shall have lived*
	habré hablado	habré aprendido	habré vivido
	habrás hablado	habrás aprendido	habrás vivido
	habrá hablado	habrá aprendido	habrá vivido
	habremos hablado	habremos aprendido	habremos vivido
	habréis hablado	habréis aprendido	habréis vivido
	habrán hablado	habrán aprendido	habrán vivido
Conditional Perfect Indicative	*I would (should) have spoken*	*I would (should) have learned*	*I would (should) have lived*
	habría hablado	habría aprendido	habría vivido
	habrías hablado	habrías aprendido	habrías vivido
	habría hablado	habría aprendido	habría vivido
	habríamos hablado	habríamos aprendido	habríamos vivido
	habríais hablado	habríais aprendido	habríais vivido
	habrían hablado	habrían aprendido	habrían vivido

Subjunctive mood

Present Subjunctive	*(that) I (may) speak*	*(that) I (may) learn*	*(that) I (may) live*
	(que) hable	(que) aprenda	(que) viva
	hables	aprendas	vivas
	hable	aprenda	viva
	hablemos	aprendamos	vivamos
	habléis	aprendáis	viváis
	hablen	aprendan	vivan

Past Subjunctive (-ra form)	*(that) I (might) speak* (que) hablara hablaras hablara habláramos hablarais hablaran	*(that) I (might) learn* (que) aprendiera aprendieras aprendiera aprendiéramos aprendierais aprendieran	*(that) I (might) live* (que) viviera vivieras viviera viviéramos vivierais vivieran
Past Subjunctive (-se form)	*(that) I (might) speak* (que) hablase hablases hablase hablásemos hablaseis hablasen	*(that) I (might) learn* (que) aprendiese aprendieses aprendiese aprendiésemos aprendieseis aprendiesen	*(that) I (might) live* (que) viviese vivieses viviese viviésemos vivieseis viviesen
Present Perfect Subjunctive	*(that) I (may) have spoken* haya hablado hayas hablado haya hablado hayamos hablado hayáis hablado hayan hablado	*(that) I (may) have learned* haya aprendido hayas aprendido haya aprendido hayamos aprendido hayáis aprendido hayan aprendido	*(that) I (may) have lived* haya vivido hayas vivido haya vivido hayamos vivido hayáis vivido hayan vivido
Past Perfect Subjunctive	*(that) I (might) have spoken* hubiera(se) hablado hubieras hablado hubiera hablado hubiéramos hablado hubierais hablado hubieran hablado	*(that) I (might) have learned* hubiera(se) aprendido hubieras aprendido hubiera aprendido hubiéramos aprendido hubierais aprendido hubieran aprendido	*(that) I (might) have lived* hubiera(se) vivido hubieras vivido hubiera vivido hubiéramos vivido hubierais vivido hubieran vivido

Imperative mood *(commands)*

Familiar Commands, Affirmative	*Speak.* Habla tú. Hablad vosotros.	*Learn.* Aprende tú. Aprended vosotros.	*Live.* Vive tú. Vivid vosotros.
Familiar Commands, Negative	*Don't speak.* No hables. No habléis.	*Don't learn.* No aprendas. No aprendáis.	*Don't live.* No vivas. No viváis.
Formal Commands	*Speak.* Hable usted. Hablen ustedes.	*Learn.* Aprenda usted. Aprendan ustedes.	*Live.* Viva usted. Vivan ustedes.

Irregular verbs

andar *to walk*

Preterite: anduve, anduviste, anduvo; anduvimos, anduvisteis, anduvieron
Past Subjunctive: anduviera(se), anduvieras, anduviera; anduviéramos, anduvierais, anduvieran

caer *to fall*

Present Participle: cayendo
Past Participle: caído
Present: caigo, caes, cae; caemos, caéis, caen
Preterite: caí, caíste, cayó; caímos, caísteis, cayeron
Present Subjunctive: caiga, caigas, caiga, caigamos, caigáis, caigan
Past Subjunctive: cayera(se), cayeras, cayera; cayéramos, cayerais, cayeran
Formal Commands: caiga usted, caigan ustedes

dar *to give*

Present: doy, das, da; damos, dáis, dan
Preterite: di, diste, dio; dimos, disteis, dieron
Present Subjunctive: dé, des, dé; demos, deis, den
Past Subjunctive: diera(se), dieras, diera; diéramos, dierais, dieran
Formal Commands: dé usted, den ustedes

decir (i) *to tell, say*

Present Participle: diciendo
Past Participle: dicho
Present: digo, dices, dice; decimos, decís, dicen
Preterite: dije, dijiste, dijo; dijimos, dijisteis, dijeron
Future: diré, dirás, dirá; diremos, diréis, dirán
Conditional: diría, dirías, diría; diríamos, diríais, dirían
Present Subjunctive: diga, digas, diga; digamos, digáis, digan
Past Subjunctive: dijera(se), dijeras, dijera; dijéramos, dijerais, dijeran
Familiar Singular Command: di tú
Formal Commands: diga usted, digan ustedes

estar *to be*

Present: estoy, estás, está; estamos, estáis, están
Preterite: estuve, estuviste, estuvo; estuvimos, estuvisteis, estuvieron
Present Subjunctive: esté, estés, esté; estemos, estéis, estén
Past Subjunctive: estuviera(se), estuvieras, estuviera; estuviéramos, estuvierais, estuvieran
Formal Commands: esté usted, estén ustedes

haber *to have (auxiliary verb)*

Present: he, has, ha; hemos, habéis, han
Preterite: hube, hubiste, hubo; hubimos, hubisteis, hubieron
Future: habré, habrás, habrá; habremos, habréis, habrán
Conditional: habría, habrías, habría; habríamos, habríais, habrían
Present Subjunctive: haya, hayas, haya; hayamos, hayáis, hayan
Past Subjunctive: hubiera(se), hubieras, hubiera; hubiéramos, hubierais, hubieran

hacer *to do, make*

Past Participle: hecho
Present: hago, haces, hace; hacemos, hacéis, hacen
Preterite: hice, hiciste, hizo; hicimos, hicisteis, hicieron
Future: haré, harás, hará; haremos, haréis, harán
Conditional: haría, harías, haría; haríamos, haríais, harían
Present Subjunctive: haga, hagas, haga; hagamos, hagáis, hagan
Past Subjunctive: hiciera(se), hicieras, hiciera; hiciéramos, hicierais, hicieran
Familiar Singular Command: haz tú
Formal Commands: haga usted, hagan ustedes

ir *to go*

Present Participle: yendo
Present: voy, vas, va; vamos, vais, van
Imperfect: iba, ibas, iba; íbamos, ibais, iban
Preterite: fui, fuiste, fue; fuimos, fuisteis, fueron
Present Subjunctive: vaya, vayas, vaya; vayamos, vayáis, vayan
Past Subjunctive: fuera(se) fueras, fuera; fuéramos, fuerais, fueran
Familiar Singular Command: ve tú
Formal Commands: vaya usted, vayan ustedes

oír *to hear*

Present Participle: oyendo
Past Participle: oído
Present: oigo, oyes, oye; oímos, oís, oyen
Preterite: oí, oíste, oyó; oímos, oísteis, oyeron
Present Subjunctive: oiga, oigas, oiga; oigamos, oigáis, oigan
Past Subjunctive: oyera(se), oyeras, oyera; oyéramos, oyerais, oyeran
Formal Commands: oiga usted, oigan ustedes

poder (ue) *to be able, can*

Present Participle: pudiendo
Present: puedo, puedes, puede; podemos, podéis, pueden
Preterite: pude, pudiste, pudo; pudimos, pudisteis, pudieron
Future: podré, podrás, podrá; podremos, podréis, podrán
Conditional: podría, podrías, podría; podríamos, podríais, podrían
Present Subjunctive: pueda, puedas, pueda; podamos, podáis, puedan
Past Subjunctive: pudiera(se), pudieras, pudiera; pudiéramos, pudierais, pudieran

poner *to put, place*

Past Participle: puesto
Present: pongo, pones, pone; ponemos, ponéis, ponen
Preterite: puse, pusiste, puso; pusimos, pusisteis, pusieron
Future: pondré, pondrás, pondrá; pondremos, pondréis, pondrán
Conditional: pondría, pondrías, pondría; pondríamos, pondríais, pondrían
Present Subjunctive: ponga, pongas, ponga; pongamos, pongáis, pongan
Past Subjunctive: pusiera(se), pusieras, pusiera; pusiéramos, pusierais, pusieran
Familiar Singular Command: pon tú
Formal Commands: ponga usted, pongan ustedes
Another verb conjugated like **poner** is **proponer.**

querer (ie) *to wish, want; (with a) to love*

Present: quiero, quieres, quiere; queremos, queréis, quieren
Preterite: quise, quisiste, quiso; quisimos, quisisteis, quisieron
Future: querré, querrás, querrá; querremos, querréis, querrán
Conditional: querría, querrías, querría; querríamos, querríais, querrían
Present Subjunctive: quiera, quieras, quiera; queramos, queráis, quieran
Past Subjunctive: quisiera(se), quisieras, quisiera; quisiéramos, quisierais, quisieran
Formal Commands: quiera usted, quieran ustedes

reír (i) *to laugh*

Present Participle: riendo
Past Participle: reído
Present: río, ríes, ríe; reímos, reís, ríen
Preterite: reí, reíste, rió; reímos, reísteis, rieron
Present Subjunctive: ría, rías, ría; riamos, riáis, rían
Past Subjunctive: riera(se), rieras, riera; riéramos, rierais, rieran
Formal Commands: ría usted, rían ustedes
Another verb conjugated like **reír** is **sonreír.**

saber *to know, know how to*

Present: sé, sabes, sabe; sabemos, sabéis, saben
Preterite: supe, supiste, supo; supimos, supisteis, supieron
Future: sabré, sabrás, sabrá; sabremos, sabréis, sabrán
Conditional: sabría, sabrías, sabría; sabríamos, sabríais, sabrían
Present Subjunctive: sepa, sepas, sepa; sepamos, sepáis, sepan
Past Subjunctive: supiera(se), supieras, supiera; supiéramos, supierais, supieran
Formal Commands: sepa usted, sepan ustedes

salir *to leave, go out*

Present: salgo, sales, sale; salimos, salís, salen
Future: saldré, saldrás, saldrá; saldremos, saldréis, saldrán
Conditional: saldría, saldrías, saldría; saldríamos, saldríais, saldrían
Present Subjunctive: salga, salgas, salga; salgamos, salgáis, salgan
Familiar Singular Command: sal tú
Formal Commands: salga usted, salgan ustedes

seguir (i) *to follow, continue*

Present Participle: siguiendo
Present: sigo, sigues, sigue; seguimos, seguís, siguen
Preterite: seguí, seguiste, seguió; seguimos, seguisteis, siguieron
Present Subjunctive: siga, sigas, siga; sigamos, sigáis, sigan
Past Subjunctive: siguiera(se), siguieras, siguiera; siguiéramos, siguierais, siguieran
Formal Commands: siga usted, sigan ustedes
Another verb conjugated like **seguir** is **conseguir.**

ser *to be*

Present: soy, eres, es; somos, sois, son
Imperfect: era, eras, era; éramos, erais, eran
Preterite: fui, fuiste, fue; fuimos, fuisteis, fueron
Present Subjunctive: sea, seas, sea; seamos, seáis, sean
Past Subjunctive: fuera(se), fueras, fuera; fuéramos, fuerais, fueran
Familiar Singular Command: sé tú
Formal Commands: sea usted, sean ustedes

tener (ie) *to have*

Present: tengo, tienes, tiene; tenemos, tenéis, tienen
Preterite: tuve, tuviste, tuvo; tuvimos, tuvisteis, tuvieron
Future: tendré, tendrás, tendrá; tendremos, tendréis, tendrán
Conditional: tendría, tendrías, tendría; tendríamos, tendríais, tendrían
Present Subjunctive: tenga, tengas, tenga; tengamos, tengáis, tengan
Past Subjunctive: tuviera(se), tuvieras, tuviéramos, tuvierais, tuvieran
Familiar Singular Command: ten tú
Formal Commands: tenga usted, tengan ustedes
Other verbs conjugated like tener are **contener, detener,** and **obtener.**

traducir *to translate*

Present: traduzco, traduces, traduce; traducimos, traducís, traducen
Preterite: traduje, tradujiste, tradujo; tradujimos, tradujisteis, tradujeron
Present Subjunctive: traduzca, traduzcas, traduzca; traduzcamos, traduzcáis, traduzcan
Past Subjunctive: tradujera(se), tradujeras, tradujera; tradujéramos, tradujerais, tradujeran
Formal Commands: traduzca usted, traduzcan ustedes

traer *to bring*

Present Participle: trayendo
Past Participle: traído
Present: traigo, traes, trae; traemos, traéis, traen
Preterite: traje, trajiste, trajo; trajimos, trajisteis, trajeron
Present Subjunctive: traiga, traigas, traiga; traigamos, traigáis, traigan
Past Subjunctive: trajera(se), trajeras, trajera; trajéramos, trajerais, trajeran
Formal Commands: traiga usted, traigan ustedes

valer *to be worth*

Present: valgo, vales, vale; valemos, valéis, valen
Future: valdré, valdrás, valdrá; valdremos, valdréis, valdrán
Conditional: valdría, valdrías, valdría; valdríamos, valdríais, valdrían
Present Subjunctive: valga, valgas, valga; valgamos, valgáis, valgan
Formal Commands: valga usted, valgan ustedes

venir (ie) *to come*

Present Participle: viniendo
Present: vengo, vienes, viene; venimos, venís, vienen
Preterite: vine, viniste, vino; vinimos, vinisteis, vinieron
Future: vendré, vendrás, vendrá; vendremos, vendréis, vendrán
Conditional: vendría, vendrías, vendría; vendríamos, vendríais, vendrían
Present Subjunctive: venga, vengas, venga; vengamos, vengáis, vengan
Past Subjunctive: viniera(se), vinieras, viniera; viniéramos, vinierais, vinieran
Familiar Singular Command: ven tú
Formal Commands: venga usted, vengan ustedes
Another verb conjugated like **venir** is **convenir.**

ver *to see*

Past Participle: visto
Present: veo, ves, ve; vemos, veis, ven
Imperfect: veía, veías, veía; veíamos, veíais, veían
Present Subjunctive: vea, veas, vea; veamos, veáis, vean
Formal Commands: vea usted, vean ustedes

Stem-changing verbs

1st or 2nd conjugation, *o → ue*

contar (ue) *to count*

Present: cuento, cuentas, cuenta; contamos, contáis, cuentan
Present Subjunctive: cuente, cuentes, cuente; contemos, contéis, cuenten
Formal Commands: cuente usted, cuenten ustedes

1st or 2nd conjungation, *e → ie*

perder (ie) *to lose*

Present: pierdo, pierdes, pierde; perdemos, perdéis, pierden
Present Subjunctive: pierda, pierdas, pierda; perdamos, perdáis, pierdan
Formal Commands: pierda usted, pierdan ustedes

3rd conjugation, *e → i*

pedir (i, i) *to ask for*

Present Participle: pidiendo
Present: pido, pides, pide; pedimos, pedís, piden
Preterite: pedí, pediste, pidió; pedimos, pedisteis, pidieron
Present Subjunctive: pida, pidas, pida; pidamos, pidáis, pidan
Past Subjunctive: pidiera(se), pidieras, pidiera; pidiéramos, pidierais, pidieran
Formal Commands: pida usted, pidan ustedes

3rd conjugation, *o → ue, o → u*

dormir (ue, u) *to sleep*

Present Participle: durmiendo
Present: duermo, duermes, duerme; dormimos, dormís, duermen
Preterite: dormí, dormiste, durmió; dormimos, dormisteis, durmieron
Present Subjunctive: duerma, duermas, duerma; durmamos, durmáis, duerman
Past Subjunctive: durmiera(se), durmieras, durmiera; durmiéramos, durmierais, durmieran
Formal Commands: duerma usted, duerman ustedes

3rd conjugation, *e → ie, e → i*

sentir (ie, i) *to feel sorry, to regret, feel*

Present Participle: sintiendo
Present: siento, sientes, siente; sentimos, sentís, sienten
Preterite: sentí, sentiste, sintió; sentimos, sentisteis, sintieron
Present Subjunctive: sienta, sientas, sienta; sintamos, sintáis, sientan
Past Subjunctive: sintiera(se), sintieras, sintiera; sintiéramos, sintierais, sintieran
Formal Commands: sienta usted, sientan ustedes

Spelling-change verbs

Verbs ending in *-gar*

pagar *to pay (for)*

Preterite: pagué, pagaste, pagó; pagamos, pagasteis, pagaron
Present Subjunctive: pague, pagues, pague; paguemos, paguéis, paguen
Formal Commands: pague usted, paguen ustedes
Other verbs conjugated like **pagar** are **apagar, castigar, colgar, entregar, llegar,** and **rogar.**

Verbs ending in *-car*

tocar *to play*

Preterite: toqué, tocaste, tocó; tocamos, tocasteis, tocaron
Present Subjunctive: toque, toques, toque; toquemos, toquéis, toquen
Formal Commands: toque usted, toquen ustedes
Other verbs conjugated like **tocar** are **acercarse, equivocarse, explicar, indicar, platicar, sacar,** and **sacrificar.**

Verbs ending in *-ger* or *-gir*

coger *to take hold of (things);* **dirigir** *to direct, to address*

Present: cojo, coges, coge; cogemos, cogéis, cogen
    dirijo, diriges, dirige; dirigimos, dirigís, dirigen
Present Subjunctive: coja, cojas, coja; cojamos, cojáis, cojan
    dirija, dirijas, dirija; dirijamos, dirijáis, dirijan
Formal Commands: coja usted, cojan ustedes
    dirija usted, dirijan ustedes
Other verbs conjugated like **coger** and **dirigir** are **elegir, escoger, fingir, proteger,** and **recoger.**

Verbs ending in *-zar*

cruzar *to cross*

Preterite: crucé, cruzaste, cruzó; cruzamos, cruzasteis, cruzaron
Present Subjunctive: cruce, cruces, cruce; crucemos, crucéis, crucen
Formal Commands: cruce usted, crucen ustedes
Other verbs conjugated like **cruzar** are **aterrizar, comenzar, empezar, gozar,** and **rezar.**

2nd and 3rd conjugation verbs with stem ending in *a, e, o*

leer *to read*

Present Participle: leyendo
Past Participle: leído
Preterite: leí, leíste, leyó; leímos, leísteis, leyeron
Past Subjunctive: leyera(se), leyeras, leyera; leyéramos, leyerais, leyeran
Other verbs conjugated in part like **leer** are **caer, creer,** and **oír.**

Verbs ending in *-uir* (except *-guir* and *-quir*)

huir *to flee*

Present Participle: huyendo
Present: huyo, huyes, huye; huimos, huís, huyen
Preterite: huí, huiste, huyó; huimos, huisteis, huyeron
Present Subjunctive: huya, huyas, huya; huyamos, huyáis, huyan
Past Subjunctive: huyera(se), huyeras, huyera; huyéramos, huyerais, huyeran
Formal Commands: huya usted, huyan ustedes
Other verbs conjugated like **huir** are **construir, contribuir,** and **destruir.**

Verbs ending in *-cer* or *-cir* preceded by a vowel (inceptive)

conocer *to know*

Present: conozco, conoces, conoce; conocemos, conocéis, conocen
Present Subjunctive: conozca, conozcas, conozca; conozcamos, conozcáis, conozcan
Formal Commands: conozca usted, conozcan ustedes
Other verbs conjugated like **conocer** are **aparecer, conducir, desaparecer, nacer, ofrecer, parecer, reconocer,** and **traducir.**

Verbs ending in *-cer* preceded by a consonant

vencer *to conquer*

Present: venzo, vences, vence; vencemos, vencéis, vencen
Present Subjunctive: venza, venzas, venza; venzamos, venzáis, venzan
Formal Commands: venza usted, venzan ustedes

Vocabulario español–inglés

The gender of nouns is listed except for masculine nouns ending in **-o** and feminine nouns ending in **-a, -dad, -tad, -tud,** or **ión**. Adverbs ending in **-mente** are not listed if the adjective from which they are derived is included.

Abbreviations

adj adjective
adv adverb
f feminine
m masculine
Mex Mexico
n noun

part participle
pl plural
prep preposition
pret preterite
pron pronoun
s singular

A

abandonar to abandon; **abandonarse** to let oneself go, give in to
abarcar to include, comprise
abierto(a) open, opened
abogado(a) attorney, advocate
abordar to board (plane, train, etc.)
abrazar to embrace
abreviatura abbreviation
abril *m* April
abrir to open
absoluto(a) absolute
abuela grandmother
abuelo grandfather; **los abuelos** grandparents
abundar to abound, be plentiful
aburrido(a) bored, boring
acabar to finish; **acabar de** to have just
acaso perhaps, maybe
accidente *m* accident
acción action, act
aceptación acceptance
aceptar to accept
acerca (de) about, concerning
acercarse to draw near, approach
acompañar to accompany
aconsejar to advise, counsel
acontecer to happen, occur
acontecimiento event, happening
acordarse (ue) to remember
acostarse (ue) to go to bed, lie down
actitud attitude

actividad activity
activo(a) active
actual current, present, contemporary
actuar to act, act as
Acuario Aquarius
acuerdo accord, agreement
adaptarse to adapt to, adjust
adecuado(a) adequate, appropriate
además besides, in addition
además de in addition to
adentro inside, within
adiós good-bye
administración administration
adonde *adv* where, to where; **¿adónde?** where (to)?
aduana customs, customs house
aduanero(a) customs official
adulto(a) *n* and *adj* adult
aeropuerto airport
afectar to affect, pretend
aflicción affliction, malady, disease
agencia agency, bureau
agente *m* and *f* agent, official, representative
agosto August
agradable agreeable, pleasant
agradecer to be thankful for; to thank for
agricultor(a) agriculturist, farmer
agua water
aguantar to put up with, bear
ahí *adv* there, over there

ahora now; **ahora mismo** right now

ahorrar to save (as money)

aire *m* air

aislado(a) isolated, separate

ajedrez *m* chess

ajeno(a) alien, strange

alcanzar to reach, achieve, gain, catch up with

alegar to allege, claim

alegrarse to be happy, glad; **alegrarse de** to be glad that

alegre happy, glad

alejarse to leave, move away

alemán(ana) German

Alemania Germany

algo something; *adv* somewhat

alguien *m* someone

algún, alguno(a) someone; **algunos(as)** some

alivio relief; **¡Qué alivio!** What a relief!

alma soul, spirit

almorzar (ue) to eat lunch, brunch

almuerzo lunch, brunch

alojamiento lodging

alojarse to take lodging

alquilar to rent, hire

alrededor (de) around

alto(a) high, tall

alumno(a) pupil

allá there, yonder, over there

allí there, in that place

amable friendly, amiable, nice

amanecer to dawn, get up

amante *m* or *f* lover, beloved

amar to love

amargura bitterness

ambicioso(a) ambitious

amenaza threat

amenazar to threaten, menace

americano(a) of the Americas; (sometimes used improperly to refer to the United States as opposed to Spanish America)

amigo(a) friend

amistad friendship

amor *m* love

analizar to analyze

andar to go, walk, move

angelito little angel

anglicismo Anglicism (word derived from English)

anglosajón(ona) Anglo-Saxon (used frequently to refer to all inhabitants of the United States who are not of Latin descent)

angustia anguish, sorrow

animado(a) animated (as cartoons)

anoche last night

ante before, in front of

antecedente *m* precedent

anteojos *m pl* eyeglasses

antepasado(a) ancestor, predecessor

anterior previous, prior

antes (de) before, earlier; **antes que** rather than

anti- prefix meaning "against"

antiguo(a) old, antique, ancient

antipático(a) disagreeable, unpleasant

añadir to add

año year

apagar to put out, turn off

aparecer to appear

apariencia appearance

apartamento apartment

apartar to separate, move apart

apenas barely, hardly, just, only

aportar to contribute, add

apoyar to support, unhold, aid

apoyo support, aid

aprender to learn

aprobar (ue) to pass (a course, exam, etc.); to approve

apunte *m* note, memo, reminder

apurarse to hurry up, make haste

aquel, aquella that; **aquello** *pron* that; **aquellos(as)** those

aquí here, at this place

árabe *adj* Arabic; *n m* Arabic language

árbol *m* tree

área region, area

argumento plot, storyline (of a novel, play, etc.)

armario closet, wardrobe

arquitecto(a) architect

arreglar to arrange, set right, repair

arreglo arrangement, repair

arrepentirse (ie) to repent, regret

artículo article

artista *m* or *f* artist

asado(a) roasted, baked

ascender (ie) to rise

asegurar to assure; **asegurarse** to make sure; to satisfy onself

así so thus, in this manner, that way; **así que** therefore, so

asiento seat

asistencia attendance
asistir (a) to attend
asociar to associate with
aspecto aspect, appearance
astrología astrology
asunto matter, subject, concern
atacar to attack, assault
atención attention
ateo(a) atheist; *adj.* atheistic
atractivo(a) *adj* attractive; *n m* attraction
atraer to attract
atrás (de) behind, in back of
atrasado(a) backward, behind, slow (as a watch, clock, etc.)
atreverse to dare
atribuir (y) to attribute
atributo attribute, characteristic
auditorio auditorium, audience
aun even
aún still, yet
aunque although
autobús *m* bus
automático(a) automatic
automóvil *m* automobile
autor(a) author
autoridad authority; *pl* officials
avergonzado(a) ashamed
averiguar to find out, research
avión *m* airplane
ayer yesterday
ayuda help, assistance, aid
ayudante *m or f* assistant, aide, helper
ayudar to help, assist
azteca *m or f, n and adj.* Aztec
azul *adj* blue, azure; *n m* the color blue

B

bachillerato bachelor's degree; course of study leading to a secondary school diploma
bailar to dance
baile *m* dance
bajar to lower; to go down (stairs, hill, etc.)
bajo(a) low; **bajo** *adv* beneath, under
baloncesto basketball
banco bank
bandido(a) bandit
bañarse to bathe, take a bath
baño bath; swim; **traje de baño** *m* bathing suit
barato(a) inexpensive, cheap

barba beard; chin
barrio neighborhood, section or district of a city; used colloquially for "ghetto"
basarse to base oneself on; to be based on
base *f* basis, base
básquetbol *m* basketball
bastante *adj* enough, sufficient; *adv* sufficiently, quite, rather
batalla battle
batata sweet potato, yam
beber to drink
bebida drink beverage
beca grant, scholarship
béisbol *m* baseball
bello(a) beautiful
biblioteca library
bicicleta bicycle
bien well, fine
bienestar *m* well-being, welfare
billete *m* ticket; bill
blanco(a) white; *n m* the color white
blasfemia blasphemy
blusa blouse
boca mouth
bocadito appetizer
bocado bite, taste
boda wedding
boleto ticket
bolsa purse
bondadoso(a) kind, good, good-natured
bonito(a) pretty
boquita diminutive of **boca**
borracho(a) drunk
bote *m* small boat, canoe
boxeador(a) boxer, prize fighter
brazo arm
breve brief, short
bribón(ona) rascal
bromear to joke, kid
bruto(a) idiot, brute; *adj* stupid, idiotic, gross
buen, bueno(a) good; *adv* well
burlarse (de) to mock, laugh at
buscar to look for, seek
butaca theater (movie, opera, etc.) seat; easy chair

C

caballero gentleman
caballito small horse
caber to fit
cabeza head

cacao cacao, cocoa, chocolate tree
cada each
cadáver m corpse, dead body
caer to fall
café m coffee; café
cafecito small cup of coffee, demitasse
cafetería restaurant, café
caída fall
caimán m alligator
caja box; cashier, ticket booth
calentar (ie) to heat up
calidad quality
caliente hot
callarse to be quiet, become quiet
calle f street
calmarse to calm down
cámara camera; chamber
cambiar to change
cambio change
caminar to walk
camino road, street
camión m bus (Mex); truck
camisa shirt
campeonato championship
campesino(a) peasant, country person;
    adj rural, pertaining to peasants
campo field
cáncer m cancer
canción song
candidato(a) candidate
cansado(a) tired
cantar to sing
cantina bar, tavern, canteen
caña sugar cane; pole, cane
capacidad capacity, skill, ability
capaz capable, able
capital f capital of a country or state; m
    investment money
capítulo chapter
Capricornio Capricorn
carácter m character, nature
característica characteristic
caricatura caricature
cariño affection
cariñoso(a) affectionate, loving
carne f meat, flesh
caro(a) dear, expensive
carrera career; race, course
carro car, cart, coach
carta letter; chart
casa house; en casa at home
casarse to get married; casarse con to
    marry

casi almost
casimir m cashmere
caso case, instance; en caso de in case of
castigar to punish
castizo(a) pure
casucha shack, hut
catedral f cathedral
católico(a) Catholic
causa cause
causar to cause
ceder to cede, give up
cédula document; cédula personal
    identity card
célebre celebrated, famous
cena supper, evening meal
cenar to dine, have dinner or supper
centavito cent, pittance
centro center, downtown
Centroamérica Central America
centroamericano(a) Central American
cerca close; cerca de near, close to
cercano(a) nearby
cerebral cerebral, pertaining to the brain
cerrar (ie) to close
chaqueta jacket
charla chat, talk
charlar to chat, talk
cheque m check, bank draft
chicano(a) Chicano, Mexican-American
chico(a) small; n little boy, little girl
chillar to screech, cry loudly
chiquillo(a) n a very little boy or girl
chofer m driver, chauffeur
choza shack, hut
ciego(a) blind
cien one hundred; cientos(a)s hundreds
ciencia science
científico(a) scientific; n scientist
cierto(a) certain; es cierto it is true
cinco five
cincuenta fifty
cine m movies, movie theater
cinematográfico(a) cinematographic
cinta tape (cassette, etc.); ribbon
circunstancia circumstance
cirujano(a) surgeon
cita appointment, date
ciudad city
ciudadanía citizenship
ciudadano(a) citizen
claridad clarity, light; clearness
claro(a) clear, light; ¡Claro! Of course!;
    claro que of course

clase *f* class, kind, type
clero clergy
cliente *m or f* client, customer
clima *m* climate
cobrar to charge (money)
coche *m* automobile; coach
cocina kitchen
codazo blow with the elbow
coger to take, pick up
colegio secondary school, high school
colgar (ue) to hang
colmo pinnacle; **¡Esto es el colmo!** This is the last straw!
colocación placement, location
colocar to place, locate
comentar to comment, mention
comenzar (ie) to begin, start
comer to eat
comercio commerce, business
comestible *m* food, edible substance; *pl* foodstuff, provisions
comida meal
comité *m* committee
como as, like, how, about; **¿cómo?** how?, what?
cómodo(a) comfortable
compañero(a) companion, mate
compañía company
comparar to compare
completar to complete, fill out
completo(a) complete, full
complicado(a) complicated
componerse to be composed of, consist of
composición composition
comprar to buy, purchase
comprender to understand, comprehend
común common
comunicar to communicate, tell
con with; **con tal que** provided that
concentración concentration
concentrar to concentrate
conciencia consciousness; conscience
concierto concert
condenar to condemn, curse
cóndor *m* condor (bird of South America)
conducir to conduct, lead
conferencia lecture, conference
confrontar to confront, face, oppose
congestionado(a) congested, crowded
conjunto group; musical group
conmigo with me
conocer to know; to meet

conocimiento knowledge, awareness
conquista conquest
conquistar to conquer, defeat, seduce
conseguir (i) to achieve, get; to manage to
consejero(a) advisor
consejo advice
conserje *m* desk clerk (hotel)
conservador(a) conservative; *n m* conservative
consideración consideration
considerar to consider, regard
consigo with him/herself
consistir (en) to consist of
constante constant
construir (y) to construct, build
consuelo consolation
contacto contact
contado: al contado in cash
contaminación contamination, pollution
contaminar to contaminate, pollute
contar (ue) to count; **contar con** to count on
contemporáneo(a) contemporary
contener (ie) to contain
contento(a) content, happy
contestar to answer
contigo with you
continuación continuation
continuar to continue, go on
continuo(a) continuous, continual
contra against; **en contra de** against, in opposition to
contrario(a) contrary, opposing; **al contrario** on the contrary
contraste *m* contrast
contratar to contract, hire
contribuir (y) to contribute
controlar to control, dominate
convencer to convince
convenido(a) agreed upon
conveniencia convenience
conversación conversation
conversar to converse, talk
copa cup, glass; **tomar una copa** to have a drink
corazón *m* heart
corbata necktie
correcaminos *m sing* road-runner
corregir (i) to correct
correo mail; *also pl* the mail; the post office
correr to run
corrida bull fight

corriente *adj* current; *n f* current (water, electricity, etc.)
corrompido(a) corrupt, corrupted
cortés courteous
cortesía courtesy
corto(a) short (in length)
cosa thing
coser to sew
costar (ue) to cost
costilla rib
costoso(a) costly, expensive
costumbre *f* custom, habit
creación creation, invention
crear to create
crecer to grow
crédito credit
creencia belief
creer to believe, think
criado(a) servant
criar to raise, care for
crimen *m* crime
cristiano(a) Christian
Cristo Christ
criterio criterion, opinion
cruel cruel, mean
cuaderno notebook
cuadro picture
cual which, as, like; **¿cuál?** which?, which one?; **el (la) cual** who, the one who
cualidad quality, virtue, good feature
cualquier(a) *pron* any, whichever, any one
cuando when, whenever; **¿cuándo?** when?
cuanto(a) as much as; *pl* as many as; **¿cuánto?** how much?; *pl* how many?
cuarto(a) fourth; *n m* room; quarter
cuatro four
cubano(a) Cuban
cubrir to cover
cucharón *m* large spoon, ladle
cuchichear to whisper
cuenta bill, tab
cuento story, tale
cuerpo body, corpus
cuestión matter, question
cuidado care; **tener cuidado** to be careful
culpa blame; **tener la culpa** to be to blame
culto(a) cultured, educated
cultura culture; politeness
cultural cultural
cumpleaños *m sing* birthday

cumplir to comply with, fulfill, perform
cura *m* priest; *f* cure
curar to cure
curso course (of studies); program
cuyo(a) whose

D

daño harm, damage; **hacer daño** to harm, damage, hurt
dar to give; **dar las seis** to strike six o'clock; **dar sueño** to make sleepy; **dar un paseo** to take a walk, stroll around; **darse cuenta de** to realize, become aware of; **darse prisa** to hurry up
deber to owe; must, ought to; *n m* duty, obligation, debt
debido(a) due to, owing to
débil weak
decano(a) dean
decidir to decide
décimo(a) tenth
decir (i) to say, speak
decisión decision
declarar to declare
dedicar to dedicate
defecto defect
defender (ie) to defend
defensa defense
dejar to leave (something behind); **dejar de** to stop (doing something)
deleitarse con to enjoy
demás rest (of the)
demasiado(a) *adj* too much; **demasiado** *adv* too; too much
democracia democracy
demonio demon; **¿Qué demonios?** What the devil?
demorar to delay
demostrar (ue) to show, demonstrate
dentista *m or f* dentist
dentro (de) in, into, inside (of)
depender (de) to depend (on)
deportes *m pl* sports
deportivo(a) sporting, pertaining to sports
derecho(a) right, right-hand; *n m* right (as legal right); *m pl* customs duty; *f* right hand
desagradable disagreeable, unpleasant
desaparecer to disappear
desayuno breakfast
descansar to rest
descanso rest

desconocido(a) unknown, unacquainted; *n* stranger

descortesía discourtesy

describir to describe

descripción description

descubrir to discover, uncover

desde since, from; **desde hace cinco años** for five years

deseable desirable

desear to desire, want

desempleo unemployment

deseo desire, wish

desgraciadamente unfortunately

desierto desert

desilusión disappointment, disillusionment

desilusionar to disappoint, disillusion; **desilusionarse** to become disappointed

desocupar to vacate, empty

despacio *adv* slowly; **más despacio** slower

despedirse (i) to say good-bye, take leave

despertar (ie) to awaken; **despertarse** to wake up

despierto(a) awake, alert

despreciar to scorn

después (de) after, afterwards

destino destiny, future, fortune

destruir (y) to destroy

desventaja disadvantage

detrás (de) behind, in back of

devolver (ue) to return (something)

día *m* day; **buenos días** good morning; **cada día** every day; **hoy día** nowadays; **todos los días** every day

diablo devil; **¿Qué diablos?** What the hell?

dialecto dialect

diálogo dialogue

dibujo drawing, sketch

diccionario dictionary, word list

dicho(a) said; *n m* saying; **lo dicho** what was said

diciembre *m* December

dictadura dictatorship

diecisiete seventeen

diez ten

diferencia difference

diferente different

difícil difficult

dificultad difficulty

difunto(a) dead person

dilema *m* dilemma

diminutivo(a) diminutive

dinero money

dios(sa) god, goddess; **Dios** *m* God

dirección direction; address

directo(a) direct

dirigir to direct, address; **dirigir la palabra** to speak to

disciplina discipline

disco record (phonograph)

discoteca discotheque

discusión discussion, argument

discutir to argue, debate, discuss

disolución dissolution, dissolving

disponible available

distancia distance

distinguir to distinguish, differentiate

distinto(a) different

distraer to distract

distribución distribution

diversión diversion, entertainment

divertido(a) funny, entertaining

divertirse (ie) to enjoy oneself; to amuse oneself, be amused

dividir to divide

doce twelve

doctor(ra) doctor (as a title of address); *n* person with a doctorate

documento document, paper

dolor *m* pain, sorrow

dominante dominant

dominar to dominate, rule

domingo Sunday

dominio dominance, rule

donde where, in which; **¿dónde?** where?; **dondequiera** wherever

dormir (ue) to sleep; **dormirse** to go to sleep

dos two

droga drug (especially as in drug addict)

dudar to doubt

dudoso(a) doubtful

durante during

durar last

E

e and (before words beginning with **i** or **hi**)

echar to throw; **echar de casa** to throw out of the house, **echar de menos** to miss; **echar un piropo** to pay a compliment; **echarse una siestecita** to take a little nap

economía economy
edad age
edificio building
educación education
educado(a) educated
educar to educate
ejemplo example
ejercer to exercise, exert (influence, control, etc.)
ejercicio exercise
elección election
elegante elegant
elemento element
eliminación elimination
eliminar to eliminate
embarazada pregnant
embargo: sin embargo nevertheless
emocionante moving, touching, causing emotion
empezar (ie) to begin
emplear to employ
empleo employment, job
empujón *m* push, violent shove
en in, on; **en casa** at home; **en caso de que** in case; **en cuanto** as for, concerning; **en seguida** at once; **en serio** seriously; **en tren** by train; **en vista de** in view of
enajenación alienation
enamorado(a) in love; **estar enamorado(a) de** to be in love with
enamorarse (de) to fall in love (with)
encantar to fascinate, delight
encontrar (ue) to find; **encontarse** to find oneself, be; to meet
energía energy
enero January
énfasis *m* emphasis
enfermarse to get sick
enfermo(a) sick
enhorabuena congratulations
enojado(a) angry
enojarse to get mad, become angry
enorme enormous
enriquecer to enrich
enriquecimiento enrichment
enseñanza teaching; **instituciones de enseñanza** educational institutions
enseñar to teach
entender (ie) to understand
entero(a) whole, entire
enterrado(a) buried
entierro burial

entonces then
entrar to enter, come in
entre among, between
entregar to deliver, hand over
entremés *m* side dish, hors d'oeuvres
enviar to send
envolver (ue) to wrap
episodio episode
epitafio epitaph
época epoch
equipaje *m* baggage, luggage
equipo team
equivalente equivalent
equivaler to be equivalent
equivocado(a) mistaken
equivocar to mistake, mix up; **equivocarse** to be mistaken
erudito(a) erudite, learned
escala stopping place; **hacer escala** to stop, stop over
escándalo scandal, tumult, commotion
escaparse to escape
escena scene
escoger to choose
escolástico(a) scholastic
escolta escort
esconder to hide
Escorpión *m* Scorpio
escribir to write; **escribir a máquina** to type; **máquina de escribir** typewriter
escrito(a) written
escritor(a) writer
escrúpulo scruple
escuchar to listen (to)
escuela school
ese, esa that; **eso** *pron* that; **esos, esas** those; **por eso** therefore
esencial essential
esfuerzo effort
espacioso(a) spacious
espantoso(a) frightful, dreadful
España Spain
español(a) Spanish
especial special
especie *f* species, kind
específicamente specifically
esperanza hope
esperar to hope, expect; to wait for, await
espía *m* or *f* spy
espiritual spiritual
esposa wife
esposo husband
esquela note, notice

esquema *m* plan, outline
esquiar to ski
esquina corner
establecer to establish
estación station; season
estacionamiento parking
estado state
estar to be; **estar de acuerdo** to agree;
   estar de vacaciones to be on vacation;
   estar en casa to be at home
este, esta this; esto *pron* this; estos,
   estas these
esterilizar to sterilize
estrella star
estructura structure
estudiante *m* or *f* student
estudiantil *adj* student
estudiar to study
estudio study
eternidad eternity
eterno(a) eternal
Europa Europe
europeo(a) European
evaluación evaluation
evidente evident
evitar to avoid
evolución evolution
evolucionar to evolve
examen *m* examination
excelente excellent
excepto except
excesivo(a) excessive
exceso excess
exequias *f pl* exequies, obsequies,
   funeral rites
exigir to require, demand
existir to exist
éxito success; **tener éxito** to be successful
explicación explanation
explicar to explain
explorar to explore
expresar to express
expresión expression
expulsar to expel
extender (ie) to extend
extranjero(a) foreign; *n* foreigner
extraordinariamente extraordinarily

F

fábrica factory
fabricar to make, fabricate
fácil easy

facilidad facility
facilitar to facilitate
facturar to check (baggage)
facultad faculty
fallecer to die
falso(a) false
falta lack; **hacer falta** to be necessary;
   to miss
faltar to be lacking; **Eso te faltaba.**
   That's all you need.
fama reputation
familia family
familiar *adj* family; *n m* member of the
   family
familiaridad familiarity
famoso(a) famous
fastidiar to annoy
favor *m* favor; **hacer el favor de** please;
   por favor please
favorito(a) favorite
fe *f* faith
febrero February
fecha date
feliz happy
feminista feminist
fenomenal phenomenal
fenómeno phenomenon
fiel faithful
fiesta party, celebration
fijo(a) fixed
fila row
filosofía philosophy
fin *m* end, goal; **a fin de que** so that; **al**
   fin finally
finca farm
fingir to pretend
firmar to sign
físico(a) physical
flaco(a) thin, skinny
flautista *m* or *f* flute player
flor *f* flower
fomentar to forment, encourage
fondo fund
forma form
formar to form
foto *f* photo, photograph
francamente frankly
francés(esa) French
frase *f* sentence, phrase
frecuencia frequency; **con frecuencia**
   frequently, often
frecuente frequent
frente concerning; **frente a** opposite

fresco(a) cool; **hacer fresco** to be cool
frijol *m* bean
frío(a) cold
frívolo(a) frivolous
frontera border
fruta fruit
fuego fire
fuera (de) outside (of)
fuerte strong
fuerza force
función function, performance
funcionar to function
fundar to found
fútbol *m* soccer; football
futuro future

G

galicisimo Gallicism (a word or phrase of French origin)
gallo rooster
gana desire
ganar to earn; to win; **ganarse la vida** to earn one's living
garaje *m* garage
gastar to spend
gasto expense, expenditure
Géminis *m* Gemini
generación generation
general general; **por lo general** generally
generalizado(a) generalized
generoso(a) generous
gente *f* people
gerencia management, office
gira trip
gitano(a) gypsy
gobernación seat of government
gobernante *m or f* governor, ruler
gobernar (ie) to govern
gobierno government
gordo(a) fat
gozar to enjoy
grabar to engrave
gracias *f pl* thanks
graduarse to graduate
gramática grammar
gran, grande great, large, big
grandote(a) very large
gratificación gratification
gratuito(a) free
grave serious
gris gray

grito shout
grupo group
guapetón(ona) very good-looking
guapito(a) cute, good-looking
guapo(a) good-looking, handsome
guardia guard
gubernamental governmental
guerra war
guerrillero guerrilla
guía *m or f* guide
guiar to guide
guitarrista *m or f* guitar player
gustar to be pleasing, like; **gustarle a uno** to like
gusto taste, pleasure; **a gusto** comfortable, "at home"

H

haber to have (as auxiliary verb); **haber de** to have to; **hay** there is, there are; **hay que** one must
habitación room
habitante *m or f* inhabitant
hablar to speak
hacer to do, make; **hace buen tiempo** the weather is good; **hacer caso** to pay attention; **hacer daño** to harm, injure; **hacer escala** to stop, stopover; **hacer falta** to need, be lacking; **hacer fresco** to be cool; **hacer sol** to be sunny; **hacer una pregunta** to ask a question; **hacerse tarde** to grow late
hacia toward
hallar to find
hamaca hammock
hambre *f* hunger; **muerto de hambre** dying of hunger; **tener hambre** to be hungry
haragán(ana) idle, lazy, loafing
hasta until, to, up to, even; **hasta luego** good-bye, see you later
hecho *past part* done, made; *n* fact
helado(a) frozen
herencia inheritance
hermana sister
hermano brother; *pl* brothers, brothers and sisters
hielo ice
higo fig
hija daughter
hijo son; *pl* children, sons and daughters

hipocresía hypocrisy
hipócrita *m* or *f* hypocrite; *adj* hypocritical
hispánico(a) Hispanic
Hispanoamérica Spanish America
historia history, story
histórico(a) historic, historical
hogar *m* home
hojear to leaf through
hola hello, hi
holgazán(ana) idle, lazy
hombre *m* man
hora hour
horario timetable
horóscopo horoscope
hoy today; **hoy día** nowadays
hule *m* rubber
humanidad humanity
humano(a) human
huracán *m* hurricane

I

Ibérico(a) Iberian
ida departure; **boleto de ida y vuelta** round-trip ticket
identidad identity
identificar to identify
idioma *m* language
idiota *m* or *f* idiot
iglesia church
ignorancia ignorance
igual equal, same
igualdad equality
ilustre illustrious
imaginación imagination
imaginario(a) imaginary
impedir (i) to prevent, hinder, block
imperfecto(a) imperfect
importación importation
importancia importance
importante important
importar to be important, matter
imposible impossible
impresionante impressive
impuesto tax
inca *m* Inca
inclinar to tilt
incluir (y) to include
incluso even, including
incorporar to incorporate
increíble incredible
indicar to indicate

indígena indigenous, native, Indian
indio(a) Indian
individualidad individuality
individuo(a) individual
industria industry
inesperado(a) unexpected
inestable unstable
inflación inflation
influencia influence
influir (y) to influence
información information
informar to inform
informe *m* report
ingeniero engineer
Inglaterra England
inglés(esa) English
iniciativa initiative
inmediato(a) immediate
inmigrante *m* or *f* immigrant
inmigrar to immigrate
inmoral immoral
insistir (en) to insist (on)
inspirar to inspire
institución institution
instrucción instruction
inteligencia intelligence
inteligente intelligent
interesante interesting
interesar to interest
íntimo(a) intimate
intrigante *m* or *f* intriguer
introducción introduction
invadir to invade
invitación invitation
invitado(a) guest
invitar to invite
ir to go; **irse** to go away
isla island
islámico(a) Islamic
italiano(a) Italian

J

jardín *m* garden
jefe *m* chief, boss
joven young
juez *m* or *f* judge
jugada trick
jugador(a) player
jugar (ue) to play (a game)
julio July
junio June
juntar to gather, unite

junto(a) together
justicia justice
juventud youth
juzgar to judge

L

ladrillo brick
ladrón(ona) thief
lamentar to regret, lament
lápiz *m* pencil
largo(a) long
lástima pity
latín Latin language
latino(a) *adj* Latin
Latinoamérica Latin America
latinoamericano(a) Latin American
lavar to wash
leal loyal
lección lesson
lectura reading
leer to read
lejos far, far away; **lejos de** are from
lengua language
lenguaje *m* language
lentamente slowly
letra letter
letrero sign
levantar(se) to get up
ley *f* law
liberación liberation
libertad liberty
Libra Libra
libre free; **al aire libre** in the open air
librería bookstore
libro book
licenciado(a) lawyer; holder of a bachelor's degre
líder *m* leader
limitar to limit
limón *m* lemon
limosna alms
limpio(a) clean
lingüístico(a) linguistic
lío problem, difficulty
lista list
listo(a) clever; ready
llave *f* key
llegada arrival
llegar to arrive
llenar to fill
lleno(a) full

llevar to have spent or to take (time); to carry, take (transport); to wear; **llevarse bien** to get along well with
llorar to cry
llover (ue) to rain
loco(a) crazy
locura madness, insanity
locutor(a) (radio) announcer
losa gravestone
luchar to struggle, fight
luego then; **hasta luego** good-bye, see you later
lugar *m* place
lujoso(a) luxurious
lunes *m* Monday
luz *f* light

M

machete *m* machete
madre *f* mother
madrina godmother
maestro(a) teacher
magia magic
magnífico(a) magnificant
maíz *m* corn
mal *adj* and *adv* bad, badly, sick; **salir mal** to fail
maleta suitcase
malo(a) bad; **mala jugada** dirty trick
mandar to order, command, send
mandato mandate, command
manejar to drive
manera manner, way; **manera de** a way to
manifiesto manifesto
mano *f* hand
mantener (ie) to maintain; **mantenerse** to support oneself
manuscrito manuscript
manzana apple
mañana morning; *adv* tomorrow
mapa *m* map
máquina machine; **escribir a máquina** to type; **máquina de escribir** typewriter
maquinaria machinery
maravilloso(a) marvelous, wonderful
marcado(a) marked
marido husband
martes *m* Tuesday
marzo March

más more, most; **más de, más que** more than; **más tarde** later; **más valía** it was better, it would have been better

matar to kill

materia subject, course

matrícula registration fee; tuition

matrimonio marriage

mayo May

mayor greater, older

mayoría majority

mecánico(a) mechanical; *n m* mechanic

mediante by means of

medicina medicine

médico(a) medical; *n m* or *f* doctor

medio(a) half, mean, average; **por medio de** by means of

meditación meditation

mejor better, best

memoria memory; **aprender de memoria** to memorize

mencionar to mention

menos minus, less, least; **a menos que** unless; **echar de menos** to miss; **por lo menos** at least

mensual monthly, per month

mentir (ie) to lie

menudo: a menudo often

mercado market

merecer to deserve

mes *m* month

mesa table, desk

meter to introduce, put into; **meterse en** to get involved with, poke one's nose into

método method

metro subway

metrópoli *f* metropolis

mexicano(a) Mexican

mezcla mixture

miedo fear; **tener miedo** to be afraid

miembro member

mientras while

migración migration

mil *m* thousand

milla mile

millón *m* million

minuto minute

mirar to look, look at

misa mass

miseria poverty; **barrio de miseria** slum

misión mission

misionero(a) missionary

mismo(a) same; **lo mismo que** the same as; **sí mismo** oneself

moda style; **pasar de moda** to be out of style

modelo model

moderación moderation

moderado(a) moderate

moderno(a) modern

modo way; **de modo que** so that; **de todos modos** at any rate

molestar to bother

molestia bother

momento moment

monje *m* monk

montaña mountain

morenita brunette

morir(se) (ue) to die

moro(a) Moor

mostrar (ue) to show

motivo motive

moto *f* motorcycle

moverse (ue) to move

movimiento movement

mozo(a) waiter, waitress

muchacha girl

muchacho boy; *pl* boys and girls, boys

muchedumbre *f* crowd

mucho(a) much, a lot of, a lot; **muchas veces** often

mudanza move

mudar(se) to move (house)

muerte *f* death

muerto(a) dead

mujer *f* woman, wife

mundial world, worldwide

mundo world

músculo muscle

museo museum

música music

músico(a) musician

muy very

N

nacer to be born

nacimiento birth

nación nation

nacional national

nada nothing, anything

nadar to swim

nadie no one, nobody, anyone

naranja orange

narrador(a) narrator

natalidad births

navío ship

necesario(a) necessary
necesidad necessity
necesitar to need
negación negation
negar (ie) to deny, refuse
negativo(a) negative
negocio business; **hombre de negocios** *m* businessman
negro(a) black
nervio nerve
nervioso(a) nervous
nieve *f* snow
ninguno(a) none, not any, not one
niño(a) child
noche *f* night; **buenas noches** good evening, good night; **de la noche** P.M.; **esta noche** tonight; **por la noche** or **de noche** at night; **todas las noches** every night
nombre *m* name
norte *m* north
norteamericano(a) North American
nota note, grade
notar to note
noticia news
novedad novelty; **¿Hay alguna novedad?** Is there any news? Is there anything new?
novela novel
novelista *m* or *f* novelist
noviembre *m* November
novio(a) boyfriend, girlfriend, suitor; fiancé, fiancée
nueve nine
nuevo(a) new; **de nuevo** again, once more
número number
nunca never

O

obedecer to obey
obispo bishop
obituario obituary
obligación obligation, duty
obligatorio(a) obligatory, required
obra work, labor
obrero(a) worker
obstáculo obstacle, barrier
ocasión occasion
octubre *m* October
ocupar to occupy, hold
ocurrir to occur, happen
ochenta eighty

ocho eight
ofender to offend
oficial official
oficina office
oficio trade, task, business
ofrecer to offer
oír to hear
ojalá God grant, I hope that
ojo eye
oler (hue) to smell
olvidarse (de) to forget
omitir to omit, overlook
once eleven
onda wave
operarse to occur, come about; to be operated on
opinar to think
opinión opinion
oportunidad opportunity
optimista optimist, optimistic
oralmente orally
orden *m* order
ordenar to order, put in order
orientar to orient, guide
origen *m* origin, source
oro gold
ortografía orthography, spelling
oscuro(a) dark, obscure
otoño fall, autumn
otro(a) another, other

P

padre *m* father, priest; *pl* parents
padrino godfather; *pl* godparents
pagar to pay
país *m* country
pájaro bird
palabra word, term
palo stick, pole
pan *m* bread, loaf of bread
panecillo roll
pantalla motion picture screen
papa potato
papá *m* father, dad
papel *m* paper
para for, in order to, towards, by; **para que** so that
parada stop (train, bus, etc.)
parar to stop, stay
parcela parcel, piece
parecer to seem, look as if
pareja pair, couple

parque *m* park

parte *f* part, portion, place; **de parte de** in behalf of; **por parte de** on the part of; **por todas partes** everywhere

partera midwife

participación participation

participar to participate

partidario(a) partisan, supporter

partido game, match

partir to divide, distribute; to depart

pasaje *m* passage, fare

pasaporte *m* passport

pasar to pass, go, pass through, go over to, come to, spend (time)

pasear to stroll, take a walk or drive

paseo stroll, walk, drive

pasillo passage, corridor

pastel *m* pastry, pie

pato duck

patria native country, fatherland; **madre patria** motherland

paz *f* peace

pecado sin

pedante pedantic

pedir (i) to ask for, request, solicit

peinarse to comb one's hair

película motion picture, film

peligroso(a) dangerous

pelirrojo(a) redhaired, redheaded

pelo hair

pena pain; **valer la pena** to be worthwhile

penetrar to penetrate, pierce

península peninsula

pensar (ie) to think, intend to

pensativo(a) pensive, thoughtful

pensión boardinghouse

peor worse

pequeño(a) small

perder (ie) to lose

perdonar to pardon, forgive

perezoso(a) lazy

perfección perfection

perfeccionar to perfect

periódico newspaper

periodista *m* or *f* journalist, newspaperman, newspaperwoman

permanentemente permanently

permiso permission, permit

permitir to permit, allow

pero but

perrazo(a) large dog

perrito(a) small dog

persona person

personaje *m* personage, literary character

personalidad personality

pertenecer to belong, pertain to

pesadilla nightmare

pésame *m* condolence

pesca fishing, catch; **ir de pesca** to go fishing

pescador(a) fisherman, fisherwoman

pesimista *m* or *f, n* or *adj* pessimist, pessimistic

pianista *m* or *f* pianist

pico peak

pie *m* foot

piel *f* skin, hide, fur

pintor *m* painter

pintoresco(a) picturesque

pirámide *f* pyramid

piropos compliment, flattery

piscina swimming pool

pistola pistol

pistolero gunman

placer *m* pleasure

plan *m* plan, scheme

planta plant

platillo saucer

plato plate

playa beach

plaza plaza, town square

plomero plumber

pluma pen, feather

población population

poblar (ue) to populate

pobre poor; *n* poor person

pobreza poverty

poco(a) little, scanty; *pl* a few, some; *n m* a little bit; *adv* a little, somewhat, slightly

poder (ue) to be able to, can

poderoso(a) powerful, strong

poema *m* poem

poeta *m* or *f* poet

policía police; *n m* policeman

político(a) political; *n f* politics; *n m* politician

pollo chicken

poner to put, place; **ponerse** to become, turn, put on (oneself)

poquitín *m* a little (tiny) bit

poquito(a) very little

por by, through, for, for the sake of, because of; **por ejemplo** for example; **por eso** for that reason; **por favor** please; **por lo tanto** therefore; **¿por qué?** why?; **por tanto** thus
porque because, for, as
portal *m* portico, entrance hall, vestibule
portarse to behave, act
portátil portable
portero doorman
portugués *m* Portuguese (language)
posibilidad possibility
posible possible
posición position
pozo well, pool, pond
practicar to practice, perform
precio price
preciso(a) necessary
predilecto(a) favorite, preferred
preferencia preference
preferir (ie) to prefer
pregunta question
preguntar to ask, question
preguntón(ona) inquisitive
prejuicio prejudice, prejudgment
premiar to reward
premio prize, award
prensa press, printing press
preocuparse to worry
preparación preparation
preparar to prepare
preparatorio(a) preparatory
presentar to present
preservar to preserve
presidencia presidency
presidente *m* president
prestar to lend
primario(a) primary, elementary
primer, primero(a) first
primo(a) cousin
principal principal, main
principio principle, beginning; **al principio** at first
prioridad priority
prisa haste; **darse prisa** to hurry
probable probable
probar (ue) to prove, test, try
problema *m* problem
procedencia origin, source
proceso process
producir to produce
producto product
profesión profession

profesional professional
profesor(a) professor
profundo(a) deep, profound, radical
programa *m* program, plan of action
prohibir to prohibit
prometedor(a) promising
prometer to promise
promulgar to promulgate, proclaim
pronóstico prediction
pronto soon, promptly
propio(a) one's own, appropriate
proponer to propose
propósito purpose, intention
proteger to protect
provocar to provoke, promote
próximo(a) next, near
psíquico(a) psychic
publicar to publish
público(a) public
pueblo small town, people, nation, citizenry
puerta door
pues then, since
puesto(a) put, placed; *n m* job, position; **puesto que** since
puma *m* puma, American panther
punto point, dot, period, **punto de vista** point of view

Q

que that, which, who, whom, than; **el (la, los, las) que** the one(s) who; **lo que** that which; **¿para qué?** what for?; **¿por qué?** why?; **¿qué?** what? which?
quedar(se) to remain, stay, be located, end up
quejarse to complain
querer (ie) to want
queso cheese
quien who, whom; **¿a quién?** to whom?; **¿de quién?** about whom?; **¿quién?** who?
química chemistry
quince fifteen
quitar to remove, take away; **quitarse** to take off
quizás perhaps, maybe

R

radical radical, basic
raíz *f* root, basis
rapidez *f* rapidity

rápido(a) rapid, fast
raqueta racket
rascacielos *m s* skyscraper
rasgo trait, characteristic
rato time, while, little while
ratón *m* mouse
raza race, group, people
razón *f* reason; **tener razón** to be right
reacción reaction
reaccionario(a) reactionary
realidad reality
realista *m* or *f* realist
realizar to fulfill, carry out
rebelde *m* or *f* rebel
receptivo(a) receptive
receta recipe
recibir to receive
reciente recent
rechazar to reject, turn down
recoger to pick up, gather
recomendar (ie) to recommend
reconciliar to reconcile
reconocer to recognize
recordar (ue) to remember, remind
rector *m* president (of a university)
rectoría office of a president
recuerdo memory, reminder, remembrance
reducir to reduce
reemplazar to replace
reflejar to reflect
reflexión reflection
reflexivo(a) reflexive
reforma reform
refrán *m* proverb, saying
refresco refreshment, cold drink
regalar to give
regalo gift
región region
registro registration, registry
regresar to return
regulación regulation
reír to laugh; **reírse de** to laugh at
relación relation, relationship
relativamente relatively
religión religion
religioso(a) religious
reloj *m* watch, clock
remedio remedy, help, recourse
renovar (ue) to renovate
reñir (i) to wrangle, quarrel, fall out
repasar to retrace, review
repaso review

repetir (i) to repeat, do again
representante *m* or *f* representative
requerir (ie) to require, need
requisito requirement
rescate *m* ransom, ransom money
reservar to reserve
resignarse to become resigned
resistencia resistance
resistir to resist
resolver (ue) to resolve, solve
respetar to respect
respeto respect
responder to respond, answer
responsabilidad responsibility
responsable responsible
respuesta answer
restaurante *m* restaurant
resto rest, remainder; *pl* remains
restorán *m* restaurant
resuelto *part* resolved, solved
resultar to result, turn out
resumen *m* summary
resumir to summarize, sum up
retirar(se) to retire, withdraw
reunión meeting, reunion, gathering
revisar to revise, review, check
revolución revolution
revolucionario(a) revolutionary
rey *m* king
rezar to pray
rico(a) rich
río river
riqueza riches, richness
risa laugh, laughter
ritmo rhythm
rito rite
robar to rob, steal
rodear to surround, round up
rogar (ue) to beg
rojo(a) red
romano(a) Roman
romántico(a) romantic
romper to break, tear
ropa clothing, clothes
rubio(a) blond
ruina ruin
rumbo bearing, course, direction

S

sábado Saturday
saber to know, know how to; *pret* to find out

sabio(a) wise; *n* wise person
sabor *m* taste, flavor
sabroso(a) tasty, delicious
sacar to take out, withdraw, remove
sacrificio sacrifice
sacudir to shake, beat
sala living room, salon, hall
salir to leave, go out, come out
saltar to jump
saludar to greet, salute
salvo(a) safe, omitted; **salvo** *prep* save, except for
sanatorio sanatorium, sanitarium
satisfacer to satisfy
sección section
seco(a) dry
secuestrar to kidnap, abduct
secuestro kidnapping, abduction
secundario(a) secondary
seguida series, succession; **en seguida** at once, immediately
seguir (i) to follow, continue, keep on
según according to
segundo(a) second
seguridad security, certainty; **con seguridad** with certainty, surely
seguro(a) sure, safe
seis six
selección selection, choice
semana week
semejante similar
sencillo(a) simple
sensual sensual, relating to the senses
sentar(se) (ie) to seat, settle; *refl* to sit down
sentimiento sentiment, feeling, sense
sentir (ie) to feel; to be sorry
señalar to mark, show, indicate
señor Mr., sir
señora Mrs., madam
señorita Miss, young lady
separar to separate
septiembre *m* September
ser to be
serio(a) serious; **tomar en serio** to take seriously
servicio service
servir (i) to serve; **servir de** to serve as
sicólogo(a) psychologist
siempre always
siesta nap, midday rest
siete seven
siglo century

significado meaning
significar to mean, signify
signo sign, mark
siguiente following, next
silla chair
sillón *m* armchair, easy chair
simpático(a) cogenial, likeable
simple simple
sin without
sinfonía symphony
sino but
sistema *m* system
sitio site, place
sobrar to exceed, surpass
sobre over, on, above, about, towards; **sobre todo** above all
sobrevivir to survive
sobrina niece
sobrino nephew
sociedad society
sofisticado(a) sophisticated
sol *m* sun
solamente only
solemne solemn, holy
soler (ue) to be in the habit of, used to, accustomed to
solicitar to solicit, ask for
solidaridad solidarity
solo(a) alone, only, sole
sólo only
soltero(a) single, unmarried
soñar (ue) to dream
sopa soup
sorprender to surprise
subir to rise, go up, raise; **subir a** to climb
subordinar to subordinate
subterráneo(a) subterranean, underground; *n m* subway
sucio(a) dirty, filthy
sudor *m* sweat
suelto *n m* small change
sueño dream; **tener sueño** to be sleepy
suerte *f* luck, fortune
suficiente sufficient, adequate
sufrir to suffer, undergo
sugerir (ie) to suggest
suicidarse to commit suicide
sumamente exceedingly, extremely
superhombre *m* superman
supermercado supermarket
supersticioso(a) superstitious
suponer to suppose

suprimir to suppress
sur *m* south
suroeste *m* southwest
surrealista surrealistic
sutil subtle, keen

T

tacaño(a) stingy
tal such, so, as; **tal vez** perhaps
taller *m* shop, workshop, factory
tamaño size
también also
tan so, as
tanto(a) so much, as much; *pl* so many, as many
tarde *f* afternoon; *adv* late; **más tarde** later
tarea task, homework
tarjeta card
taza cup
teatro theater
techo roof, ceiling
técnico(a) technical
tecnológico(a) technological
telefonista *m or f* telephone operator
teléfono telephone
telegrama *m* telegram
telenovela soap opera
televisión television
televisor *m* television set
tema *m* theme
temer to fear, be afraid
temprano early
tendencia tendency
tender (ie) to tend to, have a tendency toward
tendero(a) shopkeeper, storekeeper
tener (ie) to have, possess, hold; **tener que** to have to
tentación temptation
tercero(a) third
terminar to end, terminate, finish
término term
tía aunt
tiburón *m* shark
tiempo time; weather
tienda store
tierra earth, land
tío uncle
típico(a) typical
tipo type, kind, sort

toalla towel
tocar to touch, play (instrument)
todavía still, yet
todo(a) all, everything; *pl* everyone, all of, **de todos modos** anyway; **todo el día** all day; **todo el mundo** everyone, everybody; **todos los días** every day
tomar to take, drink
tomate *m* tomato
tontería foolishness, nonsense
tonto(a) foolish, stupid, silly
torero(a) bullfighter
tormenta storm
tormento torment, anguish
toro bull
torre *f* tower
trabajador(a) worker
trabajar to work
tradición tradition
tradicional traditional
traducir to translate
traductor(a) translator
traer to bring
tragedia tragedy
traje *m* suit
transitorio(a) transitory, temporary
transmitir to transmit, relay
transporte *m* transport, transportation
trascendental transcendental, far-reaching
tratar to treat, try; **tratar de** to deal with
trece thirteen
tremendo(a) tremendous, huge
tren *m* train
tres three
tristeza sadness
triunfar to triumph, win
trompeta trumpet
tropezar to stumble, trip
turismo tourism
turista *m or f* tourist
turístico(a) of or relating to tourism

U

último(a) last, ultimate
único(a) only, unique
unidad unity, unit
unido(a) united; **Estados Unidos** United States
uniforme *adj.* uniform; *n m* uniform
unir(se) to unite

universidad university
universitario(a) of or relating to the
    university
urbano(a) urban, pertaining to cities
usar to use
uso use; **hacer uso de** to make use of
útil useful
utilización utilization
utilizar to utilize, use
uva grape

V

vacaciones vacation; **estar de vacaciones**
    to be on vacation
vacilar to vacillate
valer to be worth
valiente valiant, brave
valor *m* value; bravery, valor
variar to vary, mix
variedad variety
varios(as) various, several, some, a few
vaso glass
vecino(a) neighbor
vegetal *m* vegetable
veinte twenty
veintidós twenty-two
velación watch, vigil, wake
velar to watch over, hold a wake over
velorio wake, vigil
veloz swift, rapid
vencer to defeat
vender to sell
venir (ie) to come
ventaja advantage
ventana window
ver to see
verano summer
verbo verb
verdad truth
verdadero(a) true, real

verde green
verificar to verify, confirm
vestido(a) dressed, clad
vestire(se) (i) to dress
vez *f* time, turn; **a su vez** in its turn;
    alguna vez sometime; **de vez en**
    cuando from time to time; **en vez de**
    instead of; **muchas veces** many times;
    tal vez perhaps; *pl* **veces** times
viajar to travel
viajero(a) traveler
víctima *m* or *f* victim
vida life
viejo(a) old, elderly
viernes *m* Friday
vincular to bind, tie
visita visit, caller; **ir de visita** to go
    calling
visitar to visit
vista view; **punto de vista** point of view
visto(a) seen
vitrina showcase, display window
viuda widow
viudo widower
vivir to live
vocabulario vocabulary
voluntad will
volver (ue) to return
votar to vote
voz *f* voice; *pl* **voces**
vuelto(a) returned

Y

ya already, right away, now
yacer to lie

Z

zapato shoe
zona zone

Vocabulario inglés–español

The gender of nouns is listed except for masculine nouns ending in **-o** and feminine nouns ending in **-a, -dad, -tad, -tud,** or **-ión.** Adverbs ending in **-mente** are not listed if the adjectives from which they are derived are included.

Abbreviation

adj adjective
adv adverb
f feminine
m masculine
n noun
part participle

pl plural
pret preterite
pron pronoun
refl reflexive
s singular
v verb

A

abandon abandonar
abbreviation abreviatura
ability capacidad
able capaz
abound abundar
about acerca (de); como
above sobre; **above all** sobre todo
accept aceptar
acceptance aceptación
accident *m* accidente
accompany acompañar
accord acuerdo
according to según
accustomed to *v* soler, acostumbrar
achieve alcanzar; conseguir
act (act as) *v* actuar
action, act acción
active activo(a)
activity actividad
adapt adaptarse
add añadir; **(contribute)** aportar
address dirección
adecuate adecuado(a)
adjust adaptarse
administration administración
adult *n* and *adj* adulto(a)
advantage ventaja
advice consejo
advise aconsejar
advisor consejero(a)
affect afectar

affection cariño
affliction aflicción
affront *n* afrenta, insulto
afraid: to be afraid tener miedo
after después (de)
afternoon *f* tarde
again de nuevo
against contra, en contra de; *(prefix)* anti-
age edad
agency agencia
agent *m* and *f* agente
agree estar de acuerdo; **agreed upon** convenido(a)
agreeable agradable
agreement acuerdo
agriculturist agricultor(a)
aid *v* apoyar; *n* apoyo, ayuda
aide *m* and *f* ayudante
air *m* aire; **in the open air** al aire libre
airplane *m* avión
airport aeropuerto
alien ajeno(a)
alienation enajenación
all todo(a)
allege alegar
almost casi
alms limosna
alone solo(a)
already ya
although aunque
always siempre
ambitious ambicioso(a)

Americas, of the americano(a) (sometimes used improperly to refer to the United States as opposed to Spanish America)
amiable amable
among entre
amuse oneself divertirse
ancestor antepasado(a)
ancient antiguo(a)
and y; (before words beginning with i or hi) e
angel *m* ángel; **little angel** angelito
Anglicism Anglicismo (word derived from English)
Anglo-Saxon anglosajón(a) (used frequently to refer to all inhabitants of the United States who are not of Latin descent)
angry enojado(a)
anguish angustia
animated (cartoons) animado(a)
announcer (radio) locutor(a)
annoy fastidiar
another otro(a)
answer respuesta
antique antiguo(a)
any cualquier(a)
anyway de todos modos
apartment apartamento
appetizer bocadito
appear aparecer
appearance apariencia; aspecto
apple manzana
appointment cita
approach acercarse
appropriate adecuado(a), apropiado(a)
approve aprobar
April *m* abril
Aquarius Acuario
Arabic *adj* árabe
Arabic language *n m* árabe
area área
arm brazo
around alrededor (de)
arrange arreglar
arrangement arreglo
arrival llegada
arrive llegar
article artículo
artist *m or f* artista
as como, cual; **as much as** cuanto(a); *also plural; also comparative form* tanto como

ashamed avergonzado(a)
ask preguntar
assault *v* atacar; *n* asalto
assist ayudar
assistance ayuda
assistant *m* and *f* auydante
associate with asociar
assure asegurar
astrology astrología
atheist ateo(a)
atheistic ateo(a)
attack *v* atacar; *n* ataque
attend asistir (a)
attendance asistencia
attention atención; **pay attention** hacer caso
attitude actitud
attorney abogado(a)
attract atraer
attraction atracción, atractivo
attractive atractivo(a)
attribute *v* atribuir; *n* atributo
audience audiencia
auditorium auditorio
August agosto
aunt tía
author autor(a)
authority autoridad
automatic automático(a)
automobile *m* automóvil, coche
autumn otoño
available disponible
average medio
avoid evitar
awake despierto(a)
awaken despertar
Aztec *m or f, n* and *adj* azteca

B

bachelor's degree licenciatura, bachillerato
backward atrasado(a)
bad malo(a)
baggage *m* equipaje
baked asado(a)
bandit bandido(a)
bank banco
baptism bautizo
baptize bautizar
bar cantina
barely apenas
base *f* base

base oneself on basarse en; **based on** basado en

baseball *m* béisbol

basic radical

basis *f* base

basketball baloncesto, *m* básquetbol

bath baño

bathe bañarse

bathing suit *m* traje de baño

battle batalla

be estar, ser

beach playa

bean *m* frijol

bear *v* aguantar

beard barba

beautiful bello(a)

because porque

become ponerse, llegar a ser, hacerse

bed cama; **go to bed** acostarse

before (earlier) antes (de); **(in front of)** ante

beg rogar

begin comenzar, empezar

beginning principio

behalf: on behalf of de parte de

behave portarse

behind (in back of) atrás (de); detrás (de); **(slow [as a watch, clock, etc.])** astrasado(a)

belief *n* creencia

believe *v* creer

belong pertencer

beloved *m* or *f* amante; *adj* amado(a)

beneath bajo

besides además

better, best mejor; **it would have been better** más valía

bicycle bicicleta

bill cuenta; *m* billete

bird pájaro

birth nacimiento

birthday *m sing* cumpleaños

births natalidad

bishop obispo

bite *n* bocado

bitterness amargura

black negro(a)

blame culpa; **be to blame** tener la culpa

blasphemy blasfemia

blind ciego(a)

blond rubio(a)

blouse blusa

blow (with the elbow) codazo

blue *n m* and *adj* azul

board (plane, train, etc.) abordar

boardinghouse pensión

boat (small) *m* bote

body cuerpo

book libro

bookstore librería

border frontera

bored, boring aburrido(a)

born nacer

boss *m* jefe

bother *v* molestar; *n* molestia

box caja

boxer boxeador(a)

boy chico, muchacho; **very little boy** chiquillo; **boys and girls** muchachos

boyfriend novio

brave valiente

bravery *m* valor

bread *m* pan

break romper

breakfast desayuno

brick ladrillo

brief breve

bring traer

brother hermano; **brothers and sisters** hermanos

brunch almuerzo

brunette morenita

brute bruto(a)

building edificio

bull toro

bullfight corrida de toros

bullfighter torero(a)

bureau agencia

burial entierro

buried enterrado(a)

bus *m* autobús, camión *(Mex)*

business comercio, negocio

businessman (woman) hombre (mujer) de negocios

but pero, sino

buy comprar

C

cacao cacao

cafe *m* café; cafetería

caller visita; **go calling** ir de visita

calm down calmarse

camera cámara

can poder

cancer *m* cáncer

candidate candidato(a)

cane caña

canoe *m* canoa

capable capaz

capacity capacidad

capital (country or state) *f* capital; (investment money) *m* capital

Capricorn Capricornio

car carro

card carta, tarjeta

care cuidado; be careful tener cuidado

career carrera

caricature caricatura

carry llevar

cart carro

case caso; in case of en caso de

cash: in cash al contado

cashier cajero(a)

cashmere *m* casimir

cathedral *f* catedral

Catholic católico(a)

cause *v* causar; *n* causa

cent centavo, centavito

center centro

Central America Centroamérica

Central American centroamericano(a)

century siglo

cerebral cerebral

certain cierto(a)

chair silla; easy chair *m* sillón

chamber cámara

championship campeonato

change *v* cambiar; *n* cambio; small change suelto

chapter capítulo

character (literary) *m* personaje; (nature) *m* carácter

characteristic atributo, característica, rasgo

charge (money) cobrar

chart carta

chat *v* charlar; *n* charla

cheap barato(a)

check (baggage) facturar; *m* cheque

cheese queso

chemistry química

chess ajedrez

chicken pollo

child niño(a)

children hijos; niños

choose escoger

Christ Cristo

Christian cristiano(a)

church iglesia

cinematographic cinematográfico(a)

circumstance circunstancia

citizen ciudadano(a)

citizenry pueblo

citizenship ciudadanía

city ciudad

claim *v* alegar

clarity claridad

class *f* clase

clean limpio(a)

clear claro(a)

clearness claridad

clergy clero

client *m* or *f* cliente

climate clima

climb subir a

clock *m* reloj

close (near) cerca; close to cerca de

close (shut) cerrar

closet armario

clothing ropa

coach (car of a train) carro, *m* coche

cocoa cacao

coffee *m* café

cold frío(a)

comb peinarse

come venir

comfortable a gusto, cómodo(a)

command mandato

comment *v* comentar

committee *m* comité

common común

communicate comunicar

companion compañero(a)

company compañía

compare comparar

complain quejarse

complete (fill out) *v* completar, llenar; *adj* completo(a)

complicated complicado(a)

compliment: pay a compliment echar un piropo

comply with cumplir con

composed of componerse

composition composición

comprise abarcar

concentrate concentrar

concentration concentración

concern *n* asunto

concerning acerca (de), en cuanto, frente

concert concierto

condemn condenar

condolence *m* pésame
condor *m* cóndor
conduct *v* conducir
conference conferencia
confront confrontar
congested congestionado(a)
congratulations enhorabuena,
   felicitaciones
conquer conquistar
conquest conquista
conscience conciencia
consciousness conciencia, conocimiento,
   sentido; **to lose consciousness** perder
   el sentido
conservative *n* and *adj* conservador(a)
consider considerar
consideration consideración
consist of componerse; consistir en
consolation consolación
constant constante
construct construir
contact *n* contacto
contain contener
contaminate contaminar
contamination contaminación
contemporary actual; contemporáneo(a)
continuous continuo(a)
contract *v* contratar
contrary contrario(a); **on the contrary**
   al contrario
contrast *m* contraste
contribute aportar; contribuir
control controlar
convenience conveniencia
conversation conversación
convince convencer
cool fresco(a); **be cool** hacer fresco
corn *m* maíz
corner esquina
corpse *m* cadáver
correct *v* corregir
corrupt corrompido(a)
cost costar
counsel aconsejar
count contar; **count on** contar con
country *m* país; **native country** patria
couple pareja
course carrera; **of studies** curso
courteous cortés
courtesy cortesía
cousin primo(a)
cover *v* cubrir
crazy loco(a)

create crear
creation creación
credit crédito
crime *m* crimen
criterion criterio
crocodile *m* cocodrilo
crowd *f* muchedumbre
crowded congestionado(a)
cruel cruel
cry llorar
Cuban cubano(a)
cultural cultural
culture cultura
cultured culto(a)
cup copa, taza
cure *v* curar; *n f* cura
current actual; *n f* (**water, electricity,**
   etc.) and *adj* corriente
curse *v* maldecir, condenar
custom costumbre
customs, customs house aduana;
   customs duty derechos; **customs**
   official aduanero(a)
cute guapito(a)

D

dance *v* bailar; *n m* baile
dangerous peligroso(a)
dare atreverse
dark oscuro(a)
date (appointment) cita; **(day)** fecha
daughter hija; **daughters and sons** hijos
dawn *n m* or *v* amanecer
day *m* día; **all day** todo el día; **every**
   day todos los días
dead *n* difunto(a)
deal with tratar de
dean decano(a)
dear caro(a), querido(a)
death *f* muerte
debt deuda; *n m* deber
December *m* diciembre
decide decidir
decision decisión
declare declarar
dedicate dedicar
deep profundo(a)
defeat *v* vencer
defect *n* defecto
defend defender
defense defensa
delay *v* demorar

delicious sabroso(a)

deliver entregar

demitasse (coffee) cafecito

democracy democracia

demon demonio

demonstrate demostrar

dentist *m or f* dentista

deny negar

departure ida

depend (on) depender (de)

describe describir

description descripción

desert desierto

deserve merecer

desirable deseable

desire *v* desear; *n* deseo, gana

desk mesa

desk clerk (hotel) *m* conserje

destiny destino

destroy destruir

devil diablo; **What the devil?** ¿Qué demonios?

dialect dialecto

dialogue diálogo

dictatorship dictadura

dictionary diccionario

die fallecer, morir(se)

difference diferencia

different diferente, distinto(a)

difficult difícil

difficulty dificultad

dilemma *m* dilema

diminutive diminutivo(a)

dine cenar

direct *v* dirigir; *adj* directo(a)

direction dirección; rumbo

dirty sucio(a); **dirty trick** mala jugada

disadvantage desventaja

disagreeable desagradable

disappear desaparecer

disappoint desilusionar; **become disappointed** desilusionarse

disappointment desilusión

discipline disciplina

discotheque discoteca

discourtesy descortesía

discover descubrir

discuss discutir

discussion discusión

disease aflicción, enfermedad

dissolution disolución

distance distancia

distinguish distinguir

distract distraer

distribution distribución

diversion diversión

divide dividir, partir

doctor doctor(a); médico(a)

document cédula; documento

dog perro(a); **large dog** perrazo(a); **small dog** perrito(a)

dominance dominio

dominant dominante

dominate dominar

done *past part* hecho

door puerta

doorman portero

doubt *v* dudar

doubtful dudoso(a)

down: go down (stairs, etc.) bajar

downtown centro

drawing dibujo

dream *v* soñar

dress *v* vestir(se)

dressed vestido(a)

drink *v* beber, tomar; *n* bebida; **to have one)** tomar una copa

drive manejar

driver *m* chofer

drug (especially as in drug addict) droga

drunk borracho(a)

dry seco(a)

duck pato

due to debido(a)

during durante

E

each cada

early temprano

earn ganar; **earn one's living** ganarse la vida

earth tierra

easy fácil

easy chair butaca

eat comer

economic económico(a)

economy economía

educate educar

educated educado(a)

education educación

educational institutions instituciones de enseñanza

effort esfuerzo

eight ocho

eighty ochenta
election elección
elegant elegante
element elemento
eleven once
eliminate eliminar
elimination eliminación
embrace abrazar
emphasis *m* énfasis
employ emplear
employment empleo
end *m* fin
energy energía
engineer ingeniero(a)
England Inglaterra
English inglés(esa)
engrave grabar
enjoy deleitarse con, gozar; **enjoy oneself** divertirse
enormous enorme
enough bastante
enrich enriquecer
enrichment enriquecimiento
enter entrar
episode episodio
epitaph epitafio
epoch época
equal igual
equality igualdad
equivalent equivalente; **be equivalent** equivaler
escape escaparse
escort escolta
essential esencial
establish establecer
eternal eterno(a)
eternity eternidad
Europe Europa
European europeo(a)
evaluation evaluación
even aun
event acontecimiento
everyone todos, todo el mundo
everywhere todas partes
evident evidente
evolution evolución
evolve evolucionar
examination *m* examen
example ejemplo; **for example** por ejemplo
exceed sobrar
excellent excelente
except excepto; salvo

excess exceso
excessive excesivo(a)
exercise *v* ejercer; *n* ejercicio
exist existir
expel expulsar
expense gasto
expensive caro(a); costoso(a)
explain explicar
explanation explicación
explore explorar
express expresar
expression expresión
extend extender
extraordinary extraordinario(a)
extremely sumamente
eye ojo
eyeglasses *m pl* anteojos

F

facilitate facilitar
facility facilidad
fact hecho
factory fábrica
faculty facultad
fail salir mal
faith *f* fe
faithful fiel
fall *v* caer; *n* caída
false falso(a)
familiarity familiaridad
family *n* familia; *adj* familiar; **family member** familiar
famous célebre; famoso(a)
far lejos; **far from** lejos de
farm finca
farmer agricultor(a)
fascinate encantar
fat gordo(a)
father *m* padre, papá
favor *m* favor
favorite favorito(a); predilecto(a)
fear *v* temer; *n* miedo
feather pluma
February febrero
feel sentir
feminist *m* or *f,* and *adj* feminista
few pocos(as)
fiancé, fiancée novio(a)
field campo
fifteen quince
fifty cincuenta
fig higo

fight luchar
fill llenar
film película
finally al fin
find encontrar, hallar; **find oneself** encontrarse; **find out** averiguar
finish acabar; terminar
fire fuego
first primer, primero(a); **at first** al principio
fisherman, woman pescador(a)
fishing pesca; **go fishing** ir de pesca
fit caber
five cinco
fixed fijo(a)
flattery adulación, lisonjas, piropos
flavor *m* sabor
flower *f* flor
flute player *m* or *f* flautista
follow seguir
foment fomentar
food *m* comestible; **foodstuff** comestibles
foolish tonto(a)
foolishness tontería
foot *m* pie
football *m* fútbol
for (in order to, towards, by) para; **(by through, for the sake of, because of)** por; **for example** por ejemplo; **for that reason** por eso
force fuerza
foreign extranjero(a)
foreigner extranjero(a)
forget olvidarse (de)
forgive perdonar
form *v* formar; *n* forma
found fundar
four cuatro
fourth cuarto(a)
frankly francamente
free (no cost) gratuito(a), gratis; **(no boundaries)** libre
French francés(esa)
frequency frecuencia
frequently con frecuencia
Friday *m* viernes
friend amigo(a)
friendly amable
friendship amistad
frightful espantoso(a)
frivolous frívolo(a)
front desk (of a hotel) recepción
frozen helado(a)

fruit fruta
fulfill realizar
full lleno(a)
function *v* funcionar; *n* función
fund fondo
funeral rights *f pl* exequias
funny divertido(a)
future futuro

G

gain alcanzar
Gallicism galicismo
game partido
garage *m* garaje
garden *m* jardín
Gemini *m* Géminis
general general
generalized generalizado(a)
generally por lo general
generation generación
generous generoso(a)
gentleman caballero
German alemán(ana)
Germany Alemania
get along with llevarse bien
get up levantarse
ghetto (colloquial) barrio
gift regalo
girl chica, muchacha; **very little girl** chiquilla; **girls and boys** muchachos
girlfriend novia
give dar; regalar; **give in to** abandonarse; **give up** ceder
glass vaso
go andar, caminar, ir; **go away** irse
God *m* Dios; **God grant** ojalá; **god, goddess** dios,-sa
godfather padrino
godmother madrina
godparents padrinos
gold oro
good buen, bueno(a)
good morning buenos días
good-bye adiós, hasta luego; **to say good-bye** despedirse
good-natured bondadoso(a)
good night buenas noches
govern gobernar
government gobierno; **seat of government** gobernación
governmental gubernamental
governor *m* or *f* gobernante

grade nota
graduate *v* graduarse
grammar gramática
grandfather abuelo
grandmother abuela
grandparents abuelos
grant beca
grape uva
gratification gratificación
gravestone losa
gray gris
green verde
greet saludar
gross bruto
group conjunto; grupo
grow crecer
guard guardia
guerilla guerrillero
guest invitado(a)
guide *v* guiar; *n m* or *f* guía
guitar player *m* or *f* guitarrista
gunman pistolero
gypsy gitano(a)

H

hair pelo
half medio
hammock hamaca
hand *f* mano
handsome guapo(a); **very handsome** guapetón(ona)
hang colgar
happening acontecimiento
happy alegre, contento(a), feliz; **to be happy (that)** alegrarse (de)
hardly apenas
harm *v* hacer daño; *n* daño
haste prisa
have (to form past participle) haber; **(possess)** tener; **have to** haber de, tener que; **have just . . .** acabar de...
head cabeza
hear oír
heart *m* corazón
heat up calentar
hello hola
help *v* ayudar; *n* ayuda
helper ayudante
here (at this place) aquí
hide esconder
high alto(a)
high school colegio

hire alquilar
Hispanic hispánico(a)
historic histórico(a)
history historia
home *m* hogar
homework tarea
hope *v* esperar; *n* esperanza
horoscope horóscopo
horse (small) caballito
hot caliente
hour hora
house casa; **at home** en casa
how como; **how?** ¿cómo?; **how much?** ¿cuánto(a)?; *also plural*
huge tremendo(a), enorme, inmenso(a)
human humano(a)
humanity humanidad
hundreds cientos(as)
hunger hambre; **dying of hunger** muerto(a) de hambre; **be hungry** tener hambre
hurricane *m* huracán
hurry apurarse, darse prisa
husband esposo, marido
hut casucha, choza
hypocrisy hipocresía
hypocrite *m* or *f* hipócrita
hypocritical hipócrita

I

Iberian ibérico(a)
ice hielo
identify identificar
identity identidad; **identity card** cédula
idiot bruto(a); *m* or *f* idiota
idiotic bruto(a)
idle haragán(ana); holgazán(ana)
ignorance ignorancia
illustrious ilustre
imaginary imaginario(a)
imagination imaginación
immediate inmediato(a)
immediately en seguida
immigrant *m* or *f* inmigrante
immigrate inmigrar
immoral inmoral
imperfect imperfecto(a)
importance importancia
important importante; **be important** importar
importation importación
impossible imposible

impressive impresionante
in en; **in addition** además; **in addition to** además de; **in love** enamorado(a); **in this manner** así; **in view of** en vista de
Inca *m* or *f* inca
include abarcar, incluir
including incluso
incorporate incorporar
incredible increíble
Indian indio(a)
indicate indicar
indigenous indígena
individual individuo(a)
individuality individualidad
industry industria
inexpensive barato(a)
inflation inflación
influence *v* influir; *n* influencia
inform informar
information información
inhabitant *m* or *f* habitante
inheritance herencia
initiative iniciativa
inquisitive preguntón(ona)
inside adentro; **inside (of)** dentro (de)
insist (on) insistir (en)
inspire inspirar
instead of en vez de
institution institución
instruction instrucción
intelligence inteligencia
intelligent inteligente
interest *v* interesar
interesting interesante
intimate íntimo(a)
intriguer *m* or *f* intrigante
introduce (put into) meter
introduction introducción
invade invadir
invitation invitación
invite invitar
involved: get involved with meterse en
Islamic islámico(a)
island isla
isolated aislado(a)
Italian italiano(a)

J

jacket chaqueta
January enero
job puesto
joke *v* bromear

journalist *m* or *f* periodista
judge *v* juzgar; *n m* or *f* juez
July julio
jump saltar
June junio
just apenas
justice justicia

K

key *f* llave
kidnap secuestrar
kill matar
kind bondadoso(a)
king *m* rey
kitchen cocina
knife *m* cuchillo
know (how to) saber; **be familiar with)** conocer
knowledge conocimiento

L

lack falta; **be lacking** faltar
ladle *m* cucharón
lament lamentar
language lengua; *m* lenguaje; *m* idioma
large gran, grande; **very large** grandote(a)
last *v* durar; *adj* último(a); **last night** anoche
late tarde; **grow late** hacerse tarde
later más tarde
Latin (language) *m* latín; *adj* latino(a)
Latin American latinoamericano(a)
laugh reír; **laugh at** reírse de
laughter risa
law *f* ley
lawyer licenciado(a); abogado(a)
lazy perezoso(a)
lead *v* conducir
leader *m* líder
leaf through hojear
learn aprender
learned *adj* erudito(a)
least menos; **at least** por lo menos
leave alejarse, dejar, salir
lecture conferencia
lemon *m* limón
lend prestar
less menos
lesson lección

let oneself go abandonarse
letter carta; letra
liberation liberación
liberty libertad
Libra Libra
library biblioteca
lie down acostarse
lie (tell an untruth) mentir; **(to lie on or with someone)** yacer
life vida
light *n f* luz; *adj* claro(a)
like gustar, gustarle a uno; **(as)** como, cual
likeable simpático(a)
limit limitar
linguistic lingüístico(a)
list lista
listen (to) escuchar
little poco(a); **a little bit** poco; **very little** poquito(a)
live vivir
living room sala
location colocación
lodging alojamiento; **take lodging** alojarse
long largo(a)
look (at) mirar; **look for** buscar
lose perder
love *v* amar; *n* amor; **be in love with** estar enamorado(a) de; **fall in love (with)** enamorarse (de)
lover *m or f* amante
low bajo(a)
lower bajar
loyal leal
luck *f* suerte
luggage *m* equipaje
lunch *v* almorzar; *n* almuerzo
luxurious lujoso(a)

M

machine máquina
machinery maquinaria
mad: to get mad enojarse
madam señora
madness locura
magic magia
magnificent magnífico(a)
mail correo
maintain mantener
majority mayoría
make fabricar, hacer

malady aflicción
man *m* hombre
manage to conseguir
management gerencia
manifesto manifiesto
manuscript manuscrito
many: so many tantos(as)
map *m* mapa
March marzo
marked marcado(a)
market mercado
marriage matrimonio
marry casarse con; **get married** casarse
marvelous maravilloso(a)
Mass misa
matriculation fee matrícula
matter (subject) asunto
May mayo
maybe acaso, quizás
meal comida
mean *v* significar; *n* medio; **by means of** por medio de, mediante
meaning significado
meat *f* carne
mechanic mecánico
mechanical mecánico(a)
medical médico(a)
medicine medicina
meditation meditación
meet conocer, encontrarse con
meeting reunión
member miembro
memo *m* apunte
memorize aprender por memoria
memory memoria; **(remembrance)** recuerdo
menace *v* amenazar
mention *v* mencionar
method método
metropolis *f* metrópoli
Mexican mexicano(a)
Mexican-American chicano(a); mexicoamericano(a)
midwife partera
migration migración
mile milla
million *m* millón
minute minuto
Miss señorita
miss *v* echar de menos, hacer falta
mission misión
missionary misionero(a)
mistake *v* equivocar

mistaken equivocado(a); **be mistaken** equivocarse
mixture mezcla
mock *v* burlarse (de)
model modelo
moderate moderado(a)
moderation moderación
modern moderno(a)
moment momento
Monday *m* lunes
money dinero
monk *m* monje
month *m* mes
monthly mensual
Moor moro
more más; **more than** más de, más que
morning mañana
most más
mother *f* madre
motherland *f* madre patria
motive motivo
motorcycle *f* moto
mountain montaña
mouse *m* ratón
mouth boca; **(diminutive)** boquita
move *v* mover(se), mudarse; *n* mudanza; **move away** alejarse
movement movimiento
movies *m* cine
moving emocionante
Mr. Sr. (señor)
Mrs. Sra. (señora)
much mucho; **so much** tanto(a)
muscle músculo
museum museo
music música
musical group conjunto
musician músico(a)
must deber; **one must** hay que

N

name *m* nombre
nap siesta; **take a little nap** echarse una siestecita
narrator narrador(a)
nation nación
national nacional
near próximo(a); **draw near** acercarse
nearby cercano(a)
necessary necesario(a), preciso(a); **be necessary** hacer falta

necessity necesidad
necktie corbata
need necesitar; **That's all you need.** Eso te faltaba.
negation negación
negative negativo(a)
neighbor vecino(a)
neighborhood barrio
nephew sobrino
nerve nervio
nervous nervioso(a)
never nunca
nevertheless sin embargo
new nuevo(a)
news noticia; **Is there any news?** ¿Hay alguna novedad?
newspaper periódico
next próximo(a); siguiente
nice amable
niece sobrina
night *f* noche; **at night** por la noche, de noche; **ever night** todas las noches
nightmare pesadilla
nine nueve
nobody nadie
none ninguno(a)
North American norteamericano(a)
north *m* norte
note *v* notar; *n m* apunte, esquela, nota
notebook cuaderno
nothing nada
novel novela
novelist *m* or *f* novelista
novelty novedad
November *m* noviembre
now ahora; **right now** ahora mismo
nowadays hoy día
number número

O

obey obedecer
obituary obituario
obligation obligación
obstacle obstáculo
occasion ocasión
occupy ocupar
occur ocurrir, operarse
October *m* octubre
of course claro que; ¡Claro!
offend ofender
offer ofrecer

office oficina

official *m* or *f* agente; *adj* oficial;
  officials *f pl* autoridades

often a menudo, muchas veces

old antiguo(a); viejo(a)

older mayor

omit omitir

on en, sobre

one hundred cien

oneself sí mismo(a)

only *adv* apenas; solamente, sólo; *adj*
  único(a)

open, opened abierto(a)

operate: be operated on operarse

opinion opinión

opportunity oportunidad

opposite frente a

optimist *m* or *f* optimista

orally oralmente

orange (fruit) naranja

order *v* mandar, ordenar; *n f* orden

orient *v* orientar

origin *m* origen; procedencia

other otro(a)

outside (of) fuera (de)

over sobre

owe deber

own: one's own propio(a)

P

P.M. de la tarde, de la noche

pain *m* dolor; pena

painter *m* pintor

panther *m* puma

paper *m* papel

parcel parcela

parents *m pl* padres

park *m* parque

parking estacionamiento

part *f* parte; **on the part of** por parte de

participate participar

participation participación

partisan partidario(a)

party fiesta

pass (a course, exam, etc.) aprobar;
  pasar

passage (fare) *m* pasaje; pasillo

passport *m* pasaporte

pastry *m* pastel

pay pagar

peace *f* paz

peak pico

peasant *n* and *adj* campesino(a)

pedantic pedante

pen pluma

pencil *m* lápiz

penetrate penetrar

peninsula península

people *f* gente, pueblo

perfect *v* perfeccionar

perfection perfección

perhaps acaso, quizás, tal vez

period (punctuation) punto

permanently permanentemente

permission permiso

permit *v* permitir; *n* permiso

person persona

pessimist *m* or *f* pesimista

phenomenal fenomenal

phenomenon fenómeno

philosophy filosofía

photograph *f* foto

physical físico(a)

pianist *m* or *f* pianista

pick up coger, recoger

picture cuadro

picturesque pintoresco(a)

pinnacle pináculo, colmo

pistol pistola

pittance miseria; centavito

pity lástima

place *v* colocar

placement colocación

plan *m* esquema, plan

plant planta

plate plato

play (a game) jugar; **(an instrument)**
  tocar

player jugador(a)

plaza plaza

pleasant agradable

please por favor; hacer el favor de

pleasing: be pleasing gustar

pleasure gusto, *m* placer

plentiful abundante; **to be plentiful**
  abundar

plot (of a novel, play, etc.) argumento

plumber plomero

poem *m* poema

poet *m* or *f* poeta

point punto; **point of view** punto de
  vista

pole caña

police policía
policeman *m* or *f* policía
politeness cultura
political *adj* político(a)
politician *n* político(a)
politics política
pollute contaminar
pollution contaminación
pond pozo
pool (swimming) piscina
poor pobre
populate poblar
population población
portable portátil
Portuguese *m* portugués
position posición
possibility posibilidad
possible posible
post office correo
potato papa
poverty miseria, pobreza
powerful poderoso(a)
practice *v* practicar
pray rezar
precedent *m* antecedente
predecessor antepasado(a)
prediction pronóstico
prefer preferir
preference preferencia
pregnant embarazada
prejudice prejuicio
preparation preparación
preparatory preparatorio(a)
prepare preparar
present *v* presentar; *adj* actual
preserve preservar
presidency presidencia
president *m* presidente; (of a university)
    m rector; office of a president
    rectoría
press prensa
pretend afectar, fingir
pretty bonito(a)
prevent impedir
previous anterior
price precio
priest *m* cura, padre
primary primario(a)
principal principal
principle principio
prior anterior
priority prioridad

prize-fighter boxeador(a)
probable probable
problem lío; *m* problema
process proceso
produce producir
product producto
profession profesión
professional profesional
professor profesor(a)
program curso, *m* programa
prohibit prohibir
promise *v* prometer
promising prometedor(a)
promulgate promulgar
propose proponer
protect proteger
prove probar
proverb *m* refrán
provided that con tal que
provisions *m pl* comestibles
provoke provocar
psychic psíquico(a)
psychologist sicólogo(a)
public *adj* público(a)
publish publicar
punish castigar
pupil alumno(a)
pure puro(a); castizo(a)
purpose propósito
purse bolsa
push *m* empujón
put *v* poner; *adj* puesto(a); put on
    (oneself) ponerse; put out apagar;
    put up with aguantar
pyramid *f* pirámide

Q

quality calidad
quarrel *v* reñir
quarter cuarto
question cuestión, pregunta; ask a
    question hacer una pregunta
quiet: to be quiet callarse
quite bastante

R

race carrera; (of people) raza
racket raqueta
radical radical
rain llover

raise criar
ransom *m* rescate
rapid rápido(a)
rapidity *f* rapidez
rascal bribón(ona)
rate: at any rate de todos modos
rather bastante; **rather than** antes que
reach alcanzar
reaction reacción
reactionary reaccionario(a)
read leer
reading lectura
ready listo(a)
realist *m* or *f* realista
reality realidad
realize darse cuenta de
reason *f* razón
rebel *m* or *f* rebelde
receive recibir
recent reciente
receptive receptivo(a)
recipe receta
recognize reconocer
recommend recomendar
reconcile reconciliar
record (phonograph) disco
red rojo(a)
reduce reducir
reflect reflejar
reflection reflexión
reflexive reflexivo(a)
reform reforma
refreshment refresco
region área, región
regret arrepentir
regulation regulación
reject rechazar
relationship relación
relatively relativamente
relief alivio; **What a relief!** ¡Qué alivio!
religion religión
religious religioso(a)
remains restos
remedy remedio
remember acordarse, recordar
remove quitar, sacar
renovate renovar
rent alquilar
repair *v* arreglar; *n* arreglo
repeat repetir
repent arrepentirse
replace reemplazar

report *m* informe
representative *m* or *f* agente, representante
reputation fama
request *v* pedir
require exigir, requerir
required obligatorio(a)
requirement requisito
research *v* averiguar
reserve reservar
resigned: become resigned resignarse
resist resistir
resistance resistencia
resolve resolver
resolved resuelto(a)
respect *v* respetar; *n* respeto
respond responder
responsibility responsabilidad
responsible responsable
rest descanso; **(of the)** demás, resto
restaurant cafetería; *m* restaurante, restorán
result resultar
retire retirar(se)
return (something) devolver; **(come back)** regresar, volver
returned vuelto(a)
review *v* repasar; *n* repaso
revise revisar
revolution revolución
revolutionary revolucionario(a)
reward *v* premiar; *n* premio
rhythm ritmo
rib costilla
ribbon cinta
rich rico(a)
riches riqueza
right derecho(a); **legal right** derecho; **right hand** *n* derecha; **right-hand** *adj* derecho(a); **to be right** tener razón
rise ascender, subir
rite rito
river río
road camino
roadrunner *m sing* correcaminos
roasted asado(a)
rob robar
roll *n* panecillo
Roman romano(a)
romantic romántico(a)
roof techo
room cuarto; habitación

rooster gallo
root *f* raíz
row fila
rubber *m* hule
ruin ruina
run correr

S

sacrifice sacrificio
sadness tristeza
safe salvo(a)
said dicho(a); **what was said** lo dicho
same mismo(a); **the same as** lo mismo
   que
sanatorium sanatorio
satisfy satisfacer; **satisfy oneself**
   asegurarse
Saturday sábado
saucer platillo
save (money) ahorrar
saying *n m* dicho
scandal escándalo
scene escena
scholarship beca
scholastic escolástico(a)
school escuela
science ciencia
scientific científico(a)
scientist científico(a)
scorn despreciar
Scorpio *m* Escorpión
screech chillar
screen: motion picture screen pantalla
scruple escrúpulo
season estación
seat *v* sentar; *n* asiento
second segundo(a)
secondary secundario(a)
secondary school colegio
section sección
security seguridad
see ver
seek buscar
seem parecer
seen visto(a)
selection selección
sell vender
send enviar
sensual sensual
sentence *f* frase
sentiment sentimiento

separate (move apart) apartar; separar
September *m* septiembre
series seguida; *f* serie
serious grave, serio(a)
seriously en serio; **take seriously** tomar
   en serio
servant criado(a)
serve servir; **serve as** servir de
service servicio
seven siete
seventeen diecisiete
sew coser
shake sacudir
shark *m* tiburón
ship navío
shirt camisa
shoe zapato
shop *m* taller
shopkeeper tendero
short breve, corto(a); bajo(a)
shout grito
show mostrar, señalar
showcase vitrina
sick enfermo(a); **get sick** enfermarse
side dish *m* entremés
sign *v* firmar; *n* letrero, signo
similar semejante
simple sencillo(a), simple
sin pecado
since desde; pues; puesto que
sing cantar
single soltero(a)
sir señor
sister hermana; **sisters and brothers**
   hermanos
sit down sentarse
site sitio
six seis
size tamaño
ski esquiar
skill capacidad
skin *f* piel
skyscraper *m s* rascacielos
sleep dormir; **go to sleep** dormirse;
   make sleepy dar sueño
slightly un poco, levemente, ligeramente
slower más despacio
slowly despacio; lentamente
slum barrio de miseria
small chico(a); pequeño(a)
smell oler
snow *f* nieve; *v* nevar

so así que, tan; **so thus** así; **so that** a fin de que, de modo que, para que
soap opera telenovela
soccer *m* fútbol
society sociedad
solemn solemne
solicit solicitar
solidarity solidaridad
some algunos(as)
someone *m* alguien; algún, alguno(a)
something algo
sometime alguna vez
somewhat algo
son hijo; **sons and daughters** hijos
song canción
soon pronto
sophisticated sofisticado(a)
sorrow angustia
soul alma
soup sopa
south *m* sur
southwest *m* suroeste
spacious espacioso(a)
Spain España
Spanish America Hispanoamérica
Spanish español
speak decir, hablar; **speak to** dirigir la palabra
special especial
species *f* especie
specifically específicamente
spelling ortografía
spend (time) pasar; **(money)** gastar
spirit alma
spiritual espiritual
sporting deportivo(a)
sports *m pl* deportes
spy *m* or *f* espía
star estrella
state estado
station estación
stay quedar(se)
sterilize esterilizar
stick palo
still aún, todavía
stingy tacaño(a)
stop *v* parar, hacer escala; **stop (doing something)** dejar de; *n* **(train, bus, etc.)** parada
stopping place escala
store tienda
storm tormenta

story cuento, historia
strange ajeno(a)
stranger desconocido(a)
street *f* calle, camino
strike (the hour) dar (la hora)
stroll *v* pasear; *n* paseo
strong fuerte
structure estructura
student *n m* or *f* estudiante; *adj* estudiantil
study *v* estudiar; *n* estudio
stupid bruto(a)
style moda; **be out of style** pasar de moda
subject materia
subordinate subordinar
subtle sutil
subway metro, subterráneo
success éxito; **be successful** tener éxito
such tal
suffer sufrir
sufficient bastante, suficiente
sufficiently bastante, suficientemente
sugar cane caña
suggest sugerir
suicide: to commit suicide suicidarse
suit *m* traje
suitcase maleta
summarize resumir
summary *m* resumen
summer verano
sun *m* sol
Sunday domingo
superman *m* superhombre
supermarket supermercado
superstitious supersticioso(a)
supper cena
support *v* apoyar; *n* apoyo; **support oneself** mantenerse
suppose suponer
suppress suprimir
sure seguro(a); **make sure** asegurarse
surely con seguridad
surgeon cirujano(a)
surprise sorprender
surrealistic surrealista
surround rodear
survive sobrevivir
sweat *m* sudor
sweet potato batata
swift veloz
swim *v* nadar; *n* baño

symphony sinfonía
system *m* sistema

T

table mesa
take coger, tomar; **take off** quitarse,
   (airplanes) despegar
talk conversar
tall alto(a)
tape **(cassette)** cinta
taste bocado
tax impuesto
teach enseñar
teacher maestro(a)
teaching enseñanza
team equipo
technical técnico(a)
technological tecnológico(a)
telegram *m* telegrama
telephone teléfono
telephone operator *m* or *f* telefonista
television televisión
television set *m* televisor
tell decir, comunicar
temporary temporal, transitorio(a)
temptation tentación
ten diez
tend to tender
tendency tendencia
tenth décimo(a)
term término
than que
thank for, be thankful for agradecer
thanks *f pl* gracias
that ese(a), aquel, aquella; que; *pron*
   eso, aquello; **that way** así; **that which**
   lo que
theater *m* cine, teatro; **theater seat**
   (movie, opera, etc.) butaca
theme *m* tema
then entonces, luego; pues
there **(in that place)** allí; **(over there)**
   allá, ahí; **there is, there are** hay
therefore así que; por eso
these estos(a)s
thief ladrón(ona)
thin flaco(a)
thing cosa
think **(believe)** creer; **(think about)**
   opinar, pensar
third tercer, tercero(a)

thirteen trece
this este(a); *pron* esto
those esos(as), aquellos(as)
thoughtful pensativo(a)
thousand mil
threat amenaza
threaten amenazar
three tres
throw echar; **to throw out of the house**
   echar de casa
thus por tanto
ticket booth caja
ticket *m* billete; boleto; **(round-trip)**
   boleto de ida y vuelta
tie *v* vincular
tilt inclinar
time rato, tiempo, *f* vez; **from time to**
   time de vez en cuando; **many times**
   muchas veces; **take time** llevar
times veces
timetable horario
tired cansado(a)
today hoy día
together junto(a)
tomato *m* tomate
tomorrow mañana
tonight esta noche
too **(too much)** *adv* demasiado; **too**
   much *adj* demasiado(a)
torment tormento
touch tocar
tourism turismo; **of or relating to**
   tourism turístico(a)
tourist *m* or *f* turista
toward hacia
towel toalla
tower *f* torre
town pueblo
trade oficio
tradition tradición
traditional tradicional
tragedy tragedia
train *m* tren; **by train** en tren
transcendental trascendental
translate traducir
translator traductor(a)
transmit transmitir
transportation *m* transporte
travel viajar, caminar
traveler viajero(a)
treat *v* tratar
tree *m* árbol

trick *n* jugada

trip gira, *m* viaje; **take a trip** hacer un viaje

truck *m* camión

true verdadero(a); **it is true** es (la) verdad

truth verdad

Tuesday *m* martes

turn *f* vez; **in its turn** a su vez

turn off apagar

twelve doce

twenty veinte

twenty-two veintidós

two dos

type *v* escribir a máquina; *n* tipo

typewriter máquina de escribir

typical típico(a)

U

uncle tío

under bajo

underground subterráneo(a)

understand comprender, entender

unemployment desempleo

unexpected inesperado(a)

unfortunately desgraciadamente

uniform *n m* and *adj* uniforme

unit unidad

unite juntar, unir(se)

unity unidad

university universidad; **of or relating to the university** universitario(a)

unknown desconocido(a)

unless a menos que

unpleasant desagradable

unstable inestable

until hasta

uphold apoyar

urban urbano(a)

use *v* usar, utilizar; *n* uso; **to make use of** hacer uso de

useful útil

utilization utilización

V

vacate desocupar

vacation *f pl* vacaciones; **be on vacation** estar de vacaciones

vacillate vacilar

value *m* valor

variety variedad

various varios(as)

vary variar

vegetable *m* vegetal

verb verbo

verify verificar

very muy

vestibule *m* portal

victim *m* or *f* víctima

view vista; **point of view** punto de vista

visit *v* visitar; *n* visita

vocabulary vocabulario

voice *f* voz; *pl* voces

vote votar

W

wait esperar

waiter mozo, mesero(a)

wake up despertarse

wake velación, velorio; **hold a wake over** velar

walk andar, caminar; **take a walk** dar un paseo

want querer

war guerra

wardrobe (closet) armario

wash lavar

watch (clock) *m* reloj; **watch** velación; **watch over** velar

water agua

wave onda

way manera, modo; **a way to** manera de

weak débil

wear llevar

weather tiempo; **the weather is good** hace buen tiempo

wedding boda

week semana

welfare bienestar

well bien; *adv* **be well** estar bien; **(of water)** pozo

well-being *m* bienestar

what? ¿cómo? ¿qué?; **what for?** ¿para qué?

when (whenever) cuando; **when?** ¿cuándo?

where: to where *adv* adonde; donde; **where?** ¿adónde? ¿dónde?

which cual, que; **which one?** ¿cuál?; **which?** ¿qué?; **that which** lo que

while mientras; **(a while)** rato

whisper *v* cuchichear

white *n* and *adj* blanco

who que, quien; **the one(s) who** el (la, los, las) que, el (la, los, las) cual(es); **who?** ¿quién?

whole entero(a)

whom que; **to whom?** ¿a quién?; **about whom?** ¿de quién?

whose cuyo(a)

why? ¿por qué?

widow viuda

widower viudo

wife esposa, *f* mujer

will voluntad

win ganar

window ventana

wise person sabio

wise sabio(a)

with con; **with me** conmigo; **with him/herself** consigo; **with you** contigo

within adentro

without sin

woman *f* mujer

word palabra

work *v* trabajar; *n* obra

worker obrero(a), trabajador,-ra

world *n* mundo; **worldwide** mundial

worry preocuparse

worse, peor; **the worst** el peor

worth: to be worth valer

worthwhile valer la pena

wrap envolver

write escribir

writer escritor(a)

written *past part* escrito

Y

yam batata

year año

yesterday ayer

yet aún

yonder allá

young joven

young lady señorita

youth juventud

Z

zone zona

Grammatical Index